*A mi mamá, que me enseñó a tener muchos sueños.*
*A mi papá, que me enseñó a cuidarlos.*
*A mi hermano, que supo ayudarme con mis locuras.*
*A mi tía, que se fue a medio camino, pero siempre supo apoyarme.*

*¡Y, por supuesto, a mis Dreamers!.*

# Enamorada de la apuesta

IRÁN FLORES

S

*Enamorada de la apuesta*
© Irán Flores

© Genoveva Saavedra García, diseño de portada
© Imágenes de portada: iStockphoto

D.R. © Selector S.A. de C.V. 2016
Doctor Erazo 120, Col. Doctores,
C.P. 06720, México D.F.

ISBN: 978-607-453-426-9
Primera edición: octubre 2016

Impreso en México
*Printed in Mexico*

No ES NADA RARO QUE LAS PERSONAS
SE ENAMOREN DE LA APUESTA.

Lo raro es que se enamoren
sabiendo que es una apuesta.


**Courtney Grant**, la chica en la mira,
a quien tienen que enamorar por apuesta.

16 años

Segundo grado

Calificaciones promedio

Persona normal con los dos típicos mejores amigos


**Matthew Smith**, el chico que tiene que jugar
con ella y romperle el corazón.

17 años

Tercer grado

Calificaciones promedio

Chico egocéntrico y con las chicas a sus pies


**Objetivo del plan:** Enamorar a la apuesta
y romperle el corazón.

# uno

# La elijo a ella

( Matthew )

—**Jessica Morris, Jenna Stan y Courtney Grant** —Andrew me señala con el dedo—. Tienes cinco meses. Tick tock, tick tock, se te acaba el tiempo.

—¿Ah? Espera, espera, espera —levanto las manos—, ¿hay reglas?, ¿cómo se supone que enamoro a alguien que literalmente me odia.

Andrew se pone a pensar y Connor, a mi lado, sólo observa en silencio.

—Tengo que pensar si hay reglas —murmura—. Me voy a pensar si hay reglas... Y con lo demás, arréglatelas tú solo.

Se da la vuelta y se va, dejándome con la duda y la pregunta en la boca. ¿Había castigo si no lograba la apuesta? ¿Y si no cumplía con todos los requisitos que el maniático de Andrew pensaba ponerme?

—Connor, necesitamos ir a la dirección a buscar información de las chicas.

—¿Sin permisos?

—Amigo, soy Matthew Smith y puedo hacer lo que sea.

La secretaria nos mira con los ojos entrecerrados.

—Es en serio: necesitamos la información de tres personas femeninas para un trabajo.

—El maestro nos dio el nombre de las tres personas —me ayuda Connor—, si no nos cree, puede ir a preguntarle al maestro de Formación.

Aunque eso no era cierto y el maestro de Formación ni siquiera estaba dentro de esto, la secretaria suspira y nos pasa una pluma y una hoja. Una pequeña sonrisa se asoma en mis labios.

—Anoten el nombre de las personas.

Tomo el lápiz y escribo: Jenna, Courtney y Jessica.

—¿Cuáles son los apellidos de Jenna, Courtney y Jessica? —pregunta con pesadez la secretaria.

Connor pone los ojos en blanco y me quita la pluma para escribir los apellidos. Entrega nuevamente la hoja a la secretaria.

La secretaria se para y se va. Aprovecho para mirar a Connor.

—Connor, ¿y si las chicas son feas? ¿Y si son *dork*?

—Si pudiera, ya te hubiera abofeteado —me dice Connor—. Sólo conozco a Jessica Morris de lejos, y sé que es de primero. No está mal.

Si Connor dice eso de una chica, significa que no está nada mal, pero el problema es que no tengo ni la menor idea de cómo son... de qué tanto me odian. La secretaria regresa con tres fólders grises. Los recibo y los agarro bien, esperando no tener una mala sorpresa.

—Gracias, ¿podemos sentarnos?

La secretaria asiente.

Tomamos asiento en unas sillas de madera café cerca de la mesa de la secretaria. Tomo el primer fólder y lo abro. Hay hojas de datos y en una esquina una foto con un clip. La chica es morena con rulos, ojos casi negros y una sonrisa nada atractiva, además de un poco de maquillaje excesivo.

Comienzo a buscar su nombre.

—Jenna Stan está fuera —le susurro a Connor mientras me cercioro de si la secretaria nos mira.

En efecto, nos mira con los ojos entrecerrados.

Un poco incómodo por la mirada de la secretaria, le paso el fólder a Connor y comienzo a revisar el siguiente.

Contiene lo mismo que el anterior, sólo que la foto muestra a una chica rubia de ojos azules y una sonrisa coqueta con labial rojo.

—Amigo, Jessica Morris es la elegida —le digo mientras le paso el fólder e intento que no se note mucho mi sonrisa.

—Matt, todavía falta un fólder —me dice sin despegar la vista de la foto de Jessica—. ¿Cómo puede ser que una preciosura como ésta te odie?

—No lo sé.

Abro el último fólder, con la esperanza de no encontrar alguien mejor y obligando a que mis ojos vayan directo a la foto: cabello miel ondulado recogido con una diadema delgada blanca, ojos marrones y una sonrisa delicada, como de niña pequeña. Busco su nombre y, sin querer, otra pequeña sonrisa se me sale.

Courtney Grant iba a caer en mis brazos y yo le iba a romper el corazón.

—Courtney Elizabeth Grant —leo sus documentos—, segundo grado, promedio de nueve cinco, ningún reporte.

Connor cierra el fólder de Jessica y, al ver la foto de Courtney, silba por lo bajo.

—No se ve que sea una chica muy fácil.

Ignoro su comentario y le entrego el fólder.

—Ve a devolverlos; tengo una apuesta que cerrar.

Sonrío y me levanto. Tengo que decirle que sí a Andrew. Mientras salgo del lugar, observo a Connor entregar los papeles y a la secretaria mirarlo con los ojos entrecerrados, como si le leyera la mente y las intenciones que teníamos

Ya fuera de las oficinas, saco el celular y marco. Me sorprende la rapidez con la que ha contestado la llamada.

—¿Qué quieres, Smith? —contesta Andrew.

—Acepto, escojo a Courtney Grant.

Del otro lado, escucho un suspiro, de aquellos que lanza cuando sabe que ha ganado.

—Entonces, tienes cinco meses, después te mando las reglas —me dice—. Tick tock, tick tock —cuelga.

*Courtney Grant, prepárate para los encantos de Matthew Smith.*

# Reglas

Matthew Smith, sé que eres un perdedor y no podrás enamorarla.

1. No puedes invitarla a cenar. (Sé tus estrategias, Smith.)
2. No puedes decirle "Te quiero", aunque ella te lo haya dicho.
3. Fuera de la escuela, ella no existe. (Es opcional.)
4. No puedes abrazarla ni ponerle tu brazo en los hombros.
5. Sólo besos en la mejilla.
6. No puede saber de la apuesta, así que cuando pregunte por qué hablas con ella, miente.
7. No puedes mirarla a los ojos.
8. No puedes decirle halagos. (Bueno, unos cuantos.)

Cosas que tienes que conseguir:

1. Que te diga te quiero.
2. Acostarte con ella. (En los dos sentidos.)
3. Que ella te abrace primero.
4. Besarla. (Sí, sólo uno, después de conseguir este beso ya no puedes darle más.)

Matt, tienes cinco meses para lograr enamorarla. Cuando se termine el tiempo, tienes que romperle el corazón, de un modo u otro tiene que llorar. Pero si no se enamora... tienes que usar un sostén de cocos, una falda hawaiana y te raparás tu hermoso cabello de modelo.

Ahhh... Otra cosa.

NO TE ENAMORES DE LA APUESTA, ELLA SE TIENE QUE ENAMORAR DE TI

Andrew

# dos

## Inteligentemente idiota

( Matthew )

**Son las nueve de la mañana y ya estoy** puntual en la entrada de la escuela esperando a Courtney Grant. Pero por más que el tiempo pasa, ella no aparece.

Connor, Andrew y yo estamos desesperados y molestos por tener que levantarnos más temprano a causa de esto.

—¿Y si no viene? —pregunto, desesperado.

—¡Ay, por Dios!, tiene pinta de niña estudiosa —dice Andrew mientras comienza a mirarme pensativo—. ¿Cómo te verás sin tu cabello de modelo?

Me mira con una sonrisa burlona y lo observo de mala gana.

—Sexy —respondo.

Escuchamos cómo a alguien se le caen las cosas e instantáneamente volteamos a ver de quién se trata.

Courtney Grant estaba recogiendo dos libros. ¿Es común que a los tipos listos se les caiga todo?, porque... ¡vaya que veía ese tipo de cosas muy seguido!

Froto mis manos con maldad mientras les echo una mirada rápida a los idiotas que tengo por amigos.

Que empiece el juego.

Ella ya se ha puesto de pie cuando llego a su lado.

—Hola.

Me mira unos segundos y comienza a caminar como si nunca me hubiera visto.

¿Por qué demonios hace eso? ¡Cómo que se resiste a los encantos de Matthew Smith!

Intento caminar más rápido para ponerme delante de ella.

—Me llamo Matthew Smith —extiendo mi mano educadamente esperando que la tome.

—Eso lo sé —intenta esquivarme pero la detengo—. Y también sé que eres un idiota que no me deja pasar.

—Cariño, este idiota intenta hablar contigo.

Deja de esquivarme y me mira con sus ojos marrones, dándome una señal para hablar. Observo por unos segundos sus ojos y después la miro a ella; su rostro me da la sensación de ya haberla visto. Aparte de la foto, claro; me resulta bastante familiar.

—¿Te conozco? —le pregunto.

—¿Entonces por qué quieres hablar conmigo si no me conoces? —bufa molesta mientras logra hacerme a un lado.

La miro mientras comienza a caminar. Da la vuelta sólo para decirme:

—Quizá tu pie sí me conoce.

Se aleja sin voltear atrás como toda una experta.

¿Mi pie como la conoce?

Por alguna razón, recuerdo a una chica delgada que pasaba siempre frente a mi casillero, con su mochila en la espalda y unos cuantos libros en los brazos. ¡Claro, la chica a la que siempre le ponía el pie para que se cayera... era ella!

Me golpeo la frente y mis amigos se acercan a mí.

—Ella es la chica a la que le ponía el pie —les digo algo paniqueado.

Connor y Andrew comienzan a burlarse.

—Tick tock, tick tock... jajajajaja —dice Andrew mientras se aleja.

Maldito Andrew y su estúpido suspenso. Connor me da unas palmaditas en la espalda.

—Smith, eres un idiota —se carcajea y se va.

No, Smith, no eres un idiota, saca esos encantos e intenta conquistarla. No puedes perder, no te puedes quedar sin tu hermoso cabello. Tampoco debes perder la dignidad con un sostén de cocos y una falda hawaiana. Nena, no sabes lo que pasará.

Me acomodo la chaqueta y la mochila, reviso la hora y me voy a clases.

—¿Por qué se hacen disecciones con ranas y no con otros animales? —pregunta la maestra, atenta a la clase para ver quien levantaba la mano—. Señorita Grant.

Enseguida giro mi cabeza. ¡Ahí está ella, bien sentada, con una sonrisa de niña pequeña y su diadema negra recogiendo su cabello ondulado color miel!

—Porque su anatomía es parecida a la nuestra.

—Muy bien —la felicita la maestra.

La maestra se gira y toma algo cuadrado entre sus manos para mostrárselo a la clase. Todos, incluyéndome, ponen cara de asco, otros gritan y otros se quedan en silencio. En un pedazo de cristal cuadrado hay una rana con el estómago abierto y todos sus órganos fuera.

—Como pueden ver, sus órganos son más pequeños a comparación de los nuestros, pero son muy similares —coloca a la rana en su escritorio—. Hoy quiero que vean eso, por lo tanto, hagan equipos de tres, escojan una mesa y se ponen guantes y batas. Vámonos al laboratorio.

Todos se ponen de pie y yo espero a que Courtney se ponga a mi lado para poder empezar mi malvado plan.

—¡Hey! —intento llamar su atención y ella gira la cabeza atraída por mi voz—. ¿Quieres hacer equipo conmigo?

—Lo siento, ya tengo equipo.

—Mentira, nos falta una persona —dice su amiga y yo mismo me sorprendo. Es Cristina Butler, un polvo en mi lista de chicas y en mi cama—. Estás dentro.

Sonrío y mentalmente me felicito, pero una parte de mí sigue confundida ante la aceptación de Cristina, ya que después de lo que pasó tenía entendido que me odiaba a muerte. Courtney pone los ojos en blanco y sigue caminando molesta.

Nos dirigimos al laboratorio. No está lejos; de hecho, estaba demasiado cerca, ya que es el salón de a lado. Agarro una bata que está colgada y unos guantes desechables.

Sigo a las chicas, quienes escogen una mesa en el centro.

En la mesa hay tres ranas en dos recipientes de cristal, tres bisturíes, algodones, un líquido verde transparente, cuadros de madera y agujas.

Es la primera clase a la que entro o pongo atención... y me torturan con estas cosas.

—¿Qué hay que hacer? —le pregunto a Courtney.

—Creo que debemos dormir a la rana con ese líquido —responde cortante.

Me fijo en lo que hacen los demás y observo cómo un chico le quita la tapa al envase del líquido y lo huele muy de cerca. El chico azota en el piso.

Miro a Courtney, quien está a punto de hacer lo mismo pero retira el bote de su nariz a tiempo. La maestra golpea su frente al mirar al chico en el suelo y la anestesia regada en el piso.

—Ni se les ocurra olerla, es muy fuerte esta anestesia. Es para dormir —señala a dos chicos—; llévenlo a la enfermería —se escucha el ruido de alguien más estrellándose en el piso—... y a ese chico también.

Courtney toma un pedazo de algodón y lo moja con la anestesia, lo echa en el recipiente con la rana dentro y después de unos segundos la rana deja de moverse. Todo hace afecto demasiado rápido, para mi gusto.

—¿No va a despertarse? —le pregunto y ella se queda pensativa. Agrega dos algodones más.

Imito lo que hizo, paso a paso, y observo cómo la rana deja de moverse y se queda totalmente quieta.

La toco con un dedo para ver si la anestesia hizo efecto o necesito vaciarle todo el bote en el cuerpo, pero no reacciona, se queda boca arriba y con las patas estiradas. Entonces la agarro y la deposito en la mesa.

—Tienes que ponerla en la madera —me dice Cristina sin mirarme.

La coloco en la madera, boca arriba; la miro y le pido disculpas por lo que haré. Tomo el bisturí y comienzo a mentalizarme para abrirle el estómago, como el ejemplo de la maestra, pero algo en mí se revuelve de asco. Arrojo el bisturí a un lado.

—¿Cómo demonios haré esto? —murmuro.

Esperen, esperen, esperen. ¿Estaba preocupado? Sí, sí lo estaba, pero, ¿por qué? *Porque no quieres matar a una rana.*

Mi mente tiene razón, no quiero matar a una rana, pero ¿cómo podría evitarlo?, ir al baño sería una opción pero ¿podría quedarme ahí mucho tiempo? Si digo que tengo nauseas arruinaré mi reputación. Pero... *¡Qué inteligente eres, Matt!*

Destapo la botella de anestesia y la huelo muy de cerca...

... *Pero quedas en ridículo frente a Courtney.*

Intento que mis ojos no se cierren, pero ya es demasiado tarde. Quedo en ridículo frente a Courtney.

# tres

## ¿Qué clase de chica es ella?

( Courtney )

**Después de que el cuerpo de Matthew** cayera al piso como saco de patatas, la maestra canceló el trabajo, lo cual me alegró a mí y a medio salón.

Resultado: seis chicos desmayados gracias a la anestesia. Lo cual era un poco gracioso, pero eso se iba al recordar que yo casi era parte de esos seis chicos.

—¿Por qué el *Sesos de Alga* intenta hablar contigo? —pregunta Cristina.

No es extraño que Matthew Smith intente hablar con las chicas por apuestas o para jugar con ellas, lo extraño es que intente hablar conmigo. Quizá suene patética la idea de que él quiere conocer chicas diferentes, pero es ridículo. Sabiendo la clase de amigos que tiene y que su ego es más grande que él, conocerme a mí es imposible.

Me encojo de hombros sin saber muy bien la respuesta.

Cristina me mira confusa; es mi mejor amiga, fue juguete de Matthew y es el ser más genial que hay sobre la Tierra... después de mi madre, claro.

—Sinceramente, no sé qué traiga en mente, pero creo que sabe que no puede jugar conmigo.

Le doy una mordida a mi sándwich y ella hace lo mismo con el suyo.

Las clases a veces pasan muy rápido o a veces muy lento. Cristina y yo generalmente comemos en una mesa en el jardín, porque si vamos a la cafetería nos arriesgamos a ser parte de las continuas guerras de comida.

Cuando alguien se sienta a mi lado y me doy cuenta de que ese alguien es el mismísimo Matthew, el apetito se me va de inmediato.

—¿Qué quieres? —lo cuestiono.

—¡Qué!, ¿no puedo sentarme a tu lado? —se hace el ofendido mientras me pregunta.

—No.

Se recarga en la mesa y levanta un brazo mientras bosteza, pero enseguida lo vuelve a flexionar.

—¿Qué me ves, bombón? —le pregunta a Cristina mientras intenta una mirada encantadora que termina siendo una mueca.

Miro a otro lado intentando no reírme.

—¿Verte a ti?, ¡Ja!, ni siquiera me percaté que estabas aquí siendo un estorbo.

Molesta agarra su sándwich, mientras se para y comienza a alejarse de la mesa. Tomo el mío y voy detrás de ella, pero por desgracia Matthew hace lo mismo. Tiro lo poco que quedaba de mi almuerzo e intento buscar a Cristina. Claro, me deja sola con el Sesos de Alga.

La única solución que por el momento me queda, o se me ocurre, es encerrarme en el baño mientras suena el timbre, lo cual es patético.

Camino al pasillo central, donde, si giras a la derecha, se encuentran los baños. Empujo la puerta que marca el baño de chicas y entro.

Sonrío victoriosa, pero al momento de sentirme libre, tengo la impresión de que me falta algo sobre los hombros; hasta entonces, recuerdo que he dejado mi mochila en la mesa. Dejo de sonreír.

Abro la puerta y Smith no está. Vuelvo a sonreír; comienzo a trotar hacia donde estaba sentada antes, pero para mi desgracia ya no está mi mochila café. Casi siento cuando Matthew pasa detrás de mí con la mochila, sintiéndose victorioso ante mi torpe descuido. ¿Por qué me pasan siempre esa clase de cosas? ¿Por qué siempre me molestan los idiotas?

—Dame mi mochila.

—Dame un beso —responde.

Intento quitarle la mochila pero él la levanta a la altura de su cabeza; unos treinta centímetros arriba de la mía.

Intento agarrarla, pero me es imposible. Miro a mi alrededor buscando a Lucas, mi mejor amigo, pero él no está. ¿Dónde rayos ha estado desde hace tres días?

—Dame mi mochila —estiro mi mano esperando a que me la devuelva.

—Ya te dije qué quiero a cambio.

Claro, claro, ¡ni loca lo besaría!, pero haría otra cosa con tal de tener mi mochila de vuelta, porque fue suficiente con la vez que me la robaron.

Me acerco a él y él comienza a sonreír.

Bien, Matthew, sabrás lo que es un beso de mi parte.

Me acerco más a él... pongo las manos en su pecho... él cierra los ojos... yo sonrió... levanto mi pie lo más fuerte que puedo y ¡le doy en su zona sensible! De inmediato suelta la mochila y yo sonrió.

## ( Matthew )

—¡Tengo cinco malditos meses para enamorarla y en el primer día me patea la entrepierna! ¡¿QUÉ CLASE DE CHICA ES?! —estallo y siento cómo me desahogo—. Connor, ¿qué hago?

Connor me mira como diciendo "Eres un caso perdido". Aunque puede que lo sea, como puede que no lo sea, porque claro, soy Matthew.

—¿Cómo puedo ayudarte cuando eras tú quien le ponía el pie todas las mañanas?

—Me arrepiento de eso, no sabes cuánto.

—Entonces logra que reconozca que cambiaste —sonríe y me mira burlón, casi recordando algo—. ¿Cómo fue que te desmayaste en disección?

Comienza a reírse como loco y Andrew llega con una sonrisa burlona, mientras que lo único que yo hago es turnarme para verlos mal e intentar relajarme para no golpearlos.

—¿Te ha pateado una chica? —pregunta—. Primero te desmayas y después una chica te humilla —comienza a reírse—. Matthew Smith está perdiendo.

Bufo con molestia y acomodo la bolsa de hielo en mi entrepierna.

Medio día de la apuesta, fallido.

# cuatro

## Enfócate en el plan y rompe las reglas

( Matthew )

**Nuevo día, nueva oportunidad.** Vamos Matt, tienes que alejar tu lado idiota y convencerla de que has cambiado. Hazlo por tu cabello.

Me siento a un lado de Courtney e intento sonreír, pero su mirada envenenada me detiene.

Hazlo, maldita sea.

—Hola —me sigue mirando mal, lo que causa que me ponga nervioso. *¿Nervioso?*—. Quería pedirte perdón por lo de ayer y por ponerte el pie todas las mañanas el año pasado.

La observo esperando una reacción positiva, pero me mira fijamente unos segundos y después desvía los ojos hacia otro lado. Se toca ligeramente la mejilla y su mirada se relaja un poco, pero no me sonríe.

—Perdón por patearte ayer.

—Creo que... suele pasarme —me mira de forma compasiva.

¡Bien hecho, Smith!, aunque parece que lo dice por obligación, al menos no te dijo maldiciones.

—Pero eso no quiere decir que voy a ser tu amiga o algo por el estilo —advierte un tanto a la defensiva.

Genial: ya iba a empezar el "sólo amigos", pero ni siquiera quería ser mi amiga. Mierda.

—¿Qué pasaría si te volvieras mi amiga?

Me mira pensativa, bueno, al menos ya no me mira mal. Entrecierra los ojos un poco y después habla:

—¿Para qué quieres que sea tu amiga?, tienes dinero, popularidad, muchas ex y varios amigos, supongo que con eso basta—se encoge de hombros restándole importancia.

Me sorprende lo que dice, incluso lastima, pero por desgracia sé que tiene razón. Entonces, ¿qué le digo? ¿Qué es una apuesta? ¿Que si puede cooperar un poco?

No sé qué decir; intento buscar en cada rincón de mi cerebro para encontrar algo que pueda hacerla cambiar de parecer, pero no encuentro nada, simplemente recuerdos de la noche anterior y la chica rubia.

*Matthew Smith por primera vez se queda sin palabras delante de una chica. Mierda.*

¿Si yo fuera una chica qué me gustaría que hicieran por mí?

*En definitivo, que no jugaran con mis sentimientos...*

¿Cómo puedo enamorarla? Desde hace dos días es la única pregunta que está en mi cabeza. ¿Qué le gustará de un chico?

La miro de reojo y ella a mí; instantáneamente revira y trata de que su cabello cubra su cara, pero es imposible: su diadema negra deja descubierta su frente. Es tan... tan ella, que no hay manera de describirla. Aparte de que no la conozco bien, claro.

Me topo con la mirada de una chica que intenta coquetearme, mordiéndose el labio, como suelen hacerlo las chicas que quieren algo. Una mirada con... ¿deseo? Por primera vez, ignoro su mirada disgustada. Enfócate en el plan.

Para mi suerte, el timbre suena y Courtney sale volando del salón con la mochila al hombro. Me tomo el tiempo necesario para guardar mis cosas y salgo del salón, listo para lo que venga.

Abro la puerta de mi casillero y veo un papel arrugado entre todos los libros y cuadernos. Lo tomo y sonrío al ver que es la lista que me prometió Connor. La desdoblo y comienzo a leerla. A pesar de su letra chueca, como si lo hubiera hecho con poco tiempo, logro entender lo que escribió:

*Smith, siéntete orgulloso de tener un amigo como yo, pero tienes que darme los cuarenta dólares que prometiste.*

*Ya investigué algunas cosas con su amiga Cristina (no puedo creer lo fácil que fue); pero antes de que sigas leyendo, hazte la promesa a ti mismo de no decir nada ni de actuar de un modo extraño después de saber todo lo que leerás a continuación.*

☞ *Le gustabas en primer año, pero comenzó a odiarte cuando le ponías el pie todas las mañanas.*

☞ *No intentes enamorarla como lo haces con todas las chicas. Intenta ser romántico por primera vez en tu vida... aunque sea para una maldita apuesta, pero caerá más rápido en el juego.*

☞ *Ella es reservada, dale un poco de tiempo, pero no* TODO *el tiempo, tienes cinco malditos meses para enamorarla. (Mientras escribo esto, me siento como Andrew.)*

☞ *Rompe la maldita regla de los abrazos. El castigo no es tan malo, sólo un golpe en el brazo. Sí, se lo pregunté a Andrew. Pero finge que no lo sabes.*

☞ *No seas tan egocéntrico e intenta no coquetear con las otras chicas.*

☞ *Mi mamá me contó de una película sobre un chico que intenta enamorar a una chica para romperle el corazón, pero el chico termina enamorándose de ella. No sé, pero presiento que te enamorarás de ella.*

No puedo evitar reírme, lo que provoca que algunas personas se me queden viendo. ¿Habló con su mamá acerca de películas románticas?

☞ *No ha dado su primer beso, así que cuando la beses trata de hacerlo bonito. Mínimo que valga la pena.*

☞ *Le gustan los libros, el helado de vainilla, los parques, los amaneceres y le dan miedo los patos y caerse a una laguna.*

☞ *Cuando comiencen a ser amigos, besa su mejilla. Antes no, porque quizá te prenda fuego cuando duermas.*

☞ *Invítala a tu casa a dormir o ver películas. Pueden dormir en la misma cama ese día.*

☞ *Tienes otra misión: en dos meses hay vacaciones, llévala de vacaciones y ve el resultado.*

*Matthew, cuando le rompas el corazón trata de no hacerlo tan cruel. Por lo que he visto es buena chica. Pero gracias a tu maldita apuesta quizá se haga una perra (en el buen sentido) y ya no vuelva ser la misma; sería probable que toda la escuela se burle de ella.*

*Enfócate en el plan y rompe algunas reglas.*

*Connor.*

Mi mente comienza a procesar todo lento pero a buen ritmo. ¿Otra misión? ¿Llevarla de vacaciones? ¿Pero qué demonios me pide? Si le digo que vaya de vacaciones conmigo es como decirle a un niño pequeño que se duerma justo cuando se está divirtiendo más. Imposible.

*Primero sé su amigo y todo a su tiempo.*

# cinco

## Primero sé su amigo

$\left(\text{Matthew}\right)$

*Primero sé su amigo y todo a su tiempo.*
*Primero sé su amigo y todo a su tiempo.*
*Primero sé su amigo y todo a su tiempo.*
*Hazla reír y que note que has cambiado.*
*Hazla reír y que note que has cambiado.*
*Hazla reír y que note que has cambiado.*

**Después de una noche de pensar** y no dormir, unas ojeras aparecieron en mi dulce rostro a pesar de desvelarme un sólo día. Ya tenía un plan y hasta el discurso listos para el día de la ruptura... si llegábamos a ser novios.

Acomodo los libros en mi casillero y lo cierro. Desvío la mirada unos cuantos casilleros y veo a Courtney guardando unos libros y cuadernos en el suyo, sin percatarse de mi presencia; azota levemente la puerta y se dirige a su salón a zancadas muy rápidas.

Echo a correr por el pasillo y me detengo a su lado.

—Hola —la saludo mientras intento respirar normal.

—Hola —me mira—. ¿Tienes asma?

La miró confundido y comienzo a reírme.

—¿Por qué la tendría?

Se pone un mechón de cabello detrás de su oreja y sonríe levemente. Miro sus mejillas naturalmente rosas y esa hermosa sonrisa, incluyendo su imperfecta trenza. Ya no usa su diadema negra, al parecer trae un nuevo *look*.

Tú, Matt, ¿dijiste "hermosa sonrisa"?

Me miro mal a mí mismo al hacer esa pregunta en mi mente y me doy cuenta de que es verdad. Dije que tenía hermosa sonrisa.

Muevo levemente la cabeza intentado distraerme y la miro.

—Respiras como perro después de correr mucho.

Comienzo a reírme.

—¡Qué linda!, gracias —bromeo—. ¿Qué clase te toca?

—Clase libre.

Asiente con la cabeza y mira al piso. Presiento que ya no sabe qué más decir, así que la observo de reojo. Sus típicos Converse negros, jeans, camisa de mezclilla, y su trenza extraña... ¿Ella desde cuándo viste así? ¿Cuándo dejó de usar sus sudaderas?

Algo en mi mente me recuerda que tiene clase libre... ¡CLASE LIBRE!

—¿Y qué haces en tus clases libres?

Me mira un momento y clava su mirada en el suelo.

—Nada en especial. Cristina tiene varicela, así que tendré que aburrirme yo sola.

—¿Tiene dieciséis años y no le había dado varicela? —le pregunto sorprendido.

Arruga su nariz mientras niega con la cabeza.

Lo medito con rapidez y quiero hacerle compañía en su hora libre, aunque eso implique que yo tenga que faltar a una clase.

Pues pregúntaselo, idiota.

—¿Puedo estar contigo en esta hora?

Y ahí están de nuevo los nervios y un poco de dificultad al hablar. ¿Por qué demonios me pasa eso? No tengo la menor idea.

—Si quieres —me mira—. ¿Quieres aburrirte en un jardín mientras ves nubes y más nubes?

Ver nubes y más nubes es un tanto aburrido, pero estar con ella viendo las nubes quizá no. Tal vez puedo convencerla de que he cambiado y echar a andar mis encantos más rápido.

Tu no has cambiado, sólo quieres ganar la maldita apuesta.

Me quedo quieto, un poco confundido. La vocecita en mi mente no se parece a mi voz, se parecía más a la de Courtney y la miró confuso, pero ella espera mi respuesta.

—No creo que sea tan aburrido.

Las cosas que voy a tener que arriesgar por la apuesta.

Llevábamos apenas quince minutos sentados en el pasto y mi trasero ya me dolía. Courtney se había recargado en un árbol y al parecer dormitaba.

—Yo te dije que esto iba a ser aburrido.

Pego un brinco cuando escucho su voz y una risa un poco burlona.

—No me estoy aburriendo... Sólo... sólo pienso cómo no aburrirme.

Recargo un brazo en mi rodilla flexionada y con la otra mano comienzo a arrancar pasto. Ella se queda en silencio mientras mira a un pájaro que busca algo entre el pasto. De repente, el ambiente queda en un incómodo silencio.

—¿Por qué estás aquí? ¿Por qué intentas hablar conmigo?

No me sorprendo ante la pregunta. Yo mismo sé que en este momento no soy capaz de responder, porque sinceramente no puedo revelar nada, aunque Andrew me aconsejó que le mintiera, pero no soy capaz. No sé la razón exacta y el porqué soy incapaz de verla a los ojos. Lo único que puedo hacer en estos momentos es pararme, limpiarme el trasero e irme, pero eso expresaría que no he cambiado y que soy un cobarde.

—No lo sé, tal vez sólo quiero arreglar las cosas. Ya sabes, por lo del año pasado.

Asiente con la cabeza en señal de que no está cien por ciento segura. Pero no la culpo, yo tampoco creería eso.

La miro.

—¿Y qué te gusta? —trato de cambiar la charla.

—¿Gustarme de qué?

No seas tonto, Smith, tienes que especificar qué le gusta.

—¿Cuál es tu canción favorita? —le pregunto.

Lo piensa unos segundos antes de responder:

—Tengo muchas canciones favoritas. Pero, ¿cuál es la tuya?

Saco mi celular y busco la canción.

—¿Tienes audífonos?

Ella busca en su mochila y me entrega unos audífonos blancos. Los conecto y me acerco más a ella, tanto que su brazo toca el mío, para compartir auriculares. Le doy *play* a "Dirty Diana".

—¿Te gusta Michael Jackson?

Asiento y ella sonríe. Comienzo a cantar en voz baja mientras muevo la cabeza al ritmo. Quizá nunca haya hecho esto con una chica ni tampoco hablar de mi canción favorita, pero ella es tan diferente, que de cierto modo me impulsa a ser un poco sincero. Apenas son dos días de estarla conociendo y a simple vista se ve como una chica común, pero con lo poco que he hablado con ella, puedo convencerme de que no es ordinaria, sino diferente, linda, con sentimientos auténticos y que no le importa lo que digan de ella, mientras sea feliz ella está bien. Por un momento me siento mal al pensar que tengo que romperle el corazón y hacer que llore pero, sabiendo lo fuerte que es, quizá termine llorando yo de un golpe en la entrepierna o de una bofetada.

La canción termina.

—No creí que escucharas ese tipo de música —le sale una sonrisa—. Pensé que te gustaba la electrónica o esa cosa, como a toda la escuela.

—Courtney, la buena música nunca se olvida.

Noto cómo sus mejillas se ponen rojas y ella mira a otro lado. Gana dos puntos por sonrojarse. Ninguna chica con la que he estado se ha sonrojado, ni cuando miro sus ojos o su escote, ni cuando las beso por primera vez, ni nunca. Mucho menos cuando digo alguna cosa sobre música.

No sé si por fortuna o por desgracia, el timbre suena y nos ponemos de pie al mismo tiempo. Sé que está nerviosa por la forma en la que se acomoda la mochila.

—Creo que me voy a clases.

—Creo que yo también —respondo.

La miro alejarse con pasos decididos; también noto que dos chicas la miran mal después de darse cuenta de que estaba conmigo. Ellas me miran y me sonríen, las miro y no les devuelvo la sonrisa. Se dan la vuelta e intentan caminar como modelos, lo cual hace que se vean mal porque mueven de más las caderas y no coordinan los brazos con las piernas. Me río de ellas.

—Oye, niño, ¿qué haces ahí dentro? —alcanzo a escuchar.

Es el jardinero.

—¿Qué, está prohibido descansar aquí?

—No, niño, pero es la hora en la que se prenden...

Se escucha un zumbido y los aspersores arrancan.

—... los aspersores.

Ya era demasiado tarde para correr: estaba empapado. O no tanto, pero sí estaba un poco, demasiado, bueno... mojado.

Salgo a grandes zancadas rumbo a mi casillero. Ignoro a las personas que se burlan de mí o que me regalan miradas burlonas al cruzarse conmigo; no hago caso del camino de agua que voy formando detrás de mí, incluso mis Vans rechinan. El cabello me tapa la frente y me pica los ojos; con un gesto de molestia lo peino hacia atrás, mientras intento no patear un casillero. Abro el mío para buscar los libros de la siguiente clase y echarlos a la mochila; intento abrir la mochila pero no la siento colgada en mis hombros... ¡Mi mochila!

Con un vuelco en el estómago, miro al suelo, esperando que la haya dejado ahí, pero no está.

La olvidé en la estúpida jardinera.

La había dejado por salir enojado. Vuelvo a peinar mi cabello y corro por la maldita mochila. Un poco más molesto que antes.

# seis

## Courtney, no seas tonta

( Matthew )

**La mochila estaba justo donde la había** dejado; donde Courtney se había sentado. Lo bueno era que los aspersores ya habían dejado de rociar agua, el único problema era que mi mochila estaba mojada. Bueno, no sólo eso, tenía que estar inundada... ¡Los consejos de Connor!

Abro rápido la mochila y, para mi sorpresa, adentro no hay nada empapado porque el interior está forrado con un raro plástico, lo que me hace recordar rápidamente a mamá y los accidentes de mi hermana. Gracias, mamá.

Reviso que todo esté en su lugar y me cuelgo al hombro la mochila. Salgo de la jardinera mientras las personas van de un lado a otro. Listos, felices y secos van a sus clases.

Al llegar al pasillo de los casilleros, veo a dos chicas frente al mío; una de ellas se retoca el maquillaje y otra intenta abrir el casillero.

—¿Qué demonios haces? —le pregunto, con el ceño fruncido.

La chica, alterada, suelta el candado y su amiga deja caer el maquillaje.

—Hola, Matt, ¿qué te trae por acá? —me mira y se horroriza un poco—. ¿¡Por qué estás mojado!?

Es Jennifer, la chica que me acosa junto con su amiga Mónica. Cuando iba en segundo año y mi popularidad iba subiendo, ellas dos no hacían otra cosa sino mandarme cartas, invitarme a sus fiestas, insinuarme que estaban dispuestas a hacer lo que fuera para que me fijara en ellas. Ha pasado más de un año y siguen...

—No creo que eso sea de tu incumbencia.

Me mira como si acabara de golpearla y se da la vuelta molesta, dándome una gran vista de su trasero. No está tan mal la chica, debo reconocer. Abro el casillero y veo una nota rosa hecha bolita. ¿Ahora Connor me manda consejos en papel rosa o es una carta de Jennifer? Extiendo el papel con cuidado de no romperlo y me sorprende ver que no es ningún consejo de Connor o carta de Jennifer, en vez de eso es una invitación a una fiesta.

*Matt, te veo en mi casa el sábado a las 8. Habrá una fiesta.*
*No faltes.*

*Peter.*

Me llamo Matthew y mi apellido es Smith, eso significa que no falto a ninguna fiesta. Agarro la ropa limpia y me voy al baño a cambiar.

( Courtney )

Abro mi casillero; me doy cuenta de que hay un papel rosa, lo cual es muy extraño. Lo desdoblo. Es un mensaje con una letra bastante fea y difícil de entender, lo que hace todavía más raro el asunto. Logro descifrar el mensaje.

*Courtney, querida, no puedes faltar a mi fiesta, es el sábado*
*a las 8. En mi casa; Cristina debe saber la dirección. Ella*
*igual está invitada.*

*Peter B.*

*¿Peter B... Peter B...? Peter Brooks.*
Algo dentro de mí se emociona un poco y al mismo tiempo comienzo a temblar de miedo, ¿Peter Brooks me ha invitado a una fiesta? Peter Brooks es el capitán del equipo de futbol —Matthew es el cocapitán—, el segundo más popular de la escuela, el chico que jamás invitaría a chicas como Cristina y yo. Bueno, Cristina es conocida por acostarse con Matthew, quizá la invitación era para ella y me la dio a mí porque ella está enferma. Suena más razonable.

*Espera... Cris tiene varicela, ¿cómo iría a la fiesta?*
Entonces esto es un mal entendido. Vuelvo a leer la invitación y me doy cuenta de que no tiene sentido que se la haya enviado a Cristina.

Bueno, la primera fiesta a la que me invitan y no quiero ir. Resulta paradójico: antes moría por ir a una fiesta de alguien popular, ahora moriría por no hacerlo. Puedo faltar, nadie lo notaría.

Dejo la nota donde estaba, guardo el libro de inglés en la mochila y cierro el casillero. Comienzo a caminar y alguien me toca el hombro llamando mi atención.

—¿Ya leíste mi invitación?

Me doy la vuelta y veo que Peter está parado frente a mí con las manos en los bolsillos de los pantalones, me mira como si fuera algo interesante y su sonrisa no está en modo "Seducir". De hecho, me ve como si ya fuera su amiga.

—Sí —lo miro nerviosa—. ¿Por qué querrías que yo fuera a una fiesta tuya?

Me observa y gira su vista, para saber si alguien pone atención a nuestra charla. El chico castaño rubio de ojos azules intenta entablar una conversación.

—Porque alguien tan linda como tú merece ser invitada.

Aunque el comentario haya sido lindo, no me sonrojo ni me pongo nerviosa, lo cual no es común; de hecho, cualquier comentario como ese me haría sonreír como tonta, y más si viene de Peter. Pero no lo logra.

—Claro... este... em... —*deja de balbucear, tonta*—. Entonces te veré en la fiesta. Intento sonreír y me voy.

*Es una apuesta... es una apuesta.*

Claro que es una apuesta, ¿por qué haría algo así?, me pongo bien la mochila y camino al salón de inglés.

No sé si es mala o buena suerte, pero Matthew está recargado en el umbral de la puerta del salón revisando su celular. Hace dos días Matthew Smith intenta hablar conmigo, me molesta, se disculpa y escucha conmigo su canción favorita; ahora llega Peter Brooks, con una invitación en mi casillero, habla conmigo, no carga su sonrisa egocéntrica y me dice que soy linda, ¿acaso estoy soñando o desperté en una clase de mundo paralelo?

Miro a Matthew y noto que tiene ropa distinta... incluso una mochila diferente. En serio, ¿qué demonios está pasando?

Entró al salón y sonrío al darme cuenta de que él no se acerca a mí. Justo antes de que el maestro arribe, él entra mientras rodea la cintura de una chica que le sonríe bonito. Miro mi carpeta y el libro que está encima de ésta, intentando que no me vea y que eso no me afecte. ¿Por qué demonios creí que él se fijaría en mí? Sonrío irónicamente y me abofeteo mentalmente.

*Por dios, Courtney, es Matthew, sal a la realidad.*

El maestro apaga la luz y prende el proyector, lo cual desconcierta a algunos.

—Bien, grupo, hoy veremos una película en inglés y la tarea será hacer un reporte de tres cuartillas de lo que han entendido —sonríe enseñando su dentadura con dientes plateados—. Y por supuesto, en inglés.

Recargo mi cabeza en mi mano mientras veo cómo el maestro hace que la película comience a correr. Para mi mala suerte, no conozco la película, lo que me obliga a poner atención.

Media hora después, casi todo el salón escucha las risitas de alguien. Frustrada, volteo a los lados para ver quién es, después atrás, y descubro que las risitas son de la chica que está con Matthew, quienes literalmente se están *comiendo*. Pongo los ojos en blanco y vuelvo a intentar poner atención a la película.

—Señor Matthew, con todo respeto, puede ir a buscar un cuarto de motel —lo regaña el maestro.

Todos, incluyéndome, voltean a verlo y a la chica que está a su lado. Ambos tienen los labios rojos y apuesto que no es por algún labial, sino de tanto besarse. Él sonríe como estúpido y ella, apenada.

*Que no te afecte.*

Estuve enamorada de él durante tres meses; aunque él terminó con eso, ahora comienza a hablarme y esos sentimientos regresan poco a poco y termina destruyéndolos él mismo. Abro mi carpeta y busco una hoja limpia. Ya vi suficiente película como para buscarla en internet gracias a la trama. Comienzo a escribir en la hoja hasta el final de la clase:

*Courtney, no seas tonta.*
*Courtney, no seas tonta.*
*Courtney, no seas tonta.*
*Courtney, no seas tonta.*

## siete

# Él es él y punto

( Courtney )

**Después de escribir tantos** "Courtney, no seas tonta", el timbre suena y sólo entonces Matthew y la chica se separan. La película resultó no estar tan interesante, ya que en ningún momento mientras escribía me hizo levantar la cabeza.

Dejo la pluma a un lado de la carpeta mientras guardo el libro. Levanto la carpeta, pero provoco que la pluma salga rodando y termine en el suelo, llamando la atención de las pocas personas dentro del salón; entre ellas, Matthew.

La recojo y la guardo en la mochila. Me retiro del salón sin mirar atrás.

*Actúas como si te hubiera engañado.*

Y mi mente tiene razón; actúo como si me hubiera engañado, lo cual no es cierto, él sólo quería arreglar las cosas por lo del año pasado y yo imaginé otra historia. Me detengo a respirar y camino directo a mi casillero intentando olvidar lo que vi.

Introduzco la contraseña del candado, abro el casillero, veo otro papel bien doblado encima de algunos libros, pero esta vez de color blanco. Supongo que lo volvieron a meter por las rendijas de la puerta. Tiene la misma letra fea, así que es fácil adivinar que es de Peter.

> *Me enteré de que Cristina tiene varicela, te doy la dirección.*
> *Residenciales Cerezos, calle Washington, número 8.*
>
> *Peter.*

Vaya, Peter de verdad investiga lo que le interesa. Creo que en realidad quiere que vaya. Dejo los libros y cuadernos que no ocupo, agarro las dos notas y las guardo en mi pantalón; al cerrar el casillero, tengo una maravillosa vista de Matthew y la chica besándose... ¿El casillero de Matthew cerca del mío?, cierto, justo frente a su casillero me ponía el pie.

Comienzo a caminar al lado contrario de ellos, intentando no recordar lo que vi y saco mi celular para hablar con Cristina.

Al tercer timbrazo contesta.

—¿Diga?

Por su tono, puedo adivinar que se acaba de despertar.

—Soy Courtney, voy para tu casa porque tengo noticias.

Casi puedo escuchar cómo se levanta de la cama y el sueño se le va.

—¿Qué pasó?, ¿hay medicamentos para la comezón de la varicela? ¿Encontraste la cura?

No sé si reírme de sus comentarios o preguntar si ha ido al doctor.

—Cristina, ¿no has ido al doctor?

Hace un sonido con la garganta que significa "no".

—El doctor te daría medicamentos para la comezón y quizá puedas ir a una fiesta.

—Courtney, ¿de qué hablas?

Sonrío.

—Eso es lo que te quería decir —salgo de la escuela y sigo caminando en dirección a su casa—: Peter Brooks nos invitó a una fiesta, pero después averiguó que tenías varicela y me dio la dirección porque supuso que iba a ir sola.

—Courtney, no juegues.

—Nos vemos en tu casa.

—No, Courtney, no me dejes con la duda por veinte minu...

Cuelgo y me río ante la desesperación de Cristina por querer saber lo de la fiesta. Meto el celular en mi pantalón, en la misma bolsa donde están las notas y sigo caminando. Miro el cielo azul y veo a mi alrededor por si alguien me sigue. La última vez que caminaba sin saber por dónde iba, dos chicos me robaron mi dinero y mi celular. No pasó nada grave, pero me quedé incomunicada por dos semanas.

Intento meter las manos en las bolsas de mi sudadera pero me doy cuenta de que traigo la camisa de mezclilla, dejo caer las manos.

*Jamás me vuelvo a vestir bien para impresionar a alguien.*

Un coche se detiene a mi lado y hace sonar el claxon.

*No, por favor no, que no sean unos secuestradores.*

Me giro a ver el carro y me sorprende ver un Porsche gris. Baja la ventanilla y me sorprende aún más ver a Peter con unos lentes de sol y su radiante sonrisa.

En serio, desperté en un mundo paralelo en el que los populares me hablan.

—Hola —me saluda—. ¿Vas a alguna parte?

—Sí, voy a casa de Cristina, ¿por qué?

Entrecierro un poco los ojos porque los rayos del sol me pegan directo.

—¿Quieres que te lleve?

Mi corazón se detiene unos segundos y me sonrojo. ¿Qué demonios...?

—No, gracias, su casa está en la siguiente cuadra.

Miro la calle para comprobar si falta una cuadra. Por suerte sí... O tendría que fingir tocar la puerta de una casa desconocida sólo para que me deje en paz.

—Pues te puedo dejar frente a su casa.

—En serio, no, gracias; puedes seguir tu camino y yo el mío.

Intento sonreír amablemente y él me regresa la sonrisa. No es que quisiera seguir caminando bajo el sol, pero él me da miedo en cierto modo y eso me intimida un poco. Aparte de que recién empezó a hablarme y sus intenciones son desconocidas, al menos para mí.

—Courtney, no me hagas subirte al carro.

¿Acaso esas no eran las frases que un secuestrador usaba?, quizá debería dejar de ver tantas películas de acción. Era ilógico que Peter fuera un secuestrador. Mi bolsillo comienza a vibrar y me doy cuenta de que me están llamando. En la pantalla leo el nombre de Cristina.

—¿Qué?

—¿Dónde mierda estás?, llevo media hora esperándote.

Me alejo un poco del carro y miro de reojo a Peter.

—Ya voy, no te preocupes —cuelgo y me acerco al coche.

—Peter, gracias por querer llevarme pero tengo que irme.

Sin esperar respuesta, echo a correr a casa de Cristina. Es estúpido rechazar la propuesta de Peter, pero es más estúpido que él quiera llevarme a casa de Cristina. Quizá y no me lleve a casa de Cristina y me lleve a otra parte, me drogue, me viole y exhiba las fotos en redes. No, gracias; prefiero caminar aunque la idea sea tentadora... Y mi imaginación muy grande.

Toco el timbre de la casa de Cristina unas veintiséis veces seguidas. Recargo las manos en las rodillas e intento respirar y dejar de jadear.

—Espera, espera, ya voy.

Cristina abre la puerta y yo levanto la cabeza aun jadeando. Tiene puntos rojos por toda la cara, el cuello, las manos... por todas partes y su piyama blanca no le ayuda en nada. Se hace a un lado para que pase.

—¿Qué demonios te pasó?

Tomo aire y pongo mechones de cabello suelto detrás de mi oreja.

—Peter se ofreció a traerme y yo lo rechace y después me dijo: "No me hagas subirte al carro", y despúes llamaste y salvaste mi vida, me eché a correr y ahora estoy aquí.

Me siento en uno de sus sofás y ella me mira divertida.

—Y... ¿dónde están las cartas?

Frota sus manos como si fuera a ver dinero o algo así.

—Ah, claro, me fue bien, gracias.

Saco las notas de mi bolsillo y se las entrego, ella suelta un gritito y comienza a brincar.

—Nos invitó a una fiesta suya.

—¿Y cómo piensas ir?

—Hija mía, no hay nada que el maquillaje no cubra.

Comienzo a reírme.

—Y bueno, hoy es jueves, mañana puedo ir al doctor y listo.

Cristina Butler, la chica con los planes más suicidas que conozco.

# ocho

# No te enamores de la apuesta

( Courtney )

**Otro día normal: sin Cristina** y sin Lucas, quien literalmente lleva desaparecido 4 días, antes de que pasara lo de Matthew. Cierro la mochila y me la cuelgo, arreglo los libros en el casillero y lo cierro. Otro día en la escuela. Si fuera por mí, pero mi madre no pide, sinceramente dejaría la escuela para dedicarme a dormir.

—¡Hey, Grant! —grita alguien.

Giro y veo que es Lucas, quien viene corriendo hacia donde estoy. Noto que sigue igual de flaco y con su pelo despeinado, como siempre, pero su piel es más morena; en vez de ser blanca, ahora es bronceada. Ya sé por qué desapareció.

—¿Por qué demonios no nos avisaste que te ibas a la playa? —le reclamo. Él comienza a reírse y, de verdad, parece un chocolatito. Comenzamos a caminar.

—Fue de último momento —se encoge de hombros—. Digamos que fue como un secuestro al que nadie opuso resistencia.

—¿Tu papá al fin tuvo vacaciones?

Asiente. Su papá trabaja en una empresa en la cual casi siempre está dentro y nunca fuera conviviendo con Lucas y su madre. Nadie sabe acerca del trabajo de su padre, sólo Cristina y yo.

—Pareces un chocolatito.

Me golpea el hombro suavemente.

—Y tú sigues igual de pálida que un vampiro —ahora lo golpeo en el hombro yo. —No me toques mi piel de chocolatito, me duele.

Se toca su hombro, lo que ocasiona que me ría y me preocupe al mismo tiempo. Sí, eso sí es posible.

—Perdón, perdón —levanta su mano y me hace una seña de "no te preocupes".

—Y bueno, el señor Chocolate quiere saber qué ha pasado… ¿Dónde está Cristina y qué ha pasado en todo este tiempo?

Mira hacia a todos lados buscándola.

—Tiene varicela —él comienza a reírse—. Y te cuento que desperté en un mundo paralelo en donde dos personas populares me hablan.

Se para en seco y me mira inquietado.

—¿Quiénes?

—Peter Brooks y Matthew Smith —sigo caminando y él me sigue—. Peter me invitó a una de sus fiestas y me quiso subir a su auto. Matthew sólo intenta hablar conmigo.

—¿Y por qué demonios lo hacen? —me mira—. ¿Estás segura de que no planean nada?

Lo pienso un momento. Eso es justo lo que pensé cuando vi las notas para la fiesta y que Peter me quería subir a su carro; sin embargo, no creo que Matthew planee algo, me dejó claro que sólo quería arreglar las cosas del año pasado y hasta se estuvo besando con una chica casi en mi cara.

—De Peter sí lo creo, pero de Matthew no; él sólo quería disculparse.

Lucas se ríe.

—¿Por ponerte el pie? —vuelve a reírse—. Matthew nunca pide perdón. Por Dios, Courtney, estoy en el equipo de futbol desde primero, he visto cómo trata a las chicas.

Me quedo sin palabras. Si Matthew no quiere arreglar las cosas por lo del año pasado, entonces ¿qué quiere?

Le sonrío a Lucas, pero de tan sólo mirarlo me dan ganas de reírme de él, pero no puedo, así que me pellizco discretamente para no reírme.

## ( Matthew )

—El muy estúpido se enteró de la apuesta y ahora él quiere ganarla —me dice Connor.

—Ya lo sabía, me enteré que la invitó a la fiesta... Peter nunca invita a una chica a una fiesta. ¿Entiendes? Si ella se entera de eso quizá se enamore de él por pensar que es su héroe —tomo asiento en la cafetería—. Y yo estaré acabado.

Veo que Andrew llega corriendo a donde estamos sentados. Se pone las manos en las rodillas y levanta un dedo para que le demos tiempo de recuperarse.

—¿Ya te enteraste a quién invitó Peter?

Ambos asentimos.

—Ahí no acaba el chisme; Alice me dijo que Peter se enteró de un chico que hizo la apuesta de enamorarla y romperle el corazón. Él apostó lo mismo, pero no sólo romperle el corazón, sino también embriagarla y acostarse con ella. Melissa me dijo que él tiene tiempo observándola y que en realidad siente algo por ella; que en la fiesta se lo va a confesar y le dará un ramo de rosas y no sé qué otro regalo —nos comenta Andrew y Connor me mira como diciendo "¿De dónde saca tantas cosas?"—. Y ya por último, me encontré a tu novia, Jennifer, quien me dijo otra historia del chisme...

—¿Cómo le sacaste esos chismes? —pregunto, lo que causa que sonría orgulloso—. Ah, y Jennifer no es mi novia.

—Porque esas chicas me aman —silencio—... Bueno, no; le di tres dólares a cada una para que me dijeran sólo a mí y no a toda la escuela; como mínimo, a Courtney no.

—¿Me están ayudando? —le pregunto con una ceja levantada.

Connor y él se miran.

—¿Recuerdas lo que te dije de la película?

Asiento.

—Él y yo apostamos —se recarga en la mesa mientras lo dice—. Yo aposté que tú te enamorabas de ella y Andrew apostó que no. El castigo será tu mismo castigo.

Mínimo no sería el único en raparse el cabello y usar un traje hawaiano.

—Pero, eso sí —me señala Andrew—, sigues teniendo cinco meses. Tick tock, tick tock.

Me cuelgo la mochila y me levanto.

—Si me disculpan, tengo a alguien a quien enamorar.

A lo lejos, veo a Courtney pero no está sola y me pone nervioso pensar que es Peter, pero él no es tan flaco. Corro a donde ella, y me detengo justo enfrente y miró al chico; se trata de Lucas, su mejor amigo. Courtney me mira como solía verme antes, con su típica cara de "¿Qué quieres?"

—¿Vas a ir a la fiesta de Peter?

Noto que se pone nerviosa.

—¿Para qué quieres saber?

Lucas me mira mal. Tiene suerte de que no soy ni el capitán del equipo ni Peter, porque él ya le hubiera dado un puñetazo.

—Para saber si quieres ir conmigo.

Sonríe irónicamente.

—De seguro la chica que te estabas comiendo ayer querrá ir con mucho gusto.

Me sonríe de un modo en el que me abofetea sin tocarme y se va con Lucas. Me deja donde estoy con un pequeño *shock*.

*Estúpido, estúpido, estúpido, estúpido... a ella fue a quien se le cayó la pluma, ella vio tooooodo.*

Me vuelvo a golpear mentalmente e intentó pensar qué haré. Yo no sabía que ella estaba conmigo en inglés; ni siquiera me había acordado de la apuesta, de que gracias a ello tenía que ponerle más atención a ella y no a las demás. ¡Demonios!

—Vaya, vaya... yo que te consideraba mi amigo.

Abro los ojos y veo a Peter frente a mí con sus cinco amigos. Intento pensar las posibilidades que tengo para correr.

*Son muy buenas, sólo quédate a escuchar y después te echas a correr cuando las cosas se pongan feas.*

—¿Tú hiciste la apuesta de enamorar a Courtney?

—Hay muchas más chicas con las que podrías jugar —le digo tranquilo y él sonríe.

Si intentara pegarme, quizá tendría posibilidades de no salir tan mal, porque ambos medimos lo mismo, el problemas es que él viene con amigos y yo estoy solo.

—Matt, ella no es un blanco fácil, ¿lo sabes? No sería tan tonta para caer en tus encantos. Yo sé tratar a una chica a la hora de...

—Tú ni siquiera sabes tratar a una chica. Todas con las que te has acostado rebasan tus amigos en Facebook. Ellas sólo son un polvo y Courtney no necesita eso —lo interrumpo—. Ella en realidad necesita a alguien que no juegue con su corazón, pero ya estoy metido en la maldita apuesta y no puedo hacer nada. ¿Entiendes? Ahora, si de verdad quieres a Courtney y no sólo para una noche, quiero ver que, mínimo, te bese. Y estando sobria.

Sus amigos comienzan a murmurar y sé que de verdad di en el blanco, sonrío y me voy.

*Matt, Matt, Matt, ¿escuchaste lo que dijiste?*

*Ella en realidad necesita a alguien que no juegue con su corazón, pero ya estoy metido en la maldita apuesta y no puedo hacer nada.*

Instantáneamente pienso en la apuesta. Quizá sólo dije eso porque la estaba defendiendo y porque no quiero que Peter haga que todo se vaya al infierno. Pero si ella no va a la fiesta, no hay ningún problema.

Inevitablemente pienso en ella con tacones y un vestido de noche, bailando al ritmo de la música. Malditos encantos de Courtney.

No te enamores de la apuesta.

# nueve

## ¿Peter es mi novio?

$\Big($ Matthew $\Big)$

**–¿Irás o no? –le pregunto** por quinta vez a Cristina.

A pesar de ser por teléfono, Cristina me frustra como si estuviera frente a mí.

—¡Que no sé! —gruñe—. Te lo digo por décima vez.

—Pero necesito saber.

—Las cosas como son —me dice ya molesta—: primero te acuestas conmigo y comienzas a ignorarme, después te interesa Courtney y comienzas a hablarme para que te ayude. Te diré una cosa —escucho estupefacto—: ¡VETE AL INFIERNO!

Despego el celular de mi oreja y veo en la pantalla que ha colgado. Genial, la única persona que podría ayudarme me ha mandado al infierno.

—Connor, préstame tu celular.

Él me mira extrañado y me da su celular. Marco el número de Cristina y milagrosamente contesta.

—¿Hola? —contesta ella.

—Hola, de pura casualidad, ¿sabes si Courtney irá a la fiesta? —intento que mi voz suene a la de Connor, pero es imposible.

—¿Connor?

—El mismo.

—¿Por qué te oyes diferente?

—Ah... eh... —*piensa, Matt, piensa*—. Creo que me voy a enfermar, ya sabes, el clima.

—Pero estamos en verano.

Tapo la bocina del teléfono de Connor y respiro un poco.

—Creo que alguien me contagió —respondo, pero creo que parece más pregunta que afirmación, así que intento ir al grano—. ¿Sabes si va a ir?

—Espera... ¡COOOUUURTNEEEY!

Escucho un leve "¿Qué quieres?", y sé que es de Courtney. Cristina vuelve a gritar un "¿Vas a ir a la fiesta de Peter?". Responde: "No."

—Nop, no irá.

—Gracias.

—De nada... Te quiero.

¿Te quiero?

Cuelgo rápido antes de que la cosa se ponga fea. Me siento en el sofá de la sala y veo que Andrew y Connor me miran.

—¿Te quiero? ¿Eso dijo? —pregunta Connor mientras me miraba con los ojos entrecerrados.

—Ella dijo: "Te quiero" y no supe qué decir.

—¿Pero asistirá sí o no? —pregunta Andrew.

—No.

El nerviosismo en la sala desaparece y todos respiramos normal. Al menos Peter no iba a ganar la apuesta.

( Courtney )

—¿Entonces tu mamá no sabe que irás a la fiesta? —me pregunta Cristina mientras se rasca el brazo.

Yo creo que lo de la fiesta la ayudó mucho, ya que después de ir al doctor dejó de rascarse como lo hacía antes y hasta los puntos rojos disminuyeron un poco, pero no por completo.

—Sí, le dije que me quedaría a dormir y que mañana iríamos a pasear todo el día.

Cristina suelta una risita y me quita el tazón con las palomitas.

—Courtney se ha vuelto una chica mala.

—¡Claro que no!, sólo iré a una fiesta sin permiso de mis padres.

Me mira por un momento.

—¿Crees que Nathan esté ahí? —pregunta intrigada.

Nathan, mi hermano mayor por tres años, y en su generación el más guapo y popular, y aunque ya no estudie en mi escuela, sigue siendo invitado a todas las fiestas.

—No creo —me acomodo en el sillón y le quito el tazón de las palomitas—. Aunque si nos ve, nos ignoraría.

—Sí.

Al enterarse de que su amor platónico la ignoraría hasta en el fin de los tiempos, todo se queda en silencio y me mira preocupada.

—Llegaste a casa sin ninguna maleta.

Me golpeo la frente y comienzo a ponerme los tenis, pero antes comienzo a sobarme la frente.

*Debes dejar de golpearte o terminarás más tonta de lo que estás.*

—Llévame a mi casa por la maleta, no pienso irme caminando a mi casa a las nueve de la noche.

Cristina, de mala gana, se levanta y se pone las pantuflas. (Desde que la atacó la varicela, nunca se quita su piyama.) Agarra las llaves de su coche y bajamos a la cochera.

—¿Por qué siempre se te olvidan las mochilas o las maletas? —me pregunta mientras enciende el carro.

—No lo sé, quizá mis hombros se sienten mejor sin peso.

—¿Recuerdas cuando olvidaste tu maleta en el aeropuerto el año pasado?

Ambas nos carcajeamos ante el recuerdo. Su familia y la mía habían decidido vacacionar juntas, y como era de esperarse de "la torpe de Courtney", al llegar a nuestro destino se me olvidó mi maleta en el aeropuerto, de la emoción y por querer arribar al hotel. Aprendí a controlarme desde ese día, pero olvido la mochila aunque intente no hacerlo.

Después de varios minutos conduciendo, de ver oscuros caminos y solitarias casas, llegamos a mi casa.

—¿Quién es ese? —preguntó al estacionar el coche frente a mi casa.

Miro a un chico tocando el timbre. Me doy cuenta de que no es mi hermano Nathan, ni ningún conocido.

—Ten cuidado —me sugiere.

Asiento y salgo del coche, cerrando la puerta detrás de mí. Camino directo a la puerta y, antes de llegar a la cochera, reconozco al chico.

Peter Brooks está tocando el timbre de mi casa.

Me quedo estática intentando encontrar una buena razón por la cual está en mi casa y me pregunto de dónde sacó mi dirección. Él no se percata de mi presencia. Mi mamá sale y lo mira extrañada; él le dice algo que provoca una sonrisa en su rostro y que lo abrace gentilmente. Unos segundos después, descubre mi presencia con una cara de confusión y preocupación. ¿Qué rayos está pasando?

—¿Qué haces aquí, Courtney? —pregunta mamá mientras mira a lo lejos—. ¡HOLA, CRISTINA!

—¡HOLA, SEÑORA! —grita Cristina desde el auto.

Peter me mira y me dedica una sonrisa. ¿Qué demonios se trae entre manos?

—Hola, Courtney.

—¿Hola? —lo miro con los ojos entrecerrados.

Me acerco y me detengo frente a mamá, quien me impide el paso.

—Señorita, ¿cuándo me ibas a decir que tenías novio?

¿Novio?, ¿¡Novio!?, ¡Novio!... Esperen, esperen, esperen, ¿quién es mi novio? la última vez que recuerdo haber tenido novio fue hace dos años y sin contar el vecino que se mudó hace más de un año.

—¿Novio?

Miro a mi mamá con el ceño fruncido y siento el brazo de Peter en mis hombros. Lo miro y me mira con una tierna sonrisa. ¿PETER ES MI "NOVIO"?

Ahora entiendo todo; esto es una mala jugada de Peter, algo apostó.

—No, no, no, no —me propongo aclarar las cosas—. Mamá, no es mi novio, apenas y me habla.

—Vamos, cariño, te conozco desde que ibas en primer año —dice el imbécil de Peter.

*Cariño, cariño, cariño... ¡Aléjate de mí!*

—Claro, en primero me ignorabas.

—Courtney, te doy permiso de tener novio, tarde o temprano pasaría —obviamente, mi mamá no entiende nada.

Cierro los ojos y respiro. Calma, calma, es sólo una broma pesada. Abro los ojos y entró a mi casa sin importar que mi mamá me hable y que Peter casi corra detrás de mí.

Subo las escaleras y entro a mi cuarto por la mochila que olvidé en mi cama. ¿Por qué a Peter se le ocurre decirle a mi madre que es mi novio y justo en la noche? ¿Qué pensaba? Desde primer año, Cristina y yo observábamos a Peter desde lejos y nos cansamos de hacerlo al saber que era imposible que se fijara en nosotras... bueno, también por las burlas de Lucas.

Me detengo a mitad del camino de las escaleras cuando veo a Peter parado esperándome.

—Sabes que no estoy jugando, así que muévete de mi camino.

Se cruza de brazos y me mira seriamente.

—No le tienes que ocultar a tu madre nuestro romance, nena.

*"Nuestro romance, nena." ¡Qué romance ni que nada, es un idiota!*

Mi mamá aparece a su lado y me mira. Genial: ¿podría ser peor? Bajo las escaleras y empujo a Peter para que me deje pasar y echo a correr al carro de Cristina. A mitad del camino, me tropiezo y mis manos van directo al suelo para amortiguar la caída, pero mis rodillas pegan en el pasto. Cierro los ojos un momento antes de comenzar a reírme del dolor y quedar como tonta.

Escucho a alguien abrir la puerta de un coche e imagino que es Cristina, pero al escuchar las zancadas sé que no es ella.

Levanto la cabeza y por entre los cabellos veo que es... ¡Matthew!

—El idiota está aquí —le confirma a un amigo suyo.

Me paro rápidamente y me limpio las manos en el pantalón. Noto que Cristina viene "corriendo" —a su ritmo, claro—, para ayudarme. En realidad viene caminando, apenada, porque no quiere que nadie la vea en su piyama blanca de unicornios.

Miro a Peter, que desde la cochera está mirando a Matthew. Miro a Matthew que está a cinco pasos de mí mirando a Peter. Miro más atrás de él y veo a sus amigos que están saliendo de un Audi negro convertible. ¿Por qué los populares tienen carros muy caros?

—Courtney, ¿por qué está Peter aquí? —me pregunta Matthew como si él fuera el policía y yo la criminal.

Lo observo: aprieta los puños mientras mira a Peter. ¿Qué rayos les pasa a los dos?

—Ni siquiera yo sé el porqué.

Miro a mi mamá, que viene hacia mí, preocupada.

—Mi niña, ¿estás bien?

Pone sus manos en mis mejillas y comienza a revisarme.

*No mires a Matthew y echa a Peter. No mires a Matthew y echa a Peter.*

Deja de mirarme y mira al chico que ahora está a mi lado. No lo mira mal, pero tampoco bien.

—¿Sabes que no debes engañar a tu novio?

Matthew se queda congelado.

—Mamá, Pe-ter-no-es-mi-no-vio... ¡¿Entiendes?! —casi grito—. Ni siquiera sé por qué dice eso, apenas y me habla —beso su mejilla, ya que no tiene chiste discutir—. Me voy a casa de Cristina... intenta correrlos.

Demonios, demonios, demonios, demonios. Eso es lo único coherente que pienso. Me subo al auto de Cristina; viene con las manos en la cara. Se muere de la pena.

—¿Qué demonios fue todo eso, Courtney?

—El idiota de Peter le dijo a mi mamá que somos novios. ¿Por qué lo hizo? ¿Y a esta hora? —me muerdo el labio mientras pienso—. ¿Qué demonios estaban haciendo Matthew y sus amigos en mi casa?

Cristina enciende el coche y veo a mi mamá de espaldas y a Matthew y Peter con la cabeza gacha. Supongo que los está regañando por la estúpida broma pesada o lo que haya sido. Nos retiramos.

—Algo se traen entre manos. Creo que es lo más obvio.

—Eso mismo me dijo Lucas.

Busca la bolsa que está debajo del asiento y a tientas su celular.

—¿Dónde se metió Lucas todos estos días? —me pregunta.

—Se fue a la playa —comienzo a reírme mientras me acuerdo de su bronceado—. Y tiene piel de chocolatito.

Ella igual comienza a reírse.

—¡Bingooo! —grita cuando encuentra el celular.— Ahora marca el número de Lucas y ponlo en altavoz.

Me da el celular y comienzo a llamar. Contesta en seguida.

—¿Hola?

—Señor Chocolatito, ¿cómo ha estado? —pregunta Cristina, casi gritando.

—No es necesario gritar, señorita Varicela —responde Lucas y me río—. ¿Para qué me marcan?

—¡No sabes el drama que se armó en la casa de Courtney!

—No fue ningún drama —me apresuro a aclarar y me enderezo en el asiento—. Sólo que el idiota de Peter le dijo a mi mamá que era su novia y de la nada apareció Matthew y sus amigos.

Al otro lado de la línea, pleno silencio.

—¿Lucas? —preguntamos.

Nada.

—¿Es broma?

—Por desgracia, no —le respondo.

—¿Está en altavoz el teléfono?

—Sí, ¿por qué? —pregunta Cristina—. ¿Acaso quieres dejar de hablar conmigo?

—No, señorita Varicela, tengo que sermonear a la señorita Mundo Paralelo.

Ruedo los ojos y desactivo el altavoz.

—¿Qué me vas a decir? —le pregunto mientras miro mis tenis.

—¿Qué hacían ellos en *tu* casa? —por su tono de voz, sé qué está pensando.

—Sinceramente no sé, fui a recoger mi ropa y vi a Peter tocando el timbre y le dijo a mi mamá que éramos novios. Casi lo asesino —le explico—. Y después llegó Matthew y sus amigos. No pasó gran cosa, y al final creo que mi mamá los regañó.

—¡Lucas, yo sé que tienen algún plan! —grita Cristina para que Lucas escuche.

—Dile a Cristina que pienso lo mismo.

Me giro hacia Cristina para decirle el mensaje de Lucas. Mis ojos se desvían hacia la calle: un audi negro convertible y a un Matthew haciendo señas con los brazos.

—Cristina... —murmuro y le señalo con discreción el auto vecino.

De la impresión, suelta un gritito y el volante se le va a un lado, haciendo que el carro serpentee; ambas nos espantamos y gritamos.

—¡Cristinaaa!

—¡Courtneeey!

El carro se estabiliza y recuerdo ponerme el cinturón de seguridad, quizá en unos minutos muera gracias a Cristina. Nunca se sabe.

—¿Ahora qué demonios quiere el Sesos de Alga?

—¿Te sabes algún atajo a tu casa? —le pregunto—. No quiero hablar con él.

—Amiga, sé millones de atajos... El problema es que ellos nos siguen.

Grito frustrada y recuerdo que tengo el celular en las piernas y al otro lado de la línea a Lucas.

—¿Lucas?

—¿Quién es el Sesos de Alga?

—Matthew —respondo.

—¿Matthew te está siguiendo? —grita y no sé si es de sorpresa o emoción.

—¡No tienes que gritar!

Lucas está a punto de contestar, cuando alguien le grita: "Ya duérmete", y no puedo evitar reírme.

—Ya me voy, pero no te confíes de ellos. Te quiero.

—Te quiero —me despido.

Le entrego el celular a Cristina y me fijo si Matthew y sus amigos ya no nos siguen. En efecto, ya no nos siguen. Respiro aliviada.

—Esta es la noche más alocada que he tenido —dice—. Claro, sin contar en la que me acosté con...

—No quiero saber —la interrumpo.

Ella se encoje de hombros y sigue conduciendo. Mi vida se está yendo más hondo de lo que ya estaba.

## diez

# Las madres nunca se equivocan

( Courtney )

**Hace tres días mi vida era como** la de cualquier chica ordinaria, no popular; una extraña para toda la escuela y ningún popular me hablaba. Mágicamente eso cambió y

Matthew Smith comenzó a hablarme al igual que Peter Brooks. ¿Por qué pasaría eso? Quizá se debe a que la popularidad de Cristina subió, porque sería imposible que yo le llegase a gustar a alguien de ellos.

Me siento en la orilla de la cama e intento quitarme los zapatos sin quedarme dormida. Le echo un vistazo al reloj de pared: las dos de la madrugada. Se va el tiempo volando cuando de verdad te diviertes.

Cristina entra al cuarto con una sonrisa gigante y yo sé el porqué.

—El chico de la pizzería va en nuestra escuela —se tira en la cama—; en tercer año. ¿Lo puedes creer? Jamás lo había visto. Mañana estará en la fiesta de Peter.

—Querrás decir hoy en la noche.

Me mira confundida y después mira el reloj de su muñeca.

—¡Mierda!, si mamá se entera de que llegue a esta hora me va a matar.

Me quito el pantalón.

—Por cierto, ¿dónde anda?

—Digamos que en una fiesta de su trabajo, eso significa que llegará más tarde o quizá no llegue por irse a casa de sus amigas —comienza a reírse—: ¿Qué chica sigue usando boxers?

Le lanzo mi pantalón y ella lo atrapa antes de que golpee su estómago.

—Lo de hoy es usar ropa interior con encaje, nena.

Cristina intenta hacer una pose sexy, pero rebota en la orilla de la cama y después en el suelo. Sólo escucho cómo se queja y se ríe a la vez. Me pongo el pantalón de la piyama y me dejo puesta la playera con la que he pasado todo el día.

Cristina se levanta del suelo y vuelve a acostarse y yo a su lado.

—Tengo sueño pero no quiero dormir —digo y ambas miramos el techo.

—Eso me sucede ahora mismo —silencio—. ¿Te gusta Peter?

—¿Debería gustarme?, es un idiota, mentiroso, egocéntrico...

—Creo que le gustas —nos miramos.

—Eso es imposible.

Niega con la cabeza.

—Digamos que algunos de mis contactos me dijeron cosas y algunas son bastante ridículas y otras al parecer un poco creíbles.

*"Creo que le gustas... creo que le gustas."*

—¿Por qué le gustaría a Peter Brooks? Dios, está Alice la *Trasero Descomunal*, Jennifer la *Pechos Grandes*...

—¿Sabías que ella acosa a Matthew? —me interrumpe.

—¿Es en serio? —pregunto sorprendida. Ella asiente y comento—: Pechos Grandes tiene cientos de chicos tras ella y ella... ¿sólo se fija en Matthew? Me parece que no es muy inteligente.

—Creo nos desviamos del punto —mueve sus manos como si intentara quitarse algo de ellas—. Creo que le gustas porque él nunca le ha dicho o aceptado alguna relación o noviazgo, ¿entiendes? Tampoco invita a muchas chicas a las fiestas y a las únicas que invita es para acostarse con ellas. Pero... —no me deja hablar porque me señala con el dedo en plan "cierra la boca y escúchame"—... a esas chicas nunca las llama por sus nombres ni les dice su dirección ni descubre que su mejor amiga tiene varicela. ¿Ya vas comprendiendo?

Niego con la cabeza y la miro con el ceño fruncido. ¿De dónde sacó todas esas teorías?

Se cubre la cara con las manos y chilla de frustración.

—Olvídalo, no entrarás en razón —me reclama.

Levanta las cobijas y en menos de dos segundos se queda dormida.

—La luz —murmuro.

Bufa por lo bajo y se levanta a cerrar la puerta, la ventana con todo y cortinas y apaga la luz.

Me cobijo y acomodo la almohada antes de dejar caer la cabeza en ella. Cierro los ojos.

—Buenas noches, Courtney.

—Buenas noches, Cristina.

*A esas chicas nunca las llama por sus nombres ni les dice su dirección ni descubre que su mejor amiga tiene varicela.*

Esta noche voy a tener pesadillas.

—Courtney, Courtney... —alguien dice mi nombre y siento que me tocan el hombro.

No sé si esa voz es de mis sueños o en realidad alguien me está hablando.

—¡Courtney! —gritan y entonces sé que la voz no es de mis sueños.

Abro los ojos y poco a poco descubro a Cristina sentada y preocupada. Al instante la modorra se me va y me siento.

—¿Qué pasa? —le susurro.

—Escuché que un auto se estacionó frente a la casa y eso me despertó —me dice en un susurro—. Cuando me asomé por la ventana, no reconocí a nadie. Después escuché ruidos en la cocina y cerré la puerta de la recámara con seguro.

Hago las cobijas a un lado y, con cuidado de no hacer ruido, camino hacia la ventana: el coche es negro; lo malo de estar en el segundo piso es no poder ver si hay alguien dentro. No es la mamá de Cristina porque ella trae un Jetta rojo. Miro a Cristina, quien aún está sentada en la cama y se está mordiendo las uñas. Brinco a la cama y me agacho por mi mochila. Cuando la encuentro comienzo a buscar mi celular. Lo prendo y veo que son las cuatro de la mañana. ¿Quién robaría una casa a esta hora?

—¿Ya llegó tu mamá?

Niega con la cabeza y toma su celular que está en la almohada, busca algo y me lo enseña. Es un mensaje en el que su mamá le dice que se quedará en casa de una de sus amigas.

*Estamos solas, con un carro desconocido mal estacionado frente a casa y un posible ladrón.*

—¿Sabes que estamos solas? —le pregunto un poco asustada.

—Por eso tengo miedo, tonta, porque si estuviera mi madre, ella lo golpearía con la lámpara de su mesita de noche. Si lo veo comenzaría a gritar como loca.

Me pongo los Converse y me levanto de la cama.

—¿A dónde vas? —pregunta un poco asustada.

—Voy a averiguar.

Cristina se pone sus tenis y toma el celular. Le quito el seguro a la puerta, giro con delicadeza el picaporte y me asomo un poco con la puerta entreabierta. El final del corredor está a oscuras; escucho unos pasos y unos tacones.

—¿Segura que tu mamá no ha llegado? —le pregunto en un susurro.

—Que no. ¿Por qué? —me pregunta asustada.

—Se escuchan tacones.

Cristina se regresa y busca algo debajo de su cama: un bate de beisbol.

—Papá me regaló un equipo de beisbol completo —se vuelve a agachar y saca otro—. Me gustaba jugar con él.

Me entrega el bate y asiento. Abro la puerta por completo y comenzamos a caminar por el corredor. Cuando llegamos a las escaleras, vemos luces prendidas y escuchamos de nuevo los pasos y los tacones. Cristina está nerviosa. Me paso el cabello por detrás de la oreja y comenzamos a bajar las escaleras en un silencio que podía resultar aterrador. Caminamos hacia la cocina con los bates preparados. Al entrar, ambas nos sorprendemos ante la escena que tenemos delante: la mamá de Cristina se está besando con un tipo vestido de traje y... admito que no está feo. Por lo que Cristina me había dicho, sus padres se estaban divorciando y supongo que están en todo su derecho de tener una nueva pareja.

Cristina comienza a toser exageradamente para que su mamá se separe del tipo. Al hacerlo, su mamá nos mira.

—Mamá, no tenías que mentir para poder traer a un hombre a la casa.

*Courtney, debes irte al cuarto, esta plática es de madre a hija.*

—Cristina, de hecho te mandé un mensaje diciendo que sí iba a llegar a casa.

Cristina la mira extrañada y su mamá me sonríe amablemente; le devuelvo el gesto aunque me siento incómoda. Cristina comienza a buscar el mensaje en su celular. Vuelve a mirar a su mamá y esta vez se sonroja. Yo sólo quiero regresar de inmediato a la habitación.

—Lo lamento, pero entré en pánico cuando vi el carro y escuché ruidos —dice—. Creo que nosotras nos iremos a dormir. Mamá, intenta no hacer mucho ruido que tengo compañía —mira al tipo del traje—. No te conozco, pero más vale que no uses a mi mamá sólo para una noche, porque mi amiga y yo tenemos bates y no dudaremos en usarlos.

Besa la mejilla de su mamá y se va.

—Adiós, señora—me despido—. Que se la pase muy bien y que se divierta.

—¡Courtney! —me regaña la señora mientras evita que en sus labios se asome una sonrisa y que sus mejillas se pongan coloradas.

Subimos las escaleras y, una vez en el pasillo, Cristina comienza a reírse.

—No puedo creer lo que acabo de ver.

—Ni yo —le digo.

La mamá de Cristina es como mi segunda madre y mi mamá es como la segunda madre para Cristina, ya que ambas nos conocemos desde hace mucho tiempo; somos como las hermanas que nunca tuvimos. También porque en vacaciones siempre hacíamos piyamadas y salíamos todo el tiempo.

Cristina cierra la puerta y bota el bate. Dejo el bate en el sillón y me acuesto en la cama. Acomodo las cobijas y cierro los ojos.

—Cristina, no me vayas a despertar al menos que de verdad esté pasando algo malo—le digo—. ¿Qué hora es?

—Sí, sí, sí... lo lamento —se disculpa mientras revisa la hora en el despertador—, van a ser las cinco de la mañana.

Ni cuando voy a la escuela me levanto a esa hora.

—Te odio, pero buenas madrugadas, Cristina.

—Buenas madrugadas, Courtney —suelta una pequeña risita.

—Courtney, cariño.

Me remuevo en la cama y, un tanto adormilada, abro un poco los ojos, aunque a los segundos los vuelvo a cerrar cuando veo tanta luz entrando por la ventana.

—Cristina, levántate.

Escucho a Cristina gruñir y siento cómo se retuerce en la cama. Abro los ojos poco a poco y veo que la mamá de Cristina está sentada al pie de la cama con el teléfono en mano. Las cobijas están desordenadas; tengo una pierna encima de la de Cristina y ella tiene una pierna fuera de la cama. Sonrío mentalmente porque todavía tengo sueño y no puedo mantener los ojos abiertos.

—Cariño, tu mamá está al teléfono, ¿quieres hablar con ella o le digo que las deje dormir?

—Hablo con ella y después nos volvemos a dormir— digo con voz ronca y ella me pasa el teléfono—; gracias.

—De nada.

Me regala una cariñosa sonrisa mientras se levanta de la cama y cierra la puerta detrás de ella.

—¿Hola? —contesto.

—Courtney, hija, ¿cómo dormiste? —me pregunta mamá—. ¿Quiénes eran los chicos de anoche?

—Bien —suspiro pesadamente mientras recuerdo el extraño suceso—. Se llaman Peter y Matthew y son unos completos idiotas...

—Ese vocabulario —me interrumpe.

—Perdón, pero es la verdad. Peter es un galán que de la nada comenzó a hablarme, cuando antes me ignoraba. Matthew, otro famosito que me ignoraba, raramente se disculpó conmigo por algo que sucedió hace un año.

—¿Por qué el tal Peter me dijo que eras su novia? —pregunta un poco intrigada.

—No lo sé, quizá se trata de una apuesta o algo así, pero no creas nada que salga de su boca.

Silencio. Pongo una mano en mi cara para que la luz del sol no me moleste. Cristina sigue durmiendo como oso hibernando.

—Entonces, ¿qué hago con Matthew?

—¿Cómo que qué haces?

Me quito la mano rápido de la cara y me siento en la cama, miro al frente esperando que no diga algo malo, algo como que está en casa buscándome o algo así.

—Está aquí en la casa, buscándote —me dice—. Creo que quiere salir contigo.

—¿¡Qué!? —gritó.

Es lo que no quiero y lo único que ocurre. Cristina grita un poco espantada y escucho el golpe seco de su cuerpo contra el piso.

—Cristina, ¿estás bien? —le pregunto, un poco preocupada.

Levanta su mano con el pulgar arriba, después jala una almohada de la cama y sigue durmiendo como si nada. Vuelvo al teléfono un poco nerviosa y frustrada.

—Dile que no estoy, que estoy en casa de una amiga, que me fui del país, yo qué sé... mejor no le digas nada.

—¿Qué le pasó a Cristina? —pregunta, ignorando mi respuesta anterior.

—Se cayó de la cama...

—Bueno, pues creo que el chico escuchó tu excusa y toda la plática —me dice un poco incómoda.

*Tick, tick, tick, tick, tick, tiiiiiiiiiiick, revive, revive, vamos, tienes una vida por delante.*

—¿Por qué?

—Perdón, perdón, perdón, perdón, no era mi intención escuchar la conversación —escucho de fondo la voz de Matthew.

Pongo los ojos en blanco mientras me dejo caer en la cama. Mamá volvió a dejar el teléfono en altavoz.

—¿Dejaste el teléfono en altavoz? —le pregunto.

—No me culpes, no entiendo este maldito teléfono, parece que se burla de mí.

—Claro, lo mismo pasó con la cámara, con la televisión y la computadora de Nathan —le reprocho un poco—. Matthew, si estás escuchando esto, eres un idiota.

—¿Ahora por qué? —escucho que pregunta.

—Porque lo eres —enojada, me siento en la cama.

—¡Mamaaaá! —grita Cristina.

Su mamá abre la puerta y entra al cuarto.

—¿Qué hora es? —le pregunta.

Su mamá se sienta en la cama y mira el reloj, rápidamente desvía la mirada al suelo, preguntándose qué rayos hace su hija en el suelo.

—Las dos de la tarde... ¿Qué haces en el piso?

¡Rayos! ¿Ya son las dos de la tarde?

—Courtney me espantó.

Vuelvo a atender el teléfono con la intención de despedirme de mi mamá. Ya no quiero saber nada de él, suficiente tengo con lo de anoche.

—Mamá, ya me voy; te quiero y corre a Matthew de la casa.

—Claro yo también te ... —era Matthew, pero enseguida cuelgo.

De la nada, Cristina me está mirando y su mamá igual. ¿Ahora qué hice?

—¿Qué hace el Sesos de Alga en tu casa? —pregunta Cristina, con el ceño fruncido y todo el cabello hecho un desastre.

No sé si contestar o decirles que dejen de mirarme.

—Según mi mamá, quería salir conmigo.

La mamá de Cristina chasquea la lengua y niega con la cabeza.

—Ese chico quiere algo más.

La miro con curiosidad para que ella siga hablando.

—Courtney, un chico no va a casa de ninguna chica y afronta a la madre como si nada —me dice—; cuando eso pasa, es porque la madre sabe que hay algo más y lo deja respirar. Es como una tregua de madre a pretendiente; la madre le da espacio mientras que el chico se ve más nervioso.

*Mi mamá no da oportunidades a chicos... A menos que demuestren que valen la pena y Matthew no lo vale.*

—Yo digo que ese chico la quiere para un polvo, Lucas dice que hay algo más detrás de ese "quiero arreglar la cosas por lo del año pasado"; su mamá no lo mata y tú casi dices que le gusta... ¿Acaso estás ciega, Courtney? —pregunta Cristina.

—No, pero el año pasado siempre me ponía el pie y me ignoraba —contesto como si las cosas fuera tan obvias.

—Yo qué sé —dice—; quizá y le gustas.

*Tonterías y más tonterías.*

—Ya te lo dije, Courtney —insiste la mamá de Cristina—: lo que una madre te dice siempre es verdad.

Se levanta de la cama y se retira.

—Cámbiense, les preparé el desayuno.

Ambas asentimos.

*¿Yo gustarle a Matthew? Sí, claro.*

## once

# Vestir o morir

( Courtney )

**La mamá de Cristina afirma** que las madres nunca se equivocan, pero claro que lo hacen; excepto cuando hablamos de los consejos que nos dan además, si nunca se equivocan significa que ella tiene razón.

—Cristina, ¿sabías que roncas?

Ella me mira como si la hubiera ofendido.

—¿Y tú sabías que duermes como si estuvieras en coma?

Me hago la ofendida.

—Eso no es cierto.

Ella sonríe y sigue aplicándose la pomada contra las marcas de la varicela, que ya casi se desvanecen por completo.

Ya son las tres de la tarde, lo que significa que no vamos a desayunar, sino a comer. Conociendo a la mamá de Cristina, quizá pidió pizza o comida china o alguna otra cosa de su agenda de comidas, que está pegada en el refrigerador.

Bajamos las escaleras y entramos al comedor, pero ella se sigue de corrido rumbo a la cocina, donde hay una pequeña barra y una puerta hacia el patio trasero; ahí hay una mesita, dos sillas y una sombrilla. Se sienta en un taburete de la barra y yo hago lo mismo mientras me pregunto dónde estará su mamá.

—¿Y tu mamá? —le pregunto.

—Seguro fue por la comida —contesta como si ya fuera algo normal.

Escuchamos la puerta principal abrirse y cerrarse; su mamá aparece con comida china.

—Creo que era demasiado tarde como para preparar el desayuno, así que compré comida china.

—Gracias —respondemos al unísono.

Su mamá se sienta en el taburete frente a Cristina y comienza a repartir los platos.

—¿Qué tal tu noche? —le pregunta Cristina mientras le quita el plástico a su plato.

Evito escupir el arroz y me pongo una mano en la boca mientras me comienzo a reír.

—Muy buena —dice—; bueno, quizá.

—¿Por qué? —me atrevo a preguntar.

Ella me mira con una sonrisa burlona como diciendo "tú sabes a lo que me refiero".

—Ustedes sabrán el porqué.

Por un momento todo queda en silencio porque las tres tenemos la boca llena como para preguntar algo.

—¿Y lo malo? —pregunta al fin Cristina.

—Creo que está interesado en algo serio, pero aún no estoy lista —dice y se mete otro bocado a la boca—. ¿Sabes?, que tu padre ya tiene novia.

Cristina casi escupe su comida.

—¿Cómo lo sabes? —pregunta.

Sé que está confundida al igual que yo. Pero su papá no: seis meses y ya tiene novia. Al menos eso ya no le importa a ambas.

—Sí, su novia se encargó de decírmelo: "Soy la novia de Mark, no intentes buscarlo ni llamarlo, él me ama a mí —intenta hacer una voz chillona—. Sinceramente eso no me importa, dejé de sentir cosas por tu padre desde que supe que me había engañado.

¡¿La había engañado?!, creo que hasta ahora me entero.

—Descuida, mamá, podemos ir Courtney y yo a golpearla con los bates —dice Cristina, mientras golpea la palma de su mano.

—Claro —dejo el tenedor en el plato—. Acepto, sólo si eso no me lleva a la cárcel o a la correccional. Si no, todo bien.

Aun con los platos vacíos, la charla sigue y es divertido; las anécdotas que cuenta su mamá son graciosas o incluso tristes, pero mayormente graciosas.

—¿A qué hora es la fiesta? —pregunta su madre.

Cristina y yo nos miramos. No sabíamos la hora, habíamos quedado de llegar a las nueve a la fiesta y retirarnos a medianoche, porque es cuando las hormonas de la gente se ponen locas.

—Pensábamos irnos de aquí a las nueve —contesto— y regresar a medianoche.

—¿Y qué piensan llevarse puesto?

—Un vestido y tacones —responde Cristina mientras se encoge de hombros.

—¿Y tú? —me pregunta su mamá con una sonrisa.

—Creo que un pantalón y una camisa, lo de siempre —contesto sin más.

Su mamá niega con la cabeza y se baja del taburete.

—¿Va a ir el chico que se llama...? —mira a Cristina.

—El Sesos de Alga —contesta con una sonrisa—, que se hace llamar Matthew. Camina hacia mí y me hace ponerme de pie.

—¿Irá Matthew?

—No sé —responde Cristina—. Creo que no.

Sí, Matthew, le había marcado para preguntarle a Cristina si yo iría a la fiesta. Quizá con mayor razón lo haría, pero como Cristina le dijo que "no" a Connor, para lograr pasar desapercibidas, tal vez no iba a la fiesta.

Su mamá me examina y me obliga a darme la vuelta.

*Oh, no, está planeando algo.*

—Creo que te quedará uno de mis vestidos.

—No me cierra.

Abro la puerta del baño de la mamá de Cristina e intento que no se me baje el vestido. Sinceramente, son muy aseñorados para mí, aparte de que no me quedan bien y son muy grandes o me quedan justos … y me falta para rellenarlos de la parte de arriba.

—Mejor yo te presto algo con qué vestirte —me dice Cristina—. Si te llegara a quedar algún vestido de mamá, tendríamos que ponerte bubis de calcetín.

Me sonrojo e intento ocultarlo con una pequeña sonrisa. Cristina me toma del brazo y me guía hasta su cuarto, donde corre a su clóset y comienza a buscar un vestido entre cientos. Al final, después de tanto, se decide por uno; es verde turquesa al estilo *vintage* con muchas flores, me llega un poco más arriba de las rodillas y tiene un delgado cinturón rosa, agregando que el escote de atrás es más largo que el de enfrente. Realmente es lindo el vestido, pero no apto para mí. Después saca un vestido negro de manga larga con tela transparente arriba de la cintura y un top negro. Deja los vestidos en la cama y se agacha a buscar zapatos; mientras tanto, yo sólo intento que el vestido de su mamá no se me caiga y que no se vea mucho mi sujetador. Saca unos zapatos cerrados color rosa y unas zapatillas negras abiertas. Pone las zapatillas al lado de la cama y aprovecho para echar una mirada en su clóset. ¿Cómo demonios le cabe tanta ropa en eso tan pequeño? Tiene cientos de playeras, vestidos, shorts, pantalones, bufandas, cinturones, tenis, zapatos… es casi una tienda escondida en un armario.

—Ve a ducharte rápido, tenemos que arreglarte —me ordena como si más tarde fuera a pasar por una pasarela de moda.

—¿Por qué tanta insistencia en que vaya bien?

—¡Dios!, las fiestas de Peter son al estilo Proyecto X. ¿Entiendes?: es vestir o morir.

Me miro al espejo y sigo sin reconocer a la chica que hay enfrente; sé que soy yo con un estilo diferente; con vestido y maquillaje. Con menos ropa de lo común. Examino mi rostro, sólo tengo los ojos delineados, rímel en las pestañas y un poco de brillo labial. Cristina onduló mi cabello y listo, según ella parezco una linda princesa. Extrañamente, me siento cómoda, tal vez gracias a que no me puse los tacones. Sin embargo, ella va con su cabello rubio lacio, su vestido, las zapatillas de unos quince centímetros y maquillaje. Ella parece ella.

Su mamá aparece con una sonrisa gigante y nos sonríe maternalmente.

—Se ven hermosas ambas.

Me sonrojo ante su comentario.

—Gracias, mamá —le dice Cristina, sin quitar la hermosa sonrisa de su rostro—. ¿Tú qué harás esta noche?

Su madre arruga la nariz mientras ve la hora.

—Creo que saldré a cenar con Marcus.

—¿Se llama Marcus el hombre de ayer? —pregunto mientras guardo mi celular en la pequeña bolsa que me prestó Cristina.

Ella asiente.

—Pero no es seguro que salgamos. Si me llama, quizá sí —sonríe emocionada.

El celular en mi bolso comienza a vibrar y a sonar. Lo saco de la bolsa y veo que es mi mamá. Contesto e intento respirar antes de hablar.

—Hola, mamá —intento que mi voz no suene nerviosa.

—¿Como estás, hija? —pregunta.

—Bien, íbamos a salir a cenar con la mamá de Cristina.

—¿A dónde?

—No tengo idea —le contesto y finjo una risa inocente—; dice que la comida es muy buena en ese lugar.

—Entonces te dejo para que te vayas a cenar —me dice, sin percibir nada raro en mi voz—. Intenta marcarme cuando llegues. Te quiero.

—Sí, mamá, yo igual te quiero —cuelgo.

Guardo el celular en la pequeña bolsa y miro a Cristina, sintiéndome un poco culpable por mentirle a mi mamá.

—Si fuera chico, ya te tendría en un callejón —me dice Cristina mientras me guiña un ojo.

Me río mientras le mando un beso, como lo hacen las chicas de las películas. Ella comienza a reírse y su mamá a negar con la cabeza mientras nos mira. Cristina camina hacia donde está su mamá.

—Mamá, nos vemos más tarde —se despide de su madre y besa su mejilla—. Intenta no hacer nada malo y regresa a casa bien.

—Que se divierta mucho —me despido de ella y beso su mejilla.

Sigo a Cristina y bajamos las escaleras, la miro de reojo y me doy cuenta de que no sufre con las zapatillas y de que sus tobillos se mantienen rectos. Si yo estuviera usando zapatillas, preferiría bajar las escaleras a sentones que a pie para no terminar con un esguince. Toma las llaves de su Beetle blanco y abre la puerta de la casa.

—Primero usted, señorita —me dice burlonamente.

—Gracias, señorita.

Literalmente corremos al auto, no sé si de la emoción o porque quería evitar que alguien me viera, alguien como mis padres.

Abro la puerta, me siento y me pongo el cinturón de seguridad.

—Tienes oportunidad de decidir si vas o te quedas —Cristina me mira.

Comienzo a sentir frío de los nervios y ansias por llegar a la fiesta para divertirme como una adolescente por primera vez.

—¡Vamos a esa fiesta!

Levanta los brazos y grita de la emoción. Emociones extremas que sólo se viven una vez en la vida, hay que disfrutarlas.

Enciende el motor y arranca el auto. Bajo la ventanilla y dejo que el aire de la noche nos refresque... ¡Las chamarras!

—Cristina, olvidamos las chamarras.

Cristina maldice en voz baja, pero al parecer, no le da tanta importancia.

—Creo que con tanta gente no sentiremos frío —dice pensativa.

—Creo que no —la apoyo—. Sabes dónde es, ¿cierto?

Sigue conduciendo mientras me dirige una mirada en plan "¡por dios, no sabes con quién tratas!".

Después de media hora, llegamos a una zona de mansiones gigantes, lujosas, con varios autos estacionados frente a ellas y con fachadas muy altas, dándoles aspecto de casas de varios pisos.

Después de recorrer unas cuantas calles, comenzamos a escuchar el lejano sonido de la música; entonces adivinamos que la fiesta ya había comenzado. También había muchos autos estacionados conforme íbamos avanzando. Cristina encuentra un espacio a una calle de la casa, porque si no, hubiéramos tenido que caminar unas cuantas cuadras. Nos bajamos del auto. Camino a su lado y nos tomamos de los brazos.

—Creo que hay demasiada gente —comenta.

Ambas vemos la enorme mansión de tres pisos, de decenas de millones de pesos; hay luces de colores por todas las ventanas de la casa y la música se escucha muy alta.

—Creo que moriré hoy mismo —bromeo.

En la entrada de la casa hay gente tirada en el piso, quizá de tanto beber, otras besándose e incluso personas vomitando. También hay muchos vasos rojos, de esos típicos vasos que salen en las películas. En la enorme cochera hay personas platicando o bailando, la puerta está completamente abierta. Entramos a la lujosa mansión.

*Pobre de él, mañana tendrá que recoger mucha basura y limpiar mucho vómito.*

Enseguida notamos el olor a cerveza, sudor y vómito. Miramos a nuestro alrededor para ver si reconocemos a alguien. Me doy cuenta de que Cristina y yo vestimos bien a comparación de otras chicas que andan sin camisa, con minishort o con vestidos que tienen menos tela que una playera; me percato de que Peter me mira desde lejos, algo serio, eso me pone aún más nerviosa. Miro a otra parte, intentando buscar a otra persona, pero lo único que veo es gente bailando, besándose. Cristina me jala del brazo para comenzar a integrarnos a la fiesta. Al pasar por la pista de baile, varias personas me pisan y otras me empujan, pero nada serio, hasta que mi hombro choca con alguien y yo casi caigo, pero Cristina me jala antes de eso. Me giro para reclamar y me quedo sin palabras: Matthew Smith está frente a mí. Estaba 80% segura de que él no estaría en la fiesta. Quizá la fiesta no vaya a ser tan buena... al menos no con él aquí.

## doce

# Corre y sálvame

$\big($Matthew$\big)$

**La casa de Peter se está llenando** cada vez más y eso me pone un poco nervioso. Cristina me había dicho que Courtney no iba a venir, pero, ¿si cambiaba de planes?, ¿si llega a la fiesta, ve a Peter y se besan?, ¿qué pasa si yo pierdo?, sigo bailando con una chica mientras busco a Courtney, por si las dudas.

—¿A quién buscas, Matt? —me pregunta la chica mientras pone sus brazos en mis hombros.

—A nadie —respondo.

La chica me mira con curiosidad e intento no mirarla. Sonríe seductoramente y se acerca más a mí; retrocedo un paso queriendo alejarme de esta chica, pero mi espalda choca con alguien. No me alejo tanto, pero tengo una excusa para desaparecer.

Cuando me doy la vuelta e intento pedirle perdón a la persona que acabo de empujar, las palabras no me salen al ver a la persona que tengo al frente. Al verla a ella.

Courtney sí vino a la fiesta.

No puedo evitar mirarla de arriba abajo, dándome cuenta de que es la primera vez que la veo con vestido y, para ser sinceros, se le ve de maravilla. Miro su cabello, arreglado muy diferente, y apuesto a que la peinó Cristina, incluyendo el maquillaje nada excesivo que lleva a comparación de las otras chicas; mi mirada baja a sus labios y ella lo nota porque hace una mueca.

*No voy a dejar que Peter bese a mi chica.*

—*¿Qué dijiste, Smith? ¿Desde cuándo Courtney es tu chica?*

Me pongo nervioso e intento no ponerme más con la mirada que me lanza Cristina, quien ahora es casi de mi misma estatura gracias a sus tacones gigantes. Miro de reojo a la chica que bailaba conmigo pero ya se ha ido.

—Perdón —logro decir.

No dice nada, pero pinta una pequeña sonrisa. No sé si es de "sonrío para que te vayas" o de "no importa".

—No te preocupes.

Vuelve a sonreírme y se retira con Cristina.

Courtney se ve hermosa, no lo puedo negar... Aunque mi mente me regañe por decir estupideces.

Camino fuera de la pista de baile y busco a Andrew y Connor. Los encuentro en unos sillones. Connor bebiendo algo mientras platica con un chico y Andrew, como siempre, coqueteando. Me acerco rápido a Connor y lo jalo del brazo.

—Por si no te habías dado cuenta, estaba hablan...

—¡Courtney vino a la fiesta! —lo interrumpo.

Abre los ojos con sorpresa.

—¿En serio? —me pregunta—. ¿Se supone que Cristina dijo que no?

—Lo mismo pensé. Ahora el problema no es si vino, sino si Peter ya la vio.

Connor me mira y después a Andrew, quien está ocupado con una chica. Camina hacia él y yo lo sigo, quedándome detrás para observar lo que hará. Se acerca a Andrew y lo jala de la camisa gris, mientras que la chica mira mal a Connor, quien le regala una mirada asesina obligando a la chica a levantarse e irse.

—¿Qué mierda te sucede? —le grita enojado, aunque gracias a la música alta, su grito pasa desapercibido—. Estaba ocupado con esa chica.

—No me importa si estabas con ella, ahora importa que no golpeen a nuestro amigo.

Frunzo el ceño.

—¿Me van a golpear?

Andrew igual está confundido.

—Supongo que si gana la apuesta, sí —lo dice indiferente, como si fuera un hecho.

—¿Courtney vino a la fiesta? —pregunta Andrew en un tono sorprendido y preocupado.

Ambos asentimos.

—Amigo, yo hice una apuesta y terminé en otra apoyándote, así que no nos queda de otra: te ayudaremos para que el estúpido de Peter no nos arruine la apuesta.

Tiene razón, él y yo apostamos enamorar a la apuesta, y ahora me ayudará a que la apuesta vaya bien y no se salga de mi camino. O bueno, ¿por qué piensan que me voy a enamorar de ella? Connor ayuda a levantar a Andrew y me acerco un poco más a ellos.

—¿Qué se supone que haremos? —pregunta Andrew.

—Más bien, ¿qué se supone que apostaste con Peter? —Connor me mira de forma amenazadora.

—Aposté que Courtney no lo besaba estando sobria.

Ambos vuelven a respirar normal.

—Ah, pensé que habías apostado algo como "quien la abrace primero pierde" o "quien le quite el vestido turquesa pierde".

*Vestido turquesa.*

¿Cómo sabe que Courtney trae puesto un vestido turquesa?

—¿Vestido turquesa? —le pregunto.

—Y con flores —responde con la mirada desviada.

Connor y yo miramos donde él tiene su vista clavada y me doy cuenta de que en realidad mira a Courtney, quien está platicando con un chico que nos da la espalda. Se nota nerviosa porque está mirando el suelo y se acomoda el cabello detrás de la oreja. Me doy cuenta de que están a unos metros nuestros y que ella esta recargada en la pared. ¿Qué rayos...?

—Peter va a ganar... —murmuran ambos.

Observo con atención al chico que nos da la espalda y me doy cuenta de que lleva puesta la misma ropa que Peter.

O más bien... ¡es Peter!

*¿Vas a dejarte ganar? ¿No harás nada? ¿Qué puedo hacer?*

Por unos segundos, escucho unos pequeños engranes trabajando en mi cerebro. Ya sé.

—¡Peter! —grito lo más fuerte que puedo y me agacho rápido.

Desde abajo miro a Connor y a Andrew que están "platicando" y evitando soltar una carcajada. Connor deja caer su mano con el pulgar arriba y me hace una señal de que ya puedo ponerme de pie.

Comienzo a hacer cosas estúpidas por una causa estúpida.

—¿Dejó a Courtney? —pregunto.

Connor mira a mis espaldas.

—Sólo se alejó de ella un poco.

Volteo a ver discretamente en dirección a ellos y me doy cuenta de que es cierto; Peter se alejó de ella un poco y Courtney está más relajada con esa distancia.

—¿Crees que lo logre? —pregunta Andrew y vuelvo a dirigir mi mirada hacia ellos.

—No creo que Courtney sea tan tonta —le respondo.

—Pero si él es más rápido y agarra desprevenida a Courtney, quizá sí —dice Connor y le dirijo una mirada de disgusto.

Entre nosotros domina el silencio y nadie comenta nada. Connor tiene razón, si toma desprevenida a Courtney, quizá sí la besa, o tal vez ella lo esquiva y no lo logra. Después de pensar varios minutos, Andrew habla:

—¿Adónde se fueron?

En efecto, me doy cuenta de que ya no están.

*Demonios.*

( Courtney )

Después de la charla tan incómoda con Peter, él me toma de la mano, mira a los lados y me lleva a... algún lugar.

Sinceramente, Peter se está comportando de un modo extraño, lo cual me pone molesta y nerviosa, al igual que cuando intentaba acercarse un poco más a mí.

Llegamos a un corredor donde hay parejas besándose y más adelante unas escaleras.

*Respira, no va a pasar nada malo, quizá sólo quiere privacidad. Pero ¿privacidad para qué?, ¿platicar como personas normales? Sexo, tonta, sexo.*

Intento no ponerme más nerviosa y trato de convencerme de que quizá sólo quiere hablar donde hay menos ruido. Sube las escaleras sin soltar mi mano, mientras que con la mano libre hace algo en su celular. Comienzo a sudar levemente y siento que necesito zafarme de él y correr a buscar a Cristina. Yo sabía que era mala idea que ella fuera al baño y me dejara sola. Llegamos a un corredor con muchas puertas... supongo que son las habitaciones. Él se acerca a una puerta para abrirla pero se arrepiente al escuchar gemidos. Eso me provoca más miedo. Después de intentar con tres puertas y retractarse por lo mismo, encuentra un cuarto libre, donde sólo hay una cama, un escritorio, una ventana con balcón y un armario. Que yo sepa, las personas prefieren hablar sentadas y en un lugar donde hay sillas, no donde hay camas. Me hace pasar al cuarto; cierra la puerta... con seguro.

Intento no ahogarme con mi propia saliva. Después de escuchar lo que había en los cuartos anteriores, creo que comenzar a gritar para que alguien me ayude no funcionará pues pensaran que se trata de otra pareja con las hormonas locas.

Peter me mira con una sonrisa ladeada mientras se acerca a mí. Él mide un metro ochenta y yo un metro sesenta y siete; soy una hormiga en comparación con él y mi fuerza no serviría de nada.

—No tengas miedo —me susurra cuando está muy cerca de mí.

Intento alejarme pero choco con la base de la cama.

*¿En qué te has metido, Courtney?*

Se acerca demasiado; tanto, que puedo escuchar su respiración y oler su aliento a cerveza. Acerca su mano a mi cuello y besa mi mejilla, y después cerca de mi boca. Me giro para evitar que me bese; estoy a punto de llorar.

—Quiero salir de aquí —le susurro. Él sonríe.

—Courtney, cariño, entraste al juego sin saberlo. Ahora eres mía.

¿Qué? ¿Qué había hecho? Él fue quien me invito a la fiesta, quien comenzó a platicar conmigo y se negó a irse aunque le dijera que estaba mejor sola.

—Yo no entré a ningún juego, ahora déjame ir —trato de que mi voz no tiemble, pero fallo en el intento.

Sin más, me avienta a la cama y se sube encima de mí, mientras retira mi cabello del cuello. Lo aviento con las manos, pero con una sola mano suya las logra inmovilizar. Intento con los pies y lo único que logro es que gruña y me los inmovilice con sus piernas.

No me queda de otra: comienzo a gritar.

—¡Aléjate de mí !

Mis gritos son ahogados por su mano. Me muevo lo más que puedo pero es increíble que sólo con su cuerpo haya logrado inmovilizarme y callarme.

—Cállate, Courtney —su voz ya no suena como antes. Ya no es amable.

Intenta besarme los labios pero ladeo a tiempo la cabeza. Vuelve a intentarlo y falla. Se resigna y comienza a besar mi cuello.

En las películas veía que eso podía enloquecer a una mujer, pero lo único que siento es miedo. Comienzo a sollozar y él comienza a levantar con lentitud mi vestido. Muevo las piernas para que deje de hacerlo, pero aplica más fuerza.

*Alguien que corra a salvarme. Esto no tiene que llegar tan lejos.*

No se me ocurre otra cosa más que morder su mano. ¡Funciona!, la quita y aprovecho para volver a gritar.

—¡CRISTINAAAAAAAA!

Peter está rojo, sus ojos no tienen el mismo brillo y su *amigo* despertó.

Aún me tiene aprisionada; la única solución que me queda es volver a gritarle a Cristina para que corra y me salve... si es que me escucha.

Mi celular vibra dentro de la bolsa y ni siquiera sé dónde está. ¿Para qué? No podría contestar.

—¡No sabes con quién te has metido, perra!

No sé si sorprenderme o reírme de mí misma al llegar a pensar que no era un idiota.

—No soy ninguna "perra" al no quererme acostar con un idiota como tú.

Levanta su mano y cierro los ojos. Su puño impacta en mi mejilla. Comienzo a llorar. La mejilla me pica y me arde al mismo tiempo, y no sé cómo quitármelo de encima.

*Sigue intentando.*

Vuelvo a forcejear, pero él sigue ocupado besando mi cuello. Vuelvo a gritar y siento la garganta seca. Lloro y mi cuello está húmedo gracias a las lágrimas y a la baba de Peter.

—¿Courtney? —escucho que gritan al otro lado de la puerta pero, por el miedo y nerviosismo, no reconozco quién es.

—¡AYUDAAA! ¡ALÉJATE, PETER! —vuelvo a gritar.

Me tapa la boca sin despegar sus labios de mi cuello. Comienza a bajar por el escote; intento moverme y vuelvo a gritar. Escucho que la perilla de la puerta intenta girar, pero no se abre. Sigo moviéndome para evitar que siga tocándome y él se molesta; tanto, que intenta abrir mis piernas. Me asusto aún más y entumezco mis piernas de tal modo que queden estiradas y sin flexionar.

—¡Cristina!

La voz ya no me sale y sigo forcejeando. Quita su mano de mi boca, para comenzar a desabrochar su pantalón.

*¡Oh, por dios, Courtney, tienes las manos libres!, muévete, golpéalo, dale un puñetazo. Te va a violar...*

Forcejeo con los pies pero noto que está sentado en ellos, así que intento sentarme para pegarle; está tan distraído con su pantalón, que cuando lo empujo con todas mis fuerza, cae de la cama.

Me levanto y corro hacia la puerta, pero me tropiezo con mis propios pies.

*¿Por qué la estupidez de Courtney ataca ahora mismo? Mierda, levántate.*

Intento levantarme, pero me mareo. Me sale un sollozo. Peter me jala del pie y grito tan fuerte como si intentara matarme. Sólo unos segundos después, lo tengo encima, con el pantalón desabrochado. Intento aventarlo con un pie, pero lo sujeta.

La puerta hace un sonido extraño y la habitación se hace más luminosa. Las lágrimas no me dejan ver quién retira a Peter de mí. Alguien me carga y me abraza. Una parte de mí se siente más tranquila pero la otra parte sigue teniendo miedo. No levanto la vista para ver quién me ha rescatado; solamente abrazo a esa persona y comienzo a llorar en su pecho. La persona saca algo del bolsillo, creo que es su celular y marca a alguien.

—¿Cristina? —esa voz—. Ya la encontré... Estamos en el segundo piso, en una de las habitaciones.

Pone una mano en mi cabello y comienza a peinarlo mientras susurra: "Tranquila, ya pasó". Aunque no ayuda a borrar lo recién ocurrido, sí a tranquilizarme un poco.

Me sereno; sé que no es necesario levantar la cabeza para darme cuenta de a quién estoy abrazando; con tan sólo ver su playera roja y oler su perfume, sé que es Matthew. Alguien se pone de cuclillas a lado mío y después otra persona.

—¿Courtney, estás bien? —escucho la voz de Cristina—. ¿Qué paso?

Sin querer, se me sale un sollozo. Sólo recordar a Peter, encima de mí, besando mi cuello a la fuerza, levantándome el vestido y golpeándome, me hace llorar, y lloro de rabia. ¿Por qué llegué a confiar en que sólo quería hablar? Cierro los ojos e intento pensar en otra cosa.

—¿Qué hacemos con Peter? —escucho a Connor.

—Creo que nos pasamos de fuerza —murmura en tono gracioso el que creo que se llama Andrew.

—¿Lo dejaron inconsciente? —pregunta Matthew.

Cada que Matthew habla, puedo escuchar el eco de su voz en su pecho.

—Courtney... —habla Cristina—... Perdón... pero ¿qué te paso en la mejilla?

Me acaricio la mejilla y murmuro:

—Peter me golpeó.

—Voy a patearle las bolas a ese desgraciado —casi grita Cristina.

—¿Quieres irte? —me pregunta Matthew, dulcemente.

Asiento aún con los ojos cerrados. Su brazo que está en mi espalda sube un poco más y pone su otro brazo debajo de mis piernas. Se pone de pie y alguien me acomoda el vestido para que no se vea nada. Sé que es Cristina, por sus manos frías. Siempre se le ponen así cuando sucede algo malo.

Matthew comienza a caminar y yo me abrazo más a él. Si no estuviera confundida, aterrada y hasta agotada de tanto forcejear, le hubiera dicho a Matthew que me dejara y que no estuviera molestándome. Sin embargo, camina conmigo en brazos, en una fiesta y con miles de personas. Pero siendo sinceros, quizá nadie se dé cuenta y muchos piensen que estoy tan ebria que me he desmayado en vez de casi ser violada por el gran idiota de Peter.

Siento aire frío y sé que estamos afuera de la mansión. Me da escalofrío y creo que Matthew lo nota, porque me abraza más a él.

Matthew se detiene de repente y yo no abro los ojos.

—No vamos a caber en esa miniatura —dice Matthew.

—¿Disculpa? Sólo ella va a venir conmigo —escucho la usual voz reprochadora de Cristina.

—No pienso dejarla sola —le contesta.

Una parte de mí se queda helada y la otra comienza a sonreír estúpidamente.

Creo que ese sentimiento raro vuelve a aparecer.

Creo que me gusta Matthew Smith.

## trece

# Una heroína

( Courtney )

**Despierto y lo primero que hago** es mirar el despertador de Cristina para darme cuenta de que es más de mediodía. Me acomodo en la cama e intento volver a dormir, pero no puedo... aún siento las manos de Peter. Me giro en la cama y veo que Cristina está despertando también. No recuerdo cómo llegamos a casa y, aunque intente recordarlo, nada llega a mi mente. Levanto las cobijas un poco intrigada y noto que tengo puesto aún el vestido, pero no los zapatos ni el cinturón.

—Hola —me dice Cristina.

—Hola.

Me froto los ojos con el dorso de la mano y queda pintada de negro. De seguro parezco mapache por llorar y por dormir maquillada.

—¿Cómo llegamos aquí?

—Es una larga historia —me dice risueña.

—¿Hice algo malo? —no puedo evitar ponerme nerviosa.

¿Aparte de confiar en Peter?

—No creo —me asegura—. Estabas bien dormida en los brazos de Matthew.

Me sonrojo un poco y me tapo la mitad de la cara con la sabana. Si tan sólo supiera que me vuelve a gustar.

—Él no quería dejarte sola. Nos diste un susto a todos, incluidos sus amigos.

El recuerdo de la noche anterior lo tengo un poco borroso y la intriga aumenta un poco más.

—¿Cómo me encontraron?

—Matthew y sus amigos lo hicieron —explica—. Perdón por no haber sido precavida, pero vi que Peter platicaba contigo y no quise interrumpirte y me fui. Cuando quise comentarte algo ya no estaban y, entonces pregunté por ti. Me dijeron que no te habían visto y sentí que todo se había ido a la mierda. Busqué a Peter y tampoco lo encontré; sus amigos me veían burlonamente, como si supieran lo que pasaba —respira y me doy cuenta de que está a punto de llorar, por lo que me acerco más a ella y la abrazo—. Lo único que se me ocurrió fue buscar a Matthew y preguntarle dónde estabas. Él también te estaba buscando porque te vio con Peter y pensó que él querría abusar de ti o algo parecido —comienza a sollozar—. Te busqué por todos lados: sala, cocina, baños, patio... Matthew me llamó y me dijo que ya te había encontrado; escuché sollozos de fondo y me espante más, tanto que por primera vez pude correr muy rápido con los tacones puestos —suelta una sonrisa triste y escucho cómo absorbe por la nariz—. Llegué al segundo piso y, me encontré un cuarto con la puerta abierta y vi a un chico en el piso abrazando a alguien mientras esa persona se aferraba a ella y lloraba. Supe que eras tú gracias al vestido. Ahí estaba Peter con el pantalón desabrochado e inconsciente. Cuando me agaché a tu lado, noté que tenías un golpe en la mejilla y me contaste lo sucedido. Quería pegarle en la entrepierna a Peter, pero como estaba inconsciente, no valía la pena; descuida, cuando lo vea sí le pegare, y fuerte —me mira—. Perdón, Courtney, en serio, jamás pensé que Peter fuera capaz de hacer eso...

Deja la frase a medias y comienza a llorar. Me siento en la cama, la abrazo e intento calmarla como Matthew hizo conmigo. Ninguna de las dos pensábamos que Peter fuera esa clase de persona. Teníamos nuestras sospechas de que era un insensible que podía jugar con las chicas, usarlas para un polvo, pero no de hacer lo que hizo conmigo.

Después de un rato, se sienta en la cama y se limpia las lágrimas. La miro y veo que tiene todo el rímel corrido. Las dos parecemos mapaches.

—Lo que me acabas de relatar me ha ayudado mucho, pues ya comienzo a recordar todo; por ello creo que el único punto bueno es que no logró besarme —le digo con una amarga sonrisa—; así que estrictamente no he dado mi primer beso.

Ella me mira sorprendida, sin dar crédito a ello.

—¿No te besó? —pregunta sorprendida.

Niego con la cabeza, orgullosa de aquello.

—Por desgracia, sí besó mi cuello...

Me estremezco al recordar la horrible sensación de sus labios en mi cuello. Intento olvidarlo.

—Mañana que lo vea, juro que lo dejo sin día del padre.

La miro con seriedad.

—No bromeo, Courtney.

—No creo que te atrevas a pegarle ahí —con un dedo señalo hacia abajo—... espera... ¿Y tú mamá?

—Debe de estar dormida —bosteza y me mira—. Mi mamá no sabe nada de lo que pasó anoche —me gira la cara para ver mi mejilla y comprobar si se ve alguna marca—; no se ve mucho, pero dile que te pegaste con algo, no le digas lo que ocurrió porque le contaría a tu mamá y todo se terminó.

El lunes, cuando llegamos a la escuela, muchas personas me miran, otras siguen su camino normal o no notan mi presencia.

En mi mejilla ya no había resabios del golpe. Mi mamá se creyó que había chocado con la puerta del cuarto de Cristina mientras hacíamos tonterías; la mamá de Cristina se creyó que en la fiesta un chico me pegó por accidente mientras bailaba. Habíamos librado los castigos y las preguntas incómodas.

Al llegar a mi casillero, Cristina me mira y cuestiona:

—Dime que no tienes educación física conmigo.

Dudo. Abro mi casillero. Miro el horario:

—Tengo educación física a la cuarta hora... ¿Por qué rayos lo preguntas? —la miro aún más confundida—. Siempre estoy contigo en esa clase...

Hace una cara graciosa cuando recuerda que, a veces, por nosotras nos ponen a correr vueltas extras.

—¡Cierto! —contesta—, y si no mal recuerdo, el equipo de futbol entrena a esa hora...

*Equipo de futbol: Peter está ahí.*

—¡Demonios! —es lo único coherente que logro murmurar.

Intento no estresarme o ponerme nerviosa con lo que acaba de decirme. ¿Cómo diablos no recordaba eso? Se despide de mí al darse cuenta de que se le hace tarde y sale corriendo en sentido contrario al mío. Yo tengo que ir a clase de Literatura.

Al llegar al salón, veo a Lucas con su celular y cuatro asientos más adelante está Matthew, lo cual no me sorprende ni un poquito. Lo ignoro como él a mí; camino hacia Lucas. No me sonríe como habitualmente lo hace; ni siquiera me saluda. Sólo me ve de reojo y vuelve a su celular. ¿Qué rayos le sucede? Deposito la mochila a un lado e intento distraerme. Miro de reojo a Lucas, quien sigue en la misma actitud.

Me giro en la silla y lo miro, desesperada por saber qué le pasa.

—¿Qué te sucede? —le pregunto.

—¿Que qué me sucede?, ¿qué te sucede a ti? ¿En qué pensabas para acostarte con Peter?

*¿Qué?*

—¡¿Qué?! —le pregunto confundida.

Examina mi rostro confundido apenas unos segundos y suspira.

—Inventaron un chisme —explica—: que tú y Peter lo hicieron en la fiesta.

Sonrío irónicamente. Claro, no obtuvo lo que quiso e inventó este cuento.

—Lo que realmente sucedió es que él me llevó a un cuarto para "platicar" —hago señas con los dedos—, pero casi termina abusando de mí. De hecho, me golpeó... ¿A eso le llamas que yo quise hacerlo?

Lucas palidece y por suerte el maestro llega al salón. Detrás de él entra Peter: tres moretones en la mejilla y el labio roto. Me quedo en mi lugar un poco nerviosa e intento no mirarlo mientras pasa a mi lado.

*Actúa normal.*

—*Ja, ¿normal?; sí claro, como si eso fuera posible.*

Se sienta tres sillas después de mí e intenta ignorar a las personas que lo miran, incluida yo.

—¿Qué le sucedió? —Lucas me pregunta en un susurro.

—Creo que decidió maquillarse unos cuantos moretones en la cara —le contesto sarcásticamente—. ¿No es obvio que lo golpearon?

Lucas me mira con una ceja levantada.

—Después de eso —intento explicarle—, de lo que estuvo a punto de...

—Señorita Grant, ¿sería tan amable de decirnos qué es lo que platica con el señor Thomson? —me regaña el profesor; todos me miran. Me quedo en silencio, lo cual molesta al profesor—. Retírese de mi clase, por favor.

Lo miro sorprendida y me molesto al saber que me saca de la clase sólo por hablar con Lucas, pero nunca corre a los chicos que siempre se ríen o están lanzando bolitas de papel ensalivadas con un popote.

—Será un placer —le digo.

El salón comienza a murmurar cosas y yo tomo mi mochila.

*¿Y ahora qué vas a hacer?*

## ( Matthew )

"Será un placer." Inevitablemente miro a Courtney y me tengo que golpear mentalmente para saber si ella estaba bromeando. ¡Courtney contestándole a un profesor! ¡Al profesor Logan! ¿Dónde está la Courtney que jamás se saldría de la clase sin pensar que eso afectaría sus estudios? Quizá está enojada o de mal humor. O con la regla.

Varias mujeres que conozco, incluyendo mi madre, se ponen de mal humor, sentimentales, depresivas o con un apetito parecido al de una persona que no ha comido en semanas debido a esos días.

Miro a Peter, quien tiene la vista fija en mí. Sonrío al ver cómo lo dejó Connor y de saber que con Courtney no se puede meter, porque ella es mi apuesta. Vuelvo la vista al frente e intento no dormirme lo que resta de la clase.

Suena el timbre y todos salen del salón; prefiero salir después de Peter, por si intenta golpearme. No puedo creer, que aun estando ebrio, teniendo tantas chicas detrás de él, intentara llevarse a Courtney a un cuarto, cerrando la puerta con seguro.

A mitad del corredor hay una multitud de gente alrededor de algo, supongo que una pelea o algo parecido. Me acerco rápido y comienzo a meterme entre las personas para poder ver; veo a Cristina parada frente a Peter y ella está intentando no ponerse frenética.

—Quizá no sea la más popular, tampoco la más buena de la escuela, pero soy buena amiga y voy a vengarme por lo de Courtney.

Su pie sube lo más fuerte que se puede a la entrepierna de Peter e inevitablemente recuerdo cuando Courtney hizo lo mismo conmigo. Peter cae de rodillas y se pone rojo del dolor; coloca sus manos en la parte adolorida y se recuesta en posición fetal.

—Espero que no tengas planes para ser padre —le grita Cristina a Peter y se va.

Una chica de la multitud grita:

—¡Perra, él y yo planeábamos tener hijos!

Sabemos que se está burlando de Peter porque regresa con sus amigas mientras se mueren de risa y Peter se sigue retorciendo de dolor. Me río y agradezco no estar en su lugar.

—Vaya, vaya —menciona Andrew, a mi lado.

¿Cuándo demonios llegó?

—Creo que ahora me gusta Cristina —dice Connor—, es mi heroína. La primera persona que le pega. Claro, aparte de los entrenamientos.

—Merecido que ahí le pueden pegar —le digo—, él le pega a todos.

Veo a Connor, y me doy cuenta de que su labio aún no cierra. Entonces recuerdo el rostro de Peter.

—Dejaste a Peter como mapa —me burlo.

Connor besa sus nudillos y Andrew le da un zape, provocando que se golpee él mismo su labio abierto. Comienza a quejarse de dolor e intenta no gritar, por lo que es inevitable reírse.

—Te burlas y yo fui quien salvó a tu chica.

Andrew y yo nos quedamos en silencio mientras lo miramos, casi preguntándonos qué reacción deberíamos tener ante su comentario.

*Tu chica, tu chica, tu chica.*

—Creo que me refería a la chica de un amigo —dice nervioso, intentando arreglar las cosas—, pero debes tener claro que yo salvé a Courtney.

Me mira con los ojos entrecerrados y me apunta con un dedo.

—Fuimos nosotros dos —sentencia Andrew—. Matt no cuenta, él sólo le dio apoyo moral.

Me río sin humor.

—Qué gracioso...

## catorce

# Pelotas voladoras

$\left(\text{Courtney}\right)$

**Un poco incómoda, voy a mi casillero** para dejar libros y guardar en la mochila la ropa de educación física. Camino a los vestidores de chicas en el gimnasio.

Durante el trayecto, las personas ya no me miran y me relajo un poco. A pesar de que ya pasaron casi dos días desde el trágico suceso con Peter, todavía no supero que él hubiera sido capaz de lo que hizo. Peor aún: no puedo creer que yo hubiera pensado que tal vez era diferente.

El vestidor de chicas huele a desodorante y loción. En un vestidor dejo la mochila a un lado; el celular vibra en la bolsa de mi sudadera gris. Es un mensaje de Cristina:

*Quizá no llegue a clase, estoy en la dirección con mis padres. No preguntes por qué, pero fue por una buena causa que contribuye a que idiotas que se hacen llamar personas, como Peter, no tengan hijos en algún futuro.*
*Ten cuidado, cualquier cosa intenta correr o grita lo más fuerte que puedas.*

No contesto porque quizá esté hablando con el director y quizá... ¡¡QUÉ LE DIRÁ AL DIRECTOR!? No puede decirle la verdad porque implica decirle que intentó hacerme algo malo, entonces su madre se daría cuenta de las mentiras y... pero si le cuenta una historia falsa, se dará cuenta de que está mintiendo porque comenzará a dar tantos detalles, que después no van a cuadrar. Le contesto el mensaje.

*¡No le digas nada acerca del sábado! Inventa una historia sencilla*

A los segundos, me contesta.

*Eso hice, tonta. Si les digo la verdad, mi mamá no me dejará ir a fiestas y le dirá a tu mamá*

Suspiro aliviada y meto el celular en la mochila. Menos mal que piensa en todo. Saco la ropa, el short negro con dos líneas blancas y la playera blanca. Me cambio con rapidez, ya que no escucho ningún sonido. Una vez lista, guardo todas las cosas. Tomo la llave, cierro la puerta del casillero y me guardo la llave en el short. De camino al gimnasio me hago una coleta alta a toda prisa y me paso las manos por el cabello para rectificar que el cabello esté bien peinado. Cuando llego al gimnasio, veo a la mayoría de personas sentadas en las gradas, por lo que puedo apostar que la maestra no ha llegado. Sólo han pasado unos segundos y comienzo a aburrirme. Miro a todas partes buscando a Cristina, pero sé que no va a llegar a tiempo. Varios minutos después llega la maestra.

—¡Hoy tenemos clase afuera! —grita mientras abre las puertas—. ¡Todos diez vueltas alrededor del campo de futbol!

Es una broma, ¿cierto?, ¿por qué me sucede esto a mí?, ¿es mala suerte o el karma? De mala gana camino a la salida. El día está soleado y los de futbol americano están entrenando. No sé quién es Peter porque traen los cascos puestos; con el uniforme del equipo todos parecen la misma persona.

Todos comienzan a trotar sin problema alguno e intento convencerme de que todo está bien. Me animo y bajo mis pies la pequeña grava roja suena a cada paso que doy. Mantengo la vista al frente e intento no girar la cabeza hacia la derecha. Miro a mis espaldas y hay tres personas unos tres metros alejadas de mí, lo que significa que no soy la última en la fila.

Después de tres vueltas, la mayoría ya se cansó e intento seguir trotando. Sin embargo, ya voy casi a rastras, siento sudor en la frente y la boca seca. Los del equipo de americano siguen entrenando y yo me pregunto si Peter se fue a su casa, está en la dirección con Cristina o está entrenando y ya me vio. No sé cómo ni en qué instante, un balón me golpea el hombro y caigo de lado, raspándome toda la pierna y brazo izquierdos, siento la grava en la barbilla y un poco de ardor. Me incorporo como puedo, aunque me sienta un poco en *shock*; me reviso el brazo y la rodilla. Tengo sangre en la rodilla e intento limpiarla, pero me arde. La maestra viene corriendo a donde estoy. Parece molesta o tal vez enojada. Me toma del antebrazo e intenta levantarme. Un poco avergonzada y adolorida, me pongo de pie y no me opongo cuando me toma de la cara y comienza a revisar mi barbilla.

—¿Te duele algo? —me pregunta en tono tranquilo.

—Los raspones —contesto— y la rodilla.

Me suelta y volteo a mi derecha, donde todo el equipo de futbol está mirándome; nadie tiene el casco, pero sí las típicas líneas negras pintadas debajo de los ojos. No reconozco a nadie.

La maestra, a grandes zancadas, se dirige hacia ellos; un poco apenada, camino detrás de ella.

—¿Quién le lanzó el balón? —pregunta enojada.

Nadie responde y se miran entre ellos.

—Tienen mucho espacio como para que el balón se desvíe —comenta ya un poco tranquila—, pero extrañamente va directo a una alumna, ¿verdad?

Todos guardan silencio y su entrenador llega corriendo. Se detiene e intenta que su respiración se estabilice. Intento no reírme de él.

—¿Qué sucedió, profesora? —pregunta.

—Sucede que alguien de su equipo golpeó con el balón a una de mis alumnas y la lastimó.

No es necesario que el maestro les pregunte quién fue, porque enseguida que los voltea a ver, todos agachan la cabeza y comienzan a murmurar.

—Uno... —comienza a contar el entrenador— dos...

Un chico levanta la mano.

—Fui yo, entrenador.

¿Por qué no me sorprende saber que es Peter? Tiene una expresión seria pero puedo apostar que por dentro se muere de satisfacción. Sé que me pongo un poco pálida, porque puedo sentirlo y también los nervios a flor de piel, de los de miedo.

—¡Todos sigan entrenando! —les grita el profesor—, menos Peter.

Antes de que todos corran de vuelta a la cancha, reconozco a Matthew, quien está platicando con Connor y Andrew; y a Lucas, quien me mira en plan "Tenemos que hablar". Con cuidado de que Matthew no se dé cuenta, lo miro e instantáneamente pienso lo sexy que se ve con el uniforme y el casco en la mano, el cabello sudado y esas líneas negras debajo de los ojos, que no tengo ni idea para qué sirven. El momento se arruina porque recuerdo que Peter está casi frente a mí.

—¿Fue un accidente o fue intencional? —el entrenador pregunta en tono serio.

Peter evade mi mirada, y yo espero que confiese su crimen.

—Intencional.

Me sorprende que lo acepte, pero no digo nada.

—¿Sabes lo que significa eso? —pregunta de nuevo el entrenador.

Peter asiente aunque puedo descifrar que está triste y decepcionado.

—Que estoy fuera del partido de la próxima semana.

*Vuelve a golpear a Courtney y no habrá, nunca, más partidos, muajajajá.*

—Exacto —lo regaña—. Ahora acompaña a la señorita a la enfermería.

*No, no, no, no, no, no, yo sé caminar, quizá me raspé la rodilla, pero puedo caminar.*

—No —me adelanto—. Yo puedo ir sola. Muchas gracias.

La maestra niega.

—Ya está dicho, él te acompaña.

*Mierda, si quizá hubieras corrido más rápido, la pelota no te hubiera dado.*

Suspiro e intento que no sea evidente lo molesta que estoy. ¿O quizá nerviosa?

Comienzo a caminar, sin esperar a que Peter me siga. ¿Acaso es una broma?, ¿por qué él?, hubiera preferido mil veces seguir corriendo con la pierna adolorida a que él fuera conmigo a la enfermería. Sí, así estoy de loca... o así de espantada de que vuelva a suceder...

Él ya está a mi lado, sin hablar. Lo miro de reojo y aprecio mejor los moretones en su mejilla y ojo. Regreso la mirada al frente y sigo caminando y no evito recordar lo del sábado.

—Perdón —me dice.

Respiro normal y no lo miro.

—Perdón por lo del sábado —vuelve a decir—. No era mi intención hacerte eso, ni tampoco golpearte, ni intentar abusar de ti.

Sigo mi marcha.

*Él tiene que saber que no eres una persona fácil.*

—Courtney, necesito que me mires.

Claro, es fácil decir eso, pero no es fácil confiar en alguien que pensaste que era diferente. Me toma del brazo obligándome a mirarlo. ¿Quién pensaría que un chico popular intenta disculparse con una chica ordinaria como yo?

—Courtney, ya sé que no somos amigos ni las típicas personas que se llevan bien desde el primer instante, pero lo digo en serio: ese día no era yo mismo, estaba ebrio y necesitaba... bueno —se rasca la nuca, nervioso—... creo que sabes suficientemente bien cómo son los hombres ebrios.

—Sí —murmuro mientras cruzo mis manos, sabiendo que oculta algo.

—Recuerdo lo que sucedió y también cómo llorabas mientras intentabas quitarme de encima tuyo — me mira fingiendo estar arrepentido—. Al principio eras una apuesta más y, por lo tanto, una nueva conquista; ya sabes, de esas en las que intentas enamorar a alguien que casi no conoces —evito mirarlo y él sigue hablando—. Creo que no soy la persona correcta para decirte esto, ni tampoco la más adecuada, pero eres diferente a las demás personas.

Me sonríe de lado y no sé qué decir ni hacer. Quizá dice la verdad, sin embargo no le creo y opto por sonreír falsamente. ¿Acaso es un juego nuevo? "Logra acostarte con Courtney y ganarás." Él mismo dijo que fui una apuesta y ahora me dice que se arrepiente. Eso sólo sucede en las películas y los libros, por desgracia.

Lo observo con cara de "tenemos que ir a la enfermería" e intento decirlo, pero comienzo a balbucear torpemente.

—Creo... mejor...

—Ya sé, tengo que llevarte a la enfermería —me interrumpe.

*No, no, no, Courtney, eres una chica fuerte e independiente.*

*"Tan fuerte como un conejo"*, se burla mi mente.

—Puedo ir sola, sí sé dónde está. Gracias.

Le sonrió mientras me alejo de él a paso rápido y casual. Deduzco que ya no me sigue porque no escucho sus pisadas. Suelto todo el aire en un bufido.

Matthew comienza a simpatizarme sólo porque fue quien me salvó; en cambio, odio a Peter por lo que me hizo.

Toco la puerta de la enfermería y una señora se asoma con una gran sonrisa; lleva el pelo recogido en una coleta baja. Me pide que pase al pequeño cuarto verde agua que combina muy bien con su uniforme de enfermera.

Me obliga a sentarme y se sienta frente a la camilla.

—¿Qué te pasó? —pregunta.

—Iba trotando, me lanzaron un balón de americano y me caí.

Se para y palpa mis mejillas, me echa hacia atrás un poco la cabeza y revisa mi barbilla. Arruga la nariz y no sé qué significa. Después mira mi brazo pero murmura para sí misma un "con esto no hay problema"; examina mi rodilla durante varios segundos.

—Descuida, cariño, muchos alumnos vienen porque terminan heridos con esas pelotas voladoras —me dice—; sé qué hacer en estos casos.

## quince

# Chico nuevo

( Courtney )

**Resumen de lo ocurrido en la enfermería:** la enfermera tardó como una hora en conseguir gasas, vendas, desinfectantes, agua oxigenada y un montón de cosas más. Después, se dio cuenta de que me había abierto la rodilla y eso me dio miedo porque, según yo, cuando la palabra *abierto* tiene algo que ver con el cuerpo, siempre lo *cierran* con puntos. La enfermera se puso guantes y comenzó a limpiarme la rodilla: estuve a nada de llorar por el ardor, y en ese momento se dio cuenta de que estaba abierta. Ella corrió por más cosas y después de otra media hora regresó y me puso dos puntos en la rodilla. Juro que en ese momento quise matar a Peter aunque se haya intentado disculpar. Había terminado llorando de los nervios, porque milagrosamente la anestesia me hizo efecto. Terminó y puso cinta en los puntos y vendó la rodilla. Lo demás no fue nada grave: colocó una cinta extraña con forma de moñito en mi barbilla y limpio los raspones en el brazo y el codo, que también tuvo que vendar porque la cinta se despegaba cada que doblaba el codo, y eso hacía que me riera, aunque la enfermera se desesperara.

Para cuando salgo de la enfermería ya me he perdido dos clases y apuesto a que los maestros marcaron la falta, a menos que la maestra de educación física haya avisado.

Al entrar a los vestidores de chicas, lo primero que hago es ir a mi casillero y sacar mi celular. Reviso cuántas llamadas o mensajes tengo. Para mi sorpresa, sólo uno: de Cristina.

> *Estoy fuera de peligro. Te veo después, pero en cuanto veas este mensaje, respóndeme.*

Acomodo mis dedos para escribir, con cuidado de no doblar el pulgar y el índice, porque tienen curitas para que las heridas no se infecten o algo así.

> *Creo que lo contesto demasiado tarde. Peter me pego con un balón de americano y tuve que ir a la enfermería, me perdí las últimas dos clases y ya no voy a entrar a la tercera. Creo que nos vemos a la salida. Tienes cosas que contarme*

Me dirijo a un vestidor y deposito la mochila en la banca; intento sentarme con cuidado de no doblar la rodilla izquierda.

De mi mochila saco la sudadera gris, que es lo único que pienso ponerme, ya que no quiero moverme nada. Primero meto el brazo izquierdo, que es el que tiene la venda, después la cabeza y, al último, el brazo derecho. Meto el celular a una bolsa del short, cierro la mochila e intento pararme con cuidado. Me cuelgo la mochila en un hombro y comienzo a caminar, pero me detengo en el tocador. Me miro en el espejo y evito gritar; estoy toda despeinada a pesar de que tengo el cabello agarrado con una coleta. Me quito la liga e intento bajar todo el cabello parado, abro la llave y mojo mis manos para pasarlas por mi cabello y peinarlo de lado.

Antes de llegar a la puerta de los vestidores, no escucho ningún ruido. Apresuro el paso e intento no forzar mucho la rodilla. Empujo la puerta con el hombro. Las luces del gimnasio están apagadas y lo único que lo ilumina son los leves rayos del sol que entran por las ventanas superiores.

—¿Hola? —pregunto.

Parece película de terror. Intento no ponerme nerviosa y me dirijo a la salida. A unos cuantos centímetros de salir, escucho pasos, lo que provoca exaltar mis nervios y voltear mi mirada.

—Tranquila, niña —escucho que hablan—, soy el conserje.

Respiro normal y salgo del gimnasio. La tarde ya no es tan soleada, pero sí iluminada. Saco mi celular y reviso si tengo llamada perdida de Cristina, pero no hay nada, ni un mensaje. Quizá Lucas esté cerca y pueda llevarme a casa en su... moto. Ese chico inocente o incluso tierno tiene una moto. Raro pero real. Le marco pero me manda al buzón. Suspiro pesadamente y me mentalizo para caminar una hora a casa. En realidad son como treinta minutos, pero gracias a mi superrodilla será una hora.

*Suerte, Courtney la previsora.*

Me cuelgo la mochila. Suelto un pequeño bufido, observo mi rodilla sólo para analizar si camino raro. Cuando levanto la vista, sin querer choco con alguien y cierro los ojos esperando que mi trasero caiga en el piso por segunda vez en el día, pero en vez de eso siento que unas manos me toman delicadamente de la cintura y evitan mi caída, gracias a un chico de piel blanca y ojos azules. ¿Desde cuándo hay guapos de ojos azules en la escuela?

Me sonríe y no dudo nada en devolver la sonrisa.

—Perdón por casi tirarte —me mira la rodilla y la barbilla—, y más en tu estado. *Ni siquiera tiene acento común. No es de la escuela.*

—No importa —le digo amable—. ¿Eres de esta escuela?

Hace una mueca.

—Se podría decir... vine a entregar mis papeles porque mañana entro.

—¡Qué bien! —no se me ocurre otra cosa—... tengo que irme, pero ojalá que nos veamos pronto.

—Claro —murmura—... puedo acompañarte a tu casa... bueno, si no te molesta.

Intento no sonrojarme y sonreír como tonta enamorada al instante. ¿Tengo que aclarar que además de guapo es alto, buen cuerpo y con voz gruesa.

—Sss... sí.

Sonríe y me derrito por dentro. Agradezco al destino por ponerme algo bueno en el camino y no más baches para tropezar. Iniciamos nuestra marcha.

—¿Cómo te llamas? —pregunta.

—Courtney Grant —contesto—. ¿Y, tú?

—Jake Lawrence.

—Bonito nombre —le digo.

—El tuyo es igual de hermoso que tú.

Miro al piso porque no quiero que vea mis mejillas rojas ni que ha provocado que me ponga nerviosa. No lo conozco y ya me intimida.

Llegamos a mi casa; son las cuatro de la tarde y me duele mucho la rodilla, pero intento no decir nada al respecto. El camino fue divertido porque él hacía chistes que en realidad no eran simpáticos pero yo me reía como loca retrasada. No sé si por los nervios o porque no quería que se sintiera mal. También me contó algunas de sus experiencias en Londres. Sí, Jake es de Londres, eso explica su acento. Nos detenemos frente a la puerta. El primer chico que me acompaña hasta mi casa y ni siquiera lo conozco... Asombroso.

—Bueno... —balbuceo— aquí vivo.

—Creo que me di cuenta desde el segundo en el que nos detuvimos en la puerta —bromea.

Suelto una pequeña risa y le golpeo el hombro levemente.

*¡Uuuy! Conque golpes amistoamorosos. ¡Qué grandiosa eres, Courtney!* NOTA EL SARCASMO.

—*¡Cállate!*

—¿Nos veremos mañana en la escuela? —pregunta con una sonrisa en sus labios.

Inevitablemente pienso en la historia de una novela que leí, en que sucede lo mismo, pero rezo para que no tenga el mismo final.

—Tranquilo, Jake —comienzo a reírme—. Por supuesto que sí, sólo dime dónde.

Jake cruza los brazos y mira hacia el cielo; deduzco que está pensando. Dirijo la mirada a sus brazos y me contengo para no tocarlos. Tiene conejitos bien formados, listos para matar a cualquier persona o destruir cualquier cosa en su camino.

—¿En tu casillero? —pregunta con una mueca.

*Pero mira qué hermoso...*

—¿Sabes dónde está el 503? —le pregunto, burlona.

Me mira pensativo.

—¿En la cafetería?

Ahora yo lo miro pensativa. ¿Evitar guerras de comida o participar en una guerra de comidas por el chico nuevo? Creo que me apunto.

—Está bien.

Sonríe.

—Nos vemos mañana.

Se acerca a mí y besa mi mejilla con delicadeza; al separarse, me dedica una sonrisa tierna. No tengo nada que decirle, así que sonrío como estúpida y le digo adiós con la mano mientras él camina en dirección apuesta a la mía. Por un momento hasta se me olvida el dolor de la rodilla y todo lo malo que sucedió... Ni siquiera toco el timbre de la puerta y mamá ya está recargada en el borde de ella, con los brazos cruzados y una sonrisa traviesa. Tenía que suponer que había estado escuchando o espiando por la ventana.

—Tienes mucho que contarme —señala con la barbilla mi rodilla—. ¿Te volviste a caer en la escuela o de nuevo fue un balón?

—¡Mamaaaá!

Entro a la casa y me preparo para el cuestionario que me hará.

## dieciséis

# El primo ladrón y los encuentros raros

( Matthew )

**Suena el timbre de la casa justo** en el momento en que estoy por quedarme dormido; despierto sobresaltado para recordar que estoy en mi casa. Me siento en el sillón y apago la consola de videojuegos. Me restriego los ojos con el dorso de la mano y me estiro un poco antes de pararme y abrir la puerta.

Veo a Jake que está a punto de volver a tocar el timbre, pero al verme baja la mano y la guarda en el bolsillo de sus jeans.

—¿Por qué diablos tardaste tanto? —le pregunto mientras me hago a un lado y lo dejo pasar.

—Acompañé a una chica a su casa—me dice con suma tranquilidad—. Es muy linda. Lo hice porque estaba lastimada.

*¿Estaba lastimada? ¡Qué rayos!*

—¿Y cómo se llama? —le pregunto intrigado.

Se toca la sien y cierra los ojos unos segundos. Cuando pienso que ya recuerda el nombre, abre los ojos y chasquea la lengua.

—... Grant —me señala por impulso y al escuchar el apellido me estremezco un poco—. Courtney.

*Courtney... Courtney... Courtney... Idiota, la apuesta.*

—¿Courtney Grant? —pregunto para cerciorarme de que no hay otra Courtney Grant en la ciudad.

—Esa misma —responde entusiasmado—; estatura promedio, delgada, cabello miel, ojos claros y bonita sonrisa.

Su percepción no coincide con la mía... Bueno, sí... es obvio que tiene linda sonrisa. Pero no, él no puede hablar con ella. Es imposible que mi primo tenga amistad con ella. Sería mi primo ladrón.

—¿Estaba muy lastimada?

Se encoge de hombros.

—No me lo dijo y yo no se lo pregunte, pero creo que no fue nada serio; sólo la barbilla y la rodilla vendada, no sé si era muy grave, pero no creo porque caminamos cerca de una hora.

Da media vuelta hacia las escaleras para ir a su cuarto. Lo sigo e intento caminar más rápido para llegar a su lado.

—Y... ¿conseguiste algo?

—¿Algo? —pregunta confuso.

—Sí, ya sabes: ¿su número o salir con ella?

Abre la puerta de su habitación y ambos pasamos, él se va directo al baño y yo me siento en la cama, que se hunde un poco cuando me siento.

—Nada —me grita desde el baño—, creo que sólo besar su mejilla y hacerla sonrojar.

—*¡ÉL GANA 25 PUNTOS POR BESARLA Y 50 POR HACERLA SONROJAR CON HALAGOS, QUIZÁ!*

—*Y tú... nada... porque quizá te sigue odiando. O tal vez no, pero sólo por salvarla, no porque se haya enamorado de ti.*

Intento no golpearme y guardar ese golpe para el estúpido de Peter. ¿Él la habrá lastimado o ella sola? Tengo únicamente cuatro meses y llega Jake; intentará robármela. No, no, no, él no se puede enterar de la apuesta...

*Respira Matthew, no le vas a contar y ella no caerá en sus encantos; sólo en los tuyos.*

—Baja de tu nube vanidosa y egocéntrica —me dice mientras pasa su mano frente a mi cara.

—¿Ah?

¿Cuándo salió del baño?

—Te apuesto a que estabas pensando en cómo te vestirás mañana y a qué tipo de chica invitarás a salir

—Je je je —intento reírme para que se dé cuenta de que está en lo correcto. Aunque no sea así—... Quizá...

Comienza a reírse y después todo queda en un silencio incómodo... demasiado incómodo para dos hombres en un mismo cuarto.

—¿Conoces a la chica? —me cuestiona.

—¿A quién?

—A Courtney.

Intento no atragantarme con mi propia saliva.

—Sí, este... tenemos algunas clases juntos.

Me paro para que deje de preguntar y decido bajar a comer unos dulces. Por desgracia, me sigue.

—¿Y le hablas?

Me encojo de hombros como si estuviese desinteresado.

—Pues... sí... hablar lo que se dice hablar... creo que sí —lo miro—. ¿Por qué?

—Pues... digamos que en un futuro cercano será mi novia...

Me tropiezo en la última escalera y logro estabilizarme con la pared antes de caerme... ¿Escuché bien? Ok, ok, no tienes que entrar en un ataque de pánico. No, no, no ahora, no hoy, ni tampoco mañana; ella lo negará porque es mi apuesta.

*Ok, Matthew, respira y muestra indiferencia.*

—¿Crees que ella te diga que sí? —le pregunto mientras arreglo mi cabello.

—Si la hice sonrojar en el primer día, yo creo que sí.

—Jake, hacer sonrojar a una chica no significa que quiera algo serio contigo —le digo tratando de no gritarle—. Ni mucho menos besarte. Ley femenina.

Me acerco al trinchador y lo abro con la esperanza de que haya dulces, mientras Jake se aleja de mí.

—Entonces... ¿significa que tengo que enamorarla?

*No hagas esto tan difícil.*

—Depende de qué quieras con ella.

—Hacerla feliz.

Bufo.

—Creo que no hablas con la persona indicada, Jake —le digo y abro con un poco de desesperación una gomitas de frutas.

—¡Claro! Estoy hablando con Matt Me Acuesto Con Todas Las Chicas.

No volteo a verlo pero puedo apostar a que está haciendo comillas ante el apodo y rodando los ojos, enfadado. Se aleja y hasta que sé que está lejos y que no puede verme ni escucharme, dejo de comer con rabia las gomitas; saco el celular. Marco el número de Connor.

—Amigo, código 2, emergencia de chica, necesitamos hablar —le susurro al teléfono.

— ¿Dónde nos vemos? —me pregunta.

—En el parque que está a una cuadra de mi casa —le indico—. Avísale a Andrew.

—Nos vemos.

Los veo a lo lejos y saco la mano de la bolsa trasera de los jeans para saludarlos.

—¿Qué sucedió? —pregunta Connor.

—Jake, mi primo, quiere ser novio de Courtney e intenta enamorarla.

Andrew me mira confuso.

—Espera, ¿acaso esto no se trataba de una emergencia? —pregunta Andrew.

—Es por la apues... — se calla—. ¿Por qué coños te ayudamos? Se supone que eso lo tienes que solucionar tú, nosotros somo...

—Ustedes apostaron algo y dijeron que me ayudarían —lo interrumpo—. Aunque no necesito su ayuda, puedo hacerlo solo. Matthew Smith puede hacerlo solo y con las reglas de Andrew y sin los consejos de Connor. Podré enamorarla en cuatro meses sin su ayuda.

Vuelvo a tomar aire para hablar, pero al ver sus caras confundidas, me callo.

—Iba a decir que nosotros sólo somos tu apoyo moral —aclara Connor mirándome con precaución.

Me quedo perplejo e intento no abofetearme por mi grado de estupidez.

—Pero ahora que lo dices... —comienza a hablar Andrew—: La apuesta entre Connor y yo ya no existe, las reglas siguen iguales y sigues teniendo el mismo tiempo..... Tick tock, tick tock.

Echa a correr antes de que pueda golpearlo por decir su estúpido *tick tock*. Connor me avienta una mirada seria y comienza alejarse de espaldas...

*Genial. Felicidades, Matthew: eres un estúpido.*

Cierro los ojos e intento calmarme para no correr detrás de ellos y golpearlos hasta que olviden lo ocurrido. Pongo mis brazos en mi cabeza y mantengo los ojos cerrados intentando pensar en cosas bonitas.

*Como si eso fuera posible.*

—¿Matthew?

Abro un solo ojo y... ¡Courtney parada frente a mí! Lleva unos mallones muy aguados, negros, que parecen una falda larga, una playera blanca y chamarra de mezclilla (no cambia los Converse por otros zapatos).

—¿Qué haces por aquí? —le pregunto sorprendido mientras me doy cuenta de que no trae diadema y, cuando el viento sopla, todo su cabello se alborota. Sonrío para mis adentros.

—Voy a salir con alguien que vive por aquí —observa un papel que trae en su mano.

Me acerco a ella y ella enseguida se pone rígida, pero al ver que sólo quiero ver la dirección vuelve a su estado normal. ¿Por qué a las chicas les sucede eso?

—Residencias Mora, calle Jardines —¿por qué me resulta familiar?—. Número ciento ochenta.

¡Esa es mi jodida dirección! *¡Saldrá con Jake!*, es lo único coherente.

—¿Vas a salir con Jake? —le pregunto sorprendido—. ¿No estabas lastimada?; por cierto, ¿qué te sucedió?

—El balón que me lanzó Peter hizo que me abriera la rodilla, me lastimara el codo y la barbilla.

Efectivamente, tenía cinta color piel en su barbilla para cubrir la herida.

—¡Deja de hablar con el Sesos de Alga, necesito conocer a Jake! —le gritan a Courtney; sé que es Cristina al volante de su coche.

—¿Para qué quiere conocer a Jake? —le pregunto, curioso.

—Es que quiere conocer a la persona que me llevó hoy a... —se queda callada—. Ni siquiera sé por qué te estoy contando esto.

Se va cojeando al carro de Cristina. Aunque sea extraño, su rechazo me dolió.

*El ego de Matthew Smith regresó con el rechazo de una mujer.*

Caigo en la cuenta de que no respondió mi pregunta acerca de si va a salir con Jake o no.

# diecisiete

## No te mueras, respira

( Courtney )

**–Antes de bajarte a preguntar alguna dirección,** verifica que no sea el Sesos de Alga —me regaña por cuarta vez Cristina.

—Perdón, ya te dije que no sabía que era Matthew —le contesto—. Ni siquiera sabía que vive por aquí.

Acomodo la rodilla izquierda intentando que no me duela y me ajusto los tontos mallones de Cristina.

—Ni siquiera sé por qué te hice caso en vestirme con esta ropa.

Cristina estaciona el auto frente a la reja gigante de una mansión aún más gigante, más enorme que la de Peter. Y yo pensaba que la casa de Peter era insuperable. Alcanzo a observar un camino de piedras y una pequeña glorieta con una fuente; supongo que es la entrada. Cristina casi grita y yo... bueno, no podía hacer nada, simplemente me quedo sin palabras.

La casa es realmente hermosa y no puedo imaginarme cómo es por dentro ni el "patio trasero" (¿por qué los patios traseros que yo conozco sólo son un pequeño cuadrado de tres por cuatro metros lleno de pasto y plantas?).

—¿Cómo se supone que vamos a entrar?— le murmuro.

—Creo que podemos hablar por esa cosa —señala un intercomunicador que está un metro antes de la reja.

Pone reversa y se detiene a la altura del intercomunicador. Presiona un botón rojo, se escucha un zumbido y después una persona hablando.

—Mansión Smith, ¿en qué podemos ayudarla? —dice la voz de hombre.

*Mansión Smith... Smith... Matthew Smith...* ¿Esta mansión es de él o de Jake? Pero Jake ni siquiera se apellida Smith, se apellida Lawrence...

—Jake se apellida Lawrence, no Smith —le digo a Cristina.

—Disculpe un segundo— le dice a la bocina —, cuando me llamó me dio esta dirección y se la repetí tres veces para rectificar que era correcta —me dice y se vuelve a dirigir a la bocina—. De pura casualidad, ¿aquí vive un tal Jake Lawrence?

Sí, Jake le había marcado a Cristina, y ni ella ni yo sabemos cómo consiguió su número.

—Sí, señorita. ¿Qué tiene que ver con él?

—Venimos a visitarlo... creo —dice algo insegura.

—Está bien... —dice el señor.

Las rejas sueltan un chillido y comienzan a abrirse. No sé si decir estupideces de la emoción o imaginar mi vida en una de esas casas. Llegamos a la pequeña glorieta, y un hombre de traje espera detrás de la fuente.

—Buenas tardes, señoritas.

Ni siquiera me doy cuenta por dónde apareció, pero Jake abre mi puerta y me ofrece una mano para bajar del auto. Intento sonreír sin verme tan estúpida y tomo su mano, bajo del coche e intento no doblar la rodilla. Mamá no se tomó tan a pecho los golpes, ya que en primer año eso era común: las pelotas, por alguna razón extraña, siempre me pegaban a mí y ocasionaban que me lastimara; a veces simplemente me tropezaba con mis propios pies.

—Te ves bien —me dice Jake.

—Gracias —le respondo viendo el suelo e intentando que Cristina interrumpa esta situación incómoda.

—¿Tú vives aquí? —le pregunto.

En unos segundos, Cristina ya está a mi lado prestando atención a lo que responderá Jake.

—No —nos sonríe—, es casa de mi primo, yo sólo estaré por un tiempo.

*No, no, no, no.*

—¿Quién es tu primo? —le pregunto con curiosidad.

—Matthew Smith, ¿lo conoces? Porque él sí te conoce.

Cristina y yo nos miramos. ¿Él vive en esta mansión? Era el chico más popular de la escuela, más egocéntrico, con más chicas a sus pies, cocapitán del equipo de americano, el chico que me molestaba en primero y que decide disculparse. Esto lo tiene que saber Lucas.

—Si me disculpan, tengo que hacer una llamada —les comento.

Les sonrío y me alejo de ellos mientras saco mi celular. Hace horas había llamado a Lucas para preguntarle lo que hicieron en las clases que falté y para responder todas sus preguntas acerca del incidente; ahora tengo que contarle todo esto y de seguro volveré a responder todo un cuestionario.

—¿Hola? —pregunta una voz agitada.

*Ojalá y no haya interrumpido nada.*

—¿Lucas? —le pregunto insegura y volteo a ver a Cristina y a Jake que charlan animadamente.

—El mismo —responde—. ¿Qué quieres, Courtney?

—Jake es primo de Matthew —le digo tan rápido que ni yo misma me entiendo.

—Espera, espera, espera... más lento —su voz sigue sonando agitada.

—Antes que nada, ¿no interrumpí algo?

Me muerdo el labio esperando que no me diga: "Claro, estaba a la mitad de acción con una chica", pero él nunca se ha acostado con nadie... creo.

—No, tontita —expulsa todo el aire de sus pulmones—, estaba haciendo abdominales... Hoy se burlaron de que no tenía un *six pack*.

No puedo evitar reírme sobre su comentario. Él es algo al estilo Slenderman, es imposible que pueda tener cuadritos en su estómago.

—Entonces —dice cuando está seguro de que no reiré más—, ¿Jake Lawrence es primo de Matthew Smith?

—Sí —contesto algo... ¿decepcionada?—. Por cierto, vive en una mansión tres veces más grande que la de Peter.

Escucho un sonido hueco de fondo y sé que se le ha caído el celular. ¿Por qué?, no lo sé.

—¿Hablas en serio? ¿Matthew Smith, millonario?

—¡Por dios, Lucas! —lo regaño—. ¿Acaso no has visto los cinco carros que tiene? ¿Su ropa? ¡¡Su BILLETERA!? —le grito en voz baja—. Y créeme, una persona común no usa billeteras caras sólo para cargar muchos billetes y credenciales.

No contesta y sólo escucho que chasquea la lengua. Algo está planeando.

—¿Sabes?, hace unos meses salió el videojuego que estaba esperando hace...

—No, no, no, no, ni lo pienses —lo interrumpo—. Te llamo luego, que tengas suerte con tu *six pack* y quiero ver si mañana puedes reírte.

Cuelgo y guardo el celular en el bolsillo de la chaqueta. Levanto la mirada hacia donde está Cristina y veo que Matthew también está platicando con ellos. Genial... ¿Cómo rayos quería Lucas conseguir su videojuego? Da igual, no lo iba a conseguir por medio de Matthew.

Me acerco a ellos y todo queda en silencio. No sé si estaban hablando de mí o de algo en lo que no encajo.

—Perdón, creo que interrumpo algo —les digo—, daré unos pasos atrás y pueden seguir con su plática.

Jake comienza a reírse y me pasa el brazo por los hombros.

—No interrumpes nada.

Miro su brazo y veo que su mano está a unos centímetros de mi pecho. ¿Lo hace a propósito? ¿Acaso quiere pasarse de listo? No lo pienso dos veces y quito su brazo. Le sonrió amablemente, pero este chico está acabando con mi paciencia. Es muy amoroso para mi gusto. Cristina ve mi incomodidad e intenta ir al grano.

—¿Para qué querías que viniéramos?

—Sólo quería tener amigas y no sentirme tan sólo mañana.

Cristina se acerca a él y le pasa un brazo por los hombros, a lo que él sonríe ampliamente y la abraza de la cintura.

—Jake, ahora eres mi amigo.

—Y supongo que ahora también eres mi *amigo* —remarco la palabra *amigo*.

Y creo que se da perfecta cuenta de ello, porque abraza más a Cristina y ella no dice nada. Creo que ambos se gustan y lo han declarado en apenas unos segundos.

Al día siguiente, tengo que ir con falda a la escuela, porque el maldito pantalón no cabía en mi pierna gracias a la venda. Una falda negra con flores negras cosidas, playera negra de manga corta para que la venda del codo no me moleste y mis amados Converse negros.

Cuando llego a la escuela, me siento desnuda por el simple hecho de usar una falda un poco más arriba de la rodilla. Y claro, una falda de Cristina.

—¿La enfermera te dijo cuándo tenías que ir para que te quitaran los puntos? —me pregunta Cristina.

—Sí, dentro de tres días, el viernes —le contesto.

—Recuerdo cuando me quitaron los puntos del estómago, aquella vez que me mordió la maldita perra de mi tía, casi muero en el hospital.

—¿Es en serio? —le digo espantada.

—Sí, el doctor me quito los once puntos y yo casi salgo corriendo del dolor.

Intento no pensar en que me dolerá y me obligo a recordar el día en que la perra pekinés de su tía la mordió sólo porque le iba a cambiar la comida. Me dirijo a mi casillero para dejar cosas que no ocuparé. Miro de reojo hacia Cristina y veo que Jake está a su espalda, tapándole los ojos con sus manos. ¿Cómo es posible que se conocieron apenas ayer y ya sean buenos amigos?

—¿Verdad que son lindos?

Doy un pequeño salto y giro para ver quién está a mi derecha. Es Lucas, con una sonrisa falsa y una pose que pondría alguna chica al ver a su pareja favorita junta. Comienzo a reírme y él hace esfuerzos por no hacerlo.

—Te dije que hoy no podrías reírte —le digo en un cantito.

—Lo sé —respira profundo para no reírse, pero a final de cuentas, respirar también le provoca dolor—. Toca este *six pack* en feto.

Con el dedo índice toco su abdomen y comienzo a reírme cuando me doy cuenta de que está duro y mi dedo ya no se sume.

—Veamos si puedes aguantar todo el día sin reírte...

Casi me asesina con la mirada.

—Entonces, ¿Smith es millonario? —pregunta mientras pone atención a lo que hacen Jake y Cristina.

—Algo así —le contesto y también pongo atención a la pareja de tortolos—. No entiendo cómo se llevan tan bien si apenas se conocieron ayer.

—Te iba a preguntar hace cuándo se conocían, pero creo que ya no es necesario —me dice—. Por cierto, tienes piernas de popote.

Miro mis piernas y comienzo a inspeccionarlas. ¿Tengo piernas de popote? Estiro una pierna y comienzo a girarla.

*Basta Courtney, no tienes piernas de popote, ignóralo.*

—Mentiroso... Slenderman.

—Creí que habíamos superado esa fase —me dice burlonamente.

—Tranquilos, tranquilos... parecen pareja de recién casados.

Sin saber quién es, preparo mi lengua para insultarlo.

—No seas idio... —mi lengua se detiene y se forma un nudo en mi garganta al ver a la persona que estoy insultando—... ta.

Matthew Smith ha llegado. Cuando ve a Lucas, entiende que lo está corriendo vía telepática. Lucas entiende el mensaje y me mira en plan "Ya sabes lo que tienes que hacer". Claro que lo sé: echar a correr o contarle todo lo que me dijo. Aunque la primera opción está descartada... ¡gracias, rodilla! Miro a Matthew y me cruzo de brazos esperando que diga algo. Se rasca la nuca y puedo ver su reloj de muñeca marca Tissot.

*Demonios, esa marca es cara.*

—Me preguntaba si... ¿querías salir conmigo después de clases?

*No te mueras, Courtney, ¡RESPIRA!*

# dieciocho

# Respira, no te alteres

$\big($ Matthew $\big)$

—**Me preguntaba si... ¿querías salir** conmigo después de clases?

Por un momento siento que todo pasa en cámara lenta y que Courtney me va a golpear o algo por el estilo, pero recuerdo que ya no me odia como antes y que quizá acepte me invitación.

—¿Por qué quieres que salga contigo? —me pregunta mientras acomoda su mochila en los hombros.

Observo su atuendo de falda y playera negras. Tiene piernas delgadas... bueno, no tanto. No me tomo la molestia de ver si por fin dejó sus Converse en casa, porque sé que no lo hizo.

—¿No te puedo invitar a salir? —le pregunto—, porque la verdad sí quiero hacerlo.

Ella me mira un tanto pensativa.

—Invita a Jennifer —me mira con una sonrisa burlona— o a Alice.

*Matthew, recuerda que arruinaste todo y estás solo en esto. SACA TUS ENCANTOS.*

—Digamos que sólo quiero salir un rato contigo y no con Jennifer, Alice o cualquier otra chava popular o que me acose. ¿Entiendes?

Sonrío al saber que ella ya no tiene nada que decir porque mis palabras la han asombrado.

*¡Vaya!, ya era hora.*

—Y si acepto, ¿qué se supone que haremos? —pregunta mientras mueve su pie nerviosamente.

¿A dónde se supone que iremos? ¿Caminar en el parque? ¿A un café? ¿Pasear en mi auto mientras ella me dice lo fabuloso que es?

—Podemos ir al parque —lo digo casi sin pensar—. Pero no al que está aquí, al que está como a treinta minutos, donde hay un pequeño lago...

—Hay patos en ese lugar —me interrumpe.

—¿Y eso qué tiene?

Connor tenía razón acerca de los patos.

—Me dan un poco de miedo.

Sonrío.

—Descuida, yo te protegeré de ellos.

Me mira unos segundos y después desvía la mirada hacia otro lugar.

—Acepto.

## ( Courtney )

Intento ir lo más rápido que puedo hacia el aula 12. Necesito a Cristina. Sí, ya me había saltado una clase.

Antes de llegar al salón de Cristina, reduzco un poco el paso e intento que mi respiración agitada se normalice. Me acomodo el cabello y me bajo un poco la falda, que se me ha subido por andar de prisa. Después de haber aceptado salir con Matthew, mi yo interior brincaba de la felicidad. Llego a la puerta y doy dos golpecitos para que alguien abra. La puerta se abre y me encuentro con un maestro que me observa e intenta asesinarme con su mirada.

—¿Me permite a Cristina Butler? —intento no tartamudear.

—¿Para qué?

—La profesora de español me ha dicho que la necesita.

—Cristina —la llama.

Cristina sale de la clase con un semblante serio y sé que en realidad sólo está fingiendo. Cuando sale, agradezco al maestro y cierro la puerta. No digo ni dos palabras y ella me da un leve manotazo en el brazo.

—¿Por qué demonios me sacas del salón con la mochila puesta?, ¿quieres que nos castiguen? —me regaña en voz baja—. La siguiente clase nos toca juntas, podrías haber espera...

—Matthew me pidió que saliera con él después de clases —ella se queda pasmada y sus ojos azules me miran como si estuviera bromeando. Se me hace raro verla sin los puntos rojos de varicela que, días atrás, aún tenía.

—Dime que aceptaste ir, porque si le dijiste que no juro que te golpearé la rodilla.

## ( Matthew )

Mientras voy por los corredores de la escuela, varias chicas me sonríen coquetas y, claro, yo les regreso la sonrisa. Tengo que disfrutar a las chicas porque próximamente voy a enrollarme con Courtney hacerle trizas el corazón... Como a la mayoría.

Cerca de mi casillero, veo que Connor está recargado en el de Cristina, sin ninguna preocupación: las manos en las bolsas de sus jeans y la mirada perdida. Me detengo en seco y lo observo unos segundos. ¿Qué está haciendo?

—¡Connor! —intento llamar su atención.

Rápidamente levanta la cabeza y me mira, poniendo su típica pose e intenta sonreírme aunque sé que algo trama.

—¿Qué paso? —pregunta. Hasta en su tono de voz se nota algo fuera de lo común.

—Tú tienes algo.

Me mira en plan "¿Le digo o no le digo?".

—Creo que me gusta alguien... —murmura.

*Oh, no... aquí vamos otra vez.*

—Dime que sólo te gusta y no estás pensando en casarte con ella.

Así era con Connor; si le gustaba alguien, se tomaba las cosas muy en serio, ya que su madre lo había educado para respetar a todas las chicas. Una cosa es respetarlas y otra engañarte con lo que ellas te insinúan. No es lo mismo. Por ejemplo, cuando íbamos en segundo año, se enamoró de una tal Pamela que jamás quiso nada con él. Aunque sea hombre, debo reconocer que Connor no era taaaaan feo como para que Pamela lo rechazara. Lo mismo le ocurría con todas las chicas con las que intentaba salir.

—Por suerte no —dice aliviado—, pero he pensado en intentar hablar más con ella.

—Espera, espera, espera —levanto las manos listo para evitar cualquier golpe—. ¿Has escuchado lo que dijiste?, por primera vez escucho que quieres comenzar las cosas bien.

—Quiero empezar las cosas bien porque ella no es cualquier chica. Su nombre es Cris... Taylor.

Intento no atragantarme con mi propia saliva.

Busco a Courtney parado en una banca. Me bajo y camino al estacionamiento, donde la reconozco aunque esté de espaldas, buscando algo en su mochila. Me acerco a ella pero no se percata de que estoy ahí.

—Creo que, como no te das cuenta de quién está a tu lado, sería muy fácil asaltarte —le digo e intento no soltar la carcajada al ver cómo se espanta.

—¡Y sería más fácil golpearlo!, quizá —se acomoda la mochila y me mira—. ¿Aún sigue en pie lo de esta mañana?

—Courtney, yo nunca rompo mis promesas.

A veces, quizá.

# ( Courtney )

Todo el trayecto en el auto fue de silencio total, pero, por extraño que suene, resultó cómodo. A él tampoco le incomodó. Todo el camino vi por la ventana y nada más. A veces miraba de reojo a Matthew, hasta que él se dio cuenta y comenzó a sonreír, no supe si de burla o porque sí. Hay que admitirlo: ¿cuando ven a un chico guapo no pueden dejar de mirarlo aunque eso conlleve que te descubra? Yo no puedo negarlo.

Cuando llegamos al parque, puedo notar que Matthew no está nervioso como lo estoy yo; las piernas me tiemblan y las manos me sudan. Bajo del auto con todo y mochila; me doy cuenta de que él también trae la suya. Suena el *tic tic* de su auto y comenzamos a caminar. Ahora que sé que es millonario, no dejaré que me compre. Después de unos metros, como si se tratara de algo grave, me paro en seco e intento no golpearme la frente.

—¿Qué sucede? —me pregunta.

—Creo que se nos olvidó dejar las mochilas —le digo mientras evito taparme la cara con las manos, ya que se vería estúpido.

*Courtney, relájate, no es para tanto.*

—Da igual —le resta importancia—. Lo fundamental es lo que haremos porque, siendo sincero, no sé qué se hace en un salida.

Cruzo los brazos y lo fulmino con la mirada. ¡¿Que que se suponía que haríamos?! Él fue el del plan.

—Sabía que no era buena idea aceptar.

¿Y ahora qué hago? ¿Detenerme, regresar al coche o sentarme en el pasto? No me atrevo a ir al carro, no me puedo sentar gracias a la falda, así que opto por mirar al hermoso chico que está frente a mí.

—Demonios, ¿por qué esto es tan jodidamente difícil? —murmura y alcanzo a escucharlo.

—¿Sabes que sigo aquí? —pregunto, un poco ofendida.

—Lo sé. Eres la primera chica a la que invito a estas cosas raras de pasear, así que aplicaré todo lo que he visto en las películas.

No sé si sonrojarme o echar a correr al saber que soy la primera chica a la que invita a... ¿A qué? ¿A un parque? ¿O a una salida?

—Creo que... ammmm...

—¿Quieres ir por un helado? —me interrumpe y me sonríe.

Asiento con la cabeza mientras miro a otra parte; no quiero pensar en que los patos pueden volver a abalanzarse sobre mí. De camino a la heladería, veo a los patos nadando en el lago y por un momento no me preocupo de nada.

—¿Por qué te dan miedo los patos? —pregunta.

Me pregunto por qué estoy tan nerviosa y no soy capaz de relajarme y dejar fluir la situación. Si algo pasa es porque tiene que pasar. Respiro, me calmo y me preparo para contarle.

—Un pato casi me mata —le digo, resignada.

Comienza a reírse pero la detiene para preguntar:

—¿Cómo ocurrió?

—No tiene respuesta lógica —le digo riendo, ya que su risa es contagiosa—. Iba caminando con Cristina y de la nada un pato aterrizó en mi cabeza. Cristina sólo se carcajeaba y no me ayudó.

Me río aún más al recordar aquel día. Estábamos en la feria del pueblo de sus abuelos y, de la nada, un pato se posó sobre mí para quitarme mi algodón de azúcar. Lo peor de eso fue que el chico que me gustaba me vio y se rió. Claro, él tampoco me ayudó. Gracias a dios, el vive muuuy lejos y nunca volví a verlo.

—Sí, claro —me dice burlonamente—, y a mí me mordió una mariposa porque soy guapo.

¿Eso es un chiste?, lo golpeo en el hombro y me alejo un poco de él, esperando que no quiera perseguirme por todo el parque.

—Sólo los cobardes se alejan después de dar un golpe.

—No soy cobarde —me defiendo—. Sólo que no puedo correr gracias a esto —señalo mi rodilla y sonrío triunfante.

—Ajá... —aguarda unos segundos—. ¿Por qué sigues con las vendas?

—Me pusieron algunos puntos en la rodilla y la del brazo es para evitar que la cinta se despegue cada que mueva el codo.

—¿Siempre eres así?

Lo miro confundida y le hago una seña para que siga hablando.

—Me refiero a que si siempre eres así de divertida y abierta con las personas porque, créeme, aparentas ser una chica ruda.

—Soy tan ruda como un poni.

—Los ponis han matado gente —lo dice como si nada.

¿Perdón?, eso es mentira. Niego con la cabeza y me contradice asintiendo. Llegamos a la heladería y observamos los refrigeradores multicolores: demasiados para tener que elegir sólo uno. Pedí pruebas de casi todos los sabores hasta que por fin me decidí, lo que pareció devolverle la paciencia a Matthew. La verdad es que lo comprendía.

Nos sentamos en unas bancas cerca del lago y hablamos de lo primero que se nos ocurrió: el estado del tiempo. Por supuesto, nos dimos cuenta de que era realmente tonto hablar de eso, por lo que optó en conocernos mejor.

—¿Ya diste tu primer beso? —me pregunta con una sonrisa pícara.

Entonces recuerdo lo que sucedió con Peter. Procuro que no me afecte.

—No —contesto segura—. ¿Y tú?

Me mira como si preguntara algo obvio, lo cual, en efecto, es demasiado obvio.

—¡Pues claro que sí! ¿No has dado tu primer beso? A pesar de... bueno, tú sabes.

Niego con la cabeza.

—¿Quieres saber lo que se siente dar un beso?

Devoro lo último de mi helado intentando ignorar lo que me pregunta porque, siendo sincera, sí quiero hacerlo, pero una parte de mí me lo impide. Lo miro de reojo, está sonriendo, percibo mis mejillas calientes.

—Creo que... el día es... ¿soleado? —cambio el tema, lo cual se vuelve muy incómodo.

Observa fijamente mis labios y eso me pone nerviosa.

—¿Qué se supone que miras?

—Tienes helado en el labio.

Me toco el labio, pero no siento nada. Él niega con la cabeza en plan "Ahí no, preciosa", se acerca más a mí y con el pulgar me toca el labio y me limpia el helado, pero no se mueve, se queda en la misma posición.

*Respira, respira, respira... NO TE ALTERES.*

Me hago un poco para atrás para estar a una distancia en la que no pueda haber un roce de labios.

# diecinueve

## Patos, patos donde sea

( Courtney )

**Miro a otro lado para evitar** sus ojos. ¿Qué se supone que hay que hacer en una situación como ésta? ¿Debo sujetarlo de su camisa a cuadros y besarlo? ¿Esperar a que él me bese? ¿Evitarlo y decirle que me lleve a casa? Quizá esta última opción es la correcta, pero algo dentro me dice que no.

*¿Ya vamos a empezar con el tono cursi de telenovela?*

Matthew me sigue mirando con intensidad y sospecho que está decidido a besarme. Las manos me sudan y las rodillas me tiemblan; huelo su perfume. Ya está demasiado cerca para besarme y es tarde para que yo pueda huir.

*Va a suceder, va a suceder, respira, es tu primer beso, no te vas a embarazar.*

*—Claro que no va a suceder, porque no eres una chica fácil como con las que él suele meterse.*

*—Uuuuh...*

*—No, no, no, no tienes que besarlo.*

Desvío la mirada mientras mi guerra mental sigue y... ¡no puedo creer que es lo que estoy viendo!: un pato observándonos fijamente. ¿Es en serio?, ¿qué clase de brujería me aplicaron cuando era pequeña? Yo creía que era suficiente con que fuera un imán de balones, que me cayera con todo y chocara con personas, postes, sillas y muebles de todo tipo. ¡Maldito destino! ¿Cómo se te ocurre ponerme un pato justo cuando voy a besar al estúpido de Matthew Smith? ¿Lo ibas a besar?

—Altas probabilidades.

Matthew tampoco sabe qué hacer y es obvio que yo menos. Básicamente, estamos en un aprieto gracias a mi fobia.

—Creo que quiere comida —murmura.

El pato deja de mirarme y posa sus ojos en Matthew.

—Nos va a comer —le digo.

Miro de reojo a Matthew, ya que no soy capaz de hacerlo de frente después de lo que casi ocurría. En sus manos tiene un trozo de barquillo; lo lanza hacia el lago, el pato comienza a graznar y se abalanza por la galleta.

—Los patos no son tan malos —me dice como si nada.

—Sólo son malos conmigo... supongo —miro al pato que está lejos de nosotros—. ¿Qué hora es?

A pesar de traer reloj de muñeca, busca su celular en el bolso del pantalón.

—Las cinco y media.

Me quedo pensando si es tonto de verdad o se hace el tonto. Me sostiene la mirada pero frunce el ceño preguntándose, quizá, el porqué de mi mirada.

—Tienes un reloj en la muñeca —aclaro—, sin embargo revisas la hora en tu celular.

—Sobre eso —me dice—, es que no me acostumbro a ver la hora en el reloj. No sé por qué y no preguntes la razón por la cual traigo reloj, porque tampoco lo sé.

Se hace un silencio incómodo. Jamás en mi vida superaré que Matthew casi me da mi primer beso.

—¿Crees que podrías llevarme a casa? —le digo sin pensar.

—Claro.

Nos ponemos de pie y tengo que mover un poco la rodilla mala porque comienza a dolerme; aprovecho para acomodarme la falda. Ninguno habla, cero comentarios, sólo nos limitamos a escuchar los pájaros, los patos nadando y las conversaciones de las personas que pasan a nuestro lado.

Es extraño estar con él después de que apenas hace un año me maltrataba. ¿No es increíble que haber estado enamorada de él desapareciera gracias a su comportamiento, pero que volviera a gustarme por la misma razón? Vengo planteándome varias hipótesis del porqué lo hace, pero ninguna tiene que ver con su comportamiento; claro, he pensado seriamente en que es un buen mentiroso; ¿o será que tiene buenas intenciones?, porque si me llegara a hacer sufrir, yo misma le pateo su nariz de modelo. Aunque creo que es imposible que yo llegue a hacer eso.

Llegamos a su coche, un Porsche gris, casi igual que el de Peter. Quita el seguro del auto y abro la puerta del copiloto; antes de entrar me quito la mochila y entro con cuidado de no lastimarme la rodilla, dejo la mochila en mi regazo y cierro la puerta. ¡Comienzo a odiar mi rodilla! Enciende el auto y presiona algo para que el capote del coche comience a plegarse. ¡Que genial!

—¡Que genial! —le digo.

Sonríe con autosuficiencia, como si ya lo supiera. En el camino, pienso en una buena excusa para que mamá no me regañe ni me castigue. Si le digo que estuve con Cristina, no me va a creer, porque sabe que los jueves Cristina asiste a tutorías de matemáticas e historia. Si le digo que salí con "amigos", me preguntará qué amigos, los cuales no existen. Si le digo que salí con un chico, comenzará todo el interrogatorio. Si le digo que salí con Lucas... ¡no habrá problema! ¡Listo!

Tomo mi celular y le mando un mensaje a Lucas.

**Courtney:** *Lucas, ¿puedo hacerte una pregunta?*
**Lucas:** *Ya la has hecho* ☺
*Jajaaja, dime.*
**Courtney:** *¿Podrías fingir que he salido contigo esta tarde?* ☺
**Lucas:** *¿Y como por qué?*
**Courtney:** *Si te digo, te enojarás o comenzarás a sermonearme o simplemente me darás tus consejos de mejor amigo.*
**Lucas:** *Dime o no haré ningún favor.*
**Courtney:** *Salí con Matthew, ¿feliz?*
**Lucas:** *Algo... Pero bueno, después te daré tu sermón, señorita, porque me da mucha flojera escribirlo. ¿Y qué se supone que le diré a tu madre?*
**Courtney**: *Oh, pero qué amable es usted.*
*Supongo que te va a llamar para confirmar que sí estuve contigo, sólo dile que fuimos a ver guitarras para tu banda o yo qué sé, algo que crea.*
**Lucas:** *Está bien, está bien. Me debes una.*

Suspiro con pesadez y alivio, al saber que ya Lucas me ayudará.

—¿Con quién mensajeabas? —pregunta de la nada Matthew—. Sólo es curiosidad.

—Con Lucas.

Nos toca semáforo rojo, y no dice nada en absoluto. ¿Por qué esto se vuelve incómodo cada vez más?

Aliso un poco mi cabello porque, gracias al viento, es una maraña.

—¿Courtney?

Giro para descubrir quién me ha nombrado y... ¡Andrew y Connor mirándome pícaramente desde su auto! ¡Qué rayos!

Matthew se inclina un poco sobre el volante para averiguar quiénes son, mira al frente y regresa la vista hacia sus amigos de una manera tan épica que casi hace que me muera de risa. Pisa el acelerador a pesar de que el semáforo sigue en rojo.

—¿Qué demonios te pasa? —le pregunto confundida.

—Nada, sólo que los idiotas de mis amigos comenzarán a molestarme.

Asiento con la cabeza, aunque esté confundida.

—Oye, ¿podrías dejarme una calle antes de mi casa? —le pido, un poco apenada.

—¿Y eso? —me responde desconfiado—. ¿Por qué?

—¿Sabes?, no quiero que mi mamá comience a preguntarme acerca de todo lo que hice hoy.

—Te comprendo —y me sonríe levemente.

Al bajar, le agradezco lo del día de hoy. Sólo he caminado unos metros cuando escucho una puerta abrirse: Matthew viene hacia mí.

—Gracias por aceptar salir hoy conmigo —dice mientras mira el suelo y se rasca la nuca—. Me gustaría repetirlo, pero en un lugar donde no haya patos que nos interrumpan.

Automáticamente me pongo roja y me siento una estúpida por ello. En las películas que he visto, cuando dicen eso, ellas responden algo en plan "me encantaría" y se besan, pero yo ni siquiera puedo mirarlo.

—Cre... creo que... que sí —le digo y sonríe.

Las rodillas me tiemblan tanto que quizá con un simple golpe se puedan doblar.

—Luego nos vemos.

Se acerca a mí y me besa en la mejilla; da media vuelta y entra en su auto. Yo obligo a mis piernas a que comiencen a caminar y no quedar en ridículo por ver a Matthew como una total idiota.

## veinte

# Yo te vi

( Matthew )

**Cuando llego a casa, mi mamá está dormida** en el sofá aún con su ropa deportiva y evito reírme a carcajadas. Siempre que hace ejercicio o sale a correr se queda dormida. Una vez se quedó dormida con medio sándwich en la boca y mi hermana pequeña, Emily, tuvo que despertarla antes de que se ahogara.

Mi hermana de 8 años es un pequeño demonio escondido en el cuerpo de una niña con rostro angelical e igual de guapa que su hermano. Debo admitir que es una genio: su promedio jamás baja de 10 y ya tiene una beca asegurada para el resto de su educación básica. Yo aún no logro una beca, pero está en proceso.

En las escaleras, está Jake sentado, pensativo y con el celular en la mano, como si esperara una llamada.

—¿Qué haces aquí? —le pregunto.

—No creo que valga la pena contarte.

Lo más seguro es que se trate de Courtney y él sepa que he salido con ella hoy.

—Si tiene que ver con Courtney, puedes decirme...

—Sé que con Courtney no tengo oportunidad —me interrumpe—. Ya me enteré de que saliste con ella. Básicamente has marcado territorio con tu ego.

Él entiende rápido; listo mi primo, eh.

—¿Entonces? —le pregunto con calma, esperando a que caiga en la trampa y responda.

—Creo que me gusta Cristina —dice sin despegar la vista de su celular—, pero creo que yo no le gusto.

¡Oh, por dios!

—¿¡Te gusta cristina!? —grito.

Ambos escuchamos un golpe seco contra el suelo, y puedo adivinar que es mamá asustada por el grito. Miro a Jake y ambos subimos corriendo las escaleras, pero en medio del corredor nos detenemos en seco al escuchar una canción de Selena Gomez. Nadie en la casa escuchaba esa música.

—Idiota, tienes una hermana.

—Cierto.

Me acerco a la puerta del cuarto de Emily y giro el picaporte con cuidado de no hacer ruido. Jake se escabulle por debajo de mis piernas y se asoma. Ante nosotros, tenemos la escena más ridícula que cualquier chica haría: Emily y sus amigas están haciendo una pasarela de moda, unas maquillan a otras y una de ellas presenta a todas antes de que salgan por el improvisado escenario. Ahora es cuando me alegro de no ser mujer.

No podemos dejar de ver a las amigas de Emily modelar y nos comenzamos a reír cuando una de ellas se dobla el pie gracias a los tacones que no le quedan y rueda por el "escenario". Todas nos miran con cara de odio, pena y algunas ni nos miran.

—¡Matt! —grita Emily mientras aplasta con las manos el micrófono de juguete.

Cierro con rapidez la puerta e intento caminar hacia atrás, pero el tonto de Jake está debajo de mí, lo que provoca que me caiga de espaldas; por fortuna amortigüé la caída con la mochila y el suéter que hay dentro.

No puedo evitar reírme y él sólo se me queda viendo, pero a los pocos segundos se une a mis carcajadas, como locos en el corredor.

—¿Qué hacen ahí?

Levantamos la mirada y nos encontramos a mi mamá.

—Nosotros ya nos íbamos —me adelanto antes de que pregunte por lo sucedido. Jake y yo corremos a mi habitación; cerramos la puerta.

—¿Te gusta Cristina? —intento ir al grano.

—Algo así —contesta, dudoso.

—Jake, eres mi primo y por eso tengo que confesarte esto —pongo mi mano en su hombro—: me acosté con ella.

No le provoca ninguna reacción, sólo se sienta en mi cama.

—A eso me refiero —argumenta—: no sé cómo es ella; si es tranquila, alocada o como cualquier chica. Pero el día que vino y me abrazó, sentí algo en el estómago.

*Sé buen amigo y dile que Connor es su futuro novio. Vamos, Matt.*

¿Dejo que se ilusione o le digo la verdad?

—No es por nada, pero creo que Connor tiene los mismos gustos que tú.

Suspira derrotado y se tira en la cama.

—Creo que lucharé por ella.

—Pero si apenas la conoces —le digo burlón.

Me avienta un cojín, que me da justo en la cara.


# ( Courtney )

—Sí, mamá, salí con Lucas —le explico por décima vez.

—¿Estás segura?

Asiento y ella me mira como si tramara algo, lo cual es verdad. Pienso unos segundos antes de estar segura de lo que voy a preguntar.

—¿Has hablado con mi papá?

Mi papá y ella se dieron un tiempo; él ayer se fue de la casa pero, conociéndolos, quizá mañana ya esté en casa y todo será como si no hubiera pasado nada. Seremos la misma familia feliz. Lo único bueno de esto es que Nathan ha regresado temporalmente a casa y me trata como su hermana, no como alguna de sus admiradoras; es decir, trata de ignorarme todo lo posible.

Mamá niega con la cabeza y se va a la cocina.

—Por cierto, Nathan está dormido —sonrió con malicia.

*Muajajajá.*

Subo lo más rápido que puedo. Dejo la mochila en el corredor y abro la puerta del que solía ser su cuarto. Está oscuro, prendo la luz y me llevo la sorpresa al no ver a Nathan en la cama. Alguien me tapa los ojos y la boca. Sé qué es Nathan, así que no forcejeo y él me suelta.

—¿Qué te sucedió? —pregunta al ver las vendas.

—Un balón lo causó todo.

Pone los ojos en blanco y me mira con una sonrisa burlona, en plan "¿por qué no me sorprende?".

Sale de su cuarto, donde ahora sólo hay una cama, dos maletas, una lámpara y tres posters que nunca quitó de Dragon Ball Z. Si mis papás estuvieran bien, él quizá estuviera contándome historias de sus años de popularidad.

Se dirige a mi cuarto y se sienta en la cama.

—Ahora entiendo por qué hacías tanto ruido al subir las escaleras —se burla de mí y yo lo fulmino con la mirada—. Nunca comprendí por qué te dieron el cuarto más grande.

—¿Quizá porque siempre estaba en casa?

Tengo el cuarto más grande, que sería como dos juntos, está al final del corredor y tengo mi propio baño, lo cual es genial. No contraargumenta nada porque sabe que tengo razón.

# veintiuno

## Buenas noches

( Courtney )

–**Hoy te vi con Smith en el parque** —me comenta Nathan algo serio y un tanto (o muy) burlón.

Trago saliva en seco.

*¡No le cuentes a mamá!* Le grito mentalmente. No le digas nada.

—¿En serio?, ¿hoy? ¿Era yo? —intento confundirlo—. ¿A qué hora?

—A menos de que traigas la misma falda que la chica con la que estaba —me contraataca—. Tus piernas de popotes son inconfundibles, eso sin sumarle tus heridas... ¿Por qué sales con el estúpido de Smith?

Mis piernas son del tamaño promedio de cualquier chica.

—En primera, mis piernas no son de popote —lo apunto con un dedo—. En segunda, no le digas nada a mamá. Y tercera, él me invitó un helado y yo acepté. ¿Tú que hacías en el parque?

—Estaba con Verónica.

—¿Por qué te cae bien Verónica? Es una chica tonta amante de los tacones y con una gran cabeza hueca.

—Así es —acepta—. El punto es: tú y Smith.

Niega con la cabeza y se hace a un lado para que me siente en mi cama. Aquí vamos con el sermón de hermano mayor. Tengo que agregar que es el primero, ya que antes sólo solía decirme: "Saca tu maldita cabeza de ese libro", "ve a una fiesta y no te quedes de antisocial en la casa." Era lo único que me decía, ya que su popularidad estaba tres veces más alta en una escala del 0 a Matthew Smith, lo cual es mucho. Y demasiado es poco.

—No quiero parecer el típico hermano mayor que regaña a su hermana cuando sale con un chico. Sólo quiero decirte que conozco a Matthew desde hace más tiempo que tú. Él no sabe cómo tratar a las chicas.

Intento defenderme, pero no tengo nada que decir.

—Siempre se acuesta con chicas al azar, va rompiendo corazones por dondequiera, apostando y riéndose de las chicas que logra hacer llorar.

¿Ése es el apoyo que da un hermano mayor? ¿Acaso es ése?, porque si es así, prefiero que se vaya de nuevo por donde vino y siga tratándome como la hermana menor y antisocial que soy.

—A lo que me refiero es que tú no debes caer en esa trampa. Digo, eres muy inteligente para eso.

Demasiado tarde.

—Pero sólo fuimos por un helado en plan amigos. No creo que esto pueda llegar a algo más que eso.

Se encoge de hombros y me da unas palmaditas en la espalda antes de ponerse de pie y salir del cuarto. Me acuesto en la cama y mis rodillas quedan al borde haciendo que cuelguen y que la rodilla izquierda esté casi toda estirada. Sólo tengo que aguantar un día más y todo resuelto. Saco el celular y marco el número de Cristina. Al cuarto timbrazo contesta.

—¿Hola?

—Hola. ¿Estás ocupada?

—No. De hecho, estaba a punto de llamarte. ¿Quieres que nos veamos? —pregunta.

—Pero tengo que hacer la tarea.

—Lucas vendrá conmigo, sólo faltas tú; haz la tarea más tarde.

Miro el reloj de pared; son casi las seis y media de la tarde.

—¿Y adónde iríamos?

—Yo que sé, a cenar a la pizzería del chico guapo.

—Está bien.

—Sólo fuimos por un helado —intento convencerlos por octava quizá décima vez.

—Yo no lo creo —dice Lucas mientras le da una mordida gigante a su pizza—, aunque quizá tiene buenas intenciones y al final se decida por Jennifer *Pechos Grandes*... Es tan...

Cristina le da un zape en la cabeza para que se calle; él se encoge de hombros y sigue comiendo.

—¿No sucedió nada? —pregunta, picarona.

—Nada —admito mientras le doy una mordida a mi pizza.

—Ahí viene el guapo —le susurra Lucas a Cristina.

Lucas y yo nos miramos; Cristina está concentrada en su pizza mientras sus mejillas se ponen rojas.

El chico se acerca a nuestra mesa. Ya no viste con el uniforme de trabajo, supongo que su turno ha terminado.

—Mmmm... hola —le dice algo dudoso a Cristina.

—Hola —responde ella sonriente y sus mejillas ya no están rojas.

¡Cómo demonios puede controlar eso!

—Veo que ya no tienes varicela.

—No —suelta una risita encantadora, no como la mía que se oye a cuatro cuadras—, por suerte ya no.

A Lucas y a mí nos incomoda esta escena. Creo que ellos deberían estar solos. Lucas tose discretamente para atraer la atención de Cristina. Le dice algo que no alcanzo a escuchar.

—¿Quieres acompañarme allá fuera? —me pregunta para salvar la situación.

Por supuesto que acepto de inmediato su propuesta.

Salimos de la pizzería y caminamos al estacionamiento; nos detenemos frente al coche de Cristina y nos recargamos en la parte trasera de éste.

—Entonces... ¿te gusta Smith? —pregunta.

Lo miro un tanto espantada. ¿Cómo rayos dedujo eso?, se suponía que yo lo odiaba y él se quedó con esa información porque jamás volví a comentar que el Sesos de Alga me gustaba.

—No es necesario preguntarlo para saberlo —explica ante mi silencio—. Sé que te gusta por la manera en la que se te forma una pequeñísima sonrisa en los labios.

—Eso no tiene nada que ver —"argumento" un poco nerviosa.

Aparte de los nervios, siento un poco de frío y me arrepiento de no haberme puesto pants.

—Claro que sí. Eso siempre pasa en las películas.

—Lucas, esto no es una película ni una novela juvenil; es la vida real.

—¿Pero te gusta? —pregunta de nuevo.

—No lo sé... creo que no.

El silencio reina entre nosotros porque pasa un carro que hace demasiado ruido.

—Quizá me gusta, pero sólo eso. No para ser novios ni nada por el estilo —explico—. Sólo acepto que tiene un porte y una presencia espectaculares.

—¡Courtney, la *Poética*, Grant —se burla—. Creo que el balonazo fue fuerte.

—¡Oye! —me quejo mientras golpeo lo más fuerte que puedo su hombro.

Él comienza a reírse y lo fulmino con un gesto de amenaza y los brazos cruzados.

—Espero que Jennifer jamás te muestre sus pechos falsos.

Suelta el aire tan exageradamente como puede y pone sus dos manos en el pecho.

—Retráctate.

Niego con la cabeza.

—Hazlo.

Vuelvo a negar con la cabeza.

—Ya no me hables ex mejor amiga —me dice con voz chillona y me da la espalda.

Comienzo a reírme, pero dejo de hacerlo porque escucho el sonido de notificación de mensajes. Saco mi celular y abro el mensaje:

*Buenas noches, Courtney.*

# veintidós

## Apoyo moral

( Courtney )

**Me sale una sonrisa; de felicidad, supongo.** ¿Quién me habrá enviado ese mensaje de buenas noches? Desde que entré a la preparatoria, perdí contacto con todos mis amigos y hasta con mis mejores amigas de la secundaria. Digamos que comencé una nueva vida en una nueva escuela de mierda. Suerte que conocí a Cristina y a Lucas.

Lucas me da un codazo para avisarme que Cristina camina hacia nosotros y tiene una sonrisa gigante. Lucas está sonriendo, pero no sé si por ver a Cristina o porque quizá vio el mensaje de un número no registrado en mis contactos que he recibido.

—¡Se llama, Tony! —chilla—. Me invitó a salir mañana.

La abrazo, ya que no sé qué otra cosa hacer.

—Tony suena a nombre de perro —se burla Lucas.

Cristina se separa de mí y Lucas levanta las manos en modo de inocencia para pedir perdón; Cristina está a punto de romperle el cuello. Jamás te metas con los chicos de Cristina. Ella se rinde y quita la alarma del coche. Lucas se adelanta y se sienta en el asiento del copiloto, así que no me queda de otra que entrar al asiento de atrás.

Mientras sueño con mi vida perfecta en la que me estoy graduando, escucho mi canción favorita de fondo; esto comienza a ponerse extraño: ¿quién sueña con su melodía favorita?, creo que sólo yo. Después me doy cuenta de que la canción no es de mi sueño, sino la maldita alarma. Recordatorio personal: Nunca pongas tu canción favorita para tu alarma: comenzarás a odiarla.

Apago la alarma y me restriego los ojos con el dorso de la mano. Estiro los brazos e intento acomodarme en la cama para no estar tan al borde, pero algo sale mal: de repente estoy en el piso, con las cobijas tapándome y la espalda doliéndome.

*Genial, Courtney, también quedarás paralítica.*

Me toco la cabeza para ver si no pasó nada malo, pero sólo me duele un poco por el golpe. Me siento y me levanto como puedo. A pesar de ello me siento feliz, ya que hoy por fin me van a quitar los puntos y podré volver a usar jeans. Eso es la gloria, supongo.

Camino a la silla de mi escritorio, tomo la bolsa de Cristina en la que hay faldas y playeras. Último día de falda. Saco una falda al azar y es la negra con pequeñas flores rojas, tomo un suéter de rayas con dos tipos de blanco. Demonios, pareceré chica loca por la moda y amante de las faldas... enseño todo. Pero no me queda de otra si quiero que me quiten los puntos sin bajarme el pantalón. Me cambio la ropa, haciendo el intento de que la falda me quede un poquito más arriba de la rodilla. Me pongo los Converse y mi diadema negra. Agarro la mochila y me dirijo a la cocina. Pesco una manzana del frutero y busco a mi mamá. No está. Voy al patio trasero y tampoco está, ni en la sala. Supongo que sigue dormida. Suspiro y tomo las llaves. Tengo que esperar a que Cristina pase por mí para llevarme a la escuela. Me recargo en el barandal. Cristina llega 15 minutos después, dando un derrape como de película de acción.

—Perdón, se me hizo tarde —se disculpa—. Mi cabello es un desastre.

—Lo tienes normal —le digo mientras paso los dedos por su cabello.

Se mira en el espejo retrovisor y al ver que es verdad se relaja.

—Hoy te quitan los puntos, ¿cierto? —pregunta mientras pone en marcha el auto.

Asiento con la cabeza mientras sonrío.

—Ya no usaré más faldas —celebro, pero ella me mira de reojo un poco seria—. No te lo tomes personal, tus faldas son hermosas.

Entonces relaja un poco la mirada.

—¿Estás lista? —pregunta la enfermera.

Asiento y comienza a quitar la venda. Me pongo nerviosa cuando da la última vuelta a la venda y deja al descubierto la pequeña herida de dos puntos. Se pone guantes y agarra unas tijeras o pinzas, sinceramente no sé qué son. Después toma algo parecido a un bisturí y comienza a acercarse a mí. Cómo desearía que Cristina estuviese aquí. Parecería que estuviese acercándose a mi rodilla en cámara lenta, pero parece que lo hace a propósito. Justo cuando está por cortar un punto o no sé que va a hacer, tocan la puerta.

# ( Matthew )

¿Arriesgas las clases por la apuesta o la ves después?

—*Si fuera chica, me gustaría que me cuidara o se interesara por mí.*

—*Pero tú eres chico, idiota.*

—*Pero ella es chica.*

—*Piérdete la maldita clase y ve a la enfermería. Si Cristina lo dijo, no fuese sólo por decir, si no porque te está ayudando.*

—*¡APROVÉCHALO!*

Me acomodo la mochila y corro hacia la enfermería. Toco la puerta dos veces; la enfermera apenas y abre lo necesario para asomar la cabeza. Levanta las cejas interrogándome.

—Busco a Courtney —le explico.

—¿Para...?

—Se supone que hoy le quitarían los puntos. Y... no la quie... ro dejar sola.

Meto las manos en la bolsa del pantalón, para evitar que note lo nervioso que estoy. Me arrepiento de la apuesta. Me invita a pasar. Siendo sincero, pensé que tardaría en convencerla. Veo a Courtney sentada en la pequeña camilla y con una pierna encima de una cosa rara que hace que la rodilla la tenga flexionada y mostrando la herida. Se sorprende totalmente y lo puedo adivinar por la cara que ha puesto. Me siento a su lado y ella se pone rígida y nerviosa.

—Tranquila —le susurro.

Se relaja un poco y, de nuevo, se sonroja. Su atuendo no me gusta. Extraño a la Courtney de jeans y playeras sencillas. La falda y el suéter de niña buena le quitan su toque especial.

—Aquí vamos, te quitaré los puntos.

Courtney traga saliva. La enfermera toma una jeringa, se acerca a la rodilla de Courtney; ésta cierra los ojos, yo le tomo la mano cuando veo que la aguja atraviesa su piel. Ella aprieta la mía. Nuestras manos están unidas y sé que para ella es un apoyo moral, no significa nada. Para mí, esto es una apuesta y una vez que gane, nada.

# veintitrés

## Matty, Matty... perra

$\big($Matthew$\big)$

**Courtney camina a mi lado ya con la rodilla** perfectamente sana, pero cubierta con la venda y una pomada de aspecto asqueroso debajo de la venda; siento tenso el ambiente.

En la enfermería, Courtney no soltó mi mano, lo cual fue demasiado raro, pero supongo que de verdad le sirvió como apoyo moral.

—Te dije que sería buena idea ir a la enfermería.

—Las chicas necesitan eso de un chico.

Courtney, de manera apenas perceptible, se baja un poco la falda y puedo apostar a que le incomoda traerla.

—¿Por qué te pusiste falda? —le pregunto.

—¿Tú por qué crees? —me mira burlonamente.

¿Pero qué rayos...?

—No lo sé, por eso pregunto.

Se rasca la rodilla por encima de la venda y después contesta:

—Porque los pantalones no me entraban con la venda.

Comienzo a toser para que mi risa pase inadvertida y no se lo tome a mal, pero es tan gracioso eso.

—No es gracioso, eh —me fulmina con la mirada.

—Lo sé, lo sé —levanto ambas manos—. ¿Qué clase te toca?

Se queda pensando unos segundos pero al final saca el celular de su mochila y revisa la hora.

—Bueno, se suponía que tenía Literatura —explica—, pero faltan 15 minutos para que se acabe la clase, así que básicamente me toca Biología.

Intento que mi cerebro recuerde el horario del día viernes, pero no funciona, no recuerda ni qué comí ayer.

—Creo que me voy a ver qué clase me toca —le informo.

Me acerco a ella y le doy un beso en la mejilla; echo a correr antes de que me golpeé o algo por estilo, pero al voltear observo que camina en dirección contraria a la mía. En el corredor veo a Jennifer y a su amiga recargadas en mi casillero.

Respiro normal y me acerco a ellas, dispuesto a correrlas y no caer en su coqueteo barato.

—Pero mira quién está aquí —dice Jennifer mientras saca un poco más el pecho y se marca aún más su escote nada discreto—: el bombón de Smith.

—Jennifer, no tengo tiempo; dame permiso —intento moverla, pero se abalanza sobre mí y me rodea el cuello con sus brazos, poniéndome de espaldas contra mi casillero y acorralándome.

—Cariño, ¿por qué saliste ayer con la Gusano de Libros? —pregunta cerca de mi rostro.

—¿Eh? —es lo único que logro decir—. ¿Quién rayos es la Gusano de Libros?

—Tú sabes muy bien quién es —al ver mi expresión, suspira exasperada y dice—: Courtney Grant.

Se me hace un nudo en la garganta, respiro su aliento de menta y siento sus grandes pechos sobre mí. Intento apartarla con delicadeza, pero opone resistencia y se acerca aún más a mí. Esto terminará mal.

—¿Por qué debería darte explicaciones? —le pregunto.

Se queda callada, como si la acabara de golpear o algo así. Le quito los brazos de mi cuello y ella los deja caer.

—Ella no es una chica con la que tú deberías salir —me advierte.

Da media vuelta y se marcha con su amiga. ¿Cómo demonios supo que salí con Courtney?, ¿por qué me interroga y amenaza? Claro, es Jennifer, por Dios, una gran arpía y una chica muy fácil. Siempre hace esos líos.

# ( Courtney )

—¿Ya puedes correr? —pregunta Lucas.

—Sí —respondo.

—¿Eso significa que puedes ir a ver mi partido el domingo?

—¿Este domingo? —él asiente—. ¿Por qué no me avisaste antes? —le echo en cara.

—Señorita Grant y señor Thomson, ¿pueden dejar de platicar? —nos regaña la profesora.

En automático, ambos nos sentamos derechitos en nuestro lugar y dejamos de platicar al instante. La maestra se da vuelta y sigue escribiendo en el pizarrón mientras explica algunas cosas sobre las plantas. Volteo a ver a Lucas y él hace unas señas. Me enseña la palma de su mano. Me encojo de hombros sin saber de qué me está hablando, por lo cual señala el reloj que está arriba del pizarrón y comprendo lo que dice: sólo faltan unos instantes para salir al receso. Vamos corriendo a la cafetería para que no nos toque una larga fila, pero al entrar ya hay como 40 formados. Lucas suelta una palabrota por lo bajo y yo me cruzo de brazos.

—Se supone que los viernes de tacos tenemos que formarnos rápido para alcanzar tacos —se queja.

—Yo también quería tacos —me quejo.

—Y yo.

Volteo a ver quién dice eso y es Cristina tocándose el estómago con melancolía.

—Segundo viernes de tacos que no comeremos tacos —se queja Cristina.

Nos sentamos en la mesa más cercana y contemplamos a todos los que van felices con su comida.

—Neta que quería tacos —se queja de nuevo, Lucas.

Me recargo en la silla y me cruzo de brazos. Las puertas de la cafetería se abren de par en par, llamando la atención de todos, incluyendo la mía. Jennifer *Pechos Grandes* busca a alguien con la mirada.

—¿Dónde está Courtney Grant? —chilla.

Siento todas las miradas sobre mí e inmediatamente ella me localiza. ¿En qué problema me metí? Ni siquiera sé si es un problema.

Camina hacia mí y se para frente a la mesa, lo único que me separa de ella.

—No pongas esa cara de "yo no fui", porque sí fuiste tú —me señala con su larga uña postiza.

—¿A qué te refieres? —le pregunto mientras intento no ponerme nerviosa.

—¿Acaso no sabes que Matty es mío?

—¿Quién coños es Matty? —le pregunto un poco desesperada.

*Matty, Matty, eres mi dulce bombón... ¡Perra!*

—¡Matthew Smith! —me grita.

Me quedo callada porque no tengo idea de qué habla y no entiendo lo de Matthew. Jennifer aprieta sus puños. ¡Oh no, oh no, la perra loca quiere golpearme por un chico que no es importante para mí!

Lucas contempla la escena un poco... divertido. Cristina no sabe si quedarse callada o golpearla. Todas las personas en la cafetería están atentas y hay quienes tienen los celulares listos para grabar los golpes.

—Wow, wow, wow —me pongo de pie mientras intento tranquilizarla—. No entiendo lo que dices porque Matthew es todito tuyo, ni siquiera sé lo que yo tengo que ver en esto.

—Mira, Gusano de Libros —me grita—, ayer saliste con él, cosa que no ha pasado conmigo, ¿¡entiendes!?

—Jennifer, tranquilízate —le dice Cristina mientras se pone de pie.

—El amor de mi vida salió con esta tipa, ¿cómo quieres que me tranquilice?

Miro a Lucas en plan "¿De qué telenovela salió esta perra?"; ya en serio: ¿de qué novela dramática salió?

Me desespero por un momento, pero no por el problema, sino porque ya me hartó Jennifer y sé que en cualquier momento la abofetearé para que se calle.

—¡Eres una perra! —grita después de todo su discurso dramático.

Me quedo tranquila sin saber qué hacer, si ofenderme o no.

—Cariño, la única perra aquí eres tú —le dice molesta, Cristina.

Jennifer se abalanza sobre Cristina, le rasguña la mejilla y ambas caen al suelo. Cristina la empuja para evitar sus garras, pero Jennifer parece loca.

—¡Courtneeey! —grita Cristina.

Me acerco y lo único que se me ocurre hacer para separarlas es agarrar las mechas postizas de Jennifer y jalarlas hasta que ella se rinde y suelta a Cristina.

Suelto su cabello, y Jennifer me mira con odio. Presiento que viene sobre mí. Por instinto, cierro los ojos, estiro el brazo y pongo mi puño, esperando que le pegue a Jennifer. Mis dedos truenan y todo queda en silencio. Abro los ojos y muevo la mano para que me deje de doler. Jennifer se toca la nariz repetidas veces para ver si no la tiene rota. ¡Jamás se metan con la Gusano de Libros, porque tantos libros de ficción sí sirven!

Cristina está sentada en el piso y se masajea la mejilla. Lucas me observa como si fuera yo un personaje de sus videojuegos favoritos edición limitada en la vitrina de una tienda.

Toda la cafetería está en silencio y eso me pone nerviosa. ¿Ahora que hago?, ¿me voy corriendo al baño o enfrento esto como una chica con la falda bien puesta?

Me acerco a Cristina y la ayudo a levantarse, mientras que Lucas nos entrega nuestras mochilas y comenzamos a caminar a la salida de la cafetería. Todas las personas están amontonadas en la puerta y entre ellas reconozco a Matthew, Peter, Connor y Andrew.

Y ahora sí de verdad no sé qué hacer.

# veinticuatro

## No te voy a matar

$\Big($Matthew$\Big)$

**–El domingo hay partido** —me dice Andrew.

—Ya sé —le contesto—. Toda la escuela lo sabe.

—También saben que nos patearán el trasero. ¿No sabes con qué escuela nos toca? —pregunta.

Niego con la cabeza mientras me pregunto si la escuela contraria sería tan buena como para patearnos el trasero.

—Si no me equivoco, son los Cuervos de la escuela Lincon.

—¿Los de uniforme morado? —le pregunto y él asiente.

Esos malditos nos han ganado tres años seguidos, ya sea en la final o en la semifinal. Aunque en un partido de entrenamiento les ganamos por un punto y ellos se vengaron escondiéndonos nuestra ropa cuando estábamos en los vestidores. Son unos estúpidos.

Andrew carraspea y me indica que mire detrás de mí. Peter camina hacia nosotros junto al resto del equipo de americano.

—¿Me va a golpear? —le susurro un poco asustado.

—No tiene cara de querer hacerlo —dice.

Se acerca a la grada en donde estamos sentados y se queda parado frente a nosotros. En su rostro se refleja preocupación en vez de ira.

—¿Ya te enteraste contra quiénes jugaremos el domingo? —pregunta.

—Contra los Cuervos —respondo—, y creo que estamos fritos.

—Se cuenta que una vez a un chico le fracturaron tres costillas —dice Jake, que por desgracia pudo entrar al equipo por su velocidad y sus calificaciones perfectas. Maldito suertudo.

—También oí eso —lo apoya un chico cuyo nombre desconozco.

—Smith, se supone que soy el capitán del equipo, pero no sé qué debemos hacer en esta situación —externa Peter—. Estoy un ochenta por ciento seguro de que, sabiendo como juegan, todos acabaremos lastimados.

*Tiene razón... Demonios, Peter tiene razón.*

—Tenemos que hacer una estrategia —agregó—. ¿Estamos ya todos los del equipo?

—Faltan Connor, Lucas, Jonh y Taylor —dice Jake.

*¡Cómo demonio se aprendió los nombres!*

—¡Chicos!

Todos nos quedamos en silencio esperando ver si nos hablan a nosotros, pero no alcazamos a distinguir quién es.

—¡Idiotas!

Es Connor, que viene corriendo hacia nosotros, con cara de haber visto algo genial. Se detiene frente al grupo y se recarga en el hombro de un chico alto con braquets que tampoco sé como se llama. Intenta hablar, pero su respiración está tan agitada que no puede.

—Jennifer... está... armando una escena... en la cafetería —hace el intento de hablar de nuevo, y esta vez lo dice más fluido—. Y es porque... tú saliste con Courtney.

Todos me miran, pero corremos de inmediato hacia la cafetería. Desde unos metros antes se alcanzan a escuchar los gritos de Jennifer.

Nos quedamos en la puerta viendo la escena y obstruyendo el paso de toda persona que quiere salir.

Observo toda la pelea, cuando Jennifer suelta esta lindura:

—El amor de mi vida salió con esta tipa, ¿cómo quieres que me tranquilice?

Escuchar eso me da náuseas y ganas de salir corriendo. ¿Soy el amor de su vida? ¿Pero qué carajos...?

Jennifer + escote + pechos grandes + siendo novios = libertad de tocarla cuando sea.

—Idiota... idiota... idiota...

Connor me mira con su típica cara de "No te desmayes" y Andrew me da un codazo muy fuerte. En la pelea pasan tantas cosas disparatadas, que comienzo a reírme tapándome la boca, porque creo que soy el único que lo hace. No sé en qué momento, pero siento que Courtney es perfecta.

Smith... ¿En serio? ¿Courtney es perfecta?

Intento golpear a mi subconsciente, pero no lo logro, así que vuelvo a poner atención a la pelea y veo que Courtney está ayudando a que Cristina se ponga de pie. Jake me mira atento, Peter me fulmina con la mirada, Andrew y Connor me miran en plan "¿Por qué no haces nada?".

No hago ni digo nada, sino que salgo corriendo de la cafetería detrás de Courtey, quien camina tranquilamente, mientras Cristina y Lucas se ríen. La tomo del brazo y ella voltea un poco espantada. Por unos segundos no sé qué decir.

—¿Podemos hablar?

Asiente, se acerca a mí, pero sus amigos no se mueven de donde están, están atentos a lo que le voy a decir. La tomo del brazo y nos dirigimos a una mesa vacía. Me siento en una silla y ella hace lo mismo. Me mira con su típica cara de "¿Vas a hablar o me voy?".

—Jennifer siempre hace esa clase de cosas —le explico—. No te sorprendas si intenta golpearte.

—¿Sólo para eso querías hablar?

Niego con la cabeza.

—Quería invitarte a salir mañana otra vez —respiro—. No sé... al parque, a mi casa, adonde sea.

—¿Eso no provocará que Jennifer intente golpearme? —pregunta.

Sonrío tiernamente, pero no funciona, sólo me sale la típica sonrisa seductora de Smith.

—Mientras estés conmigo, nada te va a pasar —sus mejillas se tornan de color rojo, oculta un poco su cara mirando hacia la izquierda pero regresa su mirada—. O podemos hacer una piyamada solos tú y yo —le ofrezco.

—¿Me tomas de loca? Sólo he hablado contigo de dos meses para acá y ni siquiera ha sido diario.

Dos meses... dos meses... demonios... me quedan tres, pero restándole las vacaciones... ¡sólo me quedan dos! Tienes que acelerar las cosas.

—¿Eso es un sí o un no? —le pregunto intentando no morir con su mirada asesina.

—Es un no —se recarga en el respaldo de la silla—. Quizá y me asesinas mientras duermo. No, gracias.

—¿Y por qué lo haría?

—Esa es mi pregunta. Tú respóndeme.

—Mañana te llevaré hasta mi casa y verás que no hay nada de lo que puedas sospechar.

—¿Y quién dijo que acepto salir contigo? —me reta.

—Soy Matthew Smith, querida; nadie rechaza una cita conmigo.

—Y soy Courtney Grant, y estoy rechazando una cita contigo.

Chasqueo la lengua mientras pienso algo para obligarla a que vaya a mi casa.

—Te recojo mañana en tu casa al mediodía.

Me paro y dejo a Courtney con la palabra en la boca mientras pienso en qué podemos hacer o, más bien, qué haré para que mamá no me ponga en vergüenza como suele hacerlo. Pero quien verdaderamente me da pavor es Emily, que por favor no comience a nombrar a todas las chicas que he llevado a casa. Ya lo dije, mi hermana es una maldita genia, sin duda, pero su edad no le permite tener un filtrito en la cabeza que le impida abrir la boca.

Ahora sólo hay que esperar a que sea sábado.

$($ Courtney $)$

Al llegar a casa, encuentro a mi mamá en el sofá con el tonto de mi hermano.

—Mamá, un compañero me obligó a ir a su casa... No hagas preguntas.

Me acerco a ella, me mira con una expresión de "¿Qué le sucede a ese chico?". Nathan sabe a quién me refiero, por lo cual comienza a reírse.

—No me dejó ni rechazarlo —le digo antes de que comience a sermonearme.

Ella sonríe levemente.

—Yo no dije que no te iba a dejar —se enorgullece al decirlo—. Ya era hora de que convivieras con un compañero que no fuera Lucas.

Nathan estalla en carcajadas y yo soy pura confusión.

—Okeeeeey —alargo mientras emprendo la retirada—. Me voy a mi cuarto.

—¿Quién te invitó a su casa?

—Un chico llamado Matthew.

—¿Lo conozco?

—No.

Subo las escaleras lo más rápido que puedo y me siento feliz al saber que ya no tengo puntos en la rodilla.

—¡COURTNEY! —grita mamá—. ¿CÓMO ESTÁS DE LA RODILLA?

—¡Mucho mejor!

Me aviento a la cama y comienzo a pensar en cómo será la casa de Smith por dentro y no sólo por fuera. ¿Tendrá hermanos o hermanas? ¿Cómo serán sus padres?

El celular vibra y miro en la pantalla un número desconocido.

—¿Hola? —contesto.

—¿Courtney?

Que no sea verdad, que no sea verdad, que no sea verdad.

Me quedo en silencio y al otro lado de la línea tampoco se escucha nada.

—Se supone que se contesta —me dice Matthew.

—¿Cómo rayos conseguiste mi número? —es lo único que pregunto.

—Mis contactos —afirma—. Entonces... paso por ti a las doce.

—Pues ya qué. Creo que no hay de otra.

—Eso me ha ofendido —escucho su voz dramática.

—Ay ajá.

De fondo se escucha cómo una niña comienza a gritarle que salga de su cuarto y un "Emily, deja de pegarme, no seas agresiva". Comienzo a reírme con ganas.

—¿Es tu hermana? —pregunto.

—Por desgracia, y es una maldita genia y con una beca asegurada.

Quizá y no resulte tan malo ir a su casa, siempre y cuando no se ponga en plan "Soy todo un bombón". En realidad es agradable al teléfono.

## veinticinco

# Reacciona, estúpida

## ( Courtney )

**Estoy despierta cuando el despertador suena**, por lo que no me caigo de la cama, como usualmente me pasa. Apago la alarma y me tapo hasta la cabeza con las sábanas. Estoy a punto de volver a dormirme cuando mamá entra al cuarto.

—Courtney —se sienta en la cama—, hay un chico abajo esperándote.

Lo único que logra salir de mi boca es un sonido extraño.

—Bueno...

Me destapo la cabeza; apuesto a que tengo el cabello hecho una maraña ... y me quedo sin aire al ver quién está en la puerta.

—¿No tendrías que haberte levantado hace una hora? —pregunta Matthew. Después suelta un silbido—. Vaya, aquí es donde duerme la chica Grant.

—¡Mamaaaaaá! ¿Por qué está aquí? ¿Por qué lo dejaste?

—Yo creí haberle dicho que esperara abajo —le reprocha mamá.

Nathan también se une a la discusión:

—¿Por qué Smith está en la sala?

Se calla cuando se da cuenta de que está ahí. Matthew lo mira preguntándose si lo golpeará por estar ahí o si lo va a saludar. Nathan lo abraza como lo hacen los chicos. Después le susurra algo y ambos salen del cuarto. No puedo cambiar mi cara de confusión porque es evidente que todo es muy confuso.

—¿Entonces a ese chico le gustas? —pregunta mi mamá.

—No, no, no —aclaro—. Se supone que es mi "amigo" e intenta disculparse por haberme molestado durante el año pasado —me mira como si estuviera diciendo alguna mentira—. Sí, sí, sí... él me gustaba y dejó de gustarme cuando me comenzó a molestar, ¿contenta?

Mi mamá me mira por última vez y se queda en el umbral de la puerta.

—Cámbiate rápido —agrega en un tono burlón mientras cierra la puerta detrás de ella.

Procesemos todo: despierto y casi vuelvo a quedarme dormida; llega mi mamá y me despierta diciendo que un chico me espera abajo, de repente aparece Matthew y, por último, llega Nathan y que casi lo asesina con la mirada pero lo saluda como si fueran amigos de toda la vida. ¿Por qué mi vida es así de rara? Aviento las cobijas y me siento en la cama, mientras pienso qué puedo ponerme para, al menos, verme decente e ir a casa de Matthew. ¿Sus padres serán estrictos respecto al tipo de chica que quiera de novia? ¿Incluso en cómo debe vestir?

Veamos, tengo media hora exacta para ducharme y vestirme. Así que básicamente corro al baño mientras sigo pensando en qué ponerme. ¿Por qué me preocupa tanto eso?, ¿quizá por el hecho de saber que sus padres son millonarios y pueden odiarme debido a que soy de clase media? Sí, creo que sí.

Salgo de bañarme envuelta en una toalla blanca y corro al clóset: demasiadas playeras y jeans que no van con la ocasión. Busco en los cajones y... lo mismo; vuelvo a buscar entre los suéteres y playeras que están colgados y encuentro una playera de tirantes color hueso holgada, con botones al frente; en el mismo gancho, un suéter ligero negro con flores blancas esparcidas. ¿Cuándo me hice de esa ropa? Ignoro la respuesta. Busco algún pantalón negro, aunque la verdad no está nada difícil de encontrar, porque 60% de mis pantalones son de ese color. Me cambio lo más rápido que puedo y me pongo los Converse negros; me veo al espejo y comienzo a cepillarme los dientes, después el cabello. Lo miro unos segundos y está demasiado mojado como para salir. Busco la secadora que me regalaron años atrás mis tíos, con tal de que me peinara diferente. Recuerdo haberlos golpeado en mi mente y después darles las gracias con una extraña sonrisa. Comienzo a secar mi cabello frente al espejo; después de un par de minutos, mi cabello está todo esponjado. ¿Es en serio? Me cepillo de nuevo y me doy cuenta de que tengo el cabello un poco húmedo y que eso ayuda a que se ponga liso, pero no del todo. Busco entre todas los chunches que tengo y encuentro una crema para el cabello. La pongo en las puntas y, como si esa cosa fuera mágica, mi cabello se pone liso y ondulado a la vez. Tengo que usarlo más seguido.

Decido no ponerme ningún accesorio en el cabello y me aplico un poco de perfume. Respiro unas cuantas veces antes de salir del baño y bajo, preparándome mentalmente para lo que pueda ocurrir. Me encuentro a Matthew de espaldas, me pongo detrás de él; mamá y Nathan se quedan anonados al verme. ¿Tan mal me veo? Matthew gira y me mira igual de anonado.

—¿Tan mal me veo?

—Creo que obligaré a Cristina a que te ayude a comprar ropa —dice mamá.

La fulmino con la mirada e intento ignorar la ya familiar mirada burlona de Nathan.

—¿Nos vamos? —pregunta, Matthew.

Me sonrojo, pero asiento con la cabeza. Me despido de mamá, pero de Nathan no porque me susurraría algo al estilo "Usa protección". A veces es bueno evitarlo.

Al salir, cierro un poco los ojos porque el sol me da directo a la cara. Volteo discretamente hacia las ventanas y puedo ver cómo mamá espía por ellas. Incluso cuando estoy ya en el auto, sigue espiando.

Matthew está más tranquilo que nadie.

—¿Quieres escuchar música?

Me sobresalto al escuchar eso y espero que no se haya dado cuenta de que lo estaba mirando.

—¡Ajam!

Me pongo el cinturón de seguridad y después me agacho un poco para prender el radio y buscar una estación donde pasen algunas canciones buenas. Como si fuera obra del destino, "Dirty Diana", de Michael Jackson, comienza a sonar y Matthew suelta un pequeño grito en plan "Déjale ahí y ya no le cambies". Cuando nos paramos en un semáforo, se pone a cantar y agradezco que no haya ningún carro a nuestro alrededor.

Cuando llegamos a su casa me bajo del auto yo sola, sin esperar a que el Sesos de Alga me ayude. Antes de llegar a la hermosa puerta de cristal y madera, él saca de su bolsillo las llaves; me pide que pase y me sorprendo de ver la hermosa y gigante casa. Me toma del antebrazo y me guía a una sala con techo alto y un candelabro hermoso y seguramente demasiado caro.

—¡Mamá, ya llegué!

Doy un pequeño salto al escuchar el grito; a lo lejos una voz femenina le contesta. Por los nervios me toco el cabello y comienzo a peinarlo, pero Matthew me toma suavemente la mano y me susurra un "estás perfecta"; lo miro torpemente, como una chiquilla enamorada. Admitámoslo: cualquier persona a la que le digan eso volaría en las nubes y más si viene de la persona que te gusta. Sin darme cuenta, una señora de cabellera castaña y bien cuidada se acerca a nosotros. Tiene un gran parecido con Matthew.

—¿Quién es esta hermosa chica?

Me siento un poco incómoda pero sonrío educadamente.

—Es Courtney Grant —le dice Matthew a su madre.

—Mucho gusto, querida —estrecho su mano mientras nos sonreímos—. Me llamo Marie y, como sabrás, soy la madre de este niño tan desastroso.

Eso es correcto. Suelto una pequeña risa nerviosa y miro de reojo a Matthew, un poco avergonzado por su madre.

—¿Y cuál es la razón de tu visita? —pregunta inocentemente su madre.

Se me hace un pequeño nudo en la garganta, pero al momento de querer hablar, Matthew se adelanta.

—La invité para convivir más con ella.

—¿A esta hora? Pero si apenas va a ser la una de la tarde.

Sin poder evitarlo, fulmino con la mirada a Matthew y él me sonríe inocentemente.

—Bueno, basta de presentaciones, ahora nos vamos.

Matthew toma mi mano y me conduce hacia las escaleras, no sin antes yo decirle a su madre un "Fue un gusto conocerla". En la segunda planta hay un largo corredor con varias habitaciones; abre una puerta y casi me obliga a pasar. Es una habitación blanca muy grande. Hay cuadros de paisajes y tres repisas llenas de trofeos y otra con lo que parecen ser... videojuegos. Su cama tiene una colcha totalmente blanca; destaca un ventanal con vista al gigante patio trasero. Se alcanza a apreciar un balcón con dos sillas para tomar el sol. Frente a la cama hay dos sillones y una súper mega pantalla de un montón de pulgadas y un mini refrigerador.

Suelto un silbido por lo bajo.

—¿Aquí es donde duerme Matthew Smith?

Asiente y pasa a un lado mío para después aventarse a la cama.

—Es muy pequeño este cuarto pero me tengo que acostumbrar.

Y lo dice con tanta indiferencia.

—¿Pequeño? —pregunto incrédula—; pequeño mi cuarto.

Palmea en la cama en plan "puedes sentarte, no te mataré". No respondo y vuelve a insistir. Resignada, me siento en su cama, preguntándole con la mirada si está feliz, pero lo único que hace es abrazarme por el estómago y obligarme a recostarme.

—¿Sabes que podría golpearte por hacer eso?

—Pero no lo haces, así que cállate y comencemos a hablar.

—Me dices que me callé pero que hable; ¡qué inteligente eres, Smith!

Suelta una dulce carcajada.

—Me gusta cómo te vestiste hoy —me sonrojó y miro el techo—. Pero hablemos de un tema.

—¿Como cuál? —pregunto.

Pone una mano detrás de su cabeza y casi puedo ver el humo que le sale al poner a trabajar su cerebro.

—¿Recuerdas de lo que estábamos hablando en el parque?

Mi corazón se detiene por unos segundos y mi respiración se corta.

*¡Oh por dios, habla del beso... Reacciona, estúpida.*

—¿De mi fobia a los patos? —pregunto, esperando que no saque el tema del beso.

Niega divertido y se acerca un poco más a mí, tanto que su hombro choca contra el mío. Mi respiración se entrecorta un poco y quiero salir corriendo de ahí.

—Me refiero a lo del beso. ¿Qué pasaría si te beso ahora mismo?

Con toda la voluntad que tengo, lo miro y él a mí. Me sonrojo y me muero de pena al recordar que no sé besar.

—Ni siquiera sé besar —le digo en voz baja.

Se recarga en un codo y me mira, pero no sé qué clase de mirada es esa, no sé si eso vaya a suceder o si es lo correcto. Y ahora entra la típica frase cliché: "una parte de mí quiere besarlo, pero la otra quiere alejarse de él". Dah.

Pone una mano en mi mejilla y se acerca lentamente. Cierro los ojos y siento su nariz rozando con la mía. Me hormiguean los labios y todo se vuelve más lento.

—Sólo deja los labios flojos —murmura.

Acaricia mi mejilla con su pulgar y la distancia entre él y yo deja de existir. Sus labios hacen presión con los míos; siento cosquillas en todas partes y mariposas en el estómago. Entonces, ¿así es como se siente besar a alguien? ¿Así de... raro? Pero no es únicamente eso, son demasiadas emociones para un solo beso. Su respiración se mezcla con la mía y siento el latir de su corazón. Por un momento me olvido de que estoy en su casa y que su mamá podría entrar. Mueve los labios y extrañamente yo hago lo mismo. Por alguna inexplicable razón mis manos, que reposaban en mi estómago, suben hasta sus mejillas y ahí se quedan. Es extraño estar tan cerca de él de esta manera. Tras unos segundos sus labios se separan un poco para decirme:

—¿Entonces?

No abro los ojos porque por dentro me estoy muriendo de pena. También porque está muy cerca de mí y quizá pierda la magia.

—Creo que no es tan asqueroso como pensaba.

No lo veo, pero siento que sonríe. Pone los antebrazos debajo de mi cabeza pero nunca quita su mano de mi mejilla ni yo las mías de su rostro. Vuelve a juntar sus labios con los míos y esta vez creo saber qué hacer.

## veintiséis

# ¿Entonces así es?

### (Courtney)

**¿Entonces así es como se siente** besar en los labios? Es real cuando dicen que todo a tu alrededor se detiene y el tiempo se congela, quedando sólo tú y esa persona. Por un momento, sólo pienso en él y en cómo vería esto desde otro ángulo. Lo malo es que si alguien entra a su cuarto y nos ve, podría pensar *eso* si ve a dos personas acostadas besándose. Aparte de *eso*, aún sigo sin creer lo que está pasando. Matthew se separa un poco, lo suficiente para que ambos nos miremos a los ojos.

—Courtney Grant oficialmente ha dado su primer beso —sonríe—. Quizá dos en el mismo momento, pero ya está hecho.

Le sonrío de vuelta pero no sé si decir algo.

*Tienes que responder con algo...*

—Esto es tan extraño —le digo.

*... que inteligente..*

—¿Por qué?

Sonrío y lo empujo levemente para separarlo un poco más.

—Minutos antes podría haberte golpeado... Pero no lo hice.

—Creo que me siento honrado al saberlo.

Suelto una pequeña risa, después de eso, todo queda en silencio y esta vez sí es muy incómodo. Aún siento sus labios y el hormigueo.

—Y... ¿qué quieres que hagamos? —pregunta Matthew, lo que provoca que lo mire de mala gana.

—No sé, tú me invitaste.

Murmura un "cierto" y se para rápidamente de la cama, me extiende la mano y me levanta de un jalón. A punto de salir de su cuarto, se detiene en seco y yo choco con su espalda. Miro por encima de su hombro y me sorprendo al ver una pequeña niña de cabello rubio con dos trenzas. Debe de ser su hermana Emily.

—¿Qué haces aquí? —le pregunta Matthew.

Le suelto la mano y me pongo a su lado, provocando que su hermana me mire con sospecha.

—¿Quién es ella? —me señala—. ¿Una más de la lista?

"Una más de la lista." ¡Ay, pero qué bestia soy!

—*No seas tonta, es sólo una pequeña que dice la verdad.*

—*¡Por eso!, si ella está diciendo la verdad es por algo... ¡Ay, no!*

—*Duuuh.*

—Sólo es una amiga.

Intento que mis sentimientos heridos no se asomen.

—Sólo somos amigos —sonrío amigablemente.

—¿También eres amiga mía? —me pregunta la niña de manera seria.

—Claro —le sonrío pero presiento que parece una mueca—. Si tú quieres, claro.

Emily sonríe de oreja a oreja.

—Me llamo Emily —me extiende la mano.

—Me llamo Courtney.

Estrechamos nuestras manos y sale corriendo, así que vuelvo a quedarme a solas con Matthew. Le pregunto con la mirada hacia dónde íbamos. Me toma de la mano y me lleva a la cocina. Abre la ventana, el aire fresco entra y me dan ganas de correr por todo su jardín, así que salimos. Me quedo parada sin saber qué hacer y preguntándome: ¿cómo es posible que tenga tanto dinero y estudie en una preparatoria pública en vez de una privada? ¿A qué se dedicarán sus padres como para tener todo ese dinero? De repente, siento los brazos de Matthew en mis piernas y de un momento a otro estoy sobre su hombro suplicando que me baje.

## ( Matthew )

Escucho la risa de Courtney y sus gritos suplicando que la baje. La sostengo bien y camino hacia no sé dónde. Me doy cuenta de que nunca he tonteado con una chica, sino que voy al grano, hago que todo suceda y al final todo es como si nada hubiera pasado. Sin embargo, Courtney es una chica diferente... y difícil. Pero apuestas son apuestas.

La bajo, pero antes de eso saco su celular de la bolsa del pantalón. La miro burlonamente y ella sospecha que le quité algo; comienza a tocarse todas las bolsas del pantalón.

—¿Buscabas esto? —le pregunto mientras sostengo su celular frente a mi cara.

Me mira sorprendida e intenta recuperarlo. Lo alzo lo más alto que mi brazo permite y, aunque da saltitos, no lo alcanza.

—Devuélveme mi celular, pedazo de tonto.

—Entonces alcánzame.

Me echo a correr y es lógico que Courtney jamás me alcanzará. Me detengo a veinte metros lejos de ella y observo lo lento que corre.

—¡Corres más lento que mi abuela! —le grito.

—¡MATTHEW!

Desde la cocina —estoy a sólo dos metros—, mi madre me prohíbe hacer comentarios como esos. Courtney se acerca, pero vuelvo a correr, esta vez más retirado de la casa para que mi mamá no me regañe.

Miro hacia atrás y Courtney corre —más bien: trota— hacia mí. Sin querer me tropiezo con mi propio pie y caigo de bruces, mi celular sale lanzado y no lo puedo alcanzar tan fácilmente. Intento pararme pero, justo cuando estoy por lograrlo, siento el peso de Courtney sobre mi espalda y su mano me tapa los ojos mientras toma el celular.

—Eres muy cómodo, Matthew.

—Courtney —sonrío maliciosamente aunque sé que ella no me ve—, eres peso muerto para mí, verás que puedo levantarme aunque estés en mi espalda.

Por más que se recarga en mí, no puede impedir que me levante porque me sacudo y logro quitármela de encima. Rápidamente consigo recostarla y ahora soy yo quien está sentado en su espalda; obviamente, sin dejar caer todo mi peso.

—Eres muy cómoda, Elizabeth.

—No me digas Elizabeth.

—Elizabeth, Elizabeth, Elizabeth...

Courtney se retuerce y, por ello, se le hace demasiado fácil deshacerse de mí. Me quedo acostado en el pasto y ella se sienta al lado mío.

—¿Toda tu familia está en casa? —pregunta un poco nerviosa.

—No. ¿Por qué?

—Curiosidad.

Apuesto a que pregunta eso para no perder los estribos frente a mí.

—Mañana tienen partido, ¿cierto? —asiento y una sonrisa se asoma de sus labios—. Y les patearán el trasero, ¿cierto?

No contesto de inmediato porque me quedo sorprendido de lo que veo: tiene unos lindos hoyuelos; el poco aire que sopla hace que su cabello dance; el sol la hace resplandecer como si tuviera una corona de luz. Me quedo sorprendido y los latidos de mi corazón se aceleran.

Ay no, Smith, contrólate...

—Quizá lo hagan —miro a otra parte—, o tal vez nosotros les patearemos el trasero... Por cierto, ¿quién te avisó del partido?

—Lucas —me dice con un tono de "obvio"—, y Jake le dijo a Cristina —se toca la barbilla, pensativa—. Y creo que también Connor.

Jake, mi primo tonto.

Connor, mi... ¿¡Connor!?

—¿Connor? —pregunto para evitar malentendidos en un futuro.

Ella lo confirma y pienso en la pelea que se dará en un futuro gracias a Cristina.

Me siento en el pasto y comienzo a jugar con él.

—Tengo hambre —le digo.

Ya puedo mirarla sin que el pulso del corazón se acelere y quiera salirse de mi pecho...

¿Pero qué rayos...?

—Creo que yo también tengo hambre —me toca levemente el brazo y me sonríe.

Me pongo de pie y la ayudo a levantarse nos sacudimos el pasto y la tierra del pantalón y me pongo frente a ella pero de espaldas.

—Te llevaré de caballito —le propongo.

Casi puedo sentir cómo me atraviesa su mirada. Dice que no con la cabeza.

—Vamos, sube, no pasará nada.

Se acerca y coloca sus manos en mis hombros; da un salto, agarro sus piernas por debajo de las rodillas y me abraza el cuello. Comienzo a caminar y me contagia con su risa.

—¿Qué pasa si me caigo?

—Pues tú amortiguas mi caída, tonto —me dice entre risas.

Ella no para de reír ni de decirme que me fije por dónde camino y que no me vaya a tropezar con mis propios pies. Courtney no pesa nada, podría correr con ella y no sería problema, pero, lo admito, me da pereza.

—¿No te has cansado? —pregunta.

Niego con la cabeza.

—No entiendo cómo hemos llegado tan lejos.

—Quizá porque tú corrías a lo tonto mientras yo te perseguía.

—Valió la pena... aunque corres como mi abuelita.

—¡Matthew! —me reprocha.

—Okay, okay, corres como caracol.

Cuando estoy a punto de cruzar el umbral, como por arte de magia, mamá entra en la cocina y se detiene cuando nos ve; me regala una mirada enternecida.

—¡Mi muchachito!

Courtney me aprieta discretamente el cuello en plan "¿Qué se hace en estos casos?".

—Nunca te había visto haciendo eso con ninguna chica —le sonríe a Courtney; me muero por dentro ya que es verdad—. No se muevan, voy por la cámara.

—Madres... —murmuro.

—¿Tengo que ponerme nerviosa por esto? —me pregunta Courtney.

—Nah, sólo tomará una foto y se la enseñará a toda la familia, a todo el fraccionamiento y, en casos graves, a mis amigos.

# veintisiete

## Sustos de muerte y amor

( Matthew )

**Regreso a casa después de ir** a dejar a Courtney; mi mamá está sentada en la cama de mi cuarto.

*Tranquilo... tranquilo, ¡TRANQUILO!*

Está relajada, pero sé que algo quiere saber.

—Y bien... ¿cómo decías que se llamaba la chica?

—Courtney —murmuro.

—Cariño, toma asiento, creo que es hora de tener esta charla —palmea la cama y se hace a un lado.

—Mamá... tú sabes que, bueno... —me rasco la nuca nerviosamente—. Yo ya no... Una chica... sabes el proceso —mamá pone cara de incrédula—. Yo ya no... —hago señas con las manos intentando que me entienda—. Ok: ya no soy virgen.

—Eso ya lo sabía, no creas que soy ingenua —lo dice como si fuera lo más normal del mundo.

—Tú... ¿cómo lo sabes? —pregunto avergonzado.

—Yo, tu padre e incluso tu hermana y sus amigas sabemos que eres un... mejor dejemos esto así —se masajea las sienes—. Se ve que es buena chica.

No sé exactamente qué hacer, si contestarle lo contrario, seguirle la corriente o decirle la verdad. En vez de eso, dejo que continúe.

—No juegues con ella si eso piensas hacer o lo estás haciendo. Te lo advierto.

Genial... GENIAL.

## ( Courtney )

—¿El idiota de Sesos de Alga te besó? —grita Cristina al otro lado de la línea—. ¿Lucas ya sabe?

—Sí y sí —contesto—. Le mande un mensaje justo cuando llegué y después te marqué.

—¡Wooooow! Sigo sin creerlo.

—Yo igual: sigo sin creerlo —le confieso.

Mi celular vibra. Estoy hablando con Cristina. Lo saco y me percato de que es un mensaje de Lucas.

—Lucas me mandó un mensaje —le comento a Cristina.

—Léelo en voz alta.

Dejo el teléfono en mi hombro y recargo mi cabeza para sostenerlo.

"¿Es en serio?" —comienzo a leer—: "¿Estás segura de que no planea nada? ¿Entonces tu primer beso fue con Smith? Todas las chicas deberían tener ese horno" —me detengo—. ¿Horno?

—¿Escribió *horno*? —pregunta Cristina—. Apuesto a que fue el autocorrector.

—Bueno... "ese horno —suelto una pequeña risa— en que su primer beso sea del codiciado Matthew Smith. Si te llega a hacer algo malo, recuerda que estoy en un equipo de futbol y que me llevo bien con todos... incluyendo a Peter".

—Falté yo. Yo también le partiría la cara si te llega a lastimar.

—Awww —le digo—, qué lindo de tu parte. Aunque, bueno...

—Soy capaz, lo sabes —me amenaza— y lo probé con Peter.

Cristina estaciona su coche y me mira.

—¿Estás lista?

Asiento y salimos del auto. Desde el estacionamiento se puede ver el estadio de la escuela que es muy parecido al nuestro, sólo que éste tiene las bancas pintadas de morado y negro y el nuestro de rojo y amarillo. Sigo a Cristina, intentando no perderla de vista con tanta gente que hay. Nos paramos frente a una entrada con el nombre del equipo de nuestra escuela, Los Tigres de la Escuela Brooklyn, y subimos por la escalera oscura hasta llegar a la zona de gradas, donde se puede ver todo el campo. El cielo está oscuro y la cancha está iluminada por unas gigantescas lámparas.

—¿Ya habías venido a este estadio? —le pregunto mientras buscamos asientos.

—Sí, ¿cómo crees que he visto jugar a Lucas?

— ¿Y con quién habías venido? —le pregunto mientras nos sentamos.

—Con Jennifer Pechos Grandes, siempre se sentaba conmigo —explica—. Y no preguntes, porque yo tampoco lo sé.

Unos chicos de la escuela se acercan a nosotras y nos preguntan si nos pueden poner en la mejilla en logo de la escuela, claro que aceptamos; a Cristina le dan una banderita. Seguimos hablando media hora más, hasta que las bocinas emiten un sonido hueco y se escucha la voz de algún profesor. Todo el estadio está lleno y las personas guardan silencio.

—Bienvenidos, bienvenidos. El día de hoy es la semifinal de la temporada. Los Tigres de Brooklyn contra los Cuervos de Lincoln —todo el mundo comienza a aplaudir, silbar y gritar.— Del lado izquierdo están los Cuervos, con su capitán, Liam James.

La mascota del equipo brinca imitando un ave volando, mientras el equipo comienza a formar un semicírculo.

—De lado derecho tenemos a los Tigres, con su capitán, Peter Brooks.

Todos los aficionados a ellos nos levantamos y silbamos, gritamos y aplaudimos. Las porristas ejecutan sus ya conocidas rutinas de baile y acrobacias mientras los jugadores pasan a su lado. Peter encabeza el grupo y detrás de él va Matthew, con el número 52. Cristina y yo comenzamos a buscar a Lucas y lo encontramos por el número de su camisa: el 28. El juego comienza un poco lento, pero interesante; la pelota va y viene y los golpes rudos ya han comenzado. Nos quedamos paradas todo el tiempo y le gritamos a Lucas que corra cada que le lanzan el balón. En los cinco pases que ha recibido ya ha marcado tres completos y dos incompletos. Al medio tiempo, me doy cuenta de que me duele un poco la garganta y las piernas. Resumen del juego: vamos perdiendo por 10 puntos y los únicos lastimados han sido tres, de los cuales sólo conozco a Jake, a quien le sacaron el aire después de que unos cinco enemigos se abalanzaron sobre él. A los otros dos no sé exactamente qué les sucedió, pero por las bocinas anunciaron que a uno de ellos le fracturaron una costilla.

—El año pasado, un chico cayó mal y su rodilla quedó en su espalda —dice una chica a mi lado.

Miro horrorizada a Cristina y me devuelve una sonrisa burlona.

—Tendrías que haber visto jugar a tu hermano —me dice Cristina—. Él sí que sabía jugar. Tenías que ver lo sexy que se veía corriendo.

Dejo los ojos en blanco e intento olvidar el comentario de Cristina.

—No necesito que hables así de mi hermano cuando estoy cerca. Me dan ganas de vomitar —la golpeo en el hombro y ella me regresa el golpe mientras se ríe.

—¿Y no estás preocupada por el Sesos de Alga? —me pregunta mientras me lanza una mirada pícara.

Aborten la misión, aborten la misión, nos ha descubierto.

—No —intento no ponerme nerviosa—. ¿Debería?

—Bueno —alza los hombros con indiferencia—, con eso de que te besó y marcó territorio, yo digo que deberías. No es buena idea besar a alguien con algún hueso roto.

—¡CRISTINA!

Justo cuando va a contestarme, los altavoces indican que el juego se reanuda. Lucas se pone de corredor.

—Que no intente hacerse el héroe —murmura Cristina.

Lucas se pone detrás de Matthew con las rodillas flexionadas y listo para recibir el balón. El silbato suena y Lucas sale volando, tratando de esquivar a los oponentes, suelto un grito ahogado justo cuando un tipo fortachón se le abalanza e intenta tirarlo por la cadera, pero Lucas se mueve antes y lo salta como si fuera un pequeño charco de agua. Cristina grita de la emoción y yo intento no morderme las uñas. Cuando está a nada de anotar, Liam, el capitán del equipo contrario, llega por detrás y lo derriba. Los del equipo contrario comienzan a chocar las palmas; uno de los árbitros corre donde Lucas y lo ayuda a levantarse mientras revisa dónde quedó el balón. Hace sonar su silbato y marca una anotación. Lucas se quita el casco y pone las manos en la rodilla mientras niega con la cabeza a lo que le dice el árbitro. Se coloca el casco de nuevo y vuelve al juego, pero ahora como defensivo.

El marcador va 37-42 a favor de los Tigres. No entiendo por qué antes me negaba a venir a los juegos, si son tan... emocionantes. Me causa emoción ver que Matthew se pone de corredor e intento no sonreír como boba mientras lo veo. Le pasan el balón y da unos cuantos pasos cuando se lo pasa a Peter, quien se encuentra enfrente de él. Matthew corre muy rápido y pasa delante de Peter, quien le regresa el balón justo cuando Liam empuja tan fuerte a Matthew que se barre en el pasto y deja la marca en él. Todo el estadio queda en silencio y yo sólo me cubro la boca para evitar gritar. Siento horrible al notar que no se levanta; un chico del equipo corre a verlo pero él no reacciona.

—Ve a verlo —me sugiere Cristina—. ¿Recuerdas la película en que un chico lleva a su novia a una pelea y al chico lo matan en el ring? ¿Qué tal que sucede lo mismo?

—No seas tonta, esa película no existe y éste no es el fin.

—Cállate, tengo que ponerle acción a esto para que tomes la iniciativa.

En ese caso... ¡VA A MORIR, CORRE!

Tomo la mano de Cristina y la jalo mientras bajo las escaleras de las gradas intentando no tropezar con mis pies o resbalar con la basura o resbalarme con el refresco regado. Llegamos a la reja, abro la puerta que da acceso a la cancha, donde Matthew está acostado y quizá inconsciente.

—¡¿PERO QUÉ DEMONIOS HACES AQUÍ, COURTNEY?! —escucho la voz de Lucas.

Me hinco al lado de Matthew; ya no tiene el casco; su cabello sudoroso está pegado en la frente y las mejillas, también rojas y sudorosas; tiene un pequeño corte en el labio.

—Matthew —pongo mi mano en su pecho.

Hay más personas detrás de mí; alguien murmura: "El golpe fue demasiado fuerte...", ¿en serio tienen que decir eso en voz taaaan alta?

Le toco una mejilla a Matthew mientras siento mis ojos arder.

*Courtney, respira.*

—Matthew —le acaricio la mejilla para ver si con eso reacciona—. Matthew, abre los ojos.

—Señorita, tenemos que llevárnoslo —me dice un paramédico mientras delante de mí otro coloca la camilla.

Uno de los camilleros le acomoda el brazo en el pecho; quito las manos de su mejilla y me seco las lágrimas.

—Courtney...

No sé si abrazarlo o salir corriendo mientras brinco y grito de la felicidad al saber que dijo mi nombre nada más al abrir los ojos. Pero según varias películas de amor, eso sería romper la escena.

—No llores —murmura y con la mano limpia mis lágrimas.

Todos los chicos del equipo celebran; dejo salir una pequeña risa nerviosa mientras me sonríe. Connor y Andrew lo ayudan a levantarse; me seco discretamente las lágrimas. Lucas corre hacia mí y él también tiene el cabello pegado en la frente y las mejillas rojas, pero no se ve igual de sexy que Matthew; sólo se ve adorable.

—Esto será noticia mañana —me dice—. "Courtney, la chica que se mete en el campo de juego para ver si su amado despierta de la noqueada que los salvajes le han puesto."

Me parece fuera de lugar su comentario y voy con Cristina, que me espera al lado de las bancas.

—Sigue jugando igual, eh, Matthew —le digo mientras le doy unas palmaditas en el hombro.

Cristina me lanza una mirada en plan "¿No que no estabas preocupada?".

—Courtney, espera...

Volteo y veo a Matthew parado mirándome. Se acerca a mí. Yo, sin saber exactamente lo que hace, rodeo su cintura con mis brazos y él murmura un "Gracias". Se separa un poco para mirarme y la sangre sube a mis mejillas.

—¿Puedes darme un beso de buena suerte?

Como si yo fuera una experta en estas cosas, le sonrío y me pongo de puntitas para besar su mejilla. Ni loca lo besaría en los labios sabiendo que un montón de gente nos ve. Él me mira en plan "Ahí no es el lugar correcto"; me encojo de hombros, pongo una sonrisa traviesa y me voy con Cristina.

## veintiocho

# No voy a hacerte nada

( Matthew )

**Miro una vez más a Courtney y me pongo** el casco antes de volver al campo de juego. Los de los Cuervos me miran burlonamente mientras camino. Miro el marcador: vamos ganando. Sonrío con ironía, aunque no me ven debido al casco. Me pongo nervioso al pensar que nos pueden empatar o incluso ganar de nuevo en estos últimos segundos.

Todos nos ponemos en nuestras posiciones y esperamos a que el otro equipo juegue el balón. Me distraigo y el balón ya no está en manos del mariscal; lo busco entre todos los jugadores y lo veo en las manos de un chico que está corriendo. Algunos de mis compañeros corren hacia él para taclearlo pero lanza el balón; estoy en la posición perfecta para interceptarlo; corro a toda velocidad. Llego a la zona de *touchdown*, aviento el balón y me siento genial; hemos ganado por 10 puntos. Todo el equipo corre y choca entre sí mientras festejamos que por fin le hemos ganado al tonto equipo del Lincoln.

—¡Ganamooooos! —grita un chico mientras lanza su casco al piso.

Todos lo imitamos y chocamos nuestros pechos. Courtney se acerca penosamente y Cristina charla tranquilamente con Connor.

—Creo que no les patearon el trasero.

—Te lo dije —le contesto—. Ahora me debes un bote de helado.

Antes de que fuera el partido sentí la necesidad de marcarle a Courtney y obligarla a que viniera al partido, pero contestó que sólo iría a ver cómo nos pateaban el trasero y, claro, sobre todo si nos habían ganado tres años seguidos. Le advertí que íbamos a ganar y ella apostó un bote de helado a que no. Le gané, claramente.

—Obvio no, yo no aposté un bote de helado, tú sí.

—Me debes un bote de helado —repito.

Courtney niega con la cabeza y se ríe, pero se pone seria y mira detrás de mí. Yo también dejo de sonreír al ver que Liam se acerca.

—Malditos idiotas, por su culpa no llegamos a la final —me amenaza.

Todos escuchan eso y Peter se interpone.

—Nosotros no somos idiotas, ustedes son los perdedores —dice Peter mientras intenta calmarlo.

—¿Perdedores?, les ganamos tres años seguidos. ¿Eso es poco? —grita y empuja de los hombros a Peter.

—Oye, tranquilo —le digo.

Courtney me toma del brazo y me susurra: "no hagas nada tonto".

—No seas tan rencoroso, algún día les íbamos a ganar y si no éramos nosotros sería alguien más.

Liam me mira furioso y avienta a alguien antes de acercarse peligrosamente a mí, Courtney se aleja un poco y me pongo nervioso.

—Repite lo que dijiste —me enfrenta.

—A ver, niñito "Yo soy el más fuerte y nunca pierdo", bájale tres rayitas a tu *show* —escucho la voz chillona de Cristina.

Liam se le acerca. Cristina se cruza de brazos y tiene que levantar la mirada, ya que es mucho más alto que ella. ¿Qué demonios hace? ¿Acaso no sabe que con tan sólo tocarla puede sacarla volando?

—¿Qué piensas hacer? ¿Pegarme? —lo reta.

Cristina no se deja intimidar y lo mira con el ceño fruncido, como de asesina serial. Liam aprieta los puños, da media vuelta y se retira. Todos miran expectantes a Cristina pero Jake es el único que se acerca a hablar con ella. Algunos chicos se van con sus novias, otros con sus madres y algunos con sus amigos, pero Courtney y yo estamos en silencio, seguramente pensando temas de los que podríamos hablar. Su hombro choca con mi brazo y me doy cuenta que su cabeza llega justo a mi hombro.

—*Bésala.*

—*Pero hay mucha gente para hacerlo.*

—*¿Recuerdas que hiciste una apuesta y que tienes que enamorarla y romperle el corazón? Bésala y después nadie lo recordará; eres Matthew. Nadie recuerda a las chicas con las que has estado.*

—*¿Eso no es cruel?*

—*Tú hiciste la apuesta.*

—...

Me pongo frente a Courtney y no le doy tiempo de que hable; la tomo de la nuca y junto nuestros labios, pongo mi otra mano en su mejilla y ella coloca sus manos en mi pecho. La beso sin preocuparme de que me golpee en mi entrepierna o de que cuando me separe me dé un puñetazo directo en la nariz. Se siente diferente este beso, es tranquilo, dulce y sin necesidad de llegar a algo más; se siente como un beso de aquellos que se dan por primera vez después de tanto tiempo de desearlo. Necesario y sin preocupaciones. Jamás en mis años de vida había dado un beso así, ni siquiera mi primer beso; en ese entonces, besé a la chica y mis manos se fueron a otra parte que no debieron, lo bueno fue que ella no dijo nada, pero lo malo fue que no volvió a hablarme. La experiencia de sentir algo diferente a pesar de ser un beso es rara. Courtney es extraña pero genial. Ya ni sé qué demonios digo...

*Vas ganando la apuesta, Smith.*

Nos separamos y ella ve al suelo.

*Tienes que ver más películas románticas para saber qué hacer. Por si no lo sabes, tienes que hacer o decir algo.*

—Creo que fue lindo y doloroso verte llorar por mí —le digo mientras le regalo una sonrisa. Eso es lo único que se me ocurre.

Levanta la mirada y me golpea en el brazo tan fuerte como puede, por desgracia me dio en el nervio y me río del dolor.

—Te habías quedado inconsciente casi por quince minutos. ¿Qué otra cosa hubiera hecho? —dice casi muerta de la vergüenza. Se nota en sus mejillas rojas.

Ese comentario me sorprende. Después de que me taclearon sentí que habían sido unos segundos, no quince minutos.

Paso mi brazo sobre sus hombros, pero entonces recuerdo las malditas reglas y me obligo a disimular para que no se vea tan obvio.

—¿Quieres ir a la fiesta de celebración? —la invito.

Me mira extrañada.

—¿Fiesta de celebración?

—Sí. Se organizó de último minuto, será en la casa de Peter.

Courtney se tensa y se pone pálida. Creo que esa casa le trae muuuuy malos recuerdos.

—No pienses en eso, nada va a pasar —le aseguro—. A menos que quiera que su cara vuelva a quedar hermosa —una leve sonrisa se asoma de sus labios, pero sigue igual de seria—. Si no quieres ir, te entiendo...

—Yo no he rechazado tu oferta — dice con una sonrisa y no puedo evitar sonreír.

—Entonces nos vemos allá. Tengo que ir a cambiarme.

Me acerco a ella y beso su mejilla.

## ( Courtney )

—Nadie corre de esa forma para ver a una persona que no le importa —argumenta Cristina—. Mucho menos la besa a pesar de la nada.

Me cubro el rostro de pura frustración y Lucas, quien va en el lugar del copiloto, me pregunta:

—Courtney, ¿son algo más que amigos?

Descubro mi rostro y lo miro.

—Él no me ha aclarado nada, creo que sólo somos amigos, si es que somos amigos.

—¿Qué pasaría si toma esto como un juego y después se acuesta con otra? —me pregunta Cristina.

Me quedo callada unos segundos porque sé que eso es muy probable. ¿Qué pasaría si eso sucede? Creo que, primero, lo golpearía y después le dejaría de hablar; pero si lo pienso mejor, sería mi culpa.

—El que no es puta no disfruta —dice Lucas—. O en este caso: el que no es mujeriego no disfruta.

Busca la aprobación de Cristina en plan "¿Esto aplica a la situación?"; lo único que hago es darle unas palmaditas en el hombro mientras le digo:

—Lucas, Lucas, Lucas, jamás serás poeta. Creo que sus consejos me ayudan bastante en esta situación —les digo sarcásticamente.

—Pero sabes que son verdad —habla Cristina—. No quiero verte mal después de que el Sesos de Alga te haga algo estúpido.

—Apoyo a Cristina —dice Lucas.

Me quedo callada hasta que llegamos a la casa de Peter. La música sigue igual de alta que la vez pasada y en el pasto hay las mismas asquerosidades de antes: vómito, condones inflados y vasos lleno de... ¿cerveza? Lucas me abraza en plan protector y me preparo para lo que pueda pasar. Sudor y olor a vómito es lo primero que percibo. ¿Por qué en las fiestas siempre hay vómito?

—Oye —me tocan el hombro—, me llevaré a tu amiga unos minutos.

Es Jake; Lucas y yo nos vamos por algo de beber. La tranquilidad no dura mucho, ya que unas chicas se acercan para hablarle específicamente a él.

—Estuviste genial —comienza una.

—¿Nos conocemos? —habla otra—, porque eres tan lindo...

Dejo mi refresco en la mesa y me aparto, no quiero escuchar cómo hablan esas chicas, en especial la de minifalda. Busco alguna salida hacia algún lugar abierto o algo así, pero el montón de personas me tapa la vista.

Cuando la encuentro, corro y comienzo a respirar el aire fresco en vez de aire contaminado a humanidad. Echo un vistazo rápido para ver si no hay gente, y al comprobarlo camino un poco más en el jardín y me tiro en el pasto; sin querer, los ojos se me cierran de cansancio.

—Vaya, vaya, pero miren a quién tenemos aquí.

Abro de inmediato los ojos y veo a Peter parado a mi lado. Me siento e intento no pensar en aquella noche.

—Tranquila, no te haré nada.

## veintinueve

# ¿Cómo va la apuesta?

( Courtney )

**Peter se sienta a mi lado, mira hacia el frente** y trae ropa casual en vez del uniforme.

—Ya me he disculpado y creo... que lo correcto sería hacerlo de nuevo —dice sin mirarme—. No era mi intención hacerlo, o quizá quise hacerlo sobrio y por alguna razón lo intenté ebrio...

—Me lo has dicho —lo interrumpo—, y parecías lo bastante sobrio para saber lo que hacías.

—Había apostado que podía besar a la sarcástica y malhumorada Courtney, y creo que se me fue de las manos —me mira, pero aparto la mirada—. No eres nada malhumorada, un poco sarcástica quizá; en realidad, lo siento.

Cruzo las piernas como chinito y me enfoco a jugar con el pasto. ¿Cree que así de fácil lo perdonaré, sabiendo que apostó por besarme?

—Eres linda, ingeniosa y una buena persona. No entiendo cómo las personas que te conocen a simple vista suelen decir que eres malhumorada o sarcástica; tus amigos son Cristina y Lucas, quienes tampoco son así.

—Lo que suelen decir de mí los populares es basura y no me interesa en lo mínimo; ellos son mis mejores amigos y yo puedo ser como quiera... por cierto, no creo que pensaras eso el día que lanzaste el balón de americano hacia mí —lo miro un poco enfadada—. ¿Crees que te perdonaré así, sin más? ¿Que unas simples palabras arreglarán el problema que causaste?, ¿los malos recuerdos? Si eso te funcionó con las demás, conmigo no.

Se queda callado y mira sus manos. Me levanto del pasto y me alejo del gran idiota; por desgracia, me toma del brazo y me impide seguir caminando.

—Suéltame —le digo.

—No, hasta que me escuches.

Jalo mi brazo, pero él opone resistencia y se niega a soltarme.

—Peter, suéltame.

Abre la boca para decir algo, pero alguien más le gana:

—Dijo que la sueltes, Peter.

Vaya sorpresa que me llevo: Lucas, Jake y Cristina están en el umbral del ventanal. Peter suelta mi brazo y se aleja sin decir nada. Me quedo atónita unos segundos. Ya no se qué pensar (es en serio): primero Matthew, después Peter, después Jennifer, Matthew me besa y ahora Peter intenta disculparse. ¿Qué clase de *reality show* me está jugando una broma?

—¿Qué te estaba diciendo el idiota ese? —pregunta Cristina.

—Intentó disculparse... otra vez.

—Yo creo que debemos golpearlo y dejarlo con la cara morada como la vez pasada —dice mientras golpea la palma de su mano con el otro puño.

—¿De qué me perdí? —pregunta Jake un poco... bueno, yo diría que muy confundido.

—De nada interesante —decimos al unísono.

A la mañana siguiente, despierto al mediodía y recuerdo que Cristina me dejó en mi casa a la una de la madrugada, ¿Por qué razón? Simple: cuando ya nos íbamos algunos invitados, ya ebrios, se lanzaron a la piscina; de hecho casi medio mundo lo hizo, incluidos Cristina y Lucas. Yo no tenía ánimos, así que me senté en las tumbonas para jugar en el celular. No me la pasé tan mal; Matthew sacrificó divertirse con los demás por pasar el rato conmigo. Estuvimos platicando, me prestó su celular porque al mío se le terminó la batería; pero como no tenía muchos juegos, se lo regresé a los quince minutos y seguimos hablando de temas al azar, hasta que Cristina dijo que ya era hora de irnos. Por supuesto que me despedí de Matthew... pero sólo con un beso en la mejilla.

Me froto los ojos y me quedo acostada intentando volver a dormir.

Más tarde, tocan la puerta de mi habitación; quisiera contestar pero aún siento los ojos pesados y la garganta cerrada, así que me concentro en dormir. Tocan de nuevo y pienso que quizá sea Nathan.

Insisten, pero esta vez abren la puerta y yo me niego a mirar quién es.

—¿Aún sigues dormida?

Esperen, esperen, esperen... ¿Estoy soñando o en realidad es la voz de Matthew? Despierta, despierta.

Con toda la fuerza de voluntad que logro conseguir, levanto un poco la cabeza para mirar la puerta y me doy cuenta de que no estoy soñando. ¡Es Matthew!

¿Qué hora es?

—¿Qué haces aquí, a esta hora? —le pregunto mientras dejo de ver todo borroso.

*¿Por qué actúas tan natural frente a él? Se metió a tu recámara, estás en piyama, despeinada, con el cabello hecho una maraña... sólo digo.*

—¿¡Qué haces aquí!? —reacciona mi cerebro y le lanzo un cojín, que logra esquivar.

—Se supone que ayer acordamos en salir a las tres —dice mientras recoge mi proyectil—. No sabía que recibías a las personas aventándoles cojines.

—¡Demonios! —murmuro—. ¿En serio? No pues... perdón.

¡Se sienta en el borde de la cama con toda confianza!

—Uy, creo que eres más amable cuando estás dormida —murmura.

—No es por nada, pero acabo de despertar y no tengo ganas de levantarme —discretamente, intento peinar mi cabello esponjado, que por suerte se peina un poco—. Y escuché lo que dijiste, no estoy sorda.

Mira todo mi cuarto y clava la vista en la televisión.

—Si ya no quieres salir, podemos ver películas aquí —ofrece.

—¿Y quién dijo que quería estar contigo?

Pone cara de ofendido y hace un ademán de irse.

—Es mentira —le digo con una sonrisa—. El problema es que no tengo películas que puedan gustarle a un chico.

—No me molestaría ver películas románticas contigo, ¿sabes?

Me quedo muda ante aquel comentario.

Este muchacho trama algo... Ningún hombre acepta ver películas románticas nunca, jamás.

—Bueno... ponla tú —le sugiero.

—¿Bromeas? Estoy muy cómodo —dice mientras se recuesta a mi lado.

—¿Ah, sí? —le pregunto sarcástica—, porque tú fuiste quien me despertó.

De mala gana, se levanta y le indico dónde están las películas. Pone cara de emoción cuando encuentra una película de acción; la pone y, literalmente, se avienta sobre el colchón y se recarga en la cabecera de la cama; yo lo imito.

Se concentra en la película, pero como ya la he visto unas veinte veces, me aburre y me duermo de nuevo.

—No te duermas —me pide mientras me abraza por los hombros; se pone un poco tenso.

—¿Qué? —le pregunto confundida.

—No hice ninguna tarea —no sé si creerle o no.

—Okaaaay.

Después de un largo rato, o al menos eso me parece, me atrevo a decirle que ya me aburrí.

Me lanza una mirada sarcástica.

—Tú dijiste que nos quedáramos aquí.

—Pero ya vi esa película un montón de veces.

Se acomoda mejor en la cama y después me mira.

—¿Entonces qué quieres que hagamos?

Me tomo la barbilla, pensativa.

—¿Y si te doy un beso? —pregunta de la nada, lo cual me pone nerviosa y me sonroja.

*Pero si lo has besado tres veces, ¿cuál es el problema?*

Se acerca a mí lentamente y, cuando está a milímetros de mí, su celular suena y se separa para atender la llamada de mala gana.

—Sí... ajá... No... Está bien; estaré allá en media hora, mamá.

—Creo que te regañaron.

—Ja ja ja —se ríe sin nada de humor—. No es gracioso, nos vemos mañana en la escuela.

Me da un beso en la comisura del labio; yo me quedo sentada, sonriendo como una boba enamorada.

# ( Matthew )

Andrew y Connor me miran como si fueran policías y yo el criminal más buscado que no coopera con la información que necesitan.

—¿Sabes que te quedan tres meses? —pregunta Andrew.

Asiento con la cabeza.

—¿Y sabes que tienes que conseguir avances concretos? —pregunta esta vez Connor.

Bufo molesto y me paro del sillón; voy a mi cama y saco la lista de reglas debajo del colchón.

—A ver —desdoblo la hoja de cuaderno—... no he roto ninguna regla.

—Claro que sí —se adelanta Connor y me mira con una ceja arriba—. La besaste en el juego y ese fue el tercero. La regla es... —mira a Andrew.

—Es la regla número cinco.

—Bueno, bueno —sigo revisando la lista—. Aparte de esa, ninguna.

He roto la de no poner mi brazo en sus hombros, pero mientras no se enteren, no hay problema.

—Ya me acosté con ella, pero no en el sentido morboso —les explico—. La he besado, y me ha abrazado. Sólo me faltan dos objetivos y tengo tres meses para lograrlos.

Se miran entre sí.

—Demonios —murmuran ambos.

—Creo que nos raparemos —dice, asustado, Connor.

—No creo —lo tranquiliza Andrew y yo me pongo nervioso—. Courtney no es una chica que tenga sexo con cualquiera, es más, aún no lo hace. Dime, ¿por qué piensas que ella cederá a que le robes su tesoro?

# treinta

# ¿Me haría el honor de escaparse?

( Matthew )

**Me quedo perplejo no por sorpresa, sino** porque es verdad. Ella jamás cedería a hacer eso... A menos de que me comprometa de verdad, y eso una vez que concluya una carrera.

Tiene pinta de ser así.

—Entonces aquí nace un nuevo problema —les digo.

—¿Cuál? —Connor me mira despreocupado.

—Creo que no puedo aguantar tanto.

—Explícate, por favor —Andrew me mira confuso.

—Estar con otras chicas, estar con más chicas... —dejo la frase en el aire.

Ambos se miran divertidos y estallan en risas. ¿Cómo demonios se les puede hacer divertido esta situación?

—No es divertido —les advierto—. Tuve que dejar a varias amigas por esta idiota apuesta, dejé de coquetear con chicas por esta absurda apuesta, dejé de acostarme con otras mujeres por esta caprichosa apuesta. ¿Creen que es divertido?

—Yo creo que es estúpido porque tú mismo entraste en esto y ahora tienes que terminarlo si quieres salvar tu cabello... Y tu dignidad —responde Andrew antes de estallar de risa—. Tick tock, tick tock.

Guardo la lista debajo del colchón, esperando que el par de idiotas que tengo como amigos deje de reírse y me comprenda por unos minutos.

Apoyo el codo sobre mi rodilla y dejo descansar mi barbilla sobre la palma de mi mano y les pido que se callen, ya que sus risas son tan escandalosas que mamá podría subir a preguntar qué está pasando.

—Ya cállense —les repito un poco irritado.

Andrew y Connor intentan dejar de reírse; unos segundos después me vuelven a mirar serios.

¿Qué clase de personas son?

—¿Ya has pensado qué harás en vacaciones? —pregunta Connor.

Intento descubrir la razón por la cual quiere saber eso. Vaya que son raros: primero mueren de la risa y un segundo después están más serios que una corbata.

—Falta casi un mes para vacaciones y bueno... —comienza a toser repentinamente mientras dice—: Apuesta... Court... Court... ney.

Me rasco la nuca un poco nervioso. Pero, para ser sincero, no me atrevería a preguntarle a ella: "Oye, quería saber si quieres ir de vacaciones conmigo y mi familia o quizá solos tú y yo." Está bien que sea un patán buscachicas, pero llegar a eso significaría tres cosas: ridículo total, golpe merecido y pérdida de la dignidad.

—No creo que pueda llevar a mi "primo" de vacaciones conmigo, porque me patearía nada más de proponérselo —trato de ser lo más claro posible—. Creo que ya tiene planes.

—¿Cuál primo? —pregunta Andrew—. ¿Jake?

—No —le digo como si fuera verdad—, otro primo de lejos.

Él pone atención en su celular. Intento matar a Connor con la mirada, pero sólo sonríe complacido, lo cual me enoja un poco más. Si Andrew llegase a enterarse de los malditos tips que me dio Connor, yo sería un chico guapo muerto sin el hermoso cabello... y con traje de hawaiana.

La puerta de la habitación se abre, pero en ningún momento dejo de asesinar con la mirada a Connor.

—Pregunta tu mamá si quieren algo de comer y si ya hicieron la tarea... —giro y es Jake comiéndose un sándwich—. Yo sólo hago lo que me ordena.

—Dile que no; gracias —respondemos al unísono.

Jake le da otra mordida a su sándwich y guarda silencio en plan pensativo.

—¿Puedo preguntarte algo? —dice seriamente Jake.

Asiento con la cabeza esperando que no sea nada lo bastante ridículo como para que se burlen de mí.

—¿En serio eres novio de Courtney?

Un poco nervioso, me acomodo el cabello hacia arriba e intento borrar los nervios. ¿Courtney y yo somos novios? Según yo y mis conocimientos basados en la apuesta, no somos nada, más que una pareja que se besa y pretende que son algo... Quizá.

—Creo que futuramente —le contesto mientras ruego que ya se largue.

—Courtney es linda y tienes que saber que, si no hay nada aún entre ustedes, tengo la oportunidad de andar con ella; aunque en realidad ya casi no me gusta.

Me cuestiono quién le pidió esa información.

—¿Quién te gusta ahora? —le pregunta Connor en tono serio.

—Cristina Buttler; esa chica sabe cómo encantarle a un grandulón de dos metros.

Connor mira fríamente a Andrew. Yo creo que es verdad...

Jake sale de la habitación. Apuesto a que tengo una mirada burlona y una sonrisa tan egocéntrica como las que usualmente pongo. Andrew tiene los ojos como plato y tiene la boca entreabierta.

—¿Te gusta Cristina? —le pregunto un poco perplejo, pero creo que en esta habitación todos conocemos la respuesta.

Al día siguiente, al despertar, el maldito perro de Emily lame mi cara y brinca por toda la cama.

—Peperonni, ven acá.

Me restriego lo ojos y me apoyo en los codos para poder ver a mi odiosa hermana dándome su mejor sonrisa mientras carga en brazos a su tonto perro enano.

—¿Qué te he dicho de dejar entrar ese perro a mi cuarto?

Se encoje de hombros y me grita:

—Dice mamá que te levantes para la escuela.

Me dejo caer de nuevo en la cama para aclarar mis ideas acerca de qué haré cuando llegue a la escuela y todos quieran saber lo que sucedió en el partido.

( Courtney )

Me acomodo la mochila en el hombro y respiro profundamente mientras me bajo del coche.

Bienvenida a la tortura.

Cristina se pone a mi lado y caminamos a la entrada de la escuela, donde hay personas que me miran sin parar. ¿Tan en serio se toman las cosas? Siento la mirada de todos, en especial la de las chicas, y no me transmite nada bueno.

—Quiero cambiarme de escuela —le murmuro.

—Malditas zorras sin vida social —me murmura—. ¿No pueden mirar a otro lado? —les grita.

Me cubro la boca para evitar que noten mi sonrisa y ahogo la carcajada. Las chicas pierden el interés en mí, lo cual me hace sentir un poco mejor.

—Gracias.

Cristina chasquea la lengua y me guiña un ojo. Ella insiste en acompañarme a mi casillero, por si algunas chicas locas quisieran atacarme, lo cual no sería nada bueno.

Nos detenemos en seco al notar que mi casillero está lleno de fotos del partido y algunas que otras notas pegadas. Me acerco y lo primero que noto es una foto en la que Matthew me está besando y otra en la que aparecemos sentados; ésta es de la noche de la fiesta. Cristina y yo nos quedamos perplejas.

—Te dije que eso sería toooda una noticia.

Pego un brinco del susto porque Lucas me espanta con los ojos como platos, viendo mi casillero.

Despego todo y lo meto a mi mochila; no me tomo siquiera la molestia de leer los recados. Al abrir la puerta, miles de papeles caen al piso. Lucas suelta un bufido por lo bajo y Cristina chasquea la lengua mientras hace soniditos con la boca en plan "Esto no está nada bien".

—Yo sabía que era mala idea ir al partido.

—Querida Courtney —escucho a Matthew al lado mío imitando una voz chillona—, si no te alejas de Matthew, tendré que alejarte yo. O mira aquí hay otra nota... No, mejor no la leo.

La hace bolita y la avienta lejos.

Lucas y Cristina guardan silencio y se alejan como cualquier persona lo haría al ver a su mejor amiga charlando con el chico que le gusta.

—¿Esas notas que son? —pregunta cuando me ayuda a recogerlas.

—Las encontré cuando llegué, supongo que amenazas...

"Perra, no sabes en el problema que te has metido, simplemente aléjate de él si no quieres tener un ojo morado y unos cuantos problemas". No sé por qué presiento que la nota es de la loca de Jennifer; quizá porque ella me había dicho perra y me había dejado en claro que me alejara del "bombón de Matty". Meto todas las notas que puedo en mi mochila; Matthew me ayuda con otras tantas. Me extiende una mano para ayudarme a parar.

—Ninguna chica ardida se va a meter contigo mientras esté yo —me asegura y aprieta una de mis mejillas.

No evito sonreír y me siento bien por un instante.

—Te propongo algo —me dice con una dulce sonrisa que enamora—: no hay que entrar a la escuela; vamos a algún lugar, el que sea.

Lo miro pensativa y con una sonrisa de lado.

Me extiende su mano y pregunta:

—¿Me haría el honor de escaparse conmigo?

# treinta y uno

# ¿Entonces no te molestaría?

( Courtney )

**Courtney Grant, la chica incapaz** de salirse de la escuela aunque estuviera mal o tuviera un incidente vergonzoso, está aquí, bajando del auto de Matthew Smith justo en una plaza en la que jamás había estado; apuesto a que Cristina tampoco sabía de ella, quizá porque estaba a una hora de donde vivíamos o porque es una plaza para gente rica. En el estacionamiento abundaban los coches caros; básicamente uno es más caro que mi casa.

—¿Por qué hemos venido aquí? —le cuestiono.

—Porque si íbamos a una plaza cercana a la escuela nos encontrarían.

En las escaleras eléctricas le comento:

—Esto es de gente rica, apuesto a que todo es caro.

—Pero sólo vinimos para charlar y caminar, no para comprar.

—¿Durante seis horas? —me cruzo de brazos—. ¿Sentarnos y ver a la gente pasar o contar cuántas baldosas hay en el lugar?

Se queda callado y sólo observa a lo lejos de la escalera eléctrica.

Ja, ¿qué rayos pensaste al salirte de la escuela? ¿Y con él? Dios mío.

La escalera eléctrica llega a su fin y damos un paso fuera de ella, atravesamos las puertas de cristal que se abren automáticamente y nos quedamos parados viendo a nuestro alrededor; personas vestidas con ropa de marca, lentes negros, perros enanos, precios altos y una plaza gigante y bien adornada. Quizá sean unos ocho pisos, de los cuales tres son estacionamientos y, alguno una terraza de restaurantes.

—¿Quieres ir a alguna tienda a comprar ropa? —pregunta en tono sereno, como si quisiera arreglar esto.

—Bromeas, ¿cierto?

Niega con la cabeza.

—No compro demasiada ropa como para saber a qué tienda ir —suspiro—. Aparte, esto es demasiado caro, no tengo dinero para ello —le susurro.

—Esto será aburrido.

—Entonces... ¿me haría el honor de aburrirse conmigo? —intento imitar lo que él hizo en la mañana.

Sonríe un poco.

—Claro que sí.

Toma mi mano y entrelaza sus dedos con los míos, lo que provoca que sienta mariposas en el estómago y quiera gritar de emoción.

Recorremos cada uno de los pisos y eso realmente es aburrido, lo único que me ha hecho seguir caminando y no poner atención a lo demás es que Matthew en ningún momento ha soltado mi mano, incluso a veces aprieta un poco más para llamar mi atención y enseñarme algo que él cree que me podría gustar.

Llegamos a la última planta, una terraza llena de restaurantes. Nos sentamos en unos sofás que están al aire libre y, como si ambos pensáramos lo mismo, nos volteamos a ver.

—Tengo hambre —decimos al unísono.

Abro mi mochila y busco mi cartera; sólo traigo dinero suficiente para el desayuno escolar, lo cual no alcanza para un helado en este lugar. Miro a Matthew e intento sonreír para ocultar mi cara de frustración.

—¿Qué quieres comer? —me pregunta—. Traigo suficiente dinero para comprar todo lo que quieras.

—Matthew... —comienzo.

—Creo que yo debo solucionar eso, fue mi decisión venir aquí —dice.

Le sonrío y siento cómo mis mejillas se sonrojan. Como si ya fuera costumbre, se acerca a mí y me besa. Me pone una mano en la cintura y otra en la mejilla, yo pongo mis manos alrededor de su cuello. Como no opongo resistencia alguna, sigue besándome tan lento como la primera vez, y siento la misma emoción. Después de unos minutos se separa un poco y me dice en tono burlón.

—¿Aún tienes hambre?

Lo miro de mala gana y me separo de él. ¿Por qué siempre arruina esos momentos?

Estaciona su caro y lujoso coche frente a mi casa a la hora en la que normalmente llego de la escuela, para no levantar ninguna sospecha. Me acompaña hasta la cochera, tomado de mi mano, lo cual me preocupa porque si llega a ver eso mi mamá... no sé qué pasaría. Me detengo en la puerta tapando la mirilla con la espalda para evitar que mamá o Nathan espíen. Sí: Nathan aún no se va de la casa.

—Creo que, después de todo, me divertí —me dice con una sonrisa.

Sí, claro: las dos horas que estuvimos dentro del caro y lujoso cine no se despegó de mí ni un momento; dos horas de besos y risitas. Si mi yo de hace un año viera esto, seguramente ya se hubiera dado un tiro al tiempo que se avienta de un segundo piso.

—Sí, claro, sobre todo porque no llevaba dinero —le murmuro.

—El dinero no importa —dice mientras se acerca un poco más a mí.

Le pongo una mano en el pecho y lo echo un poco para atrás; lo miro con el ceño fruncido.

—Creo que ya tuviste suficiente —le digo—. Aparte, estamos frente a mi casa, así que creo que nos vemos mañana en la escuela y gracias por lo de hoy —se queda callado—. En serio: gracias —le repito.

Se cruza de brazos y señala su mejilla.

Esta versión del chico estúpido Sesos de Alga Smith me gusta.

Le doy el beso en la mejilla. Me pellizca la mía y se da la vuelta mientras me regala una sonrisa. Me giro para abrir la puerta y sin querer, se me sale un suspiro.

¡ALERTA! Síntomas de enamoramiento. ¡ALERTA!

Abro la puerta y no doy ni cuatro pasos cuando me quedo congelada.

—¡Vaya, ya era hora de que llegara, señorita! —exclama un poco molesta Cristina.

—¿Se puede saber dónde estuvo, señorita? —pregunta Lucas, con sarcasmo.

—¿Dónde está mi mama? —sin ella en casa puedo hablar tranquilamente—. ¿Cómo rayos entraron?

—Tu mamá fue a hacer no sé qué con tu hermano —me explica Cristina—. Por si lo habías olvidado, tengo una copia de tu llave por cualquier emergencia, señorita.

Me tumbo en el sofá. ¿Están realmente molestos conmigo? No los culpo, si ella se saliera de la escuela con algún chico, yo igual estaría molesta.

—Lamento no haberles dicho nada.

—Con un perdón no arreglas nada, Courtney —me advierte, ya más calmada, Cristina—. Nos preocupaste.

—Ningún rastro tuyo, no contestabas llamadas. Lo primero que pensé fue en golpear a Peter para que nos dijera dónde te tenía —comenta Lucas—. Después pensé en ir a preguntarle al idiota de Matthew si tenía alguna idea de dónde estabas, pero cuando sus amigos nos dijeron que también lo estaban buscando...

—¡KABOOM! —grita Cristina—. Sacamos la conclusión de que te habías escapado con el Sesos de Alga.

Me quedo muda y mis manos sudan frío.

—Bu... bueno —balbuceo—. Él dijo que sería bueno salir de la escuela después del incidente con las fotos y las notitas. Apagué el celular para no ponerme nerviosa y confesarle a mamá que me había salido de la escuela, justo por eso no les avisé ni contesté las llamadas.

—Eso es obvio —dice Lucas.

—Pero baaah —se relaja Cristina—. Aparte de venir a regañarte queríamos decirte que van a poner una feria en el muelle que está a dos horas de aquí.

¿Qué muelle? Con tan sólo ver mi expresión, a Cristina se le esfuma su emoción, ya que tendrá que explicármelo.

—En la escuela pegaron carteles de "La gran apertura de la nueva Feria en el muelle Beacon" —explica.— Te busqué para darte la noticia, ya que teníamos que ir el fin de semana; pero noooo, la señorita estaba en una plaza haciendo quién sabe qué cosa con el Sesos de Alga.

—Supongo que toda la escuela irá el jueves, que es la apertura, así que nosotros iremos el sábado, un día cualquiera —sonríe Lucas.

—Está perfecto —digo—. Sábado de feria, mucho algodón de azúcar y dolor de estómago.

## ( Matthew )

Me veo obligado a ponerle pausa al juego para tener que pararme y abrir la puerta. No me sorprende ver a Jake frente a mí con una sonrisa forzada.

—¿Te puedo hacer una pregunta?

Me encojo de hombros. Si hace unos minutos estaba feliz, ahora ya no.

—¿En dónde te metiste todo el día?

Pongo los ojos en blanco y le cierro la puerta en la cara. ¿Interrumpió mi partida para eso?

—Sólo quería preguntarte si querías ir con nosotros el sábado a la feria del muelle.

—¿Nosotros? —pregunto confundido—. ¿Una feria en el muelle? ¿Qué muelle?

—Cristina y yo —sonríe—. El jueves es la inauguración, en el muelle Beacon; nosotros iremos el sábado, después del partido.

¿Cristina va a salir con él?... ¿Qué partido?

—¿Qué partido? —lo miro un poco alarmado.

—Nosotros contra las Águilas de la escuela Washington. El viernes es la final.

—Demonios —murmuro—. ¿El entrenador no dijo algo de entrenamientos extras?

Lo piensa un poco y después asiente.

—Desde mañana son dos horas de entrenamiento —se da la vuelta—. Descuida, vamos a patearles el trasero.

Sonrío y cierro la puerta listo para seguir jugando. Justo cuando me voy a sentar vuelven a tocar la puerta y lo único que hago es cerrar los ojos e intento no golpear a quien lo hace. Eso y que quizá es mamá y se llevaría un tremendo susto.

Son Connor y Andrew jadeando como si hubieran corrido un maratón sin tomar una gota de agua; me relajo un poco.

—¿Qué demonios pasó? —les pregunto.

—Chicos —escucho la voz de mamá—, ¿todo está bien?

—Sí, señora —grita Andrew.

Los dejo que respiren y me siento en el sofá para seguir jugando. Si quieren hablar no creo que sea necesario que los vea; aparte, ya casi termino el juego.

—¿Qué les pasó? ¿Peperonni el perro gay los persiguió por toda la casa? —les pregunto en tono burlón.

—Peperonni es más amable que tú —me reprocha Connor—. Ese perro enano no hace nada, pero nos vinimos corriendo desde la escuela para decirte algo.

—Si es lo del partido y la feria ya estoy enterado —les digo sin despegar la mirada de la pantalla.

Ambos se quedan en silencio.

—¿Podrías dejar de jugar *Call Of Duty* unos segundos y ponernos atención?

Le pongo pausa al juego y me concentro en ellos.

—Creo que tenemos problemas emocionales por parte del idiota de Connor —me dice Andrew mientras lo señala.

—Sólo le he confesado que me atrae un poco Cristina y ahora cree que voy a perder la cabeza.

—¿Recuerdas a la última chica con la que pasó lo mismo? —me pregunta, a lo que yo asiento.— Dijo que le atraía un poquito y terminó sufriendo casi un mes.

Connor hace como que no escucha, pero reacciona:

—Aquella chica se robó mi corazón y después lo pisó frente a mí... Después de ver películas románticas con mi mamá, todo fue pan comido y este chico siguió conquistando.

Estallo en risas al escuchar lo de las películas y ahora entiendo lo que me dijo de aquella película en la que el protagonista apostaba para conquistar a una chica y después se enamoraba. Patrañas.

—Entonces es verdad, eh —le doy un codazo—. Si únicamente te atrae un poco, no será problema que salga a la feria el sábado con Jake.

Levanta la vista rápido y me mira en plan de "dime todo lo que sabes, idiota".

—No sé mucho, sólo sé que irán solos —le digo y recalco la palabra *solos*—: solos. Ellos dos solos, aunque supongo que Courtney y Lucas irán por su parte.

—Necesitamos lentes negros y ropa negra... —dice Connor mientras se frota la barbilla.

—Ya empezó —Andrew se golpea la frente.

## treinta y dos

# Te quiero

( Courtney )

**La semana transcurrió normal y tranquila;** ninguna de mis compañeras me molestó, ni siquiera Jennifer y su amiga Mónica. Matthew pasó más tiempo conmigo, tanto que incluso me llevaba a casa y después regresaba a sus entrenamientos. Al parecer ya le daba igual lo que pensaran las personas al vernos juntos. El martes en la noche recibí una llamada, y me di cuenta de que era el mismo número desconocido que me había dado las buenas noches, ¿recuerdas? El miércoles nos dormimos a las dos de la madrugada por estar en la plática por teléfono. Claro, al día siguiente los dos estábamos muertos de sueño y durmiéndonos en casi todas las clases; gracias a ello me dieron un balonazo en educación física, pero no fue nada grave. El jueves, sin querer, le di un puñetazo en la mejilla, porque lo confundí con Peter, mientras me tapaba los ojos cuando yo sacaba algunos cuadernos de mi casillero; después me disculpé y lo abracé. Lucas y Cristina especulaban cada que Matthew se acercaba a mí, pero yo también cada que Jake y Connor se acercaban a ella. Respecto a Lucas, bueno... él sigue esperanzado en que Jennifer le deje acariciar sus gigantes pechos, cosa que jamás ocurrirá.

Todos en la escuela se preguntaban la razón por la cual Matthew se la pasaba conmigo. Incluso yo misma. Es verdad que algunas personas llegan a cambiar, pero él no es de esas algunas; según dicen los que lo conocen, él nunca cambia por ninguna chica, aunque mi madre siempre me ha dicho que para cada chico hay una chica. Sería estúpido pero, ¿y si yo soy esa chica?, ¿si yo soy la mujer que terminará el resto de su vida con él?

*Courtney, dios mío, tienes 16 años como para pensar que él será el amor de tu vida.
En el mundo hay cientos de chicos.*

Me rasco la nariz ante aquel pensamiento loco y absurdo; me concentro en el
aburrido libro de *Historia Universal*. Es la penúltima clase y ya me estoy muriendo.
Al parecer todos los maestros se pusieron de acuerdo en hacer las clases aburridas.
¿Cómo demonios podía pensar en que yo sería el amor de su vida? Eso es estúpido y
hasta trágico. Eres una maldita ilusa.

Juego con el marcatextos entre mis dedos y miro el reloj; faltan sólo dos minutos
para que acabe la clase. Guardo discretamente mis cosas y espero al timbrazo. Para
cuando los demás apenas están guardando sus cosas, yo ya estoy en mi casillero.

—Oye, Courtney.

Es Lucas un poco ansioso.

—¿Qué pasa?

Se rasca la nariz y comienza a ver a todos lados.... Oh no, eso significa algo malo.

—Se me olvidó el libro de Ciencias Sociales y hoy es el examen oral. Tú eres mi
única esperanza.

Me rasco el hombro mientras intento sonreírle.

—Dejé el libro en casa porque esta semana dijo que no lo ocuparíamos...

Pone ambas manos en su cara y suelta todo el aire acumulado.

—¿Ya le preguntaste a Cristina? —le pongo una mano en el hombro—. Creo
que le da el mismo profesor que a ti.

Sonríe, sale corriendo y grita un "gracias". Saco la ropa de educación física, dejo
algunos cuadernos y libros. Camino hacia los vestidores y siento la mirada de varias
chicas. Empujo la puerta y hay vestidor lleno. Busco un espacio para cambiarme;
nada. Camino y se me iluminan los ojos al ver un cubículo vacío; corro hasta él.
Cierro la puerta; comienzo a desvestirme.

—¿Ya escuchaste todos los rumores? —me quedo helada para poner atención.

—¿De Matthew y la Gusano de Libros? —escucho otra voz.

—Sí —otra voz—. Hay demasiados rumores como para ser verdad.

—Algunos son muy exagerados —dice la voz número uno—. Dicen que Matthew se equivocó de chica y ahora sólo quiere estar con ella para después de un tiempo
cortarla. Otro dice que en realidad le gusta; unos más aseguran que es una apuesta.

—Yo creo que se equivocó; ya es mucho tiempo para no terminarla —me quedo
sin aire por un momento—. Ya son casi tres meses juntos.

—Yo digo que en realidad le gusta y no quiso esconder ese sentimiento... Eso
pienso yo.

—Sí, los he escuchado —me dice Cristina—. Y una infinidad de ellos. Todos diferentes.

Me muerdo las uñas y espero a que me cuente todo; ella sabe que quiero saber cada detalle.

—Veamos —se frota la barbilla—, escuché uno que decía que se había equivocado de chica y para que no se viera mal intenta improvisar. También que quiere probar salir con una chica diferente, que apostó con sus amigos salir contigo, que en realidad te amaba desde el año pasado o que tú le pagaste muy bien para que saliera contigo... No sé tú, pero para mí todo eso es absurdo.

—Cristina, ¿por qué mi vida se puso de cabeza? —le pregunto melancólicamente—. Era mejor ser invisible para todos.

—Todo era mejor antes de conocer al Sesos de Alga. Incluso antes de que me acostara con él todo era mejor —se golpea la palma de su mano con el puño—. ¡Maldito ricachón!

Me río de su expresión.

—¿Quieres estar aquí lamentándote de tu extraña vida o quieres ir a ver a tu futuro novio y a nuestro mejor amigo patearle el trasero al equipo contrario?

Me sonrojo ante el comentario de "futuro novio" pero logro asentir con la cabeza y sonreír. Bajamos del carro y el frío viento de la noche hace que se nos ponga la piel chinita. Cristina trae una blusa y una falda con medias negras, sus botas y un saco negro. ¿Cómo rayos no le da frío? Yo traigo mi playera blanca, los vaqueros, los Converse y la sudadera... y me muero de frío. Caminamos por el estacionamiento que está atestado de gente; entramos por donde dice "Visitantes" y subimos las escaleras hasta llegar a las gradas. Tenemos el campo de juego frente a nosotras y vemos todo a la perfección. Tiemblo cuando mi trasero toca la fría grada.

—Esto está más frío que un culo de pingüino —murmuro.

—¡Estoy de acuerdo contigo! —exclama y sale humo de nuestras bocas.

Los altavoces anuncian:

—¡Bienvenidos a la gran final! ¡Las Águilas de Washigton contra los Tigres de Brooklyn!

Todos gritan eufóricos y agitan las banderas. Los equipos salen y nadie lleva el casco puesto. Reconozco a Peter, quien trae un brazalete en el brazo que indica que es el capitán y Matthew trae otro que dice co-capitán. Los jugadores del otro equipo son mucho más corpulentos.

*Es momento de que reces para que no le pase nada a Matthew, pequeña pilla loca.*

Golpeo a la vocecita de mi mente y pongo atención al partido. Los capitanes se encuentran al centro del campo.

—¿Dónde está Lucas? —pregunta Cristina.

Lo busco por el número y encuentro el número 28 en medio de los números 58 y 12, Jake y Connor. Le hago una mirada pícara mientras le señalo dónde está.

—En medio de Jake y Connor. ¿Coincidencia?

El juego comienza. Lo único que quiero es quitarme el frío. De vez en cuando se me sale un gritito de emoción o algo al estilo: "No seas tonto, pásaselo a ..." o "eso no se vale". Miro el marcador: 12-15, favor nosotros. Busco a Matthew, pero lo perdí de vista; tampoco localizo a Lucas. Me muerdo las uñas e intento no temblar como perro chihuahua por el frío.

Pases, jugadores de aquí para allá, faltas, puntos y el silbato suena indicando el medio tiempo.

—Demonios, me estoy muriendo de frío —le digo a Cristina.

—Yo sabía que debíamos traer más bien una buena chamarra.

Me comienzo a reír de su nariz roja.

—Tienes la nariz roja —la apunto con mi dedo—. Y las mejillas.

—Tú igual —se ríe y yo me pongo seria.

—¿Preocupada por tus galanes? —le pregunto para cambiar de tema.

—¿Debería? —responde con indiferencia.

—A mí no me engañas, he descubierto que sólo miras a Connor y sonríes cada que lo ves corriendo con el balón —se queda callada—. ¿O me equivoco?

—Sabes muy bien que me gusta Connor desde que a ti te gusta Matthew, sólo que yo no lo odié por un tiempo.

—Está bien, creo que no tocaré ese tema por ahora.

Sonríe y me abraza.

—Recuerdo cuando éramos las chiquillas de primero que babeaban por los populares de la escuela.

—Tú babeabas por mi hermano —le digo.

Me golpea levemente el hombro con la mano con la que me abraza. Está a punto de decir algo, pero el silbato la interrumpe. Todos vuelven a su posición y el silbato vuelve a sonar; nuestro equipo toma la delantera y esta vez el balón se mueve más rápido de aquí para allá. Seguimos ganando y el equipo contrario se desespera por esa razón; comienzan a taclear con más fuerza. En una de esas, reconozco el número de Lucas, al tiempo que un enemigo lo derriba con tanta fuerza que se barre en el pasto. Cristina se tapa la boca para impedir soltar un grito; me quedo atónita esperando a que Lucas se levante, lo cual hace y yo grito de emoción mientras me pongo de pie. Se quita el casco y pone las manos en su rodilla; intenta recuperarse y volver al juego. Se coloca el casco y todo sigue normal.

Matthew está de receptor junto con Connor; Lucas de corredor junto con Jake; Peter es el mariscal de campo. Apuesto a que lograrán algunos puntos más. Matthew y Connor corren rápido y saben esquivar ataques.

Peter le lanza el balón a un compañero, quien corre de espalda unos pasos; después se lo lanza a alguien más y éste lo lanza justo antes de que lo tacleen. Matthew recibe el balón y corre hasta la línea de *touchdown*, donde lo derriban justo después de cruzarla. Cuando el cronómetro marca los últimos veinte minutos, todos se ponen de pie, incluyéndome, y profieren gritos de emoción, suenan las porras de las Mojabragas.

El marcador se pone 37-30. Están a punto de comenzar otra secuencia y el silbato suena. Todos los de la escuela Brooklyn comienzan a gritar. Cristina y yo saltamos mientras nos abrazamos. Los del equipo chocan sus pechos entre sí y tiran sus cascos al piso.

—¿Quieres bajar? —me pregunta Cristina con una sonrisa.

—¿Por qué no? —sonrío.

Caminamos a la reja que separa las gradas y el campo. Abrimos una puerta y nos pasamos con cuidado de no ser vistas, ya que en este estadio está prohibido hacer eso. El letrero lo dice. Corremos hacia Lucas y lo abrazamos. Está todo sudado, lleno de tierra y pasto, las mejillas rojas y una sonrisa gigante.

—Pensé que perderíamos —dice—. Ahora me siento como una súper estrella del futbol americano.

Me río y, atrás de Lucas, Matthew me observa. Cuando hacemos contacto con la mirada, me hace una seña de que me acerque a él.

—Ahora vuelvo.

—Ve con el Sesos de Alga —dice, divertido, Lucas.

Me acerco a Matthew y enseguida me abraza y me carga para darme vueltas en el aire; grita:

—¡Ganamos!

Me río como tonta. Me deja en el piso, se quita el pelo de la cara y lo peina hacia atrás, pero queda peor y hace una mueca graciosa.

—Pensé que perderían —le digo burlona.

—Ja, seremos los mejores por un año... Lástima que el siguiente año ya no jugaré.

Claro, porque se irá a la universidad. Le doy unas palmaditas en el hombro en plan de "lástima, te quitarán tu lugar del chico más tonto y lindo".

Me abraza por la cintura y me carga poniéndome a su altura; yo lo abrazo del cuello; mis pies no tocan el piso.

—¿Por qué eres tan pequeña? —pregunta cerca de mis labios.

—Por la misma razón que tú eres un tonto —nos quedamos en silencio, y algo muy dentro de mí me pide que externe lo que el interior ya sabe—: Matthew... Te quiero —confieso.

Él se tensa y se sorprende.

*¿Qué demonios acabas de decir, pedazo de anormalidad?*

—*¡Demonios!*

Matthew sonríe, me besa suavemente y me abraza un poco más fuerte. Me abrazo de su cuello tratando de borrar lo que dije.

*Te quiero.*

## treinta y tres

# El plan de Connor

( Matthew )

**Me froto los ojos y miro la pared por primera** vez en mucho tiempo; está iluminada por la luz de la noche. Miro el reloj; son las dos de la madrugada y no puedo dormir. Ni siquiera tengo sueño, me ataca la ansiedad. Resignado, o confundido, me siento en la cama. ¿Cómo demonios me pueden afectar dos simples palabras? "Matthew... Te quiero." Para ser sincero, que me cause insomnio es raro. Recuerdo sus ojos brillosos y su leve sonrisa rosando mis labios. Tengo una sonrisa en el rostro. Cierro los ojos y ese el último pensamiento antes de caer dormido.

—El plan es este —dice Connor mientras nos obliga a ponernos los lentes negros—. Buscamos a Cristina y a Jake; quien los encuentre tiene que mandar un mensaje con la clave. Después veremos qué hacer con él —chasquea la lengua—. Si alguien los reconoce, salgan corriendo. Nadie puede saber por qué estamos aquí. Si Courtney te ve, tendrás que hablar con ella... Ya sabes, la apuesta aún sigue en pie. Tienes ya sólo dos meses, menos las vacaciones, uno —espero que no diga su estúpida frasesita, pero la dice—: Tick tock, tick tock.

Golpeo su cabeza y suelta una risita burlona.

—Dejen de hacer tonterías, la gente nos está mirando mal —nos advierte Andrew.

Miro a Andrew en plan "Tranquilo, no eres nuestra madre". Observo alrededor y, en efecto, la gente nos mira de reojo. Me rasco la nuca; Andrew comienza a silbar y a mirar a su alrededor simulando que es interesante; obvio, un estacionamiento no lo es.

—Quiero subirme a esa rueda gigante con una chica sexy y ver el atardecer —dice Andrew.

—El problema no es subirte a la rueda... El problema es encontrar una chica sexy que quiera acompañarte —le digo y estallo en risas junto con Connor.

Andrew borra la sonrisa de su rostro y nos mira seriamente, después niega con la cabeza y sigue caminando mientras ignora nuestras carcajadas. Llegamos a la entrada y nos detenemos. Hay miles de personas como para encontrar a Cristina y al idiota de mi primo. Observo a las chicas vestidas con unos pequeños shorts y blusas pegadas al cuerpo. Smith sale de cacería. Me siento listo para ligármelas y pedirles sus números. Ellas se detienen y forman un círculo; voltean a vernos. Me dirijo hacia ellas pero Andrew me detiene.

—Disculpe querido y estúpido Smith, pero tienes una apuesta con un gran avance y no querrás tirar el esfuerzo por el caño. Si me disculpan, voy a conseguir a mi chica sexy con la que me subiré a la rueda gigante —dice Andrew mientras levanta su meñique e imita algún acento inglés.

Connor lo asesina con la mirada y lo jala del cuello de la playera.

—No estamos aquí para ligar —nos advierte a ambos—, sino porque queremos encontrar a Cristina, y como son unos buenos amigos me ayudarán.

Suspiro resignadamente, me acomodo los lentes y volvemos a nuestra misión. Entramos a la feria y enseguida nos llega el olor a algodón de azúcar y palomitas.

—Creo que esto será un poco difícil —les advierto.

—¿Te refieres a eso por la cantidad de personas o... por la comida que hay?

—Por la comida —responde Andrew sin quitarle la mirada a una máquina de palomitas.

—Andrew, Andrew —le tapa los ojos—, no caigas en tentación.

Nos jala del brazo para seguir caminando y que dejemos de mirar los puestos de comida.

Dos horas después seguimos deambulando por la feria. La montaña rusa pareciera que me dice "Súbeteeee".

—Oigan, ya son las seis de la tarde y no hay sol como para traer puestos los lentes —dice Andrew y se quita las gafas; lo imito.

—Ya fue demasiado tiempo buscándolos, creo que es mejor disfrutar al menos de la hora y media de viaje que hicimos —les propongo.

—Por primera vez apoyo lo que dice —responde Andrew—. Aparte, tengo hambre.

Connor suspira.

—Sí, ya basta de esta misión, vayamos por unos hot dogs.

Andrew grita de emoción y corre al puesto de hot dogs. Connor se tapa la cara y yo me alejo un poco cuando las personas nos voltean a ver. Demonios, Andrew sí que tenía hambre.

—¿En serio piensas terminarte los cuatro? —le pregunto al mirar los hot dogs gigantes.

—Por eso sólo les pedí uno a ustedes.

Comienza a comérselo y yo me encojo de hombros mientras le doy una mordida; mi estómago deja de gruñir.

*Matthew, prepárate porque después de este hot dog tendrás que subir a esa montaña rusa.*

Extrañamente, la fila para la montaña rusa no está tan larga como podría pensarse.

Al darle otra mordida al hot dog, me llevo tal sorpresa que dejo de masticar y golpeo el pecho de Andrew para que mire lo que yo estoy viendo a tres metros frente a mí: Cristina y Jake tomados de la mano; detrás de ellos, Lucas y Courtney, sonriendo. Pero no es la Courtney que conozco, sino una en shorts de mezclilla y playera holgada blanca de tirantes; eso sí: sus Converse. Andrew también está un poco perplejo. Connor tiene el ceño fruncido y medio hot dog en su boca. Si no estuviera en la situación que estamos, eso sería épico.

—¿Es mi imaginación o el hot dog me está haciendo alucinar? —les pregunto.

—Lo mismo me estoy preguntando... —responde Andrew.

Connor se devora el hot dog y tira la basura; camina hacia Cristina y creo que hará algo malo. Andrew y yo también nos acabamos nuestros hot dogs con rapidez porque necesitamos detener a Connor.

—¿Qué demonios te pasa? —le pregunta Andrew con la boca llena.

—¿Qué? —pregunta—. No te entiendo.

Andrew traga todo el bocado y después vuelve a hablar.

—¿Que qué piensas hacer?

—Preguntar casualmente si son novios.

Volteo para corroborar: Jake y Cristina siguen con las manos entrelazadas.

—Tengo un plan —les digo maliciosamente—. Espero que no hayan comido tanto como para vomitar con un par de vueltas.

Andrew me mira con los ojos abiertos como plato y Connor sonríe.

—¡Demonios! —exclama Andrew.

—Hacemos fila para subirnos a la montaña rusa e intentas sentarte con ella —le explico—... Pero si el asiento es para tres personas, te deseo mucha suerte.

—No importa si es para tres personas... Importa si tú y Courtney se hablan después de lo de ayer, porque si no lo hacen, este plan no funcionará.

¿Entiendes por qué tenías que haberla llamado? Ellos mismos te dijeron que la llamaras para que no se viera sospechoso.

—¿Resulta sospechoso no contestar a un "te quiero"?

—Para nosotros, que sabemos de la apuesta, no. Para ella, que es la apuesta, sí —argumenta Connor.

—¿Y lo empeora no llamarla o hablar con ella después de eso? —vuelvo a preguntar.

—¿Qué rayos hiciste, Smith? —pregunta Andrew—. Creo que estás siendo demasiado obvio con eso. Si se entera antes de tiempo, también perderías —me dice, sonriendo—. Pero como buen amigo que soy, te concedo que hoy la beses cuantas veces quieras y no generarás un castigo ni romperás regla alguna.

Suertudo yo. Sonrío. Nos preparamos para lo que pueda suceder: golpes, besos, vómito, peleas u otras cosas. Me pone un poco nervioso acercarme a Courtney.

—Actúen como si no los hubieran visto —sugiere Andrew.

Nos formamos detrás de ellos y comenzamos a hablar de temas sin importancia. Me recargo en el barandal que divide las filas y miro de reojo a Courtney, quien checa algo en su celular.

—Pensándolo mejor, creo que sí vomitaré gracias a los cuatro hot dogs —dice Andrew mientras se frota el estómago.

Miro hacia arriba y calculo la altura y lo empinada que están las bajadas; sin duda vomitaré el poco hot dog que comí.

—Podemos cancelar el plan... si quieren —les digo.

—¿Quién está a favor de alejarnos de este juego y volver cuando se nos baje la comida? —pregunta Connor—. No importa si cancelamos el plan, mi salud es más importante.

—No sean tan niñas.

Cierro los ojos un momento antes de voltear a mi derecha y ver a Jake y a los demás mirándonos.

—¡¿Qué hacen aquí?! —pregunta Cristina.

—¿No es obvia la respuesta? —le contesta Andrew.

Courtney aparta la mirada y no comenta nada.

Me siento incómodo y nervioso al mismo tiempo, así que opto por cruzarme de brazos y no mirarla más.

—Eso es cierto —escucho a Cristina.

La fila avanza; camino lento al igual que los demás. Connor se acerca a Cristina y se queda a su lado; Jake, un tanto incómodo, se aleja.

Andrew me da un leve codazo para animarme a hablar con Courtney. Me niego.

*Smith, ¿quieres vestirte de hawaiana y raparte?*

—No, claro que no.

—Entonces, ¿qué esperas?

—Nada... creo.

Suspiro; justo cuando voy a acercarme a ella, la fila vuelve a avanzar y nos vemos obligados a subir por unas escaleras; por desgracia, ella queda tres escalones más arriba. Lo peor es que está frente a mí y tengo una vista directa a su trasero.

No, no, no, no lo mires, no lo mires. ¡Ay, dios! ¿Es una prueba del destino o una oportunidad? Me aclaro la garganta un poco antes de hablar.

—Courtney.

Ella levanta una ceja en plan "¿Me hablas?", asiento con la cabeza y le hago una seña para que se acerque. Baja sólo dos escalones y queda de mi estatura. No dice nada, lo cual, según yo, son malas noticias.

—Vaya, ya no eres tan pequeña —le digo para suavizar el ambiente, porque vaya que se palpa la tensión.

Se ríe sin humor.

—¿Estás enojada? —le pregunto para saber si mi esfuerzo valdrá la pena.

—Pensé que tú estabas enojado.

—¿Por qué lo estaría?

—Bueno —comenta—, la manera en la que saliste corriendo ayer me hizo pensar eso.

*Bésalaaaaaaaaa.*

Niego con la cabeza, pongo mis manos en su cintura y la acerco a mí para besarla. Ella coloca sus brazos alrededor de mi cuello y no se aleja; por el contrario, acorta toda la distancia entre nosotros y juntamos nuestros labios. No sé por qué, pero me siento bien, me siento diferente por alguna extraña razón. Movemos rítmicamente nuestros labios, se separa y sonríe.

—Sería buena idea avanzar si queremos subir.

Subimos cinco escalones. De nuevo la acerco a mí, pongo una mano en su cintura y volteo a mi espalda; Andrew maldice porque no he puesto mi brazo en los hombros de Courtney. En la fila, reconozco a las chicas de minishort mirándome desilusionadas por estar con Courtney. Le hago una seña a Andrew para que mire hacia atrás. Sonríe maliciosamente al ver a Lucas recargado en el barandal con los brazos cruzados.

—¡Lucas, ven! —le grita.

Lucas reacciona y al percatarse de que Andrew está acompañado de chicas sexys, no duda en acercarse a él. Courtney está nerviosa; lo sé porque sólo mira el suelo.

¿Recuerdas aquella película en la que el protagonista le quitaba los nervios a su novia antes de un examen importante? ¡Pues hazlo con ella!, aunque no tenga exámenes.

—¿Por qué estás nerviosa? —le pregunto.

—Me ponen nerviosa estos juegos después de ver *Destino final*.

¿Quién no tendría miedo de subirse a un juego mecánico después de ver cómo veinte personas son asesinadas por el juego?

—No creo que eso pase, eso es una película —Intento calmarla mientras trato de no recordar eso.

La fila avanza y subimos hasta una plataforma donde hay música; calculo que después de una ronda, seguimos nosotros. Courtney observa los carros de la montaña rusa, que se deslizan por la gigante subida; después lo único que se escucha son las llantas descendiendo a gran velocidad y los gritos frenéticos de las personas. Andrew está con cara de WTF porque tiene su brazo sobre los hombros de una chica; Lucas está un poco apartado de ellos.

—¡Lucas! —le llama Courtney—. Ven.

Lucas se acerca y Courtney se zafa de mi brazo.

—¿Por qué no estás conquistando a alguna chica al igual que ese tipo? —le pregunta.

—Ese tipo se llama Andrew —le digo.

—Bueno, igual que Andrew —suspira.

—Son demasiado fáciles para mí. De hecho, son tan fáciles que se podrían acostar con alguien más mientras salen conmigo... así que no quiero nada de eso.

La fila vuelve a avanzar y Courtney provoca que me ponga nervioso. Las personas comienzan a pasar para tomar su asiento; nosotros también entramos. Connor me regala una sonrisa cuando descubro que va de la mano con Cristina, hacia los asientos delanteros. Courtney me jala a los terceros asientos y me doy cuenta de que son para dos personas, lo que me recuerda que Lucas no tiene con quién sentarse. Lo busco antes de sentarme; una chica le está preguntando si comparte asiento con ella. No hay de qué preocuparse.

Tomo mi lugar; mis pies quedan en el aire. Courtney está temblando y se abrocha el cinturón de seguridad. Hago lo mismo. Bajamos las barras de seguridad.

—Creo que mejor me bajo —dice mientras suelta una carcajada nerviosa.

—Desde aquí puedo escuchar tus dientes castañear.

Mueve sus pies como niña pequeña y me confiesa:

—Me estoy muriendo de nervios.

El volumen de la música baja un poco y se escucha la voz de una señora dando las advertencias e indicando que las cosas de los bolsillos pueden salirse y bla bla bla.

El tren comienza a avanzar muy lento por una subida demasiado alta.

—¡VOY A MORIR! —grita Courtney.

—¡NO VA A PASAR NADA, QUIZÁ SOLO VOMITES! —le respondo.

Los asientos están sujetados en un riel en la parte superior. Son como sillas voladoras. Miro hacia abajo y puedo ver todo el lugar, siento que mis tenis va a salir volando. Subimos un poco más. Courtney toma con fuerza las manijas en el protector, yo me abrazo un poco a las barras y, de repente, comienza el veloz descenso; los gritos hacen su aparición, en especial los de Courtney; grita tan fuerte como si la estuvieran matando. En ningún momento sale un grito de mi boca, sino carcajadas. En una curva, vamos de cabeza, gira una vez más y volvemos a bajar y a subir. Siento el cabello picándome los ojos y el estómago en la garganta. Intempestivamente, el andar se hace lento y nos detenemos en donde hemos comenzado. Courtney tiene la boca abierta y el cabello hecho una maraña. Los cinturones se liberan por sí solos. Ayudo a Courtney a bajar y sonríe.

—No estuvo tan mal después de todo... Pero casi vomito en forma de lluvia —ríe.

—Creo que yo estuve a nada de hacer lo mismo.

Nos encaminamos a la salida y esperamos a los demás para irnos a sentar un rato.

—Creo que comer cuatro hot dogs me hicieron mal —dice Andrew.

—Creo que yo sí voy a vomitar... —Cristina sale corriendo.

Connor sale corriendo tras ella.

Nos sentamos en unas bancas e intento no vomitar; Courtney se recarga en mi hombro mientras escucho que tiene hipo, lo cual es demasiado gracioso.

—¿Y tu chica sexy? —Lucas le pregunta a Andrew.

—Después de un rato de hablar con ella, me di cuenta de que no era tan sexy.

Lucas sonríe.

—Bueno, yo sí conocí a una chica y me dio su número —Lucas sonríe al mostrar la palma de su mano.

—¿Soy el único que no está afectado? —pregunta Jake—. Tienen estómago de nenas. Ni siquiera se sentía nada.

Recrimino a Jake con la mirada; él levanta inocentemente las manos. Lucas luce igual de pálido que Andrew, aunque ambos platican tranquilamente. Courtney vuelve a sacudirse gracias al hipo y yo recargo mi cabeza en las manos para controlar el mareo.

—Jamás me había sentido tan mal después de subirme a un juego —comento.

—Ni yo —dice Courtney.

—Creo que nadie —continúa Lucas.

—Yo jamás me había puesto así, creo que fueron los malditos hot dogs —dice Andrew.

Cristina se acerca a nosotros; Connor le pregunta si ya se siente mejor, pero la cara verde de ella dice lo contrario.

—"El plan Connor" fue un éxito —dice Connor mientras se sienta a mi lado—. ¿Y si volvemos a venir mañana?

## treinta y cuatro

# Me gusta besarte

( Matthew )

**El reloj de mi muñeca marca las once** en punto de la noche. No puedo creer que hayamos pasado cuatro horas buscando a Cristina y a Jake para terminar encontrándolos en la fila de una atracción extrema que provocó que todos termináramos con la cara verde.

Abro la puerta con cuidado y le pido a Jake que no vaya a hacer ruido mientras entramos a casa. Cierro la puerta, dejo las llaves del coche en la mesita a un costado de la puerta. Llegamos a la escalera con pasos largos y silenciosos, él comienza a subir y me relajo al darme cuenta de que mamá no se quedó a esperarnos. Por desgracia, esa paz dura apenas un momento: la luz de la entrada se prende y aparece mamá cruzada de brazos en el umbral. Jake y yo nos quedamos congelados.

—¿Qué son estas horas de llegada? —pregunta en tono serio—. No me vengan con el pretexto fácil de "No nos dimos cuenta de la hora que era mientras nos divertíamos".

Jake está pensando en qué decirle.

—Bueno, básicamente eso fue lo que paso... Para ser precisos, en un parque de diversiones.

Mamá niega con la cabeza.

—Jake, puedes subir a tu cuarto. Smith, tú no.

Jake le sonríe abiertamente a mamá.

—Gracias, tía Haley.

Ay si, tía Haley, soy un niño bien portado, soy la mejor persona del mundo y puedo parecer encantador.

Jake sube las escaleras de dos en dos. Mi mamá sigue con los brazos cruzados y una mirada seria que me acusa de algo.

—Tú y yo tenemos que hablar...

Se da la vuelta y comienza a caminar, a lo que me veo obligado a seguirla. Se detiene en la cocina, abre una puerta de las alacenas de arriba y saca un vaso para servirse agua.

—¿De qué plan hablaban tú y tus amigos? —pregunta de la nada—. Porque vaya que pareciera que fue largo, casi hasta la medianoche fuera de la casa.

Me toco la nariz para no ponerme nervioso ante aquella pregunta.

—Pues a Connor le gusta la misma chica que a Jake —explico—, y él no quiere que ella elija a Jake, ¿entiendes?

—¿Y por qué tardaron tanto?

—Porque esa chica y Jake fueron a la nueva feria, en el muelle Beacon, y Connor tuvo la asombrosa idea de que los alcanzáramos —suspiro—. Había miles de personas, mamá, miles...

—¿Y los encontraron? —le da un sorbo al agua.

—Después de cuatro horas buscándolos, aparecieron frente a nosotros, en la fila de un juego en el que casi vomitamos.

Asoma una sonrisa burlona.

—¿Iba la chica que vino a casa?

—Sí.

Me recargo en la barra y jugueteo con mis dedos como usualmente lo hace Courtney.

—¿Y cómo vas con ella? —levanta las cejas mientras sonríe.

Pues la apuesta va muy bien, sólo me falta acostarme con ella. Esa es la parte difícil, porque todo lo demás ya lo conseguí y ella sigue sin saber de la existencia de la apuesta. En definitivo, muy bien.

—Bien.

—¿En serio?

—Pues ya nos hemos besado unas cuantas veces... pero no sé qué hacer para intentar "enamorarla" —hago comillas con mis dedos—. Es de esas chicas tímidas y lindas que, cuando llegas a conocer más a fondo, te das cuenta de que en realidad es de carácter fuerte.

Ella te dará la información perfecta.

—¡Oh, por dios! —deja el vaso en la barra—. Mi pequeñín desea enamorar a una chica —se acerca y me toma de las mejillas—. Al fin dejó de lado su costumbre de usar a las chicas por un momento.

—Mamaaaá —alargo.

—Está bien, te diré todos los tips que sean necesarios para enamorarla —sonríe—. Esta charla será muy larga, así que corre por una pluma, papel y después regresas y tomas asiento.

## (Courtney)

La mañana era tranquila y despejada, o al menos eso se podía percibir desde la cama a través de las cortinas de la ventana. Bostezo, me estiro y me froto los ojos. Cristina aún duerme y ronca, tiene la boca abierta y un poco de baba seca en la comisura derecha. Cristina se había quedado en mi casa a dormir porque su mamá no iba a estar en casa y no quería quedarse sola. Me doy la vuelta en la cama y le toco el hombro para despertarla. Se mueve un poco pero sin despertar.

—Cristina —le muevo el hombro más fuerte—, Connor te vino a buscar.

Abre un poco los ojos. Tiene el ceño fruncido y mira a todos lados en plan "Aquí no hay nadie".

—Disculpa, ¿qué dijiste? —pregunta con la voz ronca.

—Que ya es hora de levantarse —le respondo.

Suelta una pequeña risita y yo suspiro.

—¿Sonríes porque el día está bonito o porque dije que Connor estaba aquí? —se le borra la sonrisa del rostro y me mira—. ¿No te has dado cuenta de que hay un triángulo amoroso entre tú, Connor y Jake? —dice que no con la cabeza. Pongo una mano en mi mejilla—. Todos nos hemos dado cuenta, Lucas inclusive.

—¿Por qué lo dices?

—A ver —aclaro la garganta—, Jake y Connor se retan entre sí cuando ambos están cerca de ti. Connor casi corre a Jake de tu lado el día del partido final. Jake te invita a la feria y Connor aparece y te separa de él —parece no procesar la información—. ¡¿Acaso eres ciega o tu cerebro no procesa las cosas con facilidad?!

—No es que no capte eso, sino que, desde mi punto de vista, no todo parece la situación de un triángulo amoroso.

La miro con frustración y me giro a ver el techo. Ella sigue su vida sin percatarse de que dos chicos se matan entre sí para conseguirla. Se sienta en la cama y se recarga en la cabecera.

—Hablando de relaciones y esas cosas —se toca la barbilla—… ¿Estabas enojada con Matthew?

—No, ¿por qué?

—Porque ayer él te preguntó si estabas enojada.

—Nada malo, sólo que lo del partido fue raro, nadie sale corriendo después de decir: "te quiero".

—Yo lo haría —responde como si nada.

Me río.

—¿Hoy iremos de nuevo a la feria? —le pregunto mientras me siento en la cama.

Revisa la hora en su celular y pone cara de alarmada.

—Se supone que nos veremos allá a las cuatro de la tarde y ya es medio día.

Saltamos de la cama, escogemos la ropa y tomamos las toallas para ducharnos.

—¡Lucas! —grita Cristina por séptima vez—, ¡apúrate o te dejo y te vas solo!

Lucas sale de su casa y corre hacia el carro; notamos su agitada respiración y los litros de perfume que se ha echado.

—Perdón, estaba hablando por teléfono con la chica de ayer; la invité a salir.

Volteo a verlo un poco sorprendida y Cristina hace lo mismo.

—¿Escuché mal o dijiste que la invitaste a salir? —lo interrogo.

Dice lo más serio que puede:

—Escuchaste bien, la invité a salir.

Cristina da un gritito de felicidad y un pequeño salto en su asiento, que provoca que se pegue en el techo del carro y que suene el claxon. Me tapo la boca para evitar reírme mientras ella se soba la cabeza y se queja. Lucas ríe y aplaude como foca retrasada. Cristina pisa el acelerador y le sube el volumen a la radio. Hora y media de viaje escuchando la pésima música de Cristina.

Para cuando llegamos, una pompi se me ha dormido y la cabeza me duele por escuchar música pop durante todo el camino. Busco a Matthew, Lucas a la chica que invitó. Estoy feliz por él, porque al fin ha superado a Jennifer Pechos Grandes.

Unas manos cubren mis ojos... ¿un ladrón queriéndome secuestrar? Regreso a la realidad porque ningún ladrón tapa los ojos con delicadeza. Pongo mis manos sobre ellas; lleva puesto un reloj en la muñeca. No seas tontita, tú sabes muy bien que Matthew siempre usa reloj de muñeca.

—Matthew, sé que eres tú.

Quita sus manos de mis ojos y me doy la vuelta para verlo de frente.

—¿Cómo sabías que era yo? —pregunta.

—Pues... ¿quién es la única persona que conozco que usa reloj de muñeca?

—Cualquier persona podría hacerlo y sería una coincidencia que encontraras a esa persona —pone una sonrisa de autosuficiencia.

—Sólo sé que eras tú y punto.

Me da un beso en la mejilla y sonrío. Se pone a mi lado y veo a Lucas hablando con la chica, se acerca a ella y le da un beso en la mejilla; coloca su brazo en los hombros de ella. Cristina está sacando fotos de todo lo que hace Lucas.

—Al parecer, Lucas ha encontrado a una chica —dice Matthew—. Ya era hora.

Le doy un golpecito en el brazo.

—Es mi amigo, no lo molestes.

Todos nos reunimos para ponernos de acuerdo en qué haremos todo el día. Hay mucha más gente que ayer. El sol sigue iluminando a pesar de que son las seis de la tarde.

—¿Por dónde vamos a empezar? —pregunta Jake.

—¿No es mejor si cada quien va por su cuenta? —sugiere Connor y abraza un poco posesivo a Cristina, quien pone una sonrisa estúpida. Igual que yo cuando Matthew hace algo lindo por mí.

—Creo que Connor tiene razón —opina Lucas—. Nos quedamos de ver aquí a una hora exacta.

—Estoy en contra —expresa Andrew.

—Yo igual —lo apoya Jake.

—Yo digo que es buena idea —dice Matthew—. ¿Quién me apoya?

Lucas, Connor, Cristina, la aún no novia de Lucas y yo levantamos la mano.

—Creo que tú y yo tendremos que divertirnos por nuestra parte —le dice Jake a Andrew, quien dice un "ya qué". Nos desperdigamos. Matthew me toma de la mano y corremos sin rumbo fijo. Llegamos al lago; el sol aún se asoma a lo lejos. Hay una escalera de madera, angosta, con gente bajando y subiendo, que lleva del muelle al lago. Me detengo para mirar a Matthew.

—¿Por qué te detienes? —pregunta confundido.

Ahora entendía por qué Connor dijo que cada quien por su lado. Ese era su plan.

—Tenías planeado venir hasta acá solos tú y yo, ¿cierto?

Sonríe.

—¿Acaso querías que todos observaran lo que hacíamos o que no nos dejaran en paz? —me pregunta con una sonrisa egocéntrica, tan común en él—. Aparte, Connor quería pasar tiempo con Cristina y, bueno, a Lucas también le favorecía la situación.

No puedo evitarlo, pero me lanzo hacia él para abrazarlo, quizá por un arranque de locura total o porque nadie en la vida había hecho algo así por mí.

—¿Quieres bajar al lago o regresar a los juegos? —me pregunta sin soltarse de mi abrazo.

—Quiero bajar.

Me separo de él y me toma la mano mientras bajamos las escaleras. Al llegar abajo, el viento revolotea mi cabello y se me pega en la cara. Lo primero que se me viene a la mente es la grandiosa idea de haber traído short en vez de jeans.

—Creo que fue buena idea venir en short —comento.

—Pienso lo mismo.

Me recargo en el hombro de Matthew, pero él me toma de la mano, corremos hacia el lago y nos zambullimos. El agua le llega a la cintura; a mí mucho más arriba. El agua está fría. Lo miro con ganas de asesinarlo pero sonríe malévolamente.

—¡Qué rayos te sucede, Smith! —le reclamo—. ¡El agua está helada!

—Pff... Eso es mentira.

Me abraza y se echa un chapuzón al agua conmigo en brazos. Por reflejo, aguanto la respiración hasta que emergemos y me quito todo el cabello de la cara; por alguna razón, comienzo a reírme.

—Eres un tonto, casi me trago toda el a...

No termino la frase porque Matthew me calla con un beso. Sus labios están húmedos, pongo una mano en su pecho y siento su playera mojada bajo mi palma. Me abraza por la cintura y me acerca aún más a él. Mi otra mano acaricia su cuello; vuelvo a sentir mariposas en mi estómago por estas cuatro razones:

1. *Matthew es lindo y me está besando.*
2. *No creo que él hiciera esto con alguna otra chica.*
3. *Matthew tiene la ropa mojada... y sí tiene un six pack, como diría Lucas.*
4. *Estoy besando a mi amor casi platónico.*

Sigue besándome sin prisa alguna; lenta y amorosamente. Aún recuerdo cuando odiaba a Matthew y me pasaba horas diciendo razones por las cuales lo odiaba; ahora, al parecer, podría pasar horas diciendo por qué me encanta.

Acaricia mi mejilla, se separa, me mira y me sonríe de una forma que enamora.

—¿Tienes frío? —pregunta y siento su respiración helada.

—Un poco, ¿y tú?

—Un poco también, pero lamento darte la noticia de que no traje suéter —sonríe—. Creo que nos abrazaremos hasta que se nos pase.

Me rodea con sus brazos y yo me abrazo a él; recargo mi cabeza en su pecho.

—*Creo que te sientes como una enamorada...*

—*Y estás en lo correcto.*

—*Entonces te estás enamorando.*

Media hora después nos damos cuenta de que ya está más oscuro y ya no se escucha gente hablando, riéndose o mojándose; al parecer, los únicos en el lago somos nosotros.

—¿Quieres ir a los juegos? —le pregunto separándome un poco de él sólo para mirarlo—. Si te soy sincera, me estoy congelando.

—Yo igual.

Salimos del agua y me da más frío aún; lo peor de todo es que la arena se me pega en los Converse. A Matthew se le pega la playera y veo sus cuadritos y sus brazos marcados. Un poco nerviosa ante eso, me pongo el cabello detrás de la oreja. Subimos las escaleras dejando rastros de agua; el cielo ya está totalmente oscuro. En el camino hay pequeños focos acomodados estratégicamente. Al acercarnos a la feria, algunas chicas miran boquiabiertas a Matthew, lo cual provoca que me ponga... ¿celosa? Sólo en cierto modo. Pero eso no acaba ahí, sino que Matthew me toma de la mano y entrelaza sus dedos con los míos, justo cuando pasamos por un grupito de chicos que me miran. Él se limita a mirar al frente y seguir caminando. ¿Smith... está celoso... o es que el sostén se me transparenta y él sólo quiere decir que lo que está ahí es suyo? Discretamente, me examino para ver si se remarca el sostén; por desgracia, se ve mucho, ya que es rosa. ¿Courtney, recuérdame por qué te pusiste sostén rosa con playera blanca? Me abofeteo mentalmente y acomodo mi cabello para que me cubra el pecho.

—¿A qué juego vamos? —le pregunto.

—¿A la rueda de la fortuna? —pregunta dudoso.

De acuerdo. La rueda de la fortuna no está lejos; nos formamos detrás de una pareja. Me recargo en el barandal que organiza las filas; observo a todas las personas alrededor. Percibo una playera que yo conozco, muy parecida a la de Cristina; a su lado, una chica rubia con una camisa a cuadros azul y short; si no me equivoco, es la chica de Lucas... Demonios, Courtney, están frente a ti y tú toda empapada. No hago ni digo nada, pero me pongo a rezar para que no nos vean; por desgracia... eso es precisamente lo que ocurre. Cristina se ríe y me muestra su celular, después señala discretamente su mano entrelazada con la de Connor. ¡Ay, dios mío!

"Ya somos novios", leo sus labios.

"¿Desde cuándo?", le pregunto.

Me enseña los dedos de la mano y dice: "Hace 5 minutos."

La fila avanza y le digo: "después me cuentas".

Avanzamos y Matthew coloca sus manos en mis hombros detrás mío. Abordamos el cubículo del juego. Mientras se llena la rueda, gira lentamente, de tal manera que quedamos en la cima por unos momentos; la vista es asombrosa.

—Todo esto es tan hermoso... —comento al ver la ciudad iluminada y el gigantesco lago.

—Igual que tú.

Me concentro otra vez en Matthew; me sudan las manos y me sonrojo. Sonrío apenada por ello, hasta que él levanta dulcemente mi barbilla y nuestros ojos quedan frente a frente. No hablamos porque el silencio conjuga de maravilla con la escasa iluminación de los rayos de luna. Tampoco parpadeamos porque sus hermosos ojos verdes gozan de ver mis ojos enamorados.

Sin pensarlo, nos acercamos hasta que nuestros labios se rozan; mis ojos se cierran por voluntad propia.

—Me gusta besarte —susurra.

Me besa cual escena de película romántica: en lo más alto de la rueda de la fortuna, las estrellas brillan como nunca y los ligeros rayos de luna iluminan nuestros rostros.

# treinta y cinco

# El plan de Jake

( Courtney )

**Llevo diez minutos nada más viendo el techo** de mi habitación esperando a que Cristina salga del baño. Suspiro una y otra vez; me golpeo la frente al tiempo que aprieto los ojos; tengo unas ganas irracionales de carcajearme. Recordar lo ocurrido horas atrás me pone en un estado de locura que desconozco y que ningún libro explica.

Escucho que se abre la puerta del baño; me sorprende Cristina con una sonrisa gigante. Se avienta a la cama y hace que yo rebote.

—¿Ahora ya piensas contarme? —le pregunto... creo que por quinta vez.

—Ash, está bien —acepta.

Toma al gigante oso de peluche y lo abraza como si su vida dependiera de eso.

—Por cierto, ¿qué onda con ese oso? —le pregunto.

—Connor se lo ganó en un juego de destreza y me lo regaló —lo abraza un poco más—. Quedó impregnado con el perfume de Connor.

Enloquece como nunca la había visto y huele su oso como un perro a la comida.

—Todo empezó cuando nos separamos por parejas —comienza su crónica—. Tenías razón con lo del triángulo amoroso, Connor me dijo que yo le gusto a Jake... bueno, ese no es el punto. Nosotros fuimos a la casa del terror y como casi moría del susto, él me abrazó. La verdad, ese abrazo me lo había tomado como un "Relájate, sólo son personas disfrazadas" —forma las comillas con sus dedos—. Después caminamos por casi todo el parque y fuimos al lago, río, mar o esa cosa, y, ¿adivina a quién vi ahí?

Suelta al oso de peluche y toma su celular de la mesita de noche que tiene a su lado, comienza a buscar algo y cuando lo encuentra, chasquea la lengua. Me muestra la pantalla y casi me caigo de la cama al ver lo que me enseña, ¡Matthew y yo en el lago, salpicándonos y riéndonos!

—Buenooo... eeeeh... —balbuceo—... tengo que admitir que eso fue divertido, pero no tenía la menor idea de que nos habías visto.

—Descuida, fui la única que te vio y que tendrá está foto de por vida.

Escuchar eso me da tranquilidad y vuelvo a acostarme a su lado.

—Creo que me desvié del tema —hace una seña extraña con las manos—. Después de irnos del lago, fuimos a la rueda de la fortuna, pero yo no quería ir porque es muy aburrida, pero me tuve que subir y entonces... ¡Todo comenzó! —chilla—. Estábamos casi hasta arriba y se podía ver todo; era un lindo atardecer. Bueno, me tomó de las manos y me dijo que era una chica linda... y demasiado heroica como para pegarle a Peter en la entrepierna y enfrentar a un grandulón de americano; además, que a pesar de haber tenido algo con el Sesos de Alga yo le gustaba... fue tan épica la manera en que se acerco a mí y me dio un beso que.... —suspira enamorada—. Me pidió que fuera su novia. Claro, acepté.

—¿Cómo crees que se lo tome Jake? ¿Qué crees que haga?

—¿A qué te refieres? —pregunta.

—Ajá, a que cómo lo tomará, si crees que haga algo para que cambies de opinión acerca de Connor o si más bien lo tomará a la ligera y busque otra chica.

# ( Matthew )

Once y media de la noche. Andrew y Connor siguen en mi casa. Jugamos *Call of Duty*. Mañana hay clases, pero según Connor teníamos que celebrar que por fin conquistó a Cristina. No sé como sucedió, pero se lo está tomando muy en serio, al igual que sus relaciones anteriores en las que salió con el corazón roto. Pero él es así.

Connor se carga una sonrisa gigante desde que regresamos de la feria. Andrew tiene la misma cara de desagrado que se enteró que se iba a pasar todo el rato con Jake. Según lo que me contó Andrew, no pudieron conseguir hablar con ninguna chica linda, ya que todas iban acompañadas, eran lesbianas o de plano se alejaban de ellos. En cambio, yo la pasé bien, y no porque estuviera obligado a pasarla bien con Courtney y eso de la apuesta, sino porque de verdad me la pasé bien; incluso me gustó aplicar las recomendaciones que me hizo mi mamá. Besarla fue un placer y lo bueno es que Andrew no fue testigo de ello; si no, hubiera tenido que pagarle el castigo. Me gusta besar a Courtney porque es diferente, como nunca antes lo había hecho; con ella es lento y sin prisas de llegar a algo más, es como caminar sin preocupaciones y saber que tienes tiempo de sobra.

*Diablos, Smith, t*ú *nunca habías dicho eso.*

Sigo jugando hasta que terminamos la campaña y nos da hambre; les comento que yo bajaré por una bolsa de frituras. No cierro la puerta del cuarto por si hacen algo malo.

Bajo las escaleras con cuidado de no caerme, pero me detengo en seco al escuchar la voz de Jake conversando con alguien.

—No sé qué hacer —alcanzo a escuchar—. Sólo sé que no me agrada Connor y quiero a Cristina a mi lado, creo que se merece algo mejor que a ese patán egocéntrico.

Calla por unos segundos, asumo que escucha a la voz del otro lado del teléfono. Reanuda la charla:

—Simplemente la voy a enamorar...

Escucho que se despide. Sus pasos se aproximan a mí. Me enderezo y camino a la cocina como si no hubiera pasado nada. Pasa a mi lado y me sonríe, como de costumbre. Prendo la luz de la cocina y abro el cajón donde están los dulces y las frituras, pero sólo están mis preciadas gomitas de cereza, de las cuales no pienso darle ni a Connor ni a Andrew. Las saco del cajón y me siento en la barra mientras las abro y comienzo a comérmelas. Al cabo de cinco minutos, y esperando que no me espante algún fantasma, guardo las gomitas en el cajón. Apago la luz y salgo de la cocina, paso por el comedor, la sala y al llegar al recibidor escucho las carcajadas de Connor y Andrew. Subo lo más rápido que puedo, pero se ríen del programa de tele. Me aviento a la cama.

—¿Dónde están las frituras? —pregunta Andrew.

—¿Por qué tanto tiempo y llegas con las manos vacías? —pregunta Connor.

—Jake tiene un plan.

—¿Estás cien por ciento seguro? —pregunta Connor, en el estacionamiento de la escuela.

—Estoy cien por ciento seguro que quiso decir que la iba a enamorar y a robártela porque ella merece estar con un chico de verdad y no con un patán.

Andrew, en el asiento de atrás, chasquea la lengua y mueve la cabeza.

—¿Por qué pensé que tu primo era alguien bueno? —creo que se pregunta a sí mismo.

Salimos del coche y tomamos rumbo a la entrada. Nos separamos rumbo a nuestros casilleros, literalmente corro al mío para sacar y meter libros. Entrecierro la puerta para ver el casillero de Courtney, pero al parecer aún no llega. Reviso mi horario y guardo los libros, cierro la puerta. Escucho un grito, no sé si de emoción o de miedo. A lo lejos, Cristina está en su casillero repleto de rosas. Lucas y Courtney la acompañan, conmocionados por lo que tienen frente.

—No puede ser —murmuro.

Saco mi celular y le envío un mensaje a Connor:

Tienes que ver el casillero de Cristina. Apuesto que fue el tonto de Jake.

( Courtney )

Sigo impresionada por el montón de rosas que hay en el casillero de Cristina... ¿O serán para Taylor Moore, puesto que también invaden su casillero? Difícil saberlo. Todo se aclara cuando Cristina descubre una nota y la lee. Me la pasa un tanto desinteresada y comienza a quitar todas las rosas. Lucas se pone a mi lado y juntos la leemos.

**Para: La hermosa de Cristina**
**De: Jake, el mejor novio que aún no es tu novio.**

*Disfruta las rosas que Connor no te dará.*

Siento pena ajena al leer la nota, y apuesto que Lucas también porque nos quedamos contemplando las decenas de rosas regadas.

—Esto no terminará bien si Connor se entera —le susurro a Lucas.

—Tenlo por seguro.

¡Cristina ya no está!, y nos deja a media escuela estupefecta por las rosas esparcidas. Algunas chicas toman una; ciertos chicos aprovechan para regalarle una a sus novias; unos más están ahí por chismosos. Lucas y yo retrocedemos lentamente mientras nos aseguramos de que no nos vean para escabullirnos a nuestros respectivos casilleros. El timbre suena y me echo a correr al aula 15, a la clase de inglés. El maestro arriba al salón, deja su maletín en el escritorio y sonríe, enseñando sus dientes de metal.

—Hay malas noticias para ustedes y buenas para mí —junta sus manos mientras sonríe.— Mañana empiezan los exámenes de la última parte del año. Después de eso todavía hay cosas que entregar si quieren pasar con buenas notas —camina mientras se acomoda los lentes—. También hay otra noticia —sonríe malévolamente—. Los del equipo de futbol tienen más proyectos por entregar, ya que han faltado mucho debido a sus entrenamientos... Bueno, comencemos con la clase.

—Pssss, psss, Courtney...

Matthew me lanza un papel hecho bolita; lo cacho sin problemas. Me sonríe y le devuelvo el encanto. Abro la nota y la tapo con mi cuaderno. Es un mensaje con su rara e inclinada letra; sonrío al leerla y me pone como tonta la carita feliz del final:

*¿Quieres salir esta tarde?* ☺

Tomo mi pluma negra y respondo en el mismo papel:

*No puedo; tengo que estudiar*

Le lanzo de regreso el papel hecho bolita. Lo atrapa; me acomodo en la banca y copio lo que el maestro apunta en el pizarrón. Al cabo de medio minuto, tengo una bolita de papel en mi cuaderno, la abro y lo que leo realmente me sorprende:

*Entonces estudiemos juntos.*

## treinta y seis

# ¿En qué diablos me he metido?

(Courtney)

**Miro de nuevo el papelito y sigo sin creer** lo que dice. Matthew Smith no es de estudiar, y mucho menos con una chica. Me giro discretamente para verlo y regalarle una mirada curiosa y preguntándome mentalmente qué es lo que planea.

*Courtney, querida, algo va mal.*

Miro por última vez el papel y escribo:

*¿Qué rayos traes en mente, Smith?*

Vuelvo a hacer bolita el papel, observo el pizarrón y el maestro sigue escribiendo; voy atrasada en los apuntes; giro lo más rápido que puedo y la lanzo sin preocuparme de adónde cae, trato de copiar todo lo del pizarrón, pero el estúpido profesor escribe y escribe, incluso borra partes del principio para continuar escribiendo. Inglés, muchas gracias por hacerte notar entre los miles de idiomas y hacer que nos obliguen a aprenderlo. Muchas gracias.

¡Por fin! El maestro deja de escribir y estoy por terminar, me recargo en la silla y me topo la bolita de papel de Matthew. La abro:

*¿Qué hay de sospechoso en que quiera estudiar contigo? Además, tengo que tener buenas notas, ya sabes, para eso de la universidad.*

Pienso en qué responderle. Tengo tres respuestas: "Claro, te veo en mi casa", "No lo sé, lo voy a pensar", "No puedo". Esto de ser una novata en las cosas del amor apesta. En realidad apesta no saber cómo actuar frente a la persona que te gusta, en comparación con Jennifer o Alice que lo hacen con naturalidad. Tomo la pluma, lista para escribir mi respuesta, pero justo cuando toca el papel, la alarma suena y todos comienzan a guardar sus cosas. Suspiro un poco aliviada y meto a mi mochila la bolita de papel. Miro de reojo el lugar de Matthew pero él ya no está. Decido ir a mi casillero y no hacer ninguna parada. Pero eso cambia en el momento en el que cruzo el marco de la puerta y una mano me jala del antebrazo, sacándome de la bola de personas que van saliendo de la clase. No es necesario ser muy inteligente para saber que es Matthew; es suficiente con oler su perfume y darme cuenta de que la sudadera gris es la misma que él traía.

—¿Entonces? —pregunta con una sonrisa.

—¿Entonces qué? —le pregunto un poco incomoda al darme cuenta del poco espacio que hay entre nosotros.

—¿Quieres que estudiemos juntos? —su intento de sonrisa egocéntrica provoca que mi sonrisa se borre—. Prometo estudiar.

Me separo de él, dispuesta a continuar mi camino.

—No lo sé, lo voy a pensar.

No lo miro, pero apuesto que está sonriendo.

Desde primer año, apenas es la cuarta vez que Cristina, Lucas y yo vamos a la cafetería a comer como gente decente. Es lunes y la comida apesta porque es *lunes de comida en bolsa*: un sándwich en bolsa de plástico, jugo de durazno y una cosa muy rara que dice ser mermelada, pero el contenido en la bolsa verde deja mucho qué desear. Ocupamos una mesa sólo para nosotros.

—¿Cómo va tu vida de chica con novio? —pregunta Lucas mientras le da una mordida al sándwich.

—Nada fuera de lo común —contesta Cristina—, pero es raro saber que estoy en una relación con quien fue mi amor platónico.

—Demasiado... —murmuro—. ¿Y la chica rubia, Lucas? —me atrevo a preguntar—, la que invitaste a la feria.

Se rasca la nuca, deja el sándwich y se prepara para contarnos.

—Pues esa chica se llama Stacey, y me gusta —Cristina lo mira sorprendida—. Casi nos besamos ese día, pero algo hizo que nos detuviéramos, fue extraño... pero quedamos en vernos otro día.

—Lucas, ¡demonios!, estas dejando de ser un niño tontito que mira a la chica de los pechos grandes.

Suelto una carcajada mientras le doy otra mordida a mi sándwich; Cristina le da tips a Lucas de cómo debe conquistar a Stacey. Volteo a la entrada y... Jennifer con vestido corto, zapatillas gigantes y kilos de maquillaje. Por su mirada calculadora, puedo apostar que está buscando a alguien y presiento que soy yo. Su mirada se posa en mí, sonríe sarcásticamente y viene hacia mí como si estuviera modelando; sus zapatillas chocan con el piso y yo me pongo cada vez más nerviosa. Le doy un codazo a Lucas, quien levanta la vista y dice:

—Ay, no... Otra vez no.

Cristina, al darse cuenta de lo que sucede, deja el sobre de mermelada sobre la mesa y creo que comienza a prepararse mentalmente para patearle el trasero a Jennifer. Ésta se queda de pie en un costado de la mesa, y se cruza de brazos.

—Vaya, vaya... —sonríe tan ampliamente, que literalmente puedo ver sus muelas del juicio.—... Courtney Grant, al parecer no te bastó con lo de la vez pasada, ¿cierto?

No respondo, sólo la miro, esperando a que siga hablando, porque no pienso golpearla ni seguirle el maldito juego. Cristina tiene la mandíbula apretada, conteniendo todos los insultos posibles dentro de ella. Me rasco la nariz por nervios, pero le sostengo la mirada.

—¿Acaso te comió la lengua el ratón, Grant? —pregunta mientras se revisa su manicura francesa.

—¿Acaso piensas quedarte sentada y esperar que te haga la vida imposible porque ella no logró lo que tú sí?

—Pero me va a golpear.

—Pues al menos intentarías defenderte y no te quedarías sentada como niña indefensa.

Vamos, Courtney, no puede pasar nada malo. Respiro profundamente antes de ponerme de pie frente a ella, me doy cuenta de lo alta que parece con sus tacones.

Lucas y Cristina me piden en voz baja que me siente y la ignore, pero si lo hago, jamás dejará de joderme la vida hasta que Matthew esté con ella o lejos de mí. La miro con firmeza, por lo cual se sorprende. Si pude golpear su nariz sin ver, creo que puedo hacerlo de nuevo pero con los ojos abiertos.

—Te diré una cosa, Grant —me apunta con su esquelético dedo—: saldrás con un ojo morado si sigues cerca de él. Y es la primera y última vez que lo diré.

La cafetería queda en silencio, todos listos para escuchar mi respuesta o verme salir corriendo. Esto último no sucederá.

—Querida, la última vez que intentaste eso, casi sales con la nariz fracturada —le digo—. Si volviera a pasar, quedarías peor de lo que ya estás.

—¡Esa es mi niña! —grita Cristina.

La cafetería comienza a murmurar cosas y a escucharse el típico "uuuuh", que me está poniendo nerviosa, sumándole la asesina mirada de la chica rabiosa frente a mí.

—Gusano, te golpearía en estos momentos pero...

—¿Pero qué? —escucho a Cristina, quien ya está a mi lado—. ¿Te arruinarás el esmalte de las uñas o no quieres salir lastimada?

Jennifer saca humo por las orejas al escuchar las risas de los demás; su rostro está rojo, no sé si de pena o de ira.

—A la salida nos vemos, no podrás huir, gusano —se retira—. ¡De esta no te escapas!

Una vez que se pierde de vista, siento frío por todo el cuerpo y miro un poco espantada a Cristina.

—Voy a terminar con el ojo morado, dios mío.

—Tranquila, nunca en la vida Jennifer se ha peleado, siempre manda a sus amigas —me tranquiliza Lucas—. Lo malo es que son las amigas de Alice, y ellas sí saben pelear.

—¡No, pues muchas gracias! —le digo con sarcasmo.

Salimos de la cafetería, donde sin duda somos el tema de conversación. Siento sudor en las manos y las piernas un poco temblorosas.

—¿Qué clase te toca? —me pregunta Lucas.

—Economía —respondo.

—Ah, claro, nos toca juntos —responde Lucas—. ¿Y tú?

—Historia —responde Cristina mientras patea una botella de agua vacía—. Es la clase más aburrida de todas.

Cristina dice adiós con la mano; Lucas y yo vamos a nuestro salón.

Nos sentamos juntos en una de las últimas mesas junto a la ventana.

—Soy chica muerta —murmuro.

—Apuesto mi mesada A que no te harán nada.

—¿Por qué crees que no me harán nada?

—Fácil —se encoje de hombros—: los chismes se esparcen por toda la escuela y apuesto a que Smith ya tuvo que haberse enterado. Para ese entonces, estará contigo para defenderte.

El timbre suena y guardo mis cosas lista para salir corriendo directamente a mi casa. Siento las piernas débiles y, tal vez, en cualquier momento me fallarán y caeré. Siento los nervios el estómago y no para la sudoración en mis manos. Las últimas tres clases estuve obligándome pensar en que no pasaría nada, pero de la nada imaginaba un ojo morado en mi rostro. En cierto modo, no me molestaría traer un ojo morado, el problema era que mi mamá lo viera... Sin duda.

Me pongo la capucha de la sudadera y comienzo a caminar por los pasillos de la escuela como si fuera un bicho raro al que nadie se le acerca. Saco mi celular y le mando un mensaje a Cristina.

*Ya voy para el estacionamiento*

Comienzo a trotar por los pasillos de la escuela hasta la salida, adonde llego sin problema alguno y me siento más relajada. Suena mi celular y me detengo a leer la respuesta de Cristina:

*NO LLEGUES, JENNIFER ESTÁ AQUÍ BUSCÁNDOTE, ELLA SABE QUE TE VAS CONMIGO*

Me detengo en seco y, como si se tratara de una película de terror, levanto la vista lentamente, esperando no ver a Jenifer, pero por desgracia la realidad promete ser el infierno: Jennifer está mirándome, la bolita de personas igual, y las chicas a lado de Jennifer parecen niñas debiluchas que apuesto son más fuertes que yo. Se me cae el alma a los pies e intento correr, pero ya hay dos chicas detrás de mí que me empujan hacia Jennifer. Busco a Cristina o a Lucas pero no los encuentro.

—Te dije que no escaparías —me dice en cuanto estoy cerca de ella.

Me bajo la capucha de la sudadera e intento respirar con normalidad. Sólo recuerda: si le vas a dar un puñetazo, cierra bien el puño o te dolerá la mano.

Jennifer se quita las zapatillas, quedando de mi estatura y las lanza por ahí. Me quito la mochila de la espalda con las manos temblorosas y la pongo detrás de mí.

—¿A qué hora habrá golpes? —grita un chico.

—No te dejes de ella, chica rara —grita otro.

Jennifer se abalanza hacia mí y no hago más que retroceder, pero tropiezo con la mochila y ella cae encima de mí. La empujo con las manos, pero opone resistencia. Amaga con darme una cachetada, pero alcanzo a detenerla de la muñeca. No lo veo venir, pero siento un dolor agudo abajo del ojo izquierdo; me ha dado un puñetazo. Sonríe de satisfacción y yo me siento una pequeña indefensa.

—Te dije que quedarías con el ojo morado.

Intento no llorar e ignorar el dolor. Por fin me quito de encima a Jennifer, quien cae de espalda y su mini vestido se levanta permitiendo ver su calzón azul. Me levanto y me lanzo encima de ella. Sin prepararme, le doy un puñetazo con todas mis fuerzas en la mejilla y una vez más mis dedos truenan al hacer contacto. Suelta un chillido y la vuelvo a golpear con el otro puño. Intenta defenderse y su mano vuela para estamparse en mi mejilla, pero me cubro la cara y hace contacto en el antebrazo. Alguien me jala de la cintura y me aparta de la pelea. Me topo con la mirada preocupada de Matthew. Siento mi respiración agitada y las manos frías, las lágrimas corren por mis mejillas y los ojos me escuecen. Los pulgares de Matthew limpian mis lágrimas y me examinan el rostro. Me toma de la mano y se da la vuelta, hacia Jennifer, quien se arregla la falda y sus amigas la ayudan a reponerse.

—¿Qué demonios te sucede, Jennifer? —escucho su tono de voz y creo que está molesto—. ¿Quién te crees que eres para golpearla? —Jennifer únicamente lo mira, pero no dice nada—. ¿Crees que con eso lograrás alejarla de mí? —Matthew me da un apretón de manos como para corroborar que sigo ahí—. Creo que necesitaré estar más tiempo con ella, para que perras locas no la intenten agredir. Eres una loca si crees que esto es una solución. ¿Acaso el maquillaje en exceso no te deja pensar con claridad?

Jennifer se sorprende, se molesta y, por último, se avergüenza y enrojece de coraje.

—Ella se puede defender sola —dice—. No creo que necesites abogar por ella.

—Jennifer, ya cierra la boca —Matthew en realidad parece molesto—. La defiendo porque es mejor persona que tú y tiene lo que tú no: respeto y dignidad. Ahora rodó el mundo, ha visto tu ropa interior y cómo te humilló. Al parecer, Courtney tenía razón con eso de que quedarías peor que ella.

Jennifer junta los labios en una fina línea y, por su expresión, está claro que se contiene de gritarle algo. Matthew toma mi mochila y salimos de ahí. Con mi cabello, intento tapar mi ojo, pero creo que no funciona. Al llegar a su auto, se pone frente a mí.

—¿Te duele? —pregunta mientras pasa la mano por el moretón, lo que provoca que me aparte un poco.

Entiende que, en efecto, me duele.

—Lo lamento mucho, Courtney... esto es mi culpa.

—No lo es —me muerdo el labio e intento no comenzar a llorar.

Agacho la cabeza y limpio las lágrimas que acaban de brotar. Sin previo aviso, los brazos de Matthew me rodean; yo también lo abrazo y recargo mi cabeza en su pecho.

—Si quieres, llora; pero ten por seguro que ya no te molestarán.

Lo abrazo más fuerte y le digo:

—Gracias por sacarme del apuro.

En su pecho, escucho el eco de su risa.

—Para la próxima, tú debes dar el primer golpe... aunque no niego que me siento bien al saber que ella salió peor.

Se me escapa una pequeña risa.

—Ni creas que voy a volver a meterme en otro asunto como ese.

Se separa un poco y limpia las pocas lágrimas que quedaron en mis mejillas.

—Entonces... ¿aún sigue en pie eso de estudiar juntos?

Asiento levemente mientras intento olvidar lo que paso unos segundos atrás.

—Sólo tengo que avisarle a mi mamá.

## treinta y siete

# No es tu culpa

( Courtney )

**En el camino a casa de Matthew, trato** de inventar una buena excusa para dar explicaciones del gran moretón. Además, no emitimos palabra alguna; no sé si por incomodidad o porque no había tema de conversación. Aún siento leves pulsaciones en mi ojo, pero creo que ya no los tengo hinchados de llorar. Tengo la boca un poco seca, pero no siento la necesidad de tomar agua. Nos detenemos frente a las rejas negras y habla por el intercomunicador.

—Soy yo.

Con eso es suficiente para que sepan que es Matthew, ya que las rejas comienzan a abrirse y avanza el auto para entrar en su mansión. Recuerdo entonces lo que Cristina, Lucas y yo llevamos discutiendo desde hace dos meses.

—¿Por qué estudias en preparatoria pública si eres millonario? —le pregunto—. ¿Por qué no en una escuela de paga, de niños ricachones?

Supongo que mi pregunta le causa gracia porque se ríe levemente.

—Lo mismo me pregunto... creo que mis padres quieren que me comporte como un adolescente normal y no como un niño ricachón malcriado con ultraego.

—Te recuerdo que eres un niño ricachón con ultraego —lo interrumpo.

No dice nada, sólo mira al frente y se muerde el labio como si estuviera pensando en decir algo, pero después parece ser muy tonto para decirlo.

—Creo que tengo que ponerte hielo en ese ojo —habla por fin.

Bajamos del lujoso auto. Sigo a Matthew y me hace una señal con la cabeza de que entre yo primero. Me detengo en el recibidor porque no sé adónde ir o qué hacer; él se pone a mi lado.

—¡Mamá! —grita.

No hay respuesta; me toma de la mano y vamos a la cocina, donde están los gigantes ventanales. Me pide sentarme en un taburete junto a la barra; él va a directo al refrigerador a sacar hielos. Matthew pone hielos en una bolsa de plástico que cubre con un trapo de cocina limpio. Se acerca a mí y coloca la bolsa en mi ojo; a los segundos, el frío me cala un poco la piel.

—Creo que la loca de Jennifer sí tiene fuerza... —concluye.

—Creo que para ser una chica de tacones altos y exceso de maquillaje, sí.

Sonríe y sigue sosteniendo el hielo en mi ojo.

—Creo que te saldrá un moretón gigante y se quedará ahí por un tiempo.

—Eso lo sé, es obvio —le respondo—. ¿Qué le diré a mi mamá?

—Que chocaste con alguien y te dio con el hombro en el ojo —se encoge de hombros.

—¿Eso es posible? —lo miro con los ojos entrecerrados.

—Creo que sí...

El timbre de la casa de Matthew suena y deja la bolsa de hielo en la barra para ir a atender. Me acomodo el cabello detrás de la oreja. De la nada vienen a mi mente Cristina y Lucas y por qué no me han llamado. Saco el celular y me doy cuenta de que ya no tiene batería; por suerte, la última llamada que pude hacer fue a mamá para preguntarle si podía venir a estudiar con Matthew.

Después de un rato escucho pasos cercanos: los amigos de Matthew se quedan pasmados en el umbral de la entrada a la cocina.

—Demonios ... —murmura, Andrew.

—No es por ser una mala persona, pero, ¿Jennifer, quedó peor que tú? —pregunta Connor.

No sé qué responder pero Matthew sí:

—Justo cuando llegué, ya le había dado dos puñetazos en la cara —lo dice como si estuviera orgulloso.

Andrew y Connor se sorprenden, lo cual es raro porque a mí no me sorprende lo que pasó.

—Por cierto —dice Connor—, Cristina está como loca intentando marcarte, pero no contestas.

—Ya no tengo batería —contesto.

Connor marca desde su celular y me lo pasa.

—¿Hola? —escucho al otro lado de la línea.

—¿Cristina? —quiero cerciorarme de que es ella.

—¿Courtney? —pregunta—. ¿Dónde demonios te metiste?

—Estoy en casa de Matthew —los chicos están atentos a la conversación— y mi celular se quedo sin batería.

—Demonios, ¿por qué siempre soy la última en enterarme de todo cuando algo malo sucede? —se queja—. Lucas y yo te buscamos por toda la escuela; cuando llegamos al estacionamiento después de un montón de tiempo, ahí estaba Jennifer... por cierto, dime que no quedaste como ella.

—Por desgracia, ella fue la que dio el primer golpe y creo que estoy igual que ella, pero en mejores condiciones.

—Courtney, creo que tengo que llevarte a clases de box por si la zorra intenta atacarte de nuevo.

—¿Ya la encontraste? —escucho la voz de Lucas de fondo.

—Sí, está en la casa de Matthew —le responde.

—Dame el teléfono.

Cristina se queja pero después Lucas se escucha por encima de la voz de ella.

—Dime que estás bien —me pide.

—Dime que aún no has gastado tu mesada, porque me la debes.

—¿Jennifer te hizo algo? —pregunta alarmado.

—Si a algo le llamamos a un ojo morado, creo que sí.

—Demonios... —murmura.

Levanto la vista y los tres clavan su mirada en mí como si quisieran descubrir por telepatía lo que pienso.

—Tengo que colgar, tengo frente a mí a tres tontos viéndome algo raro.

—Esta bien —dice Lucas—. Creo que tendrás que esperar a la siguiente mesada.

—Dile a Connor que lo amo —escucho la voz de Cristina.

Cuelgo y le entrego el celular a Connor.

—Dice Cristina que te ama —le paso el mensaje.

Connor no dice nada, pero se le ilumina la mirada y sonríe de oreja a oreja. Andrew le da un codazo y Matthew lo mira pícaramente.

—Se nota que no pierdes el tiempo —se burla Matthew.

—Ya no molesten —se defiende Connor—. Andrew, vamonos, que Courtney está viva y yo tengo que estudiar para los malditos exámenes.

Andrew asiente, pone los ojos en blanco y se despide de mano. Matthew los mira en plan "Ya conocen la salida". Se retiran. Minutos después se escucha la puerta.

—Matthew, cariño, ¿ya llegaste?

Me quedo congelada y miro a Matthew. Él también está sorprendido.

—Sí, mamá —contesta.

Se escuchan los tacones chillando contra la loza, se acercan.

—Cariño... pero ¡qué te paso! —coloca ambas manos en las mejillas, en una pose sorprendida, muy épica.

—Jennifer la atacó —responde Matthew por mí.

—Jennifer... Jennifer... Jennifer... —dice varias veces para acordarse—... ¿La muchachita que te acosaba?

—Esa misma —Matthew se sienta en el taburete—. Sólo porque salgo con Courtney y no con ella.

Su mamá me mira y se cruza de brazos; golpea el piso con su tacón y chasquea la lengua al mismo tiempo.

—No es por colaborar con la violencia, pero espero que le hayas dado una paliza a esa chica. Ya se merecía sus golpes.

Suelto una pequeña risita y entrelazo mis manos.

—¿Ya le aplicaste hielo en el ojo? —Matthew afirma con un sonido de garganta—. ¿Alguna pomada para los moretones?

Matthew me toma de la mano y, básicamente, me arrastra detrás de él. Subimos las escaleras tapizadas con alfombra verde agua, y después trotamos por el pasillo. En su cuarto, me obliga a sentarme en el cama. Va al baño y regresa con tres frascos de lo que parece ser la pomada.

—Veamos... ¿cuál debo ponerte?, ¿para bajar la hinchazón de los músculos cansados, para los músculos rasgados o acalambrados o para desinflamar cualquier cosa? Oh, creo que es obvio.

Deja las otras dos pomadas en la cama y se arrodilla frente a mí. La unta en la zona afectada. Lo miro y... me dan unas ganas tremendas de jalarlo de la sudadera y juntar sus labios con los míos, pero me contengo y sigo viendo sus hermoso ojos. Termina de poner la pomada y se queda en donde está.

—Aún sigo pensando que es mi culpa —dice—. Creo que si la vez pasada le hubiera dicho a Jennifer que no te moles...

No quiero escuchar sus disculpas. Lo tomo de la sudadera y lo atraigo hacia mí. Sus labios hacen presión en los míos. Él mueve los labios. Su mano acaricia mi mejilla, mi cuello. Me sorprendo de lo que he hecho, pero Matthew no pone resistencia alguna.

—¿Eso por qué fue? —pregunta cuando nos separamos un poco... tan poco, que su aliento choca con el mío.

—Ya me cansé de escuchar que fue tu culpa cuando no lo es, simplemente deja de decirlo.

( Matthew ).

Recargo mi cabeza en mi mano y veo a la perra de Jennifer, quien toma agua con popote. Las retrasadas de sus amigas le dan de comer en la boca como si estuviera enferma. Su labio está roto e hinchado; su ojo, realmente morado y un poco cerrado. Creo que Courtney de verdad se defendió. Como si la hubiere invocado, Courtney entra a la cafetería riéndose junto con Lucas y Cristina. Su ojo está un poco verde y tiene el pómulo todavía hinchado; sin embargo, ella no tiene el ojo cerrado como Jennifer. Caminan hacia una mesa lejana a la nuestra; al parecer no se percataron de nuestra presencia. La observo en silencio y surge un extraño sentimiento en mi estómago; intento ignorarlo. Me quedo viéndola unos segundos más.

—¿Por qué estás tan raro últimamente? —pregunta Andrew.

—¿Raro? —cuestiono mientras le doy un sorbo a mi soda.

—Sí —afirma Connor—. Estás algo raro desde ayer, por lo que pasó entre Jennifer y Courtney.

—Ah... —le doy otro sorbo a la bebida—, ¿acaso te tocó ver histérica, nerviosa, con el pómulo hinchado y llorando a Courtney?

—No... pero admito que sabe defenderse —dice Connor con la boca llena de sándwich.

—Creo que no la molestaré... Qué bueno que no soy yo el de la apuesta, porque apuesto mis ahorros a que cuando se enteré te va a golpear —se burla Andrew.

—Yo apostaría los míos, pero me estoy quedando pobre gracias a Cristina —me río de él—. Dejemos el tema atrás, ¿qué harás en vacaciones?, porque sólo nos resta esta semana de exámenes y seremos libres, Smith.

—Creo que me perderé las vacaciones en Hawaii con mi familia.

—¡¿QUÉ!? —gritan ambos.

—Una persona cuerda no hace eso —Connor me apunta con el dedo.

—¡Y menos si es a Hawaii! —dice Andrew, totalmente descontrolado—. Si te vas a perder esas vacaciones, dile a tus padres que yo te puedo sustituir.

Connor ya no dice nada, creo que ha entendido el asunto.


## treinta y ocho

# Viejos tiempos

( Matthew )

**Al día siguiente, voy camino a los vestidores;** necesito cambiarme para el examen de educación física. Reviso la hora en el reloj de muñeca gracias a que Courtney siempre se burlaba de mí porque siempre veía la hora en el celular. Me detengo en seco al encontrarme con Peter. Tiene la mirada centrada en mí y está recargado en los casilleros como si tuviera rato esperándome o ya sabía que pasaría por este lugar. Se acerca a mí. No tengo idea de si quiere golpearme, hablar conmigo o informarme que hay un partido amistoso.

—¿Qué pasó entre Jennifer y Courtney? —pregunta sereno.

Me relajo un poco y suelto de poco a poco el aire acumulado.

—Jennifer fue a amenazarla a la cafetería y Courtney no se dejó.

—¿Courtney le dejó la cara así?

—Sí. ¿Qué?, ¿pensaste que había sido yo?

—Algo así —responde—. Que quizá fue en un acto desesperado para alejarla de ti, no lo sé.

—Tal vez sea un idiota con un ego enorme, pero quiero que sepas que jamás en mi vida golpearía a una chica... quizá sí llegaría a jugar con sus sentimientos, pero nunca a golpearlas —aprovecho para echarle en cara lo que hizo con Courtney—, ni intentar abusar de ellas.

Se queda callado y sigo mi camino, pero me impide el paso.

—Ya me disculpé con ella tres veces y aún sigue odiándome. No puedo estar cerca de ella sin tenga temor de que le haré algo. ¿Sabes?, quizá estaba ebrio, quizá no. Quizá le lancé un balón de americano a propósito o simplemente quise vengarme con ella por lo que me hicieron tus amigos y tú, por impedir que me acostará con ella y perdiera la apuesta, que, a fin de cuentas, perdí —por el tono de voz con el que habla, dice la verdad—. Me he dado cuenta de que ella es una buena chica y no como el resto, que tú y yo solemos conocer. Ella ama los libros; las otras, las flores; ella usa Converse; las demás, tacones. Ella es el tipo de chicas con las que te topas sólo una vez en la vida.

Trato de que no se note que su comentario me ha dado justo en un lugar sensible. Simplemente espera mi reacción.

—Si aún sigue lo de la apuesta, intenta terminarla y no ser tan cruel —me pide.

( Courtney )

Me hago una trenza al salir de los vestidores. Busco a Lucas y a Cristina por todo el gimnasio, pero se me dificulta porque somos varios grupos, gracias a que la maestra quiso que hiciéramos el examen juntos para no perder tiempo con el fin de, según ella, salir de vacaciones lo antes posible. Reconozco a Cristina de espaldas; se está mordiendo las uñas con un poco de desesperación.

—Oye, tranquila, ¿qué tienes? —le pregunto—. ¿Dónde está Lucas?

—Ni idea, no lo he visto desde el examen de historia —responde—. Connor me dijo que la maestra nos pondrá a correr por todo el campo y quienes aguanten a dar más vueltas son los que se quedan con la nota más alta... No sé tú, pero a mí se me da fatal eso de correr.

—Te recuerdo que saqué un siete el semestre pasado sólo porque no pude hacer cuarenta lagartijas.

¿Qué calificación llegaré a sacar? ¿Otro siete o alcanzaré el ocho? Por alguna extraña razón, me pongo igual de nerviosa que Cristina y comienzo a jugar con mis dedos y a mover un poco impaciente los pies. Me topo con la mirada de Jake, que en realidad no sé si me mira a mí o a Cristina. Su expresión es muy seria, como si tuviera algo en mente y estuviera calculando las posibilidades para que funcione. Intenta sonreírme y aparte la mirada de inmediato.

—A ver, ya estoy aquí, así que cierren la boca y pongan atención si quieren aprobar esta materia.

Busco a la maestra de educación física y la localizo arriba de las gradas con las manos en ambas caderas y una mirada un poco burlona. La perra nos hará sufrir mientras corremos bajo el sol y tratamos de luchar por una calificación alta.

—Muchos ya saben en qué consiste este examen y otros simplemente están aquí presentes por compromiso y para no sentirse culpables porque mínimo presentaron un examen. Así que ya saben: los últimos cuatro corredores que queden de pie son los que tendrán la calificación máxima. De ustedes depende.

Baja de las gradas y me recorre un escalofrío por todo el cuerpo. Creo que me resignaré a tener una calificación baja. Cristina me da un codazo y me ve en plan "Pase lo que pase, no golpees a la maestra". Caminamos hacia fuera del gimnasio, los rayos del sol ciegan a muchas personas, incluyéndome, y empiezan a retractarse de decir que era una materia demasiado fácil. Me cubro la cara de los rayos del sol. La maestra nos deja en la pista de atletismo, donde me abrí la rodilla gracias a un gran idiota llamado Peter. La maestra hace sonar su silbato y todos comienzan a trotar. Primero miro raro a todos y comienzo a imitarlos. Cristina ya está sudando a pesar de no haber corrido casi nada.

Tres vueltas después, de las casi cincuenta, sólo nos encontramos veinte personas corriendo. Cristina, ya en las gradas, se echa aire con sus manos, mientras se quita el sudor de la cara. Cristina se tropezó con su propio pie y por el cansancio ya no quiso levantarse de la grava, aunque se raspó un poco la rodilla. El idiota de Jake sigue corriendo sin problema alguno y yo sigo trotando e intento no jadear; no puedo darme un pequeño descanso porque la maestra de seguro me manda a las gradas. Siento gotas de sudor en la sien; apuesto que tengo las mejillas rojas. Tengo la boca seca y las piernas cansadas. El chico delante de mí se detiene un segundo y pone las manos en su estomago mientras regresa todo lo que comió en el receso. No lo miro y paso a su lado ignorando lo que hace y el olor que produce.

—¡MARK, FUERA DEL CIRCUITO! —grita la maestra—. ¡Ahora quién demonios va a limpiar eso!

Sigo trotando y llega otra bolita de chicos que, supongo, harán también el examen. Entre ellos distingo a Matthew, que está en cuclillas amarrándose las agujetas. Mejor me concentro al frente porque sabiendo lo torpe que soy, terminaría tropezándome y con grava por toda la cara. No es mucho lo que recorro pero otros dos compañeros quedan fuera. Se me olvida cómo respirar con normalidad. Sigo trotando a pesar de que mis pulmones no dan más y el sol está cada vez más fuerte. Me detengo sólo un segundo; pongo mis manos en las rodillas; siento la garganta seca y la falta de aire en mis pulmones. Comienzo a jadear para recuperarme, pero el aire no es suficiente.

—¡Courtney, a las gradas! —grita la profesora.

Sin embargo, me siento en el suelo e intento respirar con normalidad, ya que la cabeza comienza a dolerme. Cierro los ojos y respiro profundamente. Abro los ojos otra vez y... no estoy sentada a orillas del campo de futbol, sino en la enfermería.

—Vaya, parece que la señorita ha despertado —escucho la voz de la enfermera.

En seguida escucho sillas resbalarse y pasos hacia mí; todos son rostros familiares: Cristina, Jake y Matthew.

— ¿Qué rayos hacen aquí? —pregunto—. ¿No tendrían que estar haciendo su examen?

—Bueno... —balbucea Matthew—, técnicamente los que estamos en el equipo ya tenemos un diez asegurado.

—¡¡Es broma, verdad?! —Lucas hace una expresión casi de susto—. ¿Le di seis vueltas a la cancha en vano?

Hablando de vueltas y calificación... ¿cuál había sido la mía? ¿Había aprobado la materia?

—¿Aprobé el examen? —pregunto un poco espantada.

Todos se sorprenden con mi pregunta, incluso la enfermera.

—Te desmayaste por el cansancio y la insolación... ¿Y te importa si aprobaste la materia de la maestra gruñona? —Cristina me mira como si yo estuviera loca.

—Cariño, ella tiene razón. Creo que deberías descansar y tomar agua si no quieres que te dé una terrible jaqueca —la enfermera se acerca a mí; hace a un lado a Matthew y a Lucas.— Cariño, siéntate, por favor —lo hago y la cabeza comienza a dolerme un poco.

La enfermera palpa mi frente y revisa mis ojos.

—Deberías irte a casa y descansar el resto del día —me aconseja.

—Yo te llevo —propone Matthew.

Cristina pone cara sospechosa, como si Matthew quisiera aprovecharse de la situación. Matthew me tiende una mano para ayudarme a parar.

—Pero tengo que ir por mis cosas —le recuerdo.

—Solucionado —Lucas levanta mi mochila y, al parecer, tiene mi ropa hecha bolita dentro, ya que parece que va a explotar.

—Todo prevenido —Cristina sonríe.

Me despido de la enfermera y le doy las gracias. Lucas y Cristina toman rumbo a clases. Matthew y yo nos dirigimos al estacionamiento. Pasa una mano por mi cintura mientras me acerca a él, como si estuviera previniendo una caída que futuramente quizá suceda.

—Jamás en mi vida había conocido una chica que corriera lo mismo que un jugador de futbol.

—¿Por qué lo dices? —lo miro curiosa.

—Fuiste la única chica entre los últimos cuatro.

—¿Es broma? —niega con la cabeza—. Ah, entonces huir de los patos es un buen entrenamiento.

Matthew suelta una carcajada.

—Supongo que el desmayo valió la pena.

—Creo que sí, aunque me duele mucho la cabeza.

—¿Quieres que te cargue de caballito? —lo miro un poco asustada—. ¿De qué te asustas? Ya lo hemos hecho antes —sonrío.

—Como en los viejos tiempos —le digo.

—Eso sólo aplica cuando ha pasado muuuucho tiempo, y si no mal recuerdo, eso no tiene muuuucho tiempo —le golpeo el brazo.

## treinta y nueve

# ¿Quieres ir al baile conmigo?

( Courtney )

**Desactivo la alarma del celular y me dejo** caer de nuevo en la cama, mientras me quejo de haber golpeado mi moretón contra la almohada. Pero no hay remedio, así que cierro los ojos antes de levantarme para no marearme, como usualmente sucede. Aviento las cobijas a un lado y me siento en la cama aún con los ojos cerrados y el cabello en una maraña. No entiendo cómo algunas chicas despiertan lo más felices del mundo y hasta peinadas; yo soy todo lo contrario: me levanto de mal humor, con aspecto de zombie y el cabello todo enredado.

Voy directo al baño a lavarme la cara con agua fría para despertarme. Hago las cosas que cualquier humano hace y regreso al cuarto a cambiarme. Lo bueno de bañarse por las noches es que por las mañanas no vas a la escuela con el cabello mojado. Corro un poco la cortina: el día está gris y nublado. ¿Cómo era eso posible? Ayer todo el día estuvo el sol arruinando mi clase de educación física y jodiéndome la tarde. Pienso seriamente en vengarme de la maestra. Voy al clóset a buscar unos jeans, una playera y una sudadera. Me pongo los Converse. Me quedo parada unos segundo frente a el espejo preguntándome: ¿me peino o no? ¿Matthew lo notará o le dará igual? Comienzo a cepillarme, me pongo una diadema rosa que hace juego con la sudadera y mis típicos aretes; tomo la mochila y mi celular. Salgo a la calle porque Cristina ya está esperando. Ni siquiera me saluda.

—¿Cristina, qué tienes? —le pregunto al ponerme el cinturón de seguridad.

—Tenías demasiado tiempo sin usar diademas —me mira.

—Sí, bueno... ese no es el punto. ¿Connor te hizo algo?

Su labio inferior tiembla un poco, como si estuviera a punto de llorar, pero se controla. Busca su bolsa debajo del asiento y saca su celular, me lo pasa y leo sus mensajes con Jake. El último dice: "Lo siento", acompañado de una foto de Connor besando a otra chica. Lo peor de todo es que ambos están de perfil y es fácil identificar a Connor. Bloqueo el celular y se lo paso en silencio. Coloca la frente en el volante; ya resbalan sus lágrimas. Se las seca con el dorso de la mano y guarda el celular.

—¿Él ya sabe que sabes?

—Sí...

—¿Te ha buscado o dicho algo? —le pregunto.

—Miles de mensajes y llamadas diciendo que esa foto no es actual y que es alguna venganza de un chico celoso, que él me quiere a mí y esas estupideces.

—¿Y por qué no le crees?

—¿Qué tal si es real?

Le pregunto seriamente:

—¿Aún son novios?

Cuando llegamos a la escuela, ella se pone unos lentes negros para que nadie mire sus ojos hinchados, la abrazo para hacerle saber que no está sola. Las personas nos miran y comienzan a murmurar. No sé si por mi ojo morado, por la pelea con Jennifer o por algo que ninguna de nosotras sabemos. Ella se va a su casillero y yo al mío. Estoy lista para ir a clases de matemáticas, pero veo a Lucas corriendo hacia mí. Llega agitado, me enseña la pantalla de su celular con la misma foto.

—¿Sabes qué rayos significa esto? —pregunta.

—No tengo ni la menor idea, pero el idiota que lo hizo tiene celos o es real e intenta hacer que lastimen a Cristina.

—¿En serio, Courtney? —pregunta con la mirada seria.

—Bueno, no y ya, pero Cristina se puso lentes oscuros para que nadie viera sus ojos hinchados; en todo el camino a la escuela no dijo nada.

—Hablando de escuela... —me mira—... espera... ¿no eras ya rebelde y habías dejado de usar diademas porque eran para niñas pequeñas?

Le golpeo el brazo e intento disimular que simplemente me peiné por gusto propio y no para impresionar a nadie.

—Bueno... el punto es: Stacey y yo nos quedamos de ver en el parque que está cerca y quería que cubrieras las faltas en las clases que tenemos juntos... ¿puedes?

—Oh, dios mío, es una broma, ¿verdad? —lo miro sorprendida—. ¿Te vas de la escuela para estar con una chica?... ¡Claro que cubriré tus faltas!, ¡ya era hora de que superaras a Jennifer!

Me da un beso en la mejilla y se echa a correr. Ay, estos chicos de ahora.

¿Qué clase de chica deja a su mejor amiga comer sola y casi la obliga a ir a las gradas para alejarse de los chismes? Aquí está desierto y hace un poco de frío, pero al menos evito a la gente. Cristina estará en algún rincón de la escuela llorando por Connor y comiendo su sándwich mientras planea la fiesta que mañana hará para desahogarse. Me quito la diadema rosa básicamente porque me había peinado para una persona pero terminaron notándolo otras. Por alguna extraña razón me siento frustrada y me tapo la cara con las manos. Matthew ni siquiera ha llegado. Tampoco Connor.

—¿Acaso sabías que está prohibido estar en las gradas sin que haya partido?

Veo a Matthew a dos gradas abajo, con una sonrisa de esas tan comunes en él; lleva chamarra de mezclilla, camisa a cuadros desabotonada y debajo una playera.

—¿Qué rayos haces acá? —pregunta.

Me encojo de hombros y él sube las gradas.

—No lo sé, creo que aquí no me siento observada... ¿por qué no habías llegado y ahora estás aquí? —le pregunto—. ¿Estabas buscándome o me encontraste por casualidad?

—Porque en las clases ya no hacemos nada y los apuntes que hagas ya no cuentan —argumenta—. Sólo están poniendo cosas de relleno para terminar la semana, después darán los resultados finales y será la entrega de documentos y el baile de graduación de los de tercer año. Por todo eso y sí: estaba buscándote.

—¿Entonces me levanté temprano en vano? —le pregunto, a lo que él asiente. Me frustro un poco más y olvido preguntarle por qué me buscaba.

—Oye... —me observa detenidamente—, ¿no traías diadema? —pregunta mientras pongo cara de sorprendida—. Porque creo habértela visto puesta.

Sonrió exteriormente pero me muro interiormente... ¡SE DIO CUENTA DE QUE ME PEINÉ!

—Sí, pero me la quité; me sentía un poco rara.

Sube la grada que le falta y se sienta a mi lado.

—Creo que así te ves linda; aparte, parecías niña chiquita con ella.

Me agacho porque estoy demasiado sonrojada y feliz al mismo tiempo. Una vez que siento que me repongo levanto la vista y él se rasca nerviosamente la nuca. Se pone de pie y me extiende la mano para ayudarme a ponerme de pie. Nos sonreímos mutuamente.

—Te estaba buscando para preguntarte algo —dice.

Nuestros cuerpos se juntan; él pone sus manos en mi espalda y yo las mías en su pecho; nos miramos fijamente.

—¿Es bueno o malo? —le pregunto—. Para mentalizar mi reacción.

—Es bueno... o eso creo.

Mira hacia el cielo, luego a un lado, respira como si se estuviera preparando, vuelve a mirarme...

—¿Quieres ir al baile de graduación conmigo?

Lo miro incrédula y entrecierro los ojos para que me diga la verdad.

—Basta de bromas. ¿Qué es lo que de verdad me quieres preguntar?

Matthew suspira.

—Es eso... no es ninguna broma.

—Verás... mi nombre es Courtney y mi apellido es Grant, no me llamo Jennifer ni Alice y tampoco me apellido Stan ni Evans, ¿entiendes?

—Tengo claro que eres Courtney Grant, y también que no eres como esas chicas superficiales que se morirían por que les propusiera lo mismo que a ti... ¿Quieres ir al baile de graduación conmigo, Courtney Elizabeth Grant?

—Diría que sí, pero arruinaste la pregunta al mencionar mi segundo nombre — le digo y al mismo tiempo niego con la cabeza.

—Courtney...

—¡Claro que sí, tontito!

—¿Sí? —enfatiza mi respuesta.

—¡Que sí!

—¿En serio? —vuelve a dudar.

—¿Qué parte de *ese i* no entiendes? —pregunto frustrada.

—Es que con tu fama de chica sarcástica e irónica, no sé si es un *sí* de "claro, voy contigo" o un *sí* de "claro, te voy a dejar plantado".

—Es un *sí* de "ya cállate que voy a ir contigo y bésame".

Creo que le queda claro, porque enseguida tengo sus labios en los míos; subo mis manos a su cuello y él me presiona, rico, la espalda. Me pongo de puntitas y eso hace un poco más fácil las cosas. Sonríe en medio del beso pero continúa lenta y delicadamente. Guardo en mi memoria cada sensación que me provoca saborear sus besos.

Se separa un poco, pero tan poco, que cuando habla sus labios rozan con los míos.

—Lamento decirte que usarás vestido, tacones, maquillaje y... bailarás conmigo.

—Usaré vestido y maquillaje, pero tacones jamás.

—Después hablaremos eso.

Vuelve a besarme.

## cuarenta

# Jake, eres un jodido idiota

( Courtney )

**Al día siguiente, al despertar, lo primero que hago** es checar el celular por si Cristina me contestó el mensaje avisándole que no pasara por mi, porque me dejó en visto. Reviso los demás mensajes, pero ninguno de ellos es interesante, excepto los de Lucas.

*¿Por qué Cristina aún sigue mal por lo de Connor?*

*¿Por qué no estás en la escuela?*

*Tengo que hablar contigo, esto es algo grave...*

*Voy a golpear a Jake.*

No sé a qué se refiere, pero intento descifrar la razón para golpearlo, aparte de que Jake es un idiota, claro. Me sorprende ver que tengo un mensaje de Jake; descubro el motivo por el que lo golpearán: es una captura de pantalla de una conversación con Cristina, en la que la invita a salir y ella responde que lo pensará. ¿Acaso este chico quiere terminar con el rostro como Jennifer o Peter?

Ya es mediodía, así que corro a ducharme. Necesito hablar con Cristina. Lucas tiene que acompañarme a esa pequeña guerra en la que nosotros tocamos su puerta como locos y ella nos ignora porque está dolida. Salgo de la ducha. Después de pasar toda la ropa, encuentro una camisa de cuadros verdes, rojos y azules... ¿Desde cuándo la tengo? La descuelgo y decido ponérmela. La combino con jeans y mis Converse, me cepillo el cabello un poco y opto por una chaqueta de mezclilla. Camino por el corredor y, justo al pasar por la puerta del cuarto de Nathan, escucho música que ni al caso con lo que suele escuchar; presiento que lo hace porque está con alguna chica haciendo cosas que no me gustaría imaginar. Voy a la cocina por algo de comer. En el refrigerador encuentro una pedazo de papel mal cortado en el que mi mamá avisa que no la esperemos a cenar, que llegará muy tarde y que si llama papá le avisemos. Así es, mi papá y mi mamá aún siguen separados y creo que él ni siquiera nos ha marcado. Tomo una manzana y le marco a Lucas.

*Piiii... Piiii... Piiii... contesta.*

—Courtney, ¿qué paso? ¿Por qué no viniste?

—Matthew me dijo que ya no sirve de nada, que es sólo relleno para antes de salir de vacaciones...

—Opino lo mismo: no hacemos nada, hemos tenido todo el día libre; mañana viernes es el último y creo que habrá fiesta.

—No es nada raro —contesto—. ¿Sabes algo de Cristina?¿El idiota de Jake anda con una sonrisa de satisfacción o normal? Porque ya vi lo que hizo y te juro que iré a patearle sus partes sensibles. Eso no se hace.

—Ah, pues qué crees: no sólo nos mandó el mensaje a ti y a mí, sino a toda la escuela, lo que incluye a Connor.

—¿Ya tienes tu moto? —le pregunto.

—¿Te estás burlando? Mis padres la vendieron y ahora traigo un Jetta gris del siglo XVI. ¿Sabes lo que esa motocicleta significaba para mí?

—Lo sé, lo lamento, ¿podrías pasar por mí? Me gustaría ir a casa de Cristina.

—Pues ya qué...

Toco la puerta por tercera vez, sin respuesta alguna. Otra vez: cuatro, cinco, seis veces.

—¡CRISTINA! —Grito—.¡SI NO ABRES LA PUERTA, IRÉ A GOLPEAR A JAKE Y TÚ NO VERÁS ESO!

No pasa ni un minuto y Cristina abre la puerta y su mirada brilla un poco.

—Si vas a golpearlo, tengo que ir yo.

—Lástima, sólo quería que salieras de casa y hablaras con nosotros —le dice Lucas—. Ya sabemos todo.

—¿Qué cosa? —pregunta Cristina haciéndose la tonta—. ¿De qué hablan?

—Jake te ha invitado a salir, lo sabemos —le echo en cara—. El muy idiota se encargó de decírselo a todos.

—Y cuando dice todos son tooooodos —le aclara Lucas.

Cristina se queda callada y antes de hablar suelta el suspiro más grande del mundo.

—Es un idiota.

—Somos tus mejores amigos, casi tus hermanos, no nos puedes ignorar de esta forma. ¿Desde cuándo la Cristina que yo conozco se pone así por un chico? —Lucas no obtiene respuesta—. Nunca, la Cristina que yo no conozco, se pondría a celebrar que tiene el corazón roto, pero jamás lloraría.

—Realmente quiero golpear a Jake por arruinar una relación que en realidad amaba —se muerde una uña—. Extraño que Connor me diga enana y me dé besitos en la nariz o que me haga cosquillas cuando me enojo porque ve a una chica.

—¿Sabes qué?, subiremos al auto de Lucas e iremos a su casa a golpearlo.

—¿Auto de Lucas? —pregunta confundida.

—No quiero hablar de eso, así que sólo sube al auto.

Yo me acomodo en los asientos traseros. Cristina le indica por dónde ir. Al cabo de media hora, vemos la casa de Matthew. Se detiene ante las rejas cerradas y habla por el intercomunicador diciendo que venimos a visitar a Jake. Segundos después las rejas se abren de par en par.

A lo lejos, Jake sale de la gran mansión. Lucas ni siquiera se ha estacionado cuando me bajo y camino un poco molesta hacia él.

—¿Qué rayos traes en mente, Lawrence? —le grito para que me escuche—. ¿Estás feliz de saber que separaste a Cristina y a Connor?

—Ella merece a una buena persona —me dice una vez que estoy a unos pasos de él—. Una buena persona como yo.

—Una buena persona no hace lo que hiciste —le apunto con mi dedo.

—Tenía que... —comenta en tono desinteresado.

—¿Tenías que? ¿En serio, Jake?

Pienso si es mejor soltarle un puñetazo o quedarme quieta.

—Lastimaste a mi mejor amiga, la heriste de verdad y todo por una estúpida foto. Ella es como mi hermana y no dejaré que idiotas celosos se metan con ella. Si ella no te hizo caso desde un principio fue porque eres un verdadero idiota sin cabeza o demasiado tonto, que es lo mismo. Si no fue así la primera vez, la segunda tampoco lo será, y creo que no será nunca de los nuncas, idiota.

—Courtney... —escucho la voz de Cristina.

Creo que mis palabras realmente lo hicieron enojar, porque me mira serio, tiene la mandíbula apretada y los manos echas puños. Respira de un modo raro, como si quisiera controlarse, pero creo que no lo logra.

—¿Crees que puedes llegar de la nada y reclamarme? —habla en tono fuerte—. ¿Te crees con el derecho de echarme en cara todo lo que dijiste?

—Creo que eres un idiota y que deberías de alejarte de Cristina, porque juro que te golpearé... ok, quizá no golpee fuerte, pero puedo conseguir un bat.

—Courtney, mejor vete a casa si no quieres escuchar feas palabras.

Me quedo parada y, para hacerlo enojar más, me cruzo de brazos y espero que hable antes de que termine gritándole yo las palabras feas.

—¿Por qué tantos gritos? —escucho la voz de Matthew—. ¿Qué hacen aquí? —pregunta.

—¿Sabes qué hizo? —pregunta Lucas—. No es que me agraden tú y tus amigos, pero Cristina es mi mejor amiga y no me gusta verla mal.

—Hablando de esas cosas... —dice Matthew—, creo que interrumpieron la paliza que le íbamos a dar a Jake.

Por la puerta se asoman Connor y Andrew. A Connor se le ilumina la mirada al igual que a Cristina, pero no corren a abrazarse.

—Jake, eres un jodido idiota —lo culpa Andrew—. Connor, ve y bésala.

Connor corre hacia Cristina y se besan. El cielo truena y doy un pequeño brinco mientras todos están atentos a la escena.

—Bueno, yo me voy porque tengo una cita a la cual no llegaré tarde —dice Lucas y se retira velozmente. Ni siquiera me da tiempo de pedirle que me lleve de vuelta a casa.

—Yo igual me voy —escucho a Andrew.

Me quedo parada y veo cómo todos se retiran, incluso Cristina.

—¿Quieres que te lleve a casa? —pregunta Matthew; acepto y me cruzo de brazos a causa del viento frío—. Creo que va a llover.

—¿En serio? —pregunto sarcástica—. Desde ayer estaba así el clima, sólo que ayer no llovió.

Matthew niega con la cabeza divertido y me abraza por la cintura.

—No me gustan los días lluviosos. Son deprimentes.

—A mi sí —respondo—. Excepto por los truenos.

—Vaya, Grant le tiene miedo a los rayos.

—¡Déjame en paz, Matthew!

## cuarenta y uno

# Me quedo contigo

( Courtney )

**Cuando llegamos a casa, todas las luces están apagadas.** El silencio reina en el lugar. Prendo la luz y me doy cuenta de que pasaré la noche sola.

—¿Te quedarás sola? —pregunta.

—Creo que sí —murmuro—. Deberías irte antes de que empiece a llover.

—¿Crees que me iré? —pregunta sarcástico—. Hazte a un lado, me voy a quedar contigo hasta que alguien llegue —lo miro incrédula.

—Son más de las seis de la tarde, tu mamá te va a matar si no te vas a casa.

—Mi mamá no se preocuparía por eso. Además estoy contigo, no pasará nada malo.

Me hago a un lado para que pase. Cierro la puerta. Se queda parado esperando que le diga algo pero no sé qué hacer.

—¿Qué se supone que haremos? —le pregunto.

—¿Qué se supone que harías si no me hubiera quedado?

—Dormir —respondo.

—¿Entonces quieres irte a dormir?

—Espera, espera, espera —levanto mis manos—. ¿Qué traes en mente?

—¿Por qué? —pregunta.

—¿Crees que te dejaré dormir conmigo? —pregunto.

—No lo sé... quizá.

Lo pienso unos segundos y, no sé si resignada o feliz, acepto y subimos las escaleras. Justo cuando vamos a la mitad del camino, la luz se va y todo se queda en silencio, con el sonido de la lluvia de fondo.

—Matthew —susurro—. ¿Dónde estas?

—Aquí —escucho su voz.

Me quedo inmóvil y de repente siento su mano en mi brazo; él ilumina el camino con su celular.

—Esto me da miedo, así que apúrate —me susurra.

Lo tomo del brazo mientras caminamos a pasos lentos hacia mi cuarto. Cuando llegamos, cierro la puerta con seguro y me quito los tenis. Me tumbo en la cama. Me arropo con las cobijas y él se hunde en la cama a mi lado.

—Creo que es muy pequeña la cama —murmura.

—Quizá porque duermo yo sola —le digo—. Tengo que admitir que fue buena idea que te quedaras... creo que del miedo me hubiera quedado dormida en el sillón.

—No lo dudo —murmura—. ¿Quieres ver la tele?

¿Escuché eso o lo imaginé?

—¿Es en serio, Smith? ¿Quieres ver la televisión... sin luz?

Sólo me pasa por la cabeza. ¿Cómo demonios vamos a dormir juntos?

—¿Cómo vamos a dormir?

—Lo mismo me preguntaba... creo que... sólo acomódate.

Me pongo de espaldas hacia él y él hacia mí; nuestros traseros chocan y es algo incómodo y vergonzoso. Mejor nos giramos y quedamos de frente. Logramos vernos a pesar de que no hay luz, pero al parecer también resulta incómodo. Nos ponemos boca arriba, pero él queda en la orillita. Suelto un suspiro frustrado y nos volvemos acomodar, sin éxito alguno. Se pone boca abajo y yo de lado... Nos volvemos a acomodar una y una otra vez.

Dan las ocho de la noche y nada que dormimos.

—Creo que ha sido mala idea —le digo—. Aparte, tú eres Smith, creo que deberías de saber qué hacer en estos casos, has dormido con demasiadas chicas.

—Bueno... —balbucea—, en realidad sólo voy al grano y ellas se van... no he dormido con una chica que no sea mi mamá o Emily...

Me quedo *shockeada* y emocionada al mismo tiempo. Siendo sincera, me siento afortunada de ser la primera chica que se acuesta con él en el buen sentido. Aunque me decepciona un poco saber que, si todo llegara a algo más, no sería yo la primera. Pero me gustaría ir a restregárselo a la cara a Jennifer... no, mejor no: suficiente fue con el show que armó el otro día. Ambos nos quedamos mirando el techo mientras por su mente pasa algo que yo no descubro y por la mía pasa una absurda, suicida y loca idea.

—¿Qué más podría pasar?

—*Arriésgate hoy, quizá mañana no tengas esta oportunidad.*

—Matthew —susurro—... abrázame.

Se me hace un nudo en la garganta. Intento sostener mi dignidad antes de que él provoque que se esparsa por el suelo.

—¿En serio? —pregunta asombrado.

—Matthew —me pongo una mano en la frente—. Tengo mucho sueño como para preocuparme si vamos a dormir abrazados o no, porque si por mí fuera me voy a dormir al piso...

—Está bien —me interrumpe—, date la vuelta.

Me quedo muda ante sus palabras y una sensación rara recorre todo mi cuerpo, acompañado de una extraña felicidad. Me giro dándole la espalda y contengo la respiración cuando siento su cuerpo junto al mío. Creo que no hay ni un milímetro de separación. Encojo un poco las piernas y me encorvo un poco para distanciarlo, pero él lo toma de otro modo porque se acerca aún más. Me abraza por la cintura y deja su mano en mi abdomen; me abraza más fuerte, como si no quisiera soltarme en ningún momento. Siento su mejilla en mi cuello y su respiración... su respiración.

—Creo que fue buena idea quedarme. Sin duda alguna...

Pongo mi brazo encima del suyo y entrelazo mis dedos con los suyos. Mi otra mano la pongo debajo de la almohada y siento las mariposas en mi estómago. En estos momentos me siento extraña, con una sensación absurda y bonita al mismo tiempo; una sensación que solamente él produce y que yo desconocía. Matthew se acomoda y me acurruca más hacia él.

—¿Duermes feo? —pregunta arrastrando las palabras gracias al sueño.

—¿Por qué? —se me cierran los ojos.

—Sólo intenta no tirarme al piso.

Intento que mis ojos no se cierren y memorizar todo lo que ocurre: cómo se siente dormir con él, nuestras manos entrelazadas y su cuerpo y el mío juntos, su respiración, su olor... No quiero que la noche termine.

Abro los ojos de a poco y lo primero que veo me desconcierta un poco: la habitación iluminada por la luz del día; quiero levantarme, pero unos brazos me detienen. Levanto la vista aterrada: Matthew dormido con la boca abierta, abrazándome y yo abrazándolo de la cintura, nuestras piernas están entrelazadas y mi mente no piensa con claridad. ¿Cómo fue que terminamos así?

Recuerdo la noche anterior y sonrío de oreja a oreja; descanso mi cabeza en su pecho y vuelvo a cerrar los ojos para dormirme, pero la voz ronca y baja de Matthew, me impide hacerlo.

—¿Estás despierta? —tengo que aceptar que jamás me imaginé escuchar su voz recién levantado.

—Sí —contesto—. Pero aún tengo sueño.

Me jala un poco más hacia él, como si fuera alguna clase de peluche gigante y suelta un bostezo.

—Aunque no lo creas, dormí bien.

—Yo igual —murmuro.

# cuarenta y dos

## Extraños sentimientos

( Matthew )

**Al abrir los ojos, me desconcierta donde estoy.** Mi cuarto no es tan pequeño ni las paredes son de color crema, ni mucho menos tengo una pared llena de fotos y cuadros raros. Pienso que es un sueño, pero la realidad es otra.

¿Smith, qué demonios has hecho?

Intento moverme, pero un brazo en mi cintura y un cuerpo frente a mí lo impiden. Casi se me sale el corazón al ver a Courtney acurrucada en mi pecho. Tengo un brazo debajo de su cabeza y otro en su cintura, nuestros pies entrelazados y estamos totalmente juntos. La miro: los ojos cerrados, la boca entreabierta y el cabello despeinado. Recuerdo la noche anterior y otra vez algo se retuerce en mi estómago; me siento extraño. Sonrío al recordar que, por la falta de espacio en su tonta cama individual, o me caía yo o se caía ella. Cierro los ojos para seguir durmiendo, pero Courtney se retuerce y después se queda totalmente quieta, como si se estuviera igual de desconcertada que yo.

—¿Estás despierta? —susurro con la voz ronca.

—Sí —responde un poco más bajo de lo común—, pero aún tengo sueño.

La abrazo más por alguna razón que desconozco, pero como si tuviera la necesidad de tenerla muy cerca. Se me sale un bostezo de la boca y digo como si lo hubiera pensado en voz alta:

—Aunque no lo creas, dormí bien.

—Yo igual.

—¿Qué hora es? —le pregunto.

Ella se gira para ver la hora en su celular, que está en la mesita de noche. Se sienta un poco alarmada y se pone la mano en la frente. Admito que se ve linda.

—Demonios, demonios, demonios —dice desesperada—. Ya es mediodía, mi mamá ya debe de estar en la casa, me va a matar... ¿Alguna vez has escapado por la ventana?

—Por desgracia, sí.

Y era cierto: por desgracia sabía y podía hacerlo, ya que a veces en la escena de acción, los padres de alguna de las chicas llegaban y yo tenía que cambiarme rápido y salir literalmente volando. Típico de película adolescente, pero por desgracia una realidad que sufrí.

Nos levantamos y la escapatoria comienza. Recojo mi celular junto con mi reloj y me dirijo a la ventana.

—Ten cuidado —me dice al tiempo que saco mis piernas por la ventana.

Me siento en el marco de la ventana; Courtney se torna preocupada. Le pongo una mano en el brazo y la acerco a mí para darle un beso.

—No soy tan idiota como parezco.

Cuando llego a casa, aún tengo esa sensación en mi estómago de que algo anda bien y me siento feliz, pero preocupado al mismo tiempo. ¿Qué rayos me pasa? No puedo quitarme la sonrisa estúpida; tengo ganas de volver a ver a Courtney, abrazarla fuerte y hablar de cualquier tema. En las escaleras me topo a mi mamá. Me mira con el ceño fruncido y los ojos un poco entrecerrados.

—Matt, cariño, dime que no ingeriste alguna clase de droga para traer esa sonrisita y esa mirada perdida.

Borra la sonrisa y mi mirada se centra exactamente en ella.

—Mamá, no me drogué ni nada de eso —le aclaro.

—Entonces, ¿se puede saber la razón por la que estás así? —se cruza de brazos y espera una respuesta.

—Bueno... —respiro profundo—, te cuento luego. Voy a hacer cosas a mi recámara.

Con la mirada me pide una respuesta.

—Luego te cuento, mamá.

En mi recámara, voy directo a la cama y me aviento boca arriba. Suelto todo el aire para relajarme. Mis piernas quedan en el aire. Sin pensarlo, pongo una mano debajo de mi cabeza y otra en mi estómago. Es el momento en el que me pongo a pensar en las cosas que pasan, en la apuesta... en Courrtney. Estiro una mano y saco la nota con las reglas de la apuesta, debajo de la almohada. La dejo a un lado y me angustio. ¿Cómo le romperé el corazón? ¿Qué haré si se entera por otra persona? ¿Qué, si termino sintiendo algo por ella?

Frustrado, coloco mis manos en la cara para pensar claramente, porque es obvio que estoy sintiendo algo más por ella; si no, ¿por qué tengo la necesidad de tenerla a mi lado y besarla hasta vernos obligados a volver a respirar? Tengo muchas ganas de volver a dormir con ella y sentirla entre mis brazos, con su rostro relajado, sus ojos cerrados y su respiración tranquila y lenta. ¡Soy un idiota! ¡No tuve en cuenta que para el baile de graduación ella estará odiándome y llorando por mi culpa!

—*Si le rompes el corazón ese mismo día, tendrás pareja, estará casi toda la escuela y es perfecto para que todos recuerden ese día.*

—*O puedes romperle el corazón un día antes, ir a la fiesta soltero y disfrutar de todas las chicas que se quieran acercar. Ella sufre menos y tú disfrutas más.*

Definitivamente no sé qué hacer; ir a la fiesta como si nada y romperle el corazón ahí, romperle el corazón un día antes o definitivamente hacerlo el día que se cumple el quinto mes, o sea, el día que regresamos a clases, dentro de tres semanas. Me siento más confundido que antes.

*Dios mío, eres Matthew Smith y terminas todo lo que has empezado, así que ahora finalizas esta apuesta y harás de cuenta que este acontecimiento no sucedió. No pensaste en lo linda que resultaría ser.*

Tiene razón mi mente, tengo que seguir con esto hasta el final. Tengo que conseguir esa única cosa que me falta. Saco el celular y enseguida le marco.

—¿Hola? —pregunta.

—Hola, soy Matthew —saludo.

—Ah, hola. ¿Se puede saber la razón de tu llamada?

—Sólo quería saber si ibas a ir a la fiesta de hoy en la noche.

—Cristina me dijo que la fiesta se cambió para mañana.

—¿Pero vas a ir? —pregunto.

—Tengo que pedirle permiso a mi mamá.

—¿Y si vas conmigo crees que te den permiso? —pregunto, esperanzado.

—No lo creo... quizá —contesta algo dudosa.

—Bueno, mañana paso por ti a las nueve de la noche.

—¡Qué! No, no, no, Matthew —habla de prisa—. Mejor te veo allá o yo qué sé, pero no vengas.

—¿Por qué?

—Que vengas a mi casa implica que conozcas a mi mamá.

—Pero ya la conozco —le recuerdo.

—Pero conocerla como si fueras la persona con la que salgo oficialmente.

Eso me cae como balde de agua fría porque yo ni siquiera he pensado en si salimos oficialmente, aunque en la apuesta eso es lo principal; jamás me detuve a pensarlo, simplemente la vi como la apuesta.

—Bueno, correré ese riesgo.

—¿En serio? —pregunta sorprendida.

—Lo haré con tal de que te dejen salir conmigo.

Y que yo pueda ganar la apuesta.

—No te aseguro al cien por ciento que me den permiso, pero haré el intento.

—Nos vemos en la fiesta, Grant.

—Supongo —dice antes de colgar.

Bueno, creo que los requisitos de la apuesta están por cumplirse todos y cada uno de ellos. Matthew Smith no tendrá que raparse.

# cuarenta y tres

## El novio de mi madre

( Courtney )

**Miro horrorizada el celular y espero que Matthew** no haga la estupidez de presentarse en la casa y decir que es mi novio. Aunque en realidad, la pregunta pasa por mi cabeza cientos de veces y no sé la respuesta: ¿Somos novios? Saco el aire de un suspiro. Creo que es hora de pedirle permiso a mi mamá para ir a la fiesta. Voy al comedor con la esperanza de encontrarla ahí, pero el comedor está impecable y con la luz apagada. En la cocina noto la luz prendida; ahí está mi mamá sentada, leyendo un libro con sus raras gafas para vista cansada.

—Mamá —me acerco y deja a un lado su libro, lista para ponerme atención—. ¿Me das permiso de ir a una fiesta el sábado?

Procuro no ponerme nerviosa ni comenzar a morderme las uñas.

—¿En serio estás pidiéndome permiso? —pregunta sorprendida—. Nathan sólo se salía de la casa y me decía que no lo esperara temprano.

No me sorprende.

—¿Es un sí? —le pregunto sorprendida y esperanzada.

—Aún no digo nada, sólo que me sorprende que me pidas permiso para ir a una fiesta sabiendo que odias las fiestas.

—Mamaaaá —alargo—, es que un chico me in...

Demonios, demonios, demonios... debes aprender a cerrar la boca cuando es necesario.

—Con que un chico, eh —me mira con una sonrisa—. Bueno, te daré el permiso —sonríe—, pero tienes que presentarme al chico.

Mi sonrisa se borra y ella sigue hablando, pero esta vez, un poco seria.

—También depende de cómo te portes hoy en la cena.

¿Qué cena? Mi expresión cambia drásticamente a una de confusión; abro la boca para hablar, pero no me reconozco:

—¿Qué cena?

Nathan también mira confuso a mamá. Ambos queremos una respuesta; nuestras inquietudes coinciden por primera vez desde hace tiempo.

—Creo que es hora... —murmura mamá.

Miro de reojo a Nathan y él frunce el ceño en plan "Creo que es malo". Mamá palmea la barra, para indicar que nos sentemos. Nathan y yo nos sentamos frente a ella; comienzo a ponerme nerviosa. ¿Qué clase de cena podría ser?, ¿familiar? ¿de negocios?, ¿romántica con el hombre de su trabajo que le gusta? Mi humor cambia drásticamente y las ganas de ir a la fiesta se desvanecen como humo.

—Bueno, creo que ustedes saben que su padre y yo nos hemos dado un tiempo —su garganta se hace nudo—, pero creo que la separación es definitiva, porque la mujer con la que estaba muy cariñoso lo afirma.

Me quedo impactada por la noticia y con una sensación de vacío en mi estómago. Debe ser una broma porque ellos parecían tan felices, tan decididos a morir juntos... aunque las peleas de los últimos meses lo contradicen, claro. Pero no, ¡esto no podía ser cierto! Nathan parece como si estuviera conteniendo las ganas de ir a golpear a papá.

—Además, yo también he conocido a un hombre —continúa— y la verdad es que se ha portado muy dulce y atento conmigo.

¡Y cómo no!, mamá es joven: treinta y nueve años y ninguna cana; ojos miel y sonrisa coqueta, buen sentido del humor... realmente hermosa.

—No sé cómo llegamos a este punto, pero me invitó a cenar ayer; esa fue la razón por la que no estuve. Así que yo lo invité a cenar hoy para compensar lo de ayer...

Nos miramos unos a otros intentando descifrar si estamos de acuerdo o no. Yo estaba en total desacuerdo, pero eso no lo podía decir en voz alta y mucho menos echárselo en cara porque era su vida y su decisión; una decisión, por cierto, que ninguno de sus dos hijos aceptaba.

—Al parecer, él y yo podríamos convertirnos en pareja...

Esto es malo.

—Bueno, mamá, ve al grano, no necesitamos escuchar todo un discurso acerca de él y tú —le reclama Nathan.

—Van a venir a cenar a las 8.

Inclino un poco la cabeza para ver el reloj de la estufa y marca las cinco de la tarde... espera, espera, espera...

—¿*Van*? —pregunto al fin—. ¿Quiénes?

—Él tiene dos hijos —explica—. Un chico de 20 años y una chica de 16.

Suelto un suspiro y dejo los ojos en blanco y me recargo en la silla.

—Ahora creo que va una mala noticia para ti —me mira—: te compré un vestido bonito y unos zapatos para la cena.

Me pongo recta en un microsegundo.

—¿¡Qué!?

—No quiero que vistas tus típicos jeans y tus tenis esos de tela. Sólo por hoy usarás el vestido y de eso dependerá si te doy permiso de ir a la fiesta.

Vuelvo a estar en desacuerdo y me quedo con las ganas de decirle que no pienso usar el maldito vestido, pero en vez de eso, lo que logro decir es:

—¿Dónde está el vestido?

Le doy un último vistazo a mi atuendo y hago una mueca mientras muevo un poco incómoda los pies con los zapatos de piso color crema; creo que el vestido blanco con pequeñas flores rojas me hace parecer una pequeña niña de cinco años. Me siento rara con el cabello peinado de forma ondulada y fijado con laca. ¿Qué clase de hombre era el que vendría a cenar para obligarme usar vestido y a Nathan traje? Seguramente de dinero o que de verdad le interesa e intenta hacerle creer que sus hijos son perfectos, supongo.

Suelto un suspiro y salgo del cuarto. Me encuentro a Nathan con traje y corbata negros, y camisa blanca. Intento no reírme de su cara de desagrado, pero él trata de no reírse de mi aspecto.

—¡Vaya, vaya, hermanita! —se acerca mí—. ¡Pero qué tierna te ves!

—Cállate —le digo—. Estoy totalmente en desacuerdo con esto y de seguro odiaré al novio de nuestra madre.

—Completamente de acuerdo contigo —afirma—. No quiero que papá y mamá se separen y comiencen su vida con otras personas.

Levanto la vista de mis tontos y brillosos zapatos color crema.

—No quiero tener hermanastros... mucho menos una hermanastra de mi edad —me quejo.

—Es curioso, porque yo tampoco quiero tener uno... y menos de mi edad. Sería como tener una guerra.

Tiene razón. Chicos de nuestra edad con diferentes personalidades y aspectos que son capaces de arruinarnos la vida.

—¿Por qué presiento que algo malo ocurrirá? —pregunta en un susurro.

—¡Eso es obvio! —le grito en un susurro—. Dos familias diferentes que intentan ser una nunca acaban bien.

Escuchamos el timbre y ambos bajamos las escaleras; nos topamos con mamá a punto de abrir la puerta.

—Compórtense —susurra.

Mamá lleva un vestido negro de tirantes y un escote en V enfrente y atrás, zapatillas negras, cola de caballo y pelo lacio. Sonrío cuando abre la puerta.

—Hola —dice aquel hombre desconocido para mí.

Nathan me pasa un brazo por los hombros cuando mi mamá se hace a un lado de la puerta y deja pasar al señor y a sus dos hijos; debo admitir que el chico no está nada mal: alto cabello marrón, ojos miel y una bonita sonrisa; ella pone cara de "no me toques, valgo mucho", kilos de maquillaje y un vestido que nos deja ver casi de qué color son sus bragas, con un gran escote que muestra el gran busto que carga. Me miro discretamente el pecho y me siento un cerrito en comparación de aquel monte Everest. El señor extiende su mano hacia Nathan y éste la estrecha, sonriendo. Se acerca a mí y veo su gran y radiante sonrisa intentado ganarme con sus encantos, pero lo único que consigue de mi parte es una mirada nada agradable. Él estira su mano para saludarme, pero le sonrío falsamente para que entienda que no estrecharé su mano. El señor —tan alto como mi papá y de ojos verdes— da por hecho que no me agrada.

—Hola, querida —le dice a mamá mientras le da un sonoro beso en la mejilla.

Mi cara de horror se hace visible; cuando el chico lindo se pone frente a mí para saludarme, suelta una pequeña risa que trata de matizar con su fingida tos. Se acerca para darme un beso en la mejilla pero instintivamente retrocedo. Su hermana, la chica monte Everest, se acerca a saludarme pero antes escudriña mi atuendo y hace una mueca al ver mi vestido. Me regala una sonrisa y se va con su padre. Maldita niña de papi con busto grande.

—La cena ya está lista, vamos a cenar —dice con alegría mi mamá.

Nathan y yo les permitimos el paso a todos los demás.

—¿Viste a la chica? —susurra—. Creo que no trae ni tanga.

Le golpeo el hombro tan fuerte como puedo y lo obligo a caminar a paso lento a el comedor.

—No me agradan para nada —le comento.

Tomo asiento al lado de Nathan, frente a los hermanos. Mamá y el señor sonrisa colgate ocupan las cabeceras.

—Pueden comer tanto como quieran, eh —sonríe mamá.

Mi boca cae al piso cuando compruebo que hizo más comida de la que comemos en un mes: cortes de carne, verduras, ensalada, pastelillos, tartas, espagueti y pan artesanal. Nathan devora un trozo de carne como si jamás hubiera probado uno, por lo que me veo obligada tomar un pedazo de carne y un poco de verduras y ensalada.

—No quiero cenar con este silencio incómodo, así que conozcámonos —dice el hombre sonrisa colgate—. Me llamo Steve Roden.

No me tomo la molestia de levantar la vista de mi delicioso trozo de carne y sigo comiendo e imagino que no existen.

—Ellos son mis hijos: Justin y Maddie —agrega.

—¡Hola! —nos dice y sus ojos se hacen chiquitos gracias a su gigante sonrisa.

Arrugo la nariz mientras al ver por segunda vez la cantidad de maquillaje.

—Huuuum... —balbucea mamá—: ellos son mis hijos Nathan y Courtney; yo soy Clairie Gra..

Mamá guarda silencio un instante.

—... yo soy Clairie Steele.

Nathan tose como loco maniático; dejo de masticar y miro perpleja a mamá.

Está hecho. Está dado por seguro: mamá es oficialmente soltera.

—Y dime —habla mamá—, ¿qué estudias, Justin?

Justin sonríe con orgullo antes de responder.

—Estoy en la Universidad de Berkeley.

Por segunda vez dejo de masticar. ¿ESTUDIA EN BERKELEY? ¿Este chico es un cerebrito becado o un niño multimillonario?

—Y tú, Maddie, ¿qué estudias? —pregunta de nuevo mamá.

—Estoy en segundo año de preparatoria —contesta, con voz chillona.

—Oh, qué bien, igual que Courtney.

Las miradas recaen en mí; me siento un bicho raro con alguna mancha de comida en la barbilla.

—¿En qué preparatoria vas? —pregunta Maddie, emocionada.

—En la pública de la ciudad —respondo—. ¿Y tú?

—¿Bromeas? Esto es pueblo, no una ciudad —dice—. Yo voy en una preparatoria de paga.

—¡Maddie! —la regaña su padre.

Maldita familia ricachona.

—Y, bueno, ¿tú qué estudias, Nathan? —pregunta Steve para quitar la tensión del aire.

—Voy a la universidad local y trabajo medio tiempo para ayudar a mamá —dice orgulloso.

—Nosotros no nos preocupamos por trabajar medio tiempo —presume Maddie—. Tenemos dinero suficiente para todo.

Nathan se recarga en la silla y muerde el interior de su mejilla, ya un poco harto. Mamá está cabizbaja; soy la única que le sostiene la mirada mientras tomo los cubiertos con tal fuerza, que siento que voy romper mis huesos.

Steve reprocha con la mirada a su pequeña hija malcriada; Justin se nota un poco preocupado. Inhalo y exhalo mientras suelto los cubiertos lentamente.

Maddie sonríe, burlona, y mastica delicadamente. Sin duda alguna, ella y Jennifer serían perfectas amigas.

—¿Dónde conseguiste tu hermoso vestido de segunda mano? —pregunta Maddie—. ¿Toda tu ropa es de saldo?

—No, querida —le respondo ya realmente molesta—. Mi ropa no es de segunda mano, pero al parecer tu padre quiere ser mi padrastro de segunda mano, barato.

La sonrisa se borra de su rostro. Aviento la servilleta a la mesa, hago la silla para atrás y salgo del comedor. Corro a mi cuarto y doy un fuerte portazo.

*¿Qué acabas de hacer, Courtney?*

Aviento los feos zapatos y voy al baño para quitarme el estúpido vestido así como el poco maquillaje que mamá me puso. Busco unos jeans, una sudadera y mis Converse. Me siento a pensar unos segundos en lo que dije y me siento realmente arrepentida.

Me golpeo la frente e intento respirar con normalidad, pero sé que es imposible en estos momentos. No quiero estar en casa sabiendo que ellos se quedarán a dormir. Por obvias razones, Maddie dormiría en mi cuarto. Pero no, no, no... con esa perra jamás compartiré mi cuarto. Tomo la mochila de la escuela para meter mi pijama y un cambio de ropa. Le marco a Cristina porque no sería problema alguno quedarme en su casa.

—¿Qué paso, Court? —saluda Cristina.

—Hola —intento que mi voz no me delate—. ¿Estás ocupada?

—Lo estaba, ¿por qué?

—¿Qué estás haciendo? —pregunto, curiosa.

—Estoy en una videollamada con Connor —me dice—. Está en modo silencio para que no escuche nada, y tiene cara de "¿qué demonios dices?".

Suelto un suspiro.

—¿Puedo quedarme en tu casa?

—¿Qué paso?, ¿problemas con Matthew?, ¿está en tu casa y quieres salir por la ventana al estilo película de acción? —pregunta graciosa.

—No, no tiene nada que ver con él —le digo, desanimada.

—¿Entonces? —pregunta—. ¿Te estás dando cuenta de que estás enamorada de él y quieres venir a una consulta de amor?

—Cristina...

—Vamos, admítelo —dice Cristina—. Admite que no sólo te gusta, sino que estás enamorada de él.

Me remuevo un poco incómoda en la silla del escritorio.

—No estoy enamorada de él... aún no — suspiro—. ¿Piensas contestar lo que te pregunté?

—¿Y como por qué necesitas quedarte en mi casa?

—Es que pasó algo; luego te cuento, pero por favor responde: ¿sí o no?

—Suenas rara. Court, sabes que mi casa es tu casa y eres como mi hermana, puedes venir cuando sea, no necesitas preguntar.

Sonrío. Gané.

—Pero admite que estás enamorada de Matthew y eres bienvenida; si no, no.

Mierda. Perdí.

—¿Sabes?, creo que me quedaré en mi casa.

—Courtney, es broma —aclara.

—En serio, creo que no será tan malo.

—Courtney...

—En serio, nos vemos luego, sigue con tu novio, pilla.

Se ríe y después cuelgo. Suelto un suspiro de frustración; procuro no derrumbarme y marco el número de la última persona que creí que le pediría ayuda en la vida: Matthew.


# cuarenta y cuatro

# Enamorada de Matthew Smith


$\big($ Courtney $\big)$

**El sonido de la lluvia se escucha en mi ventana,** junto con el leve sonido de la charla que estaban teniendo abajo en el comedor. Tres razones me impedían marcarle a Matthew:

1. ¿Qué pensarían de mí si Matthew viene a la casa a las nueve y media de la noche y yo me voy con él?
2. Mamá se pondría mal.
3. Mamá se imaginaría algo muy feo y me prohibiría irme.

O simplemente armaría un show frente a su querido novio y quedaríamos con una mala reputación.

Miro el celular y casi sin querer presiono el botón de llamar. Tengo una sensación rara en el estómago y creo que regresaré la poca cena que está en mi estómago. Controlo el temblor pero me ahogo con mi propia saliva; mi mano tiembla levemente. Tomo una bocanada de aire y mentalizo un breve discurso, pero todo lo que pasa en mi cabeza suena inútil o tonto; sin embargo, cuando tengo el discurso perfecto, ya es tiempo de colgar. Retiro el teléfono de mi oreja; justo cuando estoy lista para presionar el botón de colgar, escucho su melodiosa voz.

—¿Hola? —pregunta—. ¿Courtney?

Aclaro un poco mi garganta antes de hablar.

—¿Matthew? —quiero cerciorarme de que es él.

—Sip, el mismo —responde—. ¿Qué pasó, Courtney? ¿Ya me extrañas y por eso me llamas?

¿Por qué a veces es así de patético el estúpido Sesos de Alga?

—No, nada que ver —intento que mi voz suene normal—. Sucedió algo en mi casa y... que... quería saber si puedo quedarme en tu casa? Ya le pregunté a Cristina pero quiere que le responda algo a cambio y no quiero responder lo que pregunta, así que pensé en ti y creo que podrías ayudarme. Si no quieres, no hay problema; si no puedes, tampoco. Haré el intento de sobrevivir en mi ca...

—Courtney, no hay problema —me interrumpe—. ¿Pero qué sucedió?

—Mis padres se separaron y mi mamá hoy trajo a su nuevo novio —mi labio inferior tiembla levemente y avisa que las lágrimas se avecinan; intento contenerlas.

—¿Toco el timbre o saltas por la ventana? —pregunta sin dudarlo.

—Matthew, no sé si lo sepas, pero está lloviendo y dudo de que pueda saltar por la ventana —le digo mientras suelto una pequeña risita.

—Bueno, entonces estoy ahí en media hora —suelta una carcajada antes de decir—: y por favor, Courtney, dile algo a tu madre, no quiero que piense que te estoy secuestrando.

Ni tiempo me da de contestarle, ya que cuelga. Sin darme cuenta, tengo una sonrisa enorme y muchas ganas de saltar.

—*Te estás enamorando, pequeña.*
—*No, no lo estoy haciendo.*
—*Claro que sí, tu sonrisa te delata.*

Tomo las llaves de la puerta de mi cuarto, me cuelgo la mochila a los hombros, apago la luz y me detengo a pensar si estoy haciendo lo correcto o sólo me estoy portando como una niña asustada de que su mamá tenga novio. No lo sé, pero creo que estoy en mi derecho de enojarme. Primero, mamá me obligó a usar vestido; segunda, la hija de su novio tiene más maquillaje que cerebro, y tercera, mamá nos informó de último minuto su relación sentimental. Aunque por otra parte, no tengo ningún motivo para enojarme, es su vida y ella decide con quién andar, pero creo que antes de todo tendría que informarnos. Al menos eso creo. ¿O estoy equivocada?

—¡COURTNEY! —escucho a mamá gritando.

Bajo lo más pronto posible y me detengo en seco al ver a mamá cruzada de brazos y a Matthew en la puerta, algo empapado.

—¿Quién es él y por qué se me hace conocido? —pregunta.

—Mamá —balbuceo—, es Matthew, el chico con el que iré a la fiesta...

Matthew tiene el cabello mojado y las mejillas sonrojadas por el frío. Matthew señala a mi lado con sus ojos, avisando que se acerca alguien.

—¿Quién es este chico? —la voz chillona de Maddie.

La miro con ojos asesinos porque le coquetea a Matthew; su padre nos observa intentando averiguar qué pasa. Justamente esto es lo que quería evitar: que las miradas cayeran en mi y en Matthew, pero ya es demasiado tarde: todos están alrededor de la puerta, incluso Nathan y Justin.

—¿Qué se supone que hace Smith en nuestra casa? —pregunta Nathan.

Tienen que saberlo, ¿no? ¿Acaso hiciste que Smith viniera en vano? No, señorita, fájese sus pantalones y diga lo que tiene planeado.

—Voy a quedarme a dormir en casa de Smith —suelto sin pensar.

Y ahora sí, todos me juzgan, lo cual hace que quiera retractarme, pero ya está dicho, no hay nada que hacer.

—¿Perdona? —pregunta mamá—. ¿Hablas en serio, Courtney?

—Hablo tan enserio como tú presentando a tu nuevo novio —otra vez sin pensar, pero me arrepiento.

—*Ella tiene que entender que estás enojada y necesitas un respiro.*

—*Pero sólo tengo 16 años como para irme de la casa sólo porque estoy enojada. Y peor aún, con un chico.*

—*¿Sabes qué?, mejor haz lo que tengas que hacer; de todas maneras, lo hagas o no, quizá después te vas a arrepentir.*

Mamá me mira un poco seria; Matthew, al parecer, está muriéndose de frío. Maddie hace que vuelva a sentirme un cerro en comparación de su monte Everest. Eso no es lindo.

—Mamá —susurro sólo para que ella escuche—. No voy a hacer nada malo, sólo no quiero pasar la noche aquí sabiendo que esa chica estará durmiendo en la misma habitación que yo.

—Sé que te molesta está situación —dice en el mismo tono— y que Maddie no te agrada, pero después de esto, intenta solucionar las cosas, ¿Está bien? —pone sus manos en mis mejillas y me da un beso en la frente—. Ten mucho cuidado. No sé por qué estoy haciendo esto, pero creo que mi pequeña se está haciendo rebelde.

Le sonrío y le digo al oído un "gracias"; salgo con Matthew. Maddie suelta un leve chillido cuando Matthew me toma de la mano para trotar hacia su carro.

—¿Acaso es tu nueva hermanastra? —pregunta sorprendido mientras saca las llaves de su Porsche.

—Por desgracia —respondo ya en el coche—. Es una maldita niña de papi que tiene lo que quiere en un abrir y cerrar de ojos.

—¿Qué fue exactamente lo que sucedió que no quieres estar en tu casa?

Enciende el auto y lo pone en marcha mientras las luces iluminan las calles mojadas y la lluvia ataca con fuerza.

—Buenooo... son demasiadas cosas.

—¿Intentaste golpearla? —pregunta en tono burlón.

—No soy tan agresiva como para hacer eso —me defiendo mientras golpeo levemente su hombro.

—Sí, claro... ¡acabas de golpearme!

—Ay, bueno, entonces no y ya.

Después de casi veinte minutos intentando no dormirme o pensar en el frío que tengo gracias a la ropa mojada, llegamos a su casa.

—No hay nadie —me aclara—. Sólo mi hermana y yo.

—¿No les da miedo? —pregunto.

—Pues sí —admite—. A Emily sí, por eso siempre estoy en su cuarto hasta que se queda dormida. Digamos que es normal que mis padres salen muy seguido a cenas de negocios y esas cosas.

Salimos del auto corriendo para mojarnos le menos posible, pero en lo que saca las llaves de la bolsa de su sudadera, creo que terminé más mojada que antes.

—Ya no importa si te apuras, ya terminé empapada —le digo.

Pone ojos de sorpresa. Apuesto a que tengo el cabello hecho sopa; con el rostro le digo amablemente que se apure, que me estoy muriendo de frío y que vergonzosamente el trasero se me congela junto con los dedos de los pies. Por fin, abre la puerta, pero me detengo antes de pisar la alfombra blanca.

—Estoy empapada; si paso, estropearía tus cosas súper caras —le digo.

—Eso es lo de menos —me toma de la mano obligándome a seguir caminando a pesar de que ambos dejamos agua por todos lados—. Mis padres no están como para regañarnos o algo así.

La mayoría de luces está apagada; al subir las escaleras sólo hay dos luces prendidas; supongo que una es de su cuarto y la otra del cuarto de su hermana.

—Emily —dice en tono alto.

Un pequeño perro chihuahua sale del cuarto de Emily y corre a mis piernas moviendo la colita alegremente.

—Peperronni, el perro gay —me dice mientras señala al chihuahua—. Siempre me ignora.

—Deja de decirle perro gay —es la voz adormilada de Emily, bostezando; viste una linda pijama de conejitos—. ¿Courtney? —pregunta.

¿Cómo se acuerda de mi si sólo la he visto una vez?

—La misma —respondo.

—¿Qué haces aquí?

¿Que qué hago aquí?, intentando estar lejos de la tonta de Maddie.

—Tuvo algunos problemas en casa y no quería estar ahí —le aclara Matthew.

—¿Qué tipo de problemas? ¿De esos que necesitas un abrazo fuerte?

Miro a Matthew en plan "Esta niña es demasiado lista".

—Creo que sí —le respondo insegura—, pero estoy mojada como para que me abraces.

La pequeña niña suelta una pequeña sonrisa.

—Mañana te daré un abrazo de oso porque ahora tengo sueño —bostezz—. Nos vemos, Matty. Nos vemos, Courtney.

Se va a su cuarto, pero no sin antes decirle a Peperonni que vaya con ella. El chihuahua, obediente, sale corriendo hacia su cuarto. Matthew me toma de la mano mientras me guía a su cuarto. Un escalofrío recorre mi cuerpo y al parecer Matthew se da cuenta, porque enseguida habla.

—Ve al baño a cambiarte, no te vayas a enfermar —me señala el baño—. Si pasa algo malo sólo grita o yo qué sé, ¿está bien?

Me cuestiono qué podría salir mal... corro hacia el baño me saco rápido los tenis antes de que tengan que amputarme los dedos gracias al frío. Me quito la sudadera y el pantalón. Tomo la mochila y espero con todo mi ser que la ropa esté seca. El color se me va cuando veo que la ropa está húmeda. Pienso cómo solucionar el problema, pero lo único que pasa por mi mente no es lo mejor que digamos: Matthew tiene ropa seca.

—¡Matthew!

—¿Qué?

—Mi ropa está mojada —le digo—. En definitivo fue mala idea venir. Si me hubiera quedando soportando a Maddie, no estuviera muriéndome de frío ni a punto de enfermarme.

—¿Crees que hubieras aguantado toda la noche sin darle una buena paliza a la chica? —sscucho su voz más cerca—. Para mí no fue mala idea... —suspira—. Tengo una pijama que dudo que te quede, pero está seca —me dice burlón—.¿La quieres o prefieres salir en ropa interior?

—No seas un tonto, pervertido Smith —le grito—. Sólo dame la maldita pijama, que me estoy congelando.

La manija gira un poco y me sobresalto. Cierro la puerta con mi hombro y me recargo en ella para evitar que vuelva hacerlo.

—¿Qué rayos haces? —le pregunto.

—Sólo intento pasarte la ropa.

—Está bien, abriré un poco la puerta y después me pasas rápido la pijama. Evitemos que te golpee, ¿de acuerdo?

Suelta un bufido en total desacuerdo. Claro, es un hombre, no hay nada raro en que no esté de acuerdo con mi plan. Abro un poco la puerta, pero me escondo para que no vea otra cosa que no sea mi cara. Extiende su mano, tomo la pijama rápidamente y cierro la puerta con seguro. Me alejo de la puerta y examino las prendas: pantalón guango de cuadros verdes y azules, y una playera azul marino que es como cinco veces más grande que mi talla. Me las pongo, el frío se va un poco, pero el pantalón se va directo al suelo. Genial. Me lo subo y lo ajusto a mi cadera con la liga que agarraba mi cabello. Me miro en el espejo; mi cabello está alborotado, lo peino con las manos para que se vea un poco mejor. Le quito el seguro a la puerta y la abro lentamente esperando que Matthew no se burle.

Matthew está de espaldas revisando su celular; él ya tiene un pantalón de pijama café y playera blanca.

—Básicamente puedo nadar en tu pijama —le digo.

Matthew suelta una carcajada cuando ve mi improvisación para que el pantalón no se cayera.

—Te ves linda —me dice con una sonrisa que podría derretir a cualquiera.

Lanza su celular a la cama y se acerca a mí.

—¿Ahora me dirás por qué no querías quedarte en tu casa? —pregunta mientras pone sus manos en mi cadera—. Sé que no es sólo por esa chica.

Dejo de verlo e intento pensar en otra cosa.

—¿Tienes sueño?, porque yo sí —cambio de tema mientras me zafo de él y me siento en su cama, que está veinte veces más cómoda y espaciosa que la mía—. Oye, tu cama es muy cómoda —le digo mientras me paro en ella y comienzo a brincar como niña pequeña.

—Sólo espero que no te caigas —Matthew se cruza de brazos—. Sería una lástima que te ocurriera.

Dejo de brincar. En un abrir y cerrar de ojos, Matthew está encima de mí haciéndome cosquillas; me retuerzo y me carcajeo, lo que me provoca dolor en el abdomen.

—¿Ya piensas decirme? —pregunta con una sonrisa—. Porque no dejaré de hacerte cosquillas...

—Matthew —la risa me impide hablar—. De... déjame... te... lo...diré...

Se acuesta a mi lado. Me limpio las lágrimas que la risa provocó y me acomodo en la cama; pienso qué estarán haciendo en este momento en casa. Matthew estira un su brazo. El cuarto queda iluminado sólo por la luz de la calle; el sonido de la lluvia se hace un poco más fuerte.

—¿Hiciste algo malo? —pregunta Matthew mientras contemplo el techo.

—Creo que sí . Ya me tenía molesta que me restregara en la cara que iba en una preparatoria cara e insinuara que tenía el dinero suficiente para comprarse ropa de diseñador. Cuando me preguntó si el vestido que tenía puesto era de segunda mano, me enojé y le dije que no, pero que su padre sí sería mi padrastro de segunda mano.

Matthew se acerca a mí y me rodea con sus brazos; escondo mi cara en su pecho y lo abrazo de la cintura.

—Tengo que admitir que yo nunca haría eso, pero acepta que tus padres ya no se quieren —me dice—. No vas a obligarlos a regresar cuando ellos escogieron seguir cada quien su propio camino y tomar la mano de otra persona.

—¿Eres así de lindo siempre o es que eres un idiota que leyó frases idiotas en internet? —le pregunto y suelto una risita.

—No lo sé, creo que me inspiré —se ríe.

El cielo truena y me espanto, pego un brinco. Mantengo los ojos cerrados hasta que el eco del relámpago desaparece y la solitaria lluvia vuelve a sonar.

—¿En serio te dan miedo los truenos? —pregunta.

—Sí, me da algo de miedo.

—¿Quieres que te abrace hasta que te quedes dormida?

Siento mariposas en el estómago; necesito abrazarlo y no soltarlo jamás. Nos acomodamos para taparnos con su edredón azul y volvernos a abrazar mientras recargo mi cabeza en su pecho y escucho los leves y constantes latidos de su corazón.

—¿Estás nervioso? —susurro.

—En estos momentos... sí.

Miro en su reloj de mesa que ya es más de medianoche. ¿Cómo era eso posible? *Hora de las confesiones que nunca se dicen de día... confesiones de madrugada.*

—¿Por qué?

—Porque mi corazón se acelera cuando estoy cerca de ti.

Me abrazo más a él. Abro la boca para decirle mis románticas y estúpidas palabras, pero un relámpago me obliga a callar.

—Tranqui...

—¡Matty! —escuchamos la voz de Emily y la puerta abrirse; después salta a la cama y se acurruca a mi lado. Peperonni brinca a la cama y se acuesta al lado de Emily. (Sí, en la cama de Matthew podría caber una familia entera sin problema alguno.)

—¿Qué pasó? —pregunta Matthew.

Suelto a Matthew y me doy la vuelta. Emily, acurrucada, abraza un conejito de peluche.

—Me dan miedo los relámpagos —confiesa.

—No eres la única —le digo—. A mí también.

—Las dos son unas niñitas miedosas.

Me volteo y le doy un puñetazo en el hombro y vuelvo a girar para quedar frente a Emily.

—Ven, pequeña, deja al tonto de tu hermano que sufra mientras sin que nadie lo abrace —abrazo a Emily y ella se acurruca en mi pecho; enseguida pone sus bracitos en mi cintura.

—¿Perdón? No, alguien tiene que abrazar a este chico lindo.

—Lástima, te quedas solo —se burla su hermana.

—Yo había ganado a Courtney —se queja.

—Ni modo —le dice Emily.

Me acomodo en la almohada y abrazo a Emily mientras cierro los ojos. Segundos después, el antebrazo de Matthew está en mi cintura y la mano en la espalda de Emily; nos abraza al mismo tiempo, lo cual me hace sentir cómoda. Matthew pone su cabeza entre mi hombro y mi cuello mientras intenta dormir y siento una rara emoción en mi estómago. Creo que me estoy enamorando de Matthew.

## cuarenta y cinco

# Chicas con *m* de Mujeres

( Matthew )

**Despierto, pero sólo hasta unos minutos** después estoy un poco más consciente y me doy cuenta de que el cuarto está totalmente iluminado por los rayos de luz; siento el brazo de Courtney en mi cintura. Abro los ojos pero veo me obligado a cerrarlos para acostumbrarme a la luz del día. Cuando los abro nuevamente, es necesario parpadear; mis dedos entrelazados con los de Courtney.

*Smith, algo malo pasa contigo.*

Bostezo. Me restriego un poco los ojos. Courtney se remueve un poco y suelta mi cintura y su espalda choca con la mía. Su columna sobresale un poco, lo que me hace pensar que está hecha bolita. Me doy vuelta; mis suposiciones acerca de su posición son acertadas. Observo sus hombros elevarse cada que respira y su cabello castaño esparcido por toda la almohada. Me entra la necesidad de tocar su sedoso cabello, pero algo me detiene y me dice que deje las manos quietas. Me acerco un poquito más a ella y pongo mi mano en su hombro mientras la sacudo un poco para que despierte

—Courtney —murmuro—, levántate.

Reacciona hasta la tercera vez que la llamo, pero lo único que consigo es que me dé un manotazo y vuelva a intentar dormir, lo cual no logra porque insisto en que despierte.

—Matthew, ¿vas a dejarme dormir?

Se da la vuelta, bosteza y sus ojos luchan para no volve a cerrarse.

—*Nope* —respondo—. Ya es hora de levantarse; aparte, ya tengo hambre.

—Dame unos quince minutos.

Se frota los ojos y se estira a todo lo ancho de la cama sin preocuparse de golpearme la espinilla.

—Se nota que eres muy floja, Grant —me burlo.

—Creo que sí —responde en medio de un bostezo—. Me cuesta trabajo despertarme... Podría dormir el día entero y despertarme aún con sueño.

Esta chica es más dormilona que todas las que he conocido. Miro más allá de Courtney y noto que faltan Emily y Peperonni.

—¿En dónde está Emily? —pregunto.

Courtney levanta la cabeza y responde.

—Aquí, a mi la... —se queda callada justo en el momento en el que nota la ausencia de mi hermana—.Podría jurar que estuvo a mi lado toda la noche.

Nos sentamos en la cama mientras nos miramos un poco alarmados.

—Nada malo pudo haberle pasado —me asegura—. Además, nos hubiéramos dado cuenta de eso, estaba a nuestro lado —no logra tranquilizarme—. Quizá fue al baño o abajo a desayunar.

Me paro de la cama.

—¿A dónde vas?

—A buscarla al baño —contesto—. O a su cuarto.

Courtney pone los ojos en blanco, se para también y me golpea el brazo.

—¿Eso por qué fue? —le pregunto.

—Por despertarme a las diez de la mañana.

Me obliga a abrir la puerta e ir en busca de Emily. Enseguida nos llega el olor a hot cakes y escuchamos las risas de Emily y mamá. Cerca del comedor, el olor del desayuno es más notable y fuerte. Mientras más nos acercamos, más nervioso me pongo porque pienso que un ladrón nos está haciendo el desayuno y una malteada con algunas gotas de un poderoso veneno.

*¿Qué rayos, Smith? ¿Un ladrón deteniéndose a hacerle el desayuno a su víctima? Sí, claro.*

Me detengo en el umbral de la entrada de la cocina y veo a mamá cocinando y a Emily sentada en la barra frente a la estufa. Courtney se pone a mi lado y se abraza a mi brazo mientras me mira un poco asustada o nerviosa.

—Matthew, creo que esto de bajar a buscar a tu hermana en pijama fue mala idea —me susurra—. Tan solo mírame.

—No te preocupes, es demasiado temprano para estar vestido formalmente y, aparte, acabamos de levantarnos —le doy un beso en la mejilla y, de nuevo, algo dentro de mí se retuerce.

Ella se abraza un poco más a mi brazo y mira al suelo con una pequeña sonrisa.

—Peperonni ama a la novia de Matthew —el comentario de Emily provoca que ambos fijemos la mirada en ella—. En vez de intentarla morder, empezó a saltar y a mover la colita.

—Vaya, por fin alguien que le agrada, aparte de nosotros.

Ambas se ríen, aunque Emily se da cuenta de nuestra presencia. Mamá voltea y sonríe cuando ve a Courtney a mi lado, con mi pijama y tomando mi brazo.

—Ya era hora de levantarse, eh —dice mi mamá.

—¿En serio? Porque Courtney se puso de salvaje a golpearme el brazo por despertarla —me burlo.

Courtney se separa un poco de mí y me da otro golpe en el brazo.

—¿Ves, mamá?

—Ten cuidado, Matt, esta chica te puede dejar en el piso si la haces enojar —le guiña con ojo a Courtney y pone los hot cakes en un plato.

Siento dolor en el estomago al recordar lo de la apuesta.

*Lo bueno es que tienes seguros médico y de vida... Todo bien, todo bien.*

—Siéntense a desayunar —nos indica mamá, con una sonrisa—. Querida, no estés nerviosa, no pasa nada.

Courtney le sonríe amablemente y se sienta en el taburete, en medio de mí y de Emily. Mamá se sienta frente a nosotros. Courtney se pone el cabello detrás de las orejas para evitar que le estorbe en la cara. Emily sirve tres hot cakes en su plato, Courtney dos y yo cuatro, ya que mi estomago pide a gritos un poco de comida.

—¿Cuál es tu nombre? —le pregunta a Courtney—. A esta edad suelo olvidar todo. Con sólo decirte que una vez olvidé a Emily en la escuela.

—Lo recuerdo bien —murmura mi hermana.

Courtney sonríe levemente mientras mira la cara seria de Emily.

—Me llamo Courtney.

—¡Cierto! —chasquea la lengua—. Sabía que eres la chica que vino a la casa hace como un mes y medio.

¡Un mes y medio!

Sigo con mi desayuno, pensando en cuánto lleva en pie la apuesta y en el tiempo que resta, porque necesito más días para terminar esto.

—¿Cómo vas en la escuela, Courtney? —le pregunta mamá.

—Pues… creo que bien —responde Courtney—. Aún no sé mis calificaciones, ya que las entregan después de vacaciones.

—Y después de vacaciones será tu último año en la preparatoria —la voz de mamá se oye un poco melancólica—. Recuerdo cuando, en mis tiempos, las chicas no eran tan fáciles y en vez de compartir cigarrillos compartían discos de alguna buena banda de esa época —mamá le da un sorbo a su taza de café—, pero eso era lo único bueno en esos tiempos. A la mayoría de las chicas las hacían menos por el simple hecho de ser chicas. Algunos chicos jugaban con ellas, pero ellas chicas no se encerraban en sus cuartos a llorar y comer helado —repentinamente, las manos me empiezan a sudar y el hambre se esfuma—. Todo lo contrario: se ponían su mejor minifalda, más laca en el cabello y caminaban seguras para afrontar al chico que las utilizó. A veces les pegaban tan fuerte en la entrepierna, que terminaban desmayados o les dejaban marcada la mano en la mejilla durante semanas. Esas chicas comenzaron a ser sus propios héroes y no se ataban a la vida de un chico. El mundo comenzaba a cambiar —Courtney sonríe—. Esas chicas empezaron a ser independientes. Gracias a dios, me tocó una generación de chicas con *m* de Mujeres.

Estaciono el auto frente a la casa de Courtney. Ella luce nerviosa por pensar cómo afrontar a su madre después de lo de anoche.

—¿Estás nerviosa? —le pregunto.

—No —contesta—, sólo que no estoy lista para enfrentar a Maddie.

—Es una chica, ¿qué podría hacerte? —la miro con el ceño fruncido.

—Quizá demandarme con sus millones de dólares sólo por decir un comentario algo grosero.

—No es por sonar arrogante, pero podría defenderte con mis millones.

Courtney suelta una carcajada. Coloca sus manos en el estómago y las mejillas se le tornan rosas.

—Lo dudo —dice por fin—. No creo que tus padres te den tanto dinero solo para defenderme de una demanda injusta.

—Buen punto... pero sí pagaría al abogado.

—Smith, si me me demanda, recurriré a ti y tu abogado —se burla—. Por cierto, tu mamá me agrada.

—Sólo conociste su lado amable y gentil; no el gruñón —le digo—. Cambio de tema: ¿irás a la fiesta esta noche?

—No lo sé —me responde mientras mira la puerta de su casa—. La condición para ir a la fiesta era comportarme en la cena, pero sabiendo lo que hice, lo dudo... A menos que mamá esté de buenas.

—Puedo convencer a tu mamá.

—Pffff... Creo que ya me voy —abre la puerta del carro y se baja.

Hago lo mismo que ella y espero a que Courtney pase a mi lado para acompañarla a la puerta. Antes de que ella toque el timbre, la detengo.

—¿A qué hora paso por ti?

—Te dije que no sé si voy a ir —sonríe—. Además, iría con Cristina.

—Lamento informarte que ella irá con Connor.

Pone los ojos en blanco.

—Primero necesito saber si me darán permiso.

Toca el timbre cuatro veces seguidas. La puerta se abre y su mamá se cruza de brazos cuando ve a Courtney.

—Tú y yo tenemos que hablar —me mira—. Hola, Matthew.

—Buenas tardes, señora.

—Mamá... quiero saber si me darás permiso de ir a la fiesta.

—¿Qué fiesta? —pregunta.

—La que te dije que iría con él.

Su mamá se queda pensativa unos segundos y dice:

—No lo sabía... —nos mira seriamente—. ¿Cuántos años tienes, Matthew?

—Die... ci... siete —contesto inseguro.

—Solo un año —murmura—. Si dejara ir a Courtney a la fiesta contigo, ¿cuáles serían tus intenciones?

¿Mis intenciones? Acostarme con ella para ganar la apuesta.

—Pues... divertirnos un rato, pero sabiendo que voy con su hija, puedo apostar a que estaremos sentados bebiendo algo sin alcohol y observando a la gente mientras la música nos provoca dolor de cabeza.

Su mamá suelta una carcajada y Courtney me lanza una mirada asesina que siento que perfora mi cráneo.

—Bueno, quiero a Courtney aquí en casa antes de las tres de la madrugada, y la quiero en estado de sobriedad.

Courtney suelta un suspiro.

—Vestida y peinada... sin ninguna marca en el cuello.

—¡Mamá, ya entendimos, gracias!

Sonrío y asiento para hacerle saber que he entendido lo que pide.

—Prometo traerle a su hija antes de las tres de la madrugada, vestida y peinada, en estado sobrio y sin ninguna marca en el cuello.

Lo dudo.

—No sé si van a hablar, a despedirse o a besarse, pero los dejo —su mamá cierra la puerta.

—Bueno, paso por ti a las 9, ¿está bien?

—Ahora que le dijiste a mi mamá que nos quedaremos sentados a beber algo sin alcohol, ¡voy a obligarte a hacerlo! —dice de manera seria—, hasta que te dé jaqueca la música extraña que pongan.

Me acerco a la altura de su oreja para susurrarle:

—Puede haber algún cambio de planes en los que ambos terminemos despeinados —me separo de ella y me acerco a sus labios—. Creo que sabes a qué me refiero.

Y antes de chocar los labios, podría jurar que puso los ojos en blanco.

## cuarenta y seis

# Juego de botella

( Courtney )

**A pesar de que aún no llegamos a la fiesta**, la música electrónica a todo volumen ya se escucha. Desde tres calles atrás, ya están muchos autos estacionados por ambos lados de la calle. Me pregunto si a los vecinos no les molesta este tipo de fiestas que hay casi cada semana. Después de casi veinte minutos, encontramos estacionamiento a tres calles de la casa. El aire húmedo por la lluvia se percibe cuando caminamos por las húmedas aceras de la calle.

—¿De quién es la fiesta? —le pregunto a Matthew, quien lleva las manos en las bolsas de la chaqueta de mezclilla.

—No tengo la mínima idea, sólo sé que invitaron a toda la escuela y otro par de preparatorias.

—¿O sea que habrá tres veces más gente que en las fiestas anteriores que he ido?

—Exacto. Y ahora es cuando me siento bien de que hayas traído jeans y suéter, porque no quiero andar golpeando a estúpidos que te miren.

Golpeo su brazo y sigo caminando.

—Si quisiera, podría venir como esas chicas de allá —señalo la acera de enfrente; llevan un vestido tan corto, que la palabra *minivestido* es muy larga. Tienen un amplio escote y más maquillaje que Maddie y Jennifer juntas.

—Sí, claro. El día que te vistas como ellas, en el mundo lloverán diamantes y mi hermana perderá las becas aseguradas en universidades prestigiosas —voltea a verlas de nuevo—. Aparte, ese no es tu estilo. Tú eres más de jeans, sudaderas y tenis que vestidos, escotes y tacones. Puedo apostar a que si usas tacones caminarías como Bambi al nacer... y quizá termines con algún tobillo roto.

—¡Eso no es cierto! —me quejo—. Después de algún tiempo de practica podría caminar como súper modelo.

—Me encantaría verte caminando con tacones por toda tu casa —se burla—. Y que después anduvieras como súper modelo —tiene mirada pícara.

Después de unos quince minutos de caminata, llegamos a la fiesta; una mansión como la mayoría, pero ésta lucía más pequeña... o al menos eso aparentaba.

En la entrada había un trampolín vacío, quizá porque había cosas más interesantes, como ir a verle los pechos a las chicas ebrias. Aparte de eso, había basura, vasos vacíos, botellas de cerveza tiradas, gente ebria en el pasto y algunas personas besándose. Para ser las diez de la noche, las personas ya se habían embriagado mucho.

Matthew me toma de la mano mientras nos adentramos. Desde el umbral de la puerta noto que al parecer quitaron la mayoría de muebles para poder hacer una pista de baile en el recibidor, la sala y un salón grande que no tengo ni idea de lo que sería. La gente baila sin importarle nada; de hecho, hay chicas que bailan en ropa interior y con una botella de cerveza en la mano.

—¿Entiendes por qué me siento seguro al saber que traes suéter y jeans? —me sonríe.

Asiento y quito la vista de aquellas chicas en sostén.

Me jala de la mano y nos adentramos en la multitud de personas que bailan al ritmo de la electrónica.

—Tenemos que encontrar a Connor y a Cristina —me grita al odio ya que gracias a la música no se escucha nada.

—¿Pero dónde estarán? —le pregunto en un grito.

—No lo sé —responde.

Los busco a mi alrededor pero no veo a nadie parecido a ellos. De repente, alguien me empuja, lo cual provoca que me tropiece y me vaya de frente a Matthew, directo a su pecho.

—¡Qué cariñosa! —dice.

—Cállate, Smith —le digo mientras me enderezo—. Me empujaron.

—¿Sabes? No quiero estar sentado en un sillón escuchando esta música ni que me dé jaqueca.

Se acerca a mí tanto, que no hay nada de espacio entre nosotros. Pone sus manos en mi cintura y acerca su rostro al mío. Sus labios encuentran los míos y nos besamos sin prisa. Me pongo de puntitas y coloco mis brazos alrededor de su cuello. Matthew aumenta el ritmo del beso; lo más delicioso es que le sigo el ritmo. Sus tibios labios se mueven al compás de lo míos. Pasa su mano de mi cintura a mi espalda; ahí se detiene. Pongo una de mis manos en su mejilla y tomamos aire. En un ningún instante abro los ojos; desconozco la razón por la cual beso a Matthew de esa manera, como si quisiéramos llegar a algo más.

Me mira directo a los ojos.

—Tenemos hasta las tres de la mañana para hacer lo que nos plazca.

—Pero se supone que tengo que llegar sobria.

—¿Y eso qué? Apuesto a que es la única fiesta que recordaré toda mi vida; no quiero recordarla porque me quedé sentado con Courtney Grant para ver a las personas beber, escuchar mala música y permanecer sobrio —me acaricia la mejilla—. Quiero recordar esta fiesta como la última que tuve en la preparatoria. Quiero recordarla porque me divertí. Estoy cien por ciento seguro de que lo que haga hoy no será un error en el futuro. ¿Sabes por qué? —sonríe—. Porque ya estamos en la edad de los errores y estamos de vacaciones como para que nos importe siquiera un poco la jodida escuela.

Se me forma un sonrisa de oreja a oreja; acaricio su mejilla con la mía.

—¿Sabes qué pienso al respecto? —sus ojos esperan mi respuesta—. Opino que el aire está poniéndote en mal estado o que has estado leyendo muchos libros para sacar ese tipo de frases, porque el Matthew que conozco sólo diría algo como "A la mierda todo, hay que beber hasta perder la conciencia y hay que follar como conejos"... eso creo que dirías.

—Te diré una cosa solamente porque creo que le pondría un poco de acción a nuestra plática —se acerca y siento sus labios cuando habla—: cuando estoy contigo me salen las frases que he visto en películas.

Vuelve a juntar sus labios con los míos; me abraza de la espalda e ignoramos a las personas a nuestro alrededor, que de vez en cuando nos echan una mirada en plan "¿Son Matthew y Courtney...?"

—Moriré por falta de aire si nos quedamos aquí adentro —le digo a Matthew.

—Sí, creo que ya huele mucho a sudor.

Me toma de la mano y vamos hacia los ventanales abiertos que dan directo al patio trasero, donde hay una piscina y un jacuzzi con varias personas disfrutando del agua. Comienzo a respirar aire puro y frío.

Matthew pone una mano en mi cintura en el momento en que un chico se acerca a nosotros. Se para enfrente con una botella de cerveza vacía; por su aspecto, puedo jurar que ya no está en sus cinco sentidos.

—¿Quieren jugar a la botella?

Arrastra un poco las palabras pero aún puede mantenerse de pie. A lo lejos hay un grupo sentado en unos sillones amarillos, ya un poco sucios. Entre esas personas reconozco a Cristina.

—Ahí está Cristina —le informo a Matthew—. Creo que Connor también.

—Está bien, juguemos, ¿por qué no? —contesta Matthew.

Lo miro atónita tratando de entender por qué quiere entrar a ese estúpido juego de la botella; yo quería ver a Cristina.

Me obliga a ir a donde están jugando; nos sentamos frente a Cristina, quien se sorprende y sonríe cuando ve que Matthew se sienta a mi lado. Sin embargo, yo sólo la miro, ya que no se molestó en llamarme para decirme que vendría con Connor, porque si no hubiera sido por Matthew, me habría dejado plantada, esperándola por interminables horas. Ella se da cuenta de que algo anda mal, porque baja la mirada.

—Bien, empecemos el juego —dice el chico que nos invitó—. Primero un grupo porque creo que somos demasiados: Jessica, Mark, Toby, Nora, Dylan, Tyler, Elizabeth, Carmen, Lidsey, Aron, Taylor, Andrew y tú —me señala.

Estoy molesta con Matthew por haberme obligado a jugar; noto que Matthew mira de manera seria a Andrew. El chico gira la botella y al detenerse apunta hacia Andrew y una chica que desconozco, que se encuentra a mi lado.

*Demonios, Courtney, te hubieras besado con Andrew.*

—Cinco minutos —dice una chica.

Andrew, con una sonrisa traviesa, se acerca a la chica y ella lo jala de la camisa. Los miro horrorizada por la forma tan salvaje en la que comienzan a besarse, que podría jurar que se hacen limpieza bucal a fondo.

Cinco minutos exactos después, la botella vuelve a girar y apunta a dos chicas, quienes se besan cinco minutos sin problema alguno, lo cual se me hace un poco... nuevo en mi vida. Veinte minutos más tarde todos han besado a todos, excepto yo; todos parecen desesperados por que soy la única que no ha tenido contacto con nadie. Hasta ahora... La botella comienza a girar más lentamente y, por desgracia, termina apuntando en mi dirección y al chico castaño de ojos verdes frente a mí, Taylor, a quien jamás había visto.

—¡Siete minutos!

Matthew se tensa y el chico me sonríe; yo miro un poco asustada a todas las personas atentas a lo que futuramente va a pasar.

—Ay, no —es lo único que logro murmurar.

## cuarenta y siete

# Solitario trampolín

( Courtney )

**–Yo también opino que siete minutos**, porque es la única de esta ronda que no ha besado a nadie —argumenta un chico—. Casualmente siempre es la chica a mi lado.

—¿En qué parte la beso? —pregunta Taylor mientras evita hacer contacto visual conmigo.

—¡EN LOS LABIOS! —gritan todos.

Estoy atenta a las expresiones de emoción, pero los únicos que no lo están son Andrew y Matthew. Cristina no está atenta a la escena porque está besándose con Connor. Taylor se para de el sofá y se coloca frente a mí. Todo a mi alrededor se detiene, mis manos sudan, siento un vacío en mi estómago y aparece un pitido en mi oído. No puedo besar a Taylor. Bueno, sí puedo pero no debo, por dos razones.

1. Matthew está a mi lado.
2. Matthew está a mi lado.

Simplemente por eso. No tenía nada claro, podía hacer lo que quisiera porque él y yo no somos novios, pero algo dentro de mi cabeza me decía que no lo hiciera. Aunque, claro, una pequeña vocecita me decía que lo hiciera. ¿Cada cuándo tienes la oportunidad de besar a un chico guapo en alguna fiesta?

—¿Siete minutos? —pregunto inconscientemente.

—¡Sí!

—Está bien —murmuro—. Comienza ahora.

Me siento con la espalda recta y pongo una mano debajo de mi rodilla. Cierro los ojos y dejo los labios entreabiertos como la primera vez que bese a Matthew. Cada instante que pasa, siento a Taylor más cerca de mi rostro, lo que causa que me ponga más nerviosa cada vez. Siento a Taylor rosando mis labios e inconscientemente cierro mis manos.

*¡Aléjate, Courtney!*

Espero para que él me bese.

*¡Mueve los malditos labios hacia otro lado!*

Sus labios hacen presión en los míos y, aunque suene raro, no es igual que besar a Matthew. Es más bien como besar a alguien totalmente desconocido, aunque claro, él es un total desconocido. No pasan ni diez segundos cuando alguien me jala y me separa de Taylor. No sé bien lo que sucede, pero estoy en el hombro de Matthew, preguntándome qué pasa. Todos nos miran confundidos pero no interesados, ya que varios se encojen de hombros y siguen jugando, incluso Taylor.

—Hazte a un lado —escucho a Matthew.

Miro a mi alrededor y me doy cuenta de que estamos en el patio trasero, donde hay un montón de gente bailando y nadando la piscina. Entonces reacciono.

—¡Matthew, bájame! —le exijo.

Él no responde, simplemente camina hacia la casa.

—Matthew... —insisto.

Golpeo su espalda con mi mano para que me baje, pero me ignora. Intento patalear pero con una mano abraza mis piernas.

—Matthew, ¿qué rayos te pasa?

Entramos en la casa y que vamos por un corredor que desconozco. Sube las escaleras y me llega el recuerdo de lo que sucedió con Peter; me tenso y trato de convencerme de que él no hará lo mismo. No, no creo que sea capaz.

*—Lo mismo pensamos de Peter y mira lo que sucedió ese día.*

Hay muchas personas recargadas en las paredes del pasillo, besándose o platicando. Matthew me deja en el suelo y retrocede algunos pasos quizá presintiendo que lo golpearé.

—¡Qué rayos te pasa! —estallo y lo miro con furia.

—¿Por qué lo besaste? —me pregunta un poco enojado. Su mirada lo dice todo.

—¿Que por qué? —me río falsamente—. Creo que está claro que entre tú y yo sólo hay besos y risas estúpidas; soy consciente de que tú no aclaras lo que somos. Básicamente puedo ir por el mundo haciendo lo que quiero con los chicos que quiera.

Matthew guarda silencio, analizando mi expresión molesta y mis labios hechos una fina linea. Suelta un suspiro. Tiene el ceño fruncido y la mirada seria. Se toca los labios y la barbilla.

—Puedes volver a repetir lo que dijiste —me dice con voz firme.

—¿Qué? ¿Quieres que repita la parte en la que dije que podía hacer lo que yo quisiera o la parte en la que no tengo claro qué somos?

Se acerca a mí pero retrocedo sin tomar en cuenta lo que hay detrás de mí. Mi espalda choca con la pared y Matthew aprovecha para acorralarme poniendo sus brazos a ambos lados de mi cabeza.

*Me huele a que no va a terminar bien la cosa, mi querida Courtney.*

—Quiero que sepas que no tienes el derecho de ir por el mundo besando chicos.

—¿En serio? —intento ser firme y que mi voz no se intimide—. Si te hubiera tocado, te habrías besado con cualquier chica.

—Claro que no —susurra y se acerca un poco más—. No lo hubiera hecho porque tú y yo sí estamos en algo.

—Sí, claro —aparto la vista.

—Ahora eres mi chica —susurra cerca de mis labios—. Lo que significa que el único chico al que puedes besar soy yo. El único que puede hacer esto —me toma de la cintura— soy yo.

—Claro que no —murmuro.

—¿Quieres apostar? —me reta, divertido.

Ya sé lo que tiene en mente. Acerca sus labios a los míos y los roza levemente; baja a mi cuello y siento su respiración. Las manos comienzan a sudarme y a temblarme. Sus húmedos labios besan mi cuello y entonces compruebo que si la persona correcta llega a hacer eso, no sucede lo que pasó con Peter.

Se aleja un poco, lo suficiente para mirarme y embozar una sonrisa que hace que las rodillas me tiemblen.

—Te sonrojaste, ¿no crees que significa algo?

Intento no hacer contacto visual con él. Mis mejillas están calientes y las manos sudorosas. Me controlo y entonces hablo.

—Apuesto a que te diviertes —le digo.

—¿Por qué? —pregunta aún con una sonrisa ladeada en el rostro.

—Porque me pongo rojita —contesto y trato de no ponerme más roja de lo que ya estoy.

—Pero tú te pones roja; no yo.

—Pero tú lo provocas, idiota.

Matthew sonríe más ampliamente y ahora se acerca mucho más que antes, dejándome totalmente acorralada. Pongo mis manos en su pecho, empujándolo un poco para recuperar mi espacio personal, pero no lo logro.

—¡Con que yo lo provoco!

No respondo nada porque apuesto que ya sabe la respuesta tan obvia. Mira el reloj en su muñeca.

—Todavía sobra mucho tiempo —me dice—, creo que debemos aprovecharlo.

—¡Matthew! —lo regaño.

—¿No has hecho algo malo por primera vez en tu vida? —pregunta.

—Claro que sí, pero lo que tienes en mente es demasiado.

—¿Qué tengo en mente, según tu? —me mira pícaronamente—, porque yo no he mencionado nada.

—Matthew, eres un chico —parece que no entiende—... ay, olvídalo, sólo es... intuición de chica.

—Dejemos el tema atrás... ¿Quieres intentar?

Vuelve a acercarse a mi lo suficiente como para que nuestras narices choquen; mis piernas comienzan a fallar de nuevo.

—¿Qué cosa? —pregunto y Matthew junta otra vez nuestros labios.

No responde a mi pregunta, en vez de eso sigue besándome con lentitud y cariño, como si fuera la primera vez. Acaricia mi espalda a pesar de estar contra la pared. Lo tomo del cuello. La intensidad del beso sube un poco y una de sus manos se desliza... siento sus dedos debajo de mi playera; un escalofrío recorre mi cuerpo en el momento en que hace contacto con mi piel. ¿Qué se supone que estamos haciendo?

Todo sube más de nivel; la mano de Matthew baja hasta mi cadera, la deja ahí unos momentos y después acaricia mi pierna; vuelve a subirla a la cadera. Hace lo mismo en mi otra pierna; me aferro su cuello para evitar caer. No sé qué estoy haciendo pero, por algún motivo que desconozco, no logro parar. ¿Cuál es? No sé. Palpa mi piel, más abajo de la espalda, y comienza a caminar sin detener el beso. Abre una puerta y continúa con el beso y las caricias. Sus piernas se topan con el borde de la cama; se sienta y yo encima de él. Nuestra respiración está agitada. Tiene las mejillas sonrosadas y el cabello despeinado. Dudo en seguir, pero tomo su mejilla y él me besa con delicada dulzura, una vez más. Ahora sé qué es perder la cabeza: mi cuerpo no reacciona a las señales que le da el cerebro, simplemente satisface su gusto. Tengo miedo de que suceda lo que no quiero que ocurra a mis dieciséis años.

Me besa lentamente; sus manos bajan y comienza a quitarme el suéter. Me toma con fuerza y me recuesta en la cama; se pone encima de mí; ya sólo está en playera; yo, con mi blusa negra de tirantes. Se separa de mis labios y comienza a formar un camino de besos hasta mi cuello. Lo besa intensamente. Todo mi cuerpo es un ramo inmenso de nuevas sensaciones. Pero no es algo que Matthew esté provocando, es algo que el momento está provocando. Es miedo. Estoy segura de lo que hago, pero lo pienso bien y no tengo claro hacia dónde va todo esto; me siento insegura. No sé qué hacer, no sé cómo reaccionar y ni siquiera sé cómo funciona esto que estoy viviendo. Él sigue besándome y sus manos acarician mis caderas. Enrollo mis piernas alrededor de su cadera; se yergue para quitarse la playera. La lanza lejos de nosotros y sigue besándome, pero cambia el ritmo, es diferente, es como si necesitara hacerlo ya... no lo sé.

De nuevo, un escalofrío me recorre desde la punta de los pies hasta la cabeza, porque Matthew levanta mi blusa hasta el ombligo; la sube cada vez más y más, hasta que la lanza a alguna parte de la habitación. Algo se retuerce dentro de mí al saber que sólo estoy en sujetador. Nuestros cuerpos se juntan, nuestros pechos se acarician. Me ruborizo de imaginar que me vea.

*¿Y qué podría verte? No hay mucho que presumir.*

Matthew me abraza y se da la vuelta. Yo quedo encima de él y nuestros abdómenes chocan entre sí. Su mano baja, impaciente, por un costado y se detiene al sentir los jeans. Me abraza y volvemos a girar, pero me río y me quejo al golpearme la cabeza con el buró. Me sobo el costado de la cabeza. Matthew también comienza a reírse, pero no se si es por mi risa o por el golpe. Tras algunos segundos de risa, ambos nos quedamos en silencio, sin mirarnos; bueno, yo lo hago por algo de vergüenza. Espero que Matthew no miré más abajo de mi rostro, porque me daría algo si me ve en sujetador.

—Matthew... —rompo el silencio y hago el esfuerzo de que la voz no me tiemble—... no quiero hacer esto ahora.

—¿Por qué?

*¿En serio por qué?* Ahora recuerdo por qué te pusimos Sesos de Alga.

—No quiero hacerlo por primera vez en una fiesta y en una cama en la que quizá ya lo hicieron miles de personas en fiestas anteriores...

Guarda silencio y mira a otro lado, como si estuviera pensando o haciendo cálculos, no lo sé, pero los gestos en su cara cambian seguidamente.

—Tengo que darte tiempo —habla por fin—; no te voy a presionar.

Se acerca y me da un beso en la frente. No uno de esos besos para aligerar la tensión, sino uno de esos que sientes que son especiales y que te sientes protegida.

Matthew trata de levantarse pero lo tomo de lo hombros y lo pego a mi pecho.

—¿No que no querías hacerlo? —me pregunta burlón.

—No es eso —le digo avergonzada—, sino que me da pena... bueno... ya sabes.

—¿Que te vea en bra? —pregunta con una sonrisa—. Porque ya lo hice segundos atrás y quiero decirte que ese sujetador negro te queda muy bien.

—¡Smith! —le golpeo el brazo.

—No es mi culpa que tenga que abrir los ojos para quitarte la ropa.

—¡Sólo tápate los ojos! —le digo ya realmente avergonzada.

Se carcajea, se tapa los ojos y se acuesta a mi lado; eso me da la oportunidad de verlo sin playera. Me quedo anonadada unos segundos y después busco mi playera en el piso alfombrado. Me la pongo...

—En serio, te queda bien ese sujetador —escucho la voz de Matthew.

—¡Te dije que te taparas los ojos! —me cubro la cara con mis manos y trato de no enrojecer.

—Me destapé los ojos caundo terminaste de ponerte la playera, no es mi culpa.

Recojo mi suéter y me lo pongo a toda velocidad. Matthew apenas se pone su playera. Me quedo parada, en silencio, ignorando lo incómodo de la situación. Termina de arreglarse y me pregunta:

—¿Qué quieres hacer ahora?

—No lo sé —respondo—. ¿Qué cosa divertida se puede hacer en una fiesta?

—Buenoooo... —comienza a hablar.

—Aparte de lo que estás pensando en repetir.

—¿Quieres ir al solitario trampolín?

## cuarenta y ocho

# Sentimientos

( Matthew )

**Cuando sé que ya estoy de vuelta** en la realidad, abro los ojos poco a poco; gracias a la luz que se filtra arriba de las cortinas, adivino que es más de mediodía. Quiero moverme, pero mi cuerpo se niega a hacerlo al saber que la posición en la que me encuentro es un muy cómoda. Miro el reloj de la mesita de noche y no me sorprendo para nada al descubrir que son las dos y media de la tarde.

Ni siquiera recuerdo la hora a la que regresamos de la fiesta, pero fue después del límite que su madre nos había marcado. Sabía perfectamente que su mamá me iba a matar cuando me viera. La verdad, la pasé bien, a pesar de que el último objetivo para ganar la apuesta no salió como lo había planeado; a pesar de eso y de las cosas extrañas que ocurrieron, todo bien. Aún tengo grabada en mi mente la sonrisa de Courtney al brincar en aquel solitario trampolín. Una sonrisa se me forma al recordar las mejillas sonrosadas de Courtney gracias al frío, así como aquella inocencia en su rostro. Me pone de buenas recordar su torso desnudo.

Algo estaba pasando y yo comenzaba a sentir culpa por la apuesta. Cierro los ojos con fuerza para que el estómago deje de darme ese raro vuelco cada que pienso en la apuesta; me pongo boca abajo para pensar en otra cosa.

Tocan la puerta y alguien la abre.

—Matthew, tienes visitas —escucho la voz de mamá.

No me preocupo por averiguar quién es, simplemente hago un sonido con la garganta para indicar que pase. Mi mamá se aleja y a los pocos minutos escucho los pasos de alguien más, que cierra la puerta.

—Necesitamos hablar.

Levanto la cabeza y me encuentro a Andrew recargado en la puerta con los brazos cruzados. Me froto los ojos y me siento en la cama; me da frío al salir de las cobijas.

—¿De qué? —le pregunto.

—De la apuesta —se sienta en el sofá y me mira como si estuviéramos en alguna película de acción—. ¿Cómo vas?

Suspiro, ya listo para la charla que tendremos a continuación.

—Sólo me falta acostarme con ella, ya lo sabías —le respondo—. Además, todavía tengo casi dos semanas y media de sobra.

—El tiempo no importa ya en estos momentos —me mira—. Creo que hay un punto importante por aclarar.

—¿Cuál punto?

Se pone una mano en la barbilla y me mira con los ojos entrecerrados.

—No lo sé, quizá alguno que otro... ¿sentimiento? Dime... ¿por qué ayer actuaste así?

Sentimiento... Sentimiento...

—¿De qué hablas? Ve al grano, amigo, porque tu suspenso sólo está confundiéndome cada vez más.

Pone los ojos en blanco como si hubiera arruinado su plan de suspenso:

—¿Por qué te pusiste celoso cuando Courtney besó a Taylor?

—¿Yo, celoso? —suelto una pequeña carcajada que dudo que sea sarcástica—. Sí, claro.

—Matthew... vi la forma en que la mirabas cuando estaba a centímetros de los labios del tipo ese —me aclara—. Y ni hablar de cómo te la llevaste para calmar tus celos.

Reflexiono acerca de si algo va mal con mis sentimientos, porque sin duda enamorarme me haría perder la apuesta.

—Me huele a que vas a perder —sonríe—. Me huele a que estás enamorado. Creo que tendrás que comprar un lindo esmoquin para la graduación.

## ( Courtney )

—Mamá, ya te dije que no quiero ir de compras —le aclaro, molesta—. Mucho menos si va Maddie.

—Que no te importe si va Maddie o no —me mira con esa cara de "hazlo por mí".

Lleva casi una hora intentando convencerme de que vaya con ellas a comprar ropa. El hecho de que odie esa actividad no es lo que me desagrada, sino saber que su novio fue el de la idea: "Courtney, podemos ir a la plaza a comprar ropa y puedes escoger la que quieras sin importar el precio; yo pago". Básicamente insinúa que mi ropa está fea y que él tiene dinero de sobra como para gastar en alguien que ni conoce. Bueno, pero la verdad es que no quiero ir, porque después de que Matthew me trajera a casa, mis planes eran dormir hasta tarde, ver alguna película y quedarme en pijama. Quería tomar en serio eso de que son vacaciones.

—Courtney... —se queja mamá.

—Ya te dije que no.

—Courtney, si no vas, Nathan tampoco, y si él no va, entonces iré sola.

Me paro de la cama, me acomodo en el escritorio, saco la laptop, me giro en la silla para estar frente a ella.

—Está bien, mamá. ¿Quieres escuchar mi respuesta? —su mirada se ilumina—: No —me concentro en mi computadora.

—Courtney, al menos aprovecha que te pagarán toda la ropa que tú quieras, porque, siendo sincera, compras ropa cada año; eso sí, cada que tienes dinero corres a comprar el montón de libros, a pesar de que tienes varios sin leer.

—Quizá lo haga, quizá no, pero básicamente con ese comentario me dijo que necesito otro tipo de ropa.

—Tan solo mira tú clóset —lo señala—. Tienes jeans, playeras y sudaderas, con suerte unos cuatro shorts. Necesitas más ropa linda y otros tenis que no sean esos Converse.

—No pienso ni en ropa ni en zapatos nuevos; estoy bien con lo que tengo.

Me cruzo de brazos y le sostengo su mirada retadora. No pienso ir aunque ese tipo ricachón me diga que también podría escoger todos los libros que quiera, incluso la librería entera. Mi respuesta sigue siendo no.

—Está bien, entonces rechaza la oferta de la ropa, sólo acompáñame.

—No —niego con la cabeza.

Enciendo la laptop. Abro el explorador y espero pacientemente; mamá se pone detrás de mi para fulminarme con la mirada. ¿Cómo lo sé? Conozco a mi madre muy bien. El explorador comienza a cargar un poco lento, pero cuando se carga por completo aparece la página de vestidos de graduación. Bajo la tapa de la laptop a toda velocidad. Me tapo los ojos, suelto un suspiro y ruego porque ahora mamá no me obligue a ir al tonto centro comercial.

—¿Por qué veías vestidos para fiestas de graduación? —pregunta burlonamente—. Según yo, todavía te falta un año para graduarte.

No respondo nada porque, la verdad, no debo responder. Sé que si abro mi boca, soltaré toda la verdad.

—¿Significa que alguien te ha invitado al baile de graduación? —puedo imaginar su sonrisa victoriosa—. ¿Acaso fue el chico este... Matthew? Porque según mis recuerdos, ayer dijo que era un año mayor que tú.

Demonios.

—¿Entonces sí te invitó?

Afirmo sin atreverme a mirarla.

—¿Pensabas decírmelo?

Niego con el dedo índice. En realidad, sí pensaba contárselo, pero si le decía que sí, probablemente me tomaría del brazo y me metería al coche y me daría un montón de consejos para ese día.

—¿Y qué pensabas hacer? ¿Ir a ver los vestidos sola?

Me encojo de hombros. Realmente, sí iba a ir sola, porque si le decía a Cristina, no me dejaría ver los que vestidos que podrían gustarme; me llevaría a la tienda de vestidos que a ella le gusta y me obligaría a buscar uno "perfecto" para mí y que posiblemente terminaría odiando.

Mamá guarda silencio unos segundos y después dice en tono alegre:

—Cámbiate y ponte un suéter que hace frío.

Me pongo la sudadera gris, que por cierto no me protege del frío de la tarde lluviosa. Observo a las personas que salen de las tiendas , a las que cargan decenas de bolsas o las que llevan vasos del café de moda. Maddie revisa tranquilamente su celular; un poco más lejos se encuentran mamá y Steve charlando. Descubro que Justin no me quita la mirada.

—Bueno... Maddie y Courtney, vayan a las tiendas de ropa y elijan todo lo que les guste —sonríe con su ya conocida sonrisa Colgate.

—¿Quieres empezar por las tiendas con rebajas o las de marca? —Maddie siempre de presumida.

Consulto a Nathan con la mirada, como si él supiera la respuesta, pero lo único que hace es un gesto en plan "¿Qué rayos me ves? Yo no sé de eso."

—No sé, da igual, sólo que haya ropa para mí.

—Empezaremos por rebajas —gira exageradamente—.Seguro hay ropa de tu agrado.

¡Cómo quisiera que mis malos deseos le atravesaran la nuca, su diminuto cerebro que no le da para más!

—Justin y Nathan, ustedes podrían ir a ver trajes y corbatas —escucho a Steve, y su comentario hace que voltee a ver a Nathan burlonamente.

—En realidad, no me gusta ni me interesa ver trajes porque no los necesito, pero me gustaría ir a una tienda de videojuegos o de música —responde Nathan.

—¡Voy contigo! —le digo alegremente y se me ocurre una excelente idea—: Que Justin vaya con Maddie y yo voy con Nathan... todos felices.

Mamá me reprocha con la mirada.

—¡Has algo de chicas por primera vez en tu vida! —es la voz chillona de Maddie.

—Mira, Maddie —la señalo—. Me llega la regla una vez al mes y con eso tengo suficiente para saber que soy chica —respondo retadoramente.

—Ya, vayan —dice Mamá—. Maddie y Courtney; Justin y Nathan. Fin.

Maddie comienza la travesía. Voy a su lado pero me dedico a observar los aparadores. Se emociona al ver una pancarta gigante de cincuenta por ciento de descuento en toda la tienda. Se echa a correr. Yo camino a mi ritmo, sin ninguna prisa. Nada más entrar a la tienda, siento el aire caliente de la calefacción; el frío que sentía se va.

Localizo a Maddie, quien está observando unas botas cafés.

—Escoge la ropa que quieras —me dice sin despegar la vista de las botas—.Compra ropa de verano y de otoño.

—Okay... ¿Por qué?

—De verano porque debe ser la más barata; de otoño... porque es bonita.

Digo ok con la cabeza y retrocedo lentamente porque me extraña la amabilidad de Maddie. Me dirijo a la ropa de verano: shorts coloridos apilados en un exhibidor, zapatos y sandalias en otro, playeras, camisetas, chalecos, ombligueras, accesorios... Comienzo por tomar shorts: uno de color mezclilla, un negro y un blanco con estampados de flores. Después de una hora busco a Maddie, con todo mi cargamento: shorts, pescadores, jeans, botas para la lluvia, botas normales, chamarras, blusas, playeras, chalecos de mezclilla, un vestido de short, muchas playeras, jeans negros y de mezclilla... y creo que dos gorritos para el frío.

Maddiew carga dos pares de zapatillas, como si estuviera debatiendo mentalmente por cuál llevarse. Cuando veo que lleva el triple de lo que yo agarré, comprendo que no llevo mucha ropa.

—Creo que ya terminé —le comento.

—Yo igual —dice y deja las botas—. Será para la próxima.

Una empleada la auxilia para trasladar toda la ropa a la caja registradora. Una chica se le queda viendo con envidia y un chico le sonríe coquetamente, cosa que conmigo no ocurre; paso desapercibida detrás de ella y el montón de ropa. Mientras le cobran, me lleno de paciencia para no salir corriendo de la tienda y gritar de desesperación. Después de los quince minutos más largos de mi vida, la chica de la caja la mira esperando a que pague.

—Oh, aún no, la ropa de ella también va a mi cuenta.

Le sonrío a la chica pero ella hace una mueca de fastidio. Maddie está atenta a que yo organice correctamente mi ropa para el cobro. Sinceramente pensé que me jugaría una mala pasada y diría algo como: "Lástima, consigue dinero para pagar".

*Courtney, la solución a su ego son las compras. ¡CELEBREMOS NUESTRO DESCUBRIMIENTO ANTIPERRAS ENGREÍDAS!*

Después de pasar mi ropa, la chica suspira aliviada y le menciona el total a Maddie, quien de su bolsa de diseñador saca su cartera y la tarjeta de crédito. La chica cobra sin contratiempos y le devuelve la tarjeta. Tomos mis cuatro bolsas y ella se las ingenia para tomar las siete bolsas tamaño familiar. Salimos de la tienda y el ligero viento frío azota en mi cara, despeinándome.

—Creo que debemos buscar a mi madre e irnos del lugar —comento.

—Según yo, también tenías que buscar un vestido de graduación.

No sé si sorprenderme o agradecerle que no se comporte como una perra.

—Sí, pero no creo que quieras ir de tienda en tienda con esas siete bolsas. Aparte, todavía tengo casi dos semanas para comprarlo.

—¡Serás retrasada! —me dicea—. Los vestidos para esas ocasiones se compran un mes antes, por cualquier cosa. Al parecer no eres tan inteligente...

Pongo los ojos en blanco.

—¿Vamos a buscar a mi mamá? —le pregunto un poquito desesperada.

—Sí, vamos.

Después de pasear por la plaza durante quince minutos a su lado, y debido a que mueve las caderas como modelo y su cabello rebota en su espalda, siento que camino como pingüino. Maddie pone una sonrisa coqueta y esa mirada de que tiene alguna conquista a la vista. Averiguo quién es la presa de sus ojos, pero cuando me doy cuenta de quién se trata, casi me tropiezo con mis propios pies y me ahogo con mi saliva: ¡Matthew Smith a unos metros de nosotras! Observa a Maddie sabiendo que la ha visto antes pero no sabe dónde. Emily está escondida detrás de su mamá, viendo sus botas rosas para la lluvia. Matthew me ve y sonríe. Le devuelvo la sonrisa y trato de caminar sin tropezarme. Emily levanta la vista, me encuentra y sonríe de oreja a oreja; suelta de la mano de su mamá y corre hacia mí.

—¡Courtney! —dice mi nombre, emocionada.

Me abraza de la cintura y yo la abrazo a ella; me causa risa que las bolsas de ropa la tapan toda. Cuando me agacho para darle un beso en la mejilla, todo el cabello me cubre la cara, lo cual le provoca cosquillas y suelta una delicada risita.

—Creo que son más bolsas que Emily —me burlo.

—Eso no importa —sonríe dulcemente—. Peperonni y yo te extrañamos.

—Anoche no pudo dormir por los rayos —escucho la voz de su mamá, lo que me obliga a levantar la vista—. Quería que Courtney la abrasara... Al parecer se hizo muy buena amiga tuya.

Me sonrojo y Emily me aprieta más la cintura.

—Con que tu eres la famosa Courtney —su papá me mira de arriba abajo. Siendo sincera, su mirada penetrante hace que me ponga nerviosa; pero después de corroborar que tiene los mismos ojos de Matthew y la misma forma de hablar, me relajo un poco—. Últimamente escucho mucho tu nombre, pero no te preocupes, no ha sido nada malo —sonríe, y es como ver a Matthew pero ya maduro.

Matthew y su papá tienen la misma altura, el mismo color de cabello y hasta la misma sonrisa. Creo que una vez había pensado que era igual a su mamá; pero ahora que lo conozco, es igual a su papá; Emily, a su mamá.

Mamá se acerca a nosotros y, junto con Steve, se unen a la plática.

—¿Ustedes son los padres de Matthew?

—Un placer —mamá estrecha la mano del padre de Matthew y se sonríen—. Su hija es muy amable y cariñosa —ahora saluda de mano a Steve—. Soy Matthew Smith, cualquier cosa, cuentan conmigo.

¡¿Matthew Smith?! ¿Su padre también se llama Matthew? ¿Acaso su madre se llama Emily?

—¿Y esa casualidad de encontrarlos ahora? —pregunta su mamá mientras literalmente regala felicidad a las personas que pasan a nuestro lado.

—Vinimos a comprar un vestido de graduación para Courtney —dice mamá.

Maddie choca su tacón contra el suelo de forma repetitiva, como si se estuviera aburriendo.

—Nosotros también... bueno, no a comprar un vestido, un traje —su madre son-ríe, orgullosa—. ¿Courtney ya se va a la universidad?

—No —mamá me mira como si aún fuera su pequeña bebé de dos años—, el siguiente año, pero alguien la invitó a la fiesta de esta generación —el tono es como si estuviera reprochándome que no le dije nada.

—Hablando de parejas... ¿Con quién irás? —le pregunta su padre a Matthew.

Maddie levanta la cabeza como perro en guardia y observa a Matthew, supongo que le nace la esperanza de que la invite a ella. Matthew se pone nervioso, como si eso fuera nuestro más oscuro secreto.

—Con ella, con Courtney.

El rostro de su madre se ilumina. Y el de la mía no se queda atrás.

—¿Qué se supone que hacemos aquí? Vayan ustedes dos solos a buscar sus cosas —su mamá le entrega una tarjeta de crédito—. Cómprale lo que sea necesario para que vaya radiante y hermosa a la graduación.

Mamá me arrebata las bolsas, pero Emily no me suelta en absoluto.

—Escoge un vestido sencillo y hermoso —me recomienda mamá—. Nada exa-gerado ni con muchos brillos o mucho escote.

—Emily, deja que se vayan —le pide su mamá.

Emily se niega y yo no puedo resistir en abrazarla.

—Emily... —dice ahora su papá—, es hora de que los dejes a ellos solos. Ven.

De mala gana, se va con su papá. Todos se van en grupo. ¡Genial!, ahora estoy sola con Matthew, en medio de una plaza que no conocía muy bien.

—Y bien, ¿por cuál tienda quieres empezar? ¿Alguna en específico?

—Ni siquiera sé en qué tiendas venden esa clase de vestido —respondo.

—Creo que el problema, aparte de buscar el vestido, es que, según yo, combinen tu vestido y mi traje.

—Eso no es verdad... ¿Qué tal si escojo un vestido amarillo? ¿Comprarías un traje de ese color?

—Bueno... parecería pollo —medita—: definitivamente no lo haría.

—Vamos a buscar el maldito vestido; quiero irme —le sugiero.

—Y unos tacones bonitos —se burla.

Lo fulmino con la mirada y comenzamos la búsqueda.

—Por el maquillaje no nos preocupemos, si contratamos a alguien que lo haga.

—¡Nada de eso! Te dije que sería mucho con usar vestido; peor aún: ¿tacones y maquillaje? Estás exagerando, Smith.

# cuarenta y nueve

## Pensé que lo habías entendido

( Matthew )

**Tres tiendas, ningún vestido, un poco** de desesperación. Nada en absoluto.

—¿Podemos ir a comprar el maldito traje? Me estoy desesperando con esto del vestido —le digo a Courtney.

—Yo también quiero irme, pero prefiero comprar el vestido hoy que venir con Cristina.

—¿Por qué?

—Porque sabiendo como es, terminaré comprando un vestido que le guste a ella y no a mí.

—Por cierto... ¿estás enojada con ella?

—¿Con Cristina? —confirma mi pregunta. Asiento. Pisamos los pequeños charcos de agua de lluvia que hay en la plaza—. Creo que sí. Últimamente no me habla mucho, prefiere a Connor. Incluso, si no hubiera sido por ti, me hubiera dejado plantada ayer, pero, ¿sabes qué es lo peor de todo? —suspira—, que ni siquiera ha intentado llamarme para darme una explicación.

Courtney se siente reemplazada en ese sentido; pero seamos sinceros, yo también me sentiría mal si Connor me cambiara por Cristina... bueno, ya lo hace, pero si Andrew también sentara cabeza con una chica y pasara más tiempo con ella, me sentiría reemplazado. Aunque sea ley de vida, sientes que te arrebatan a las personas con las que pasas los mejores momentos de la existencia.

—Creo que tú no tienes la culpa de nada, sólo intenta que eso no te atormente y sigamos buscando el maldito vestido —trato de distraerla.

Sonrío y la abrazo de la cintura; encontremos de una maldita vez ese vestido...

—¿También estás enojada con Lucas?

Niega con la cabeza.

—¿Y por qué no ha estado contigo?

—Creo que se fue de vacaciones... otra vez. Porque cada que hace eso, se va sin avisar y llega casi una semana después de color chocolate.

Me río y pienso en un tema de conversación que aligere la atención.

—¿Ya tienes una idea del tipo de vestido que quieres?

—En realidad, no.

—Bueno, al menos ya no tengo que preocuparme por el color del traje.

—Es obvio que no tiene que combinar con el vestido —vuelve a burlarse—. Tan sólo imagina un baile de graduación con chicos vestidos de esmoquin de colores —se ríe—. Un chico de verde, o de azul, otro color uva y uno por allá que parece pollo. Sin duda, sería un desastre de baile.

—Tan sólo imagina si una chica llevara un vestido de cuatro colores —murmuro—. Sería un chico multicolor que quizá lo usen de bola de disco.

Comienzo a reírme mientras me imagino al pobre chico colgado al techo de su bóxer y girando lentamente mientras hace que el lugar se ilumine de colores, pidiendo ayuda y gritando porque el bóxer ya le está lastimando.

—Matthew...

Courtney me saca de mis pensamientos para mirar una tienda de vestidos.

—¿Crees que haya vestidos bonitos? —pregunta, sin despegar la vista del escaparate.

—Supongo que sí —respondo.

Nos dirigimos rápidamente hacia allá. Courtney empuja la puerta y suena una campanilla; una chica nos da la bienvenida.

—Buenas tardes, pasen —sonríe amistosamente—.¿Buscaban algo en especial?

Courtney voltea a verme como si yo fuera a escoger; encojo los hombros dándole a entender que no lo haré.

—Un vestido de graduación —responde un poco nerviosa.

—Oh, claro, por acá —básicamente nos obliga a seguirla.

Pasamos por varias secciones de vestidos para ocasiones diferentes o para el tipo de día o clima, lo cual me sorprende un poco, porque para los chicos un traje es el mismo para toda ocasión, cualquier tiempo y cualquier estación del año, pero para una chica hay vestidos hasta para desayunar.

—Aquí pueden buscar los vestidos de graduación —nos indica.

Literalmente, mi mandíbula está por los suelos al ver tantos vestidos estratégicamente colgados. Intento que mi cabeza no explote.

—Gracias —habla Courtney.

—Creo que jamás encontraremos el adecuado —le digo.

Courtney revisa los vestidos crema, rosa y blanco. Toma uno, lo pone frente a ella, enseguida arruga la nariz y lo deja; intenta con otro vestido blanco, y lo mismo. Remueve los vestidos y entonces su mirada brilla de tal manera que dice que ya no tendremos que buscar más. Saca el vestido y lo exhibe totalmente.

—Creo que sí existe el vestido perfecto, Matthew.

Me lo muestra y... sí, es muy lindo. Trataré de describirlo: calculo que le llegará a las rodillas, de dos tirantes color blanco, nada excesivo en la parte de arriba... en realidad, es liso, es un simple vestido color blanco con un delgado cinturón rojo Lo miro más detalladamente y parece un vestido simple... lindo, nada excesivo.

—Voy a probármelo.

Miro el vestido y me imagino a Courtney con él. Camino detrás de ella hasta los probadores; me siento en los bancos a esperar. No han pasado ni dos minutos y comienzo a desesperar un poco; para distraerme, empiezo a contar las baldosas del piso. No es lo más inteligente, lo sé, pero después de cuarenta y siete baldosas, Courtney sale del probador con el vestido puesto y creo... no lo sé, que parece una de esas princesas que salen en las películas preferidas de Emily. La disecciono con la mirada de arriba abajo. Cuando llego a las pantorrillas me muero de risa al ver sus Converse. Creo que el vestido fue hecho a la medida. Ella se muerde los labios.

—¿Qué tal se me ve?

¿Bien?, ¿bonito?, ¿hermoso?, ¿perfecto? ¿Cuál es la respuesta correcta?

—Demasiado bien, Courtney —le confieso.

—Creo que debería buscar otro...

—¡Noooo!—me apresuro a decirle mientras me levanto—. Te ves realmente hermosa, maravillosa; tienes que llevarte ese vestido, sin duda.

Se le sonrojan las mejillas. Levanta la punta de sus Converse y comienza a tronar los dedos de la mano.

—Está bien, iré a cambiarme.

Me quedo parado como vil tonto; alguien podría poner una cubeta debajo de mi boca y enseguida terminaría llena de baba.

—*Vaya, Smith, pedazo de tonto, ¿Qué intentas hacer?*

—*¿De qué?*

—*"Te ves realmente hermosa, maravillosa."*

—*Deja de molestar, sólo decía la verdad.*

—*Según yo, una verdad como esa te haría perder la apuesta.*

De nuevo, intento ser sincero conmigo mismo, pero la apuesta me detiene.

Con el traje nuevo al hombro, abro la puerta de mi casa. No doy ni tres pasos cuando escucho la voz de mamá como si fuera a regañarme o a reprocharme algo.

—¡Matthew Smith!

Me paro en seco, analizando ahora qué fue lo que hice mal.

—*Quizá sólo quiere saber si el vestido de Courtney es bonito o por qué no le había dicho que iba con ella al baile.*

—*Sí, es lo más probable.*

En el recibidor, veo a mamá bajando las escaleras con un papel doblado entre las mano y una cara de molestia.

—Matt, ¿por qué demonios no has hecho tu maleta? —levanto un ceja de confusión. ¿De qué maleta habla? Pone ojos de huevo y se rasca la frente como para evitar darme un manotazo en la cabeza—. ¿Te olvidaste de las vacaciones? Tenemos un viaje a Hawaii mañana por la madrugada. Por eso hoy fuimos de compras.

—¡Es cierto!

Me golpeo la frente con la palma. Mi cerebro piensa en qué decirle para evitar ir, porque si le digo que no quiero, me mataría o algo cercano a eso. Me pongo un poco nervioso, paso el nudo de mi garganta y está claro que no tengo un argumento.

—Bueno... —balbuceo— lo que pasa es que... yo, no qui... quiero ir...

La cara de mamá no sufre ningún cambio, porque al parecer no ha entendido lo que quiero decirle.

—¿Qué? Habla bien; no entiendo, cariño.

Tomo todo el aire que puedo y lo suelto todo. Debo tener el valor de decirle que no puedo ir; más bien, que no quiero ir porque tengo que cumplir con la apuesta si quiero salvar mi cabello y dignidad.

*Sí se puede, Smith, sí se puede.*

—Mamá, no quiero ir de vacaciones con ustedes.

La cara de mamá palidece, su mandíbula ahora está abierta y tiene los ojos como plato. Está bien, creo que no se lo tomó tan bien.

—Cariño, déjate de bromas y vete a empacar.

Tengo los nervios de punta.

—Mamá, está vez no quiero ir de vacaciones con ustedes.

—¿Por qué? —pregunta enseguida.

—Bueno... —inventa algo, inventa algo—.Quiero pasar mis vacaciones como una persona normal, que no es millonaria...

Mamá entrecierra los ojos.

—¿Seguro?

Sospecha algo, lo sé, pero ella quiere que se lo diga de frente. Conozco esa mirada, porque esa mirada me hizo confesar tantas cosas... como cuando me suspendieron en la escuela por alzarle la falda a tres chicas y yo le había dicho que porque me había peleado. Al final, resultó que ella sabía la verdad desde el primer momento.

—Sí.

Mamá espera que le diga más, pero me quedo callado, esperando que acepte que no iré a esa isla exótica.

—¿Seguro? —vuelve a preguntar.

Carraspeo molesto y reafirmo con la cabeza. Mamá aprieta un poco la hoja, antes de preguntar:

—¿Seguro que no es por... una apuesta?

La bolsa del traje que reposaba en mi hombro ahora está en el piso, junto con mi mandíbula. Puedo apostar a que estoy pálido, incluso me siento mareado. El aire no entra a mis pulmones con normalidad, el suelo se mueve y la cara de mamá está a punto de reventar. Estoy en problemas.

—Es por eso, ¿cierto?

Sigo en shock, no soy capaz de decir nada. Estoy hecho piedra. Enfoco la mirada en las manos de mamá... la hoja doblada... de raya... la hoja donde Andrew anotó las reglas. La desdobla y comienza a leerla; hay decepción en sus ojos.

—No puede saber de la apuesta, así que cuando pregunte por qué hablas con ella, miente —mantiene sus ojos en la hoja—. Acostarse con ella. (En los dos sentidos.)

Las manos me sudan y el estómago me da un vuelco. Como puedo, recojo el traje. Mamá sigue leyendo con esa mirada dolida, se siente defraudada.

—Matt, tienes cinco meses para lograr enamorarla. Cuando se termine el tiempo, tienes que romperle el corazón, de un modo u otro tiene que llorar —tiembla su voz—. Pero si no se enamora... tienes que usar un sostén de cocos, una falda hawaiana y te raparás tu hermoso cabello de modelo... No te enamores de la apuesta, ella se tiene que enamorar de ti —levanta la mirada y dice—: ¿Eres capaz de mentirle a todo el mundo por una estúpida apuesta? —dobla la hoja con toda la tranquilidad del mundo—. ¿Ya pasaron esos cinco meses?

Niego con la cabeza sin levantar la mirada del piso.

—¿Qué te falta conseguir?

—Acostarme con ella —murmuro.

—¿Y cuánto tiempo tienes?

—Menos de dos semanas...

Cierra los ojos unos segundos mientras se frota las sienes.

—Recuerdo haberte dicho que se veía buena chica y que no jugaras con ella; te di consejos para enamorarla, no para ganar una apuesta —me reprocha.

Siento un peso enorme encima de mí; la culpa se concentra en mí.

—¿Qué piensas hacer? —me reclama, enojada, con los brazos a sus costados y recargando todo el peso en una pierna, una pose que siempre hace cuando está molesta—. ¡Claro! Ir al baile de graduación con ella y romperle el corazón mientras bailan la canción más romántica del mundo... déjame decirte que estás perdiendo a la mejor chica que jamás vas a encontrar. Es la única que se viste adecuadamente, que se respeta y a quien Emily ama... al igual que tu padre y yo. Dime, ¿qué pasará cuando ella se entere, cuando tu padre o Emily se enteren?

¿Cuándo ella se entere? Odiarme y golpearme hasta la muerte. ¿Emily? Llorar unos días y odiarme aproximadamente un mes. ¿Papá? No tengo ni la menor idea.

—Dime algo: ¿sientes algo por ella?

Levanto la vista y miro cara a cara a mamá. Me cuestiono a mí mismo si Courtney me gusta. ¿Me gusta?

—*No, no te gusta, recuerda la apuesta.*

—*Al diablo la apuesta, sí me gusta.*

—*Claro que no. ¿Por qué te gustaría alguien como ella? Tan sólo mira su plano trasero o sus inexistentes senos.*

—*Ignóralo, tan sólo piensa en su hermosa sonrisa, en las tonterías que tanto amas y la forma en la que eres con ella; la cómo hablas de manera tan culta que ni ella se cree que tú hables así.*

—*Buen punto.*

Me encojo de hombros, porque en realidad no sé si siento algo por ella o si sólo me obligo a no sentir nada. Mamá se acerca, toma mi mano, pone en ella la hoja.

—Matthew, esta vida no se trata de apostar a conquistar chicas, pensé que lo habías entendido.


## cincuenta

# ¿Estás enojada?

( Matthew )

**Camino de un lado a otro y sigo sintiendo** una opresión en el pecho que no me deja respirar con tranquilidad.

Mamá ya sabía de la apuesta y ahora tengo casi cien por ciento de probabilidades de perder. ¿Por qué?, fácil: mamá puede contarle a Courtney y terminar esta trágica apuesta, está trágica historia.

Cierro la mano para que la hoja con las reglas se arrugue más de lo que ya está. Exhalo para que toda la presión salga, pero no funciona. Me detengo para mirar la ventana; la abro para salir al balcón y sentarme en la silla que tengo ahí. Me cruzo de brazos mientras miro el jardín trasero, los árboles unos metros más por allá, la cerca blanca, la cancha de tenis, el otro jardín, un pequeño pasillo techado que da directo a una bodega, la casa de los vecinos más cercanos... Suspiro uno vez más y me toco la barbilla. A mis espaldas, escucho pasos. Creo que es Emily.

—Matthew —escucho su tierna voz. Giro el cuello para verla recargada en el umbral de la puerta de cristal—, ¿puedes hablar con Courtney?

Su pregunta hace que el estómago se me revuelva.

—¿Para qué, enana?

—Porque, según mamá, ya no la veré más por algo de sus estudios; al menos quiero estar hoy con ella.

Ahora entiendo todo: mamá ya se asignó la tarea de terminar rápidameten todo esto. No iré a las vacaciones y antes de que ellos regresen la apuesta será cumplida.

Observo la tímida sonrisa de Emily y creo que ella no tiene la culpa de nada de esto. Tiene tan sólo ocho años, una mente sana y aún con la ilusión de su príncipe azul que, con el tiempo, deja de existir, para ser remplazada por otras cuestiones, como la situación de verte obligado a escoger una carrera que te marcará toda la vida, a partir de los diecisiete años.

—¿Quieres que se quede a dormir hoy? —le pregunto. Ella dice que sí y corre hacia mí.

—¿Podrías llamarla, por favor? —hace pucheros y entrelaza sus manitas en el pecho.

—Está bien... —saco el celular—, pero ten en cuenta que si acepta tengo que ir a su casa por ella, ¿de acuerdo?

—¡Si! —Comienza a saltar de la emoción.

( Courtney )

Contemplo el blanco y liso vestido una vez más; después de tanto mirarlo, cierro la puerta del clóset. Me aviento boca bajo hacía la cama e intento pensar en otra cosa que no sea la mala noticia de que Steve y sus hijos se quedarán otra vez a dormir en casa. Al parecer, creo que ya es cosa seria. Tocan la puerta tres veces y después la abren.

—Courtney, ¿podrías bajar a el comedor unos minutos? —escucho la voz de mamá—.Por favor.

La noto nerviosa, por lo que no dudo en obedecerla. Me acerco a ella y nos dirigimos el comedor; ahí están Nathan, Maddie, Justin y Steve. Creo que esto sí será algo malo. Me paro detrás de Nathan y pongo ambas manos en sus hombros, como si él fuera mi apoyo por si me desmayo.

—Bueno... —comienza a hablar mamá—, ya que están todos, queremos decirles algo —Steve tiene los ojos iluminados—: Ya somos oficialmente pareja.

Las palabras resuenan por toda la habitación. ¿Acaso escuché bien? ¿Apenas ahora son oficialmente pareja si cuatro días antes nos lo había presentado? Hay una ligera sensación de molestia en mi estómago. Aprieto los hombros de Nathan para saber que no es un sueño. Sé que no lo es, pero realmente la idea no me agrada para nada. O mejor dicho: la idea de tener a Maddie de hermanastra la detesto. Estoy en total desacuerdo.

—¿En serio? —escucho la voz de Justin.

—Hemos tomado la decisión y esperamos que ustedes la comprendan como los adolescentes maduros que son.

—Espera, espera... ¿dices que seré hermanastra de esta perra? —escucho la chillona voz de Maddie.

Todos voltean a ver sorprendidos a Maddie.

—¡Maddie! —la regaña el señor sonrisa Colgate—. Cuida tu fino vocabulario.

—Pero si es la maldita verdad. ¿Cómo pretendes que acepte esto? —se pone de pie—. ¿Cómo quieres que aguante vivir con ella como mi maldita hermanastra?

Justin me mira como si intentará pedir perdón.

—Bueno, querida, acostúmbrate a la maldita idea de vivir conmigo, porque yo tampoco estoy de acuerdo en tenerte como hermanastra —me contengo para no golpearle su hermoso ojo maquillado—. No soporto tu maldita actitud de que todo gira en torno a ti y que eres la persona más hermosa del mundo. No lo niego, ¿sabes?, quizá eres bonita, pero esas plastas de maquillaje arruinan todo.

—¡Courtney! —escucho a mamá.

—Déjame terminar, mamá —tomo una bocanada de aire—. Maddie, si tan sólo no fueras tan superficial, me caerías bien. Pero no lo haces, intentas aplastarme con tus tacones lujosos y presumes todo el dinero que tienes; me embarras en la cara que tienes un futuro garantizado —me relajo y quito mis manos de los hombros de Nathan—. No voy a decir más cosas porque simplemente no acabaría nunca.

Todos en la sala guardan silencio ante mis palabras, las cuales no dudo que hayan ofendido a Maddie. De hecho, es el momento perfecto para largarme del lugar, pero esta vez no quiero salir huyendo como cobarde.

—Quiero llevar las cosas en paz sólo por mi mamá y Nathan —miro de reojo a mamá—. Sólo por ellos, porque sinceramente, lo demás no me importa, sólo quiero que ella sea feliz... —respiro—. Si me disculpan, tengo que ir a mi cuarto.

Me alejo lo más rápido que puedo. Cierro mi puerta con seguro y me siento en la cama mientras vuelvo a reflexionar lo que dije. Fue lo correcto, fue lo correcto. Por más perra que sea Maddie, ¿necesitaba oír aquellas palabras? ¿Fue suficiente para bajarla de su nube?

Mi celular vibra. En la pantalla veo el nombre de Smith y no dudo en contestar.

—¡Smith! —saludo.

—¡Grant! —saluda—. ¿Podría pedirte un favor?

—Dime.

—Emily quiere que vengas a casa.

—¿En serio? —pregunto sorprendida.

—En serio. No sé exactamente la razón, pero, ¿podrías venir? Si aceptas, voy por ti; si no, de todos modos iré a tu casa.

—Matthew...

—No acepto un *no* como respuesta.

—Mínimo deja le aviso a mamá —le digo—, porque creo que estoy otra vez en problemas.

—¿De nuevo con tu hermanastra? —pregunta burlón.

—Seee —murmuro.

—Bueno, paso por ti en media hora.

Cuando quiero responder, no puedo, porque ya ha colgado. Suspiro para alejar las ganas de estrangular a alguien. En la mochila acomodo mi pijama y un cambio de ropa. Voy al comedor, pero no hay nadie. Justo cuando estoy por darme la vuelta, veo que la puerta que da al patio trasero está abierta. En efecto, mamá está ahí sentada en una de las extrañas sillas que compró hace años para arreglar el pequeño patio.

—Mamá... —intento llamar su atención.

—Dime, cariño —escucho voz.

—¿Estás enojada?

—No.

—Bueno... yo pensé...

—Creo que estuvo mal, pero al fin de cuentas lo dijiste con respeto.

—Bueno... mamá, me llamó Matthew y me dijo que su pequeña hermana quiere verme...

—No hay problema —me interrumpe—. pero si vas a quedarte a dormir allá, mándame un mensaje. ¿Está bien?

—Sigo sin creer que Emily te haya pedido que viniera aquí, a tu casa.

—¿Por qué?

—Bueno, recuerdo que la primera vez que la vi me quería matar, aunque después comenzó a encariñarse.

—Lo sé —Matthew me mira—, y tienes suerte.

No digo nada al respecto. Matthew me toma de la mano y entramos en la casa.

—¡Emily, ya llegamos! —grita.

Emily baja corriendo lo más rápido posible pero al mismo tiempo cuida de no caerse. Corre hacia mí y me abraza de la cintura.

—Pensé que no ibas a venir —me dice Emily.

—Pues aquí estoy —le sonrío—. ¿Te puedo preguntar algo, pequeña? —ella asiente enérgicamente—. ¿Por qué querías que viniera?

Su sonrisa disminuye un poco pero no desaparece.

—Porque mamá dijo que quizá después de vacaciones ya no te vería por algo de tus estudios.

Intento que de comprender esta confusión, por lo que sólo sonrío. No sé que hacer; ¿preguntarle a que se refiere o decirle que después de vacaciones la veré?

—¿Quieres ayudarme a hacer mi maleta? —me pregunta sonriente.

—¡Claro!

Me toma de la mano y subimos a su habitación. Creo que es del mismo tamaño que la de Matthew, sólo que sin balcón; en vez de eso, tiene dos ventanas de tamaños normales con cortinas rosas al igual que las paredes. En su cama hay una maleta con un montón de ropa mal acomodada.

—Tienes un desastre —le comento divertida mientras agarro uno de sus pequeños calzones que hay en la entrada.

—Eso no es mío —se apresura a decir.

—¿Y por qué están tan pequeños?

—Porque.... porque... sólo escóndelos —me pide.

Los hago bolita y los aviento a la cama.

—¿Por qué haces una maleta?

—Hoy en la madrugada nos vamos de vacaciones a Hawaii

—¿En serio? —pregunto sorprendida.

Si se van de vacaciones, ¿por qué demonios me marcó Smith?

—Sí, sólo que Matthew no irá con nosotros.

Dejo de doblar la pequeña ropa de Emily y le pregunto, intrigada:

—¿Cómo que no irá?

—Ajá, mi mamá me dijo que Matthew no iba a ir porque él le dijo que tenía cosas que terminar.

—¿En serio? —me confundo aún más.

—Es raro, pero creo que hay algo que mamá no me quiere decir —chica lista—. Serán aburridas estas vacaciones sin él.

—¿Por qué? —le pregunto mientras sigo doblando su ropa.

—Creo que es obvio —hace una sonrisa burlona, idéntica a la de Matthew—: hará falta quién me moleste o entre conmigo al mar a la parte donde no alcanzo. También que se coma la comida que no me gusta y me dé la que me gusta.

Intenta imitar mis pasos para doblar sus playeras.

—Corazón, ¿ya terminaste de...? —su mamá se sorprende de verme—. ¿Cariño, qué haces aquí? —pregunta dulcemente.

—Matthew me llamó para decirme que Emily quería verme.

—¡Con que Emily quería verte, eh! —Emily se tapa la cara con la blusa que intenta doblar.

—Mamá, no me regañes.

—No lo iba a hacer —suelta una carcajada—. Creo que Courtney va a terminar de hacer tu maleta, así que ayúdala.

Suelta otra carcajada cuando Emily se quita la playera de la cara y corre a ayudarme a doblar la ropa.

—¿En serio ocuparás tanta ropa?—le pregunto.

—Esta niña se ensucia cada quince minutos —se burla su mamá—. Se cambia cinco veces al día.

—Mamá... —murmura Emily—, frente a Courtney, no.

Está niña es un encanto.

# cincuenta y uno

## No puedo

( Courtney )

**Es la segunda noche en que Matthew está** solo. La primera noche que me quedé con él, cuando quise ir por un vaso de agua, tuvo que acompañarme porque me daba miedo bajar las escaleras oscuras y encontrarme a una niña que no fuera Emily. Claro, no era ninguna paranoía o algún trauma, simplemente me daba miedo que eso pasara.

Me acomodo en la cama de Matthew; doblo las rodillas y recargo mi barbilla en ellas. Veo las caricaturas en la tele en lo que Matthew sale del baño. No sé qué hora es, pero ya tengo sueño

—¡Courtney! —escucho la voz de Matthew.

—¿Qué?

—¿Tu mamá no te ha dicho nada respecto a que pasas más tiempo aquí que en tu casa? —pregunta.

¿Que si no me ha dicho nada? Claro que lo ha hecho, y un montón de veces. «¿Courtney, qué tanto haces allá?», «Courtney, ésta es tu casa», «¿Courtney, ¿eres virgen?, ¿tenemos que tener esa charla ahora?» y una infinidad de preguntas más.

—¿Crees que no me ha dicho nada? —le sugiero—. Claro que me ha cuestionado miles de veces eso... Le digo que eres un miedoso cuando te quedas solo en casa; creo que ya no se preocupa tanto.

—¿Le dijiste que era miedoso? —pregunta saliendo del baño—. Linda pijama de Bugs Bunny, eh.

—Pues es la verdad.

—Bueno, quizá me da miedo estar solo en mi casa porque es gigante y qué tal que se aparece una niña frente a mí cuando estoy durmiendo y al verla comience a gritar.

—Has visto demasiadas películas de terror, Smith.

—Ay, mira quién lo dice, la chica que le daba miedo ir por un vaso de agua porque según una niña se le iba a aparecer al final de las escaleras.

—Bueno, bueno... sólo fue en ese momento.

Se sienta a mi lado y pone atención a lo que estoy viendo.

—¿En serio? —pregunta burlón—. ¿Caricaturas?

—¿Qué hay de malo con eso? —lo miro—. Es mejor que ver las estúpidas tele-novelas de adolescentes.

—Yo nunca he visto una, pero todo el mundo dice que son muy tontas.

—Pues es verdad.

Abrazo mis piernas para seguir viendo las caricaturas en su pantalla de no sé cuántas pulgadas. Él escribe algo en su celular. Se me sale un suspiro que de repente se convierte en bostezo y me da sueño.

—Matthew, ¿qué horas son? —le pregunto un poco somnolienta.

—Las once y media —me dice sin dejar de mirar la pantalla de su celular—. Pensé que era más temprano.

—Yo ya tengo sueño —le comento.

Tomo el control de la televisión y la apago; me acomodo para dormir. Escucho que Matthew deja el celular en la mesita de noche; después se acomoda en la cama y apaga la luz. Abrazo una de las miles de almohadas. Matthew se va a la otra orilla de la cama. Cierro los ojos. Transcurridos unos quince minutos, siento que estoy quedán-dome dormida y escucho mi tranquila respiración; el cuerpo de Matthew se acerca al mío; su mano acaricia en mi cintura y junta nuestros cuerpos.

—Courtney... —susurra.

—¿Qué quieres, Matt? —le respondo—. Estaba quedándome dormida.

Me giro para tenerlo de frente. Me mira en silencio y, cuando estoy a punto de repetir mi pregunta, ataca mis labios, me besa lentamente. Me sorprendo al principio, pero en vez de detenerme, le sigo el juego. Sigo besándolo al mismo tiempo que el lo hace. Pone una mano en mi cuello y otra en mi cintura; segundos después, ya lo tengo encima de mí, besándome un poco más rápido, como aquella vez en la fiesta. Acaricio su cuello. Sus manos bajan a mi cintura, y de ahí a la cadera; ahí las deja. Como si mi cuerpo actuara por sí mismo y anticipara que no son simples besos, empujo a Mat-thew de los hombros, lo pongo boca arriba, me subo en él a horcajadas, toma mi nuca para continuar los besos. Sus manos abarcan toda mi espalda, palpa mi piel.

Una voz en mi mente me pregunta a gritos: "¡¿Qué rayos haces con Sesos de Alga?!". Deseo que la voz se esfume de mi cabeza y deje de cuestionarme lo que hago... o más bien lo que mi cuerpo hace y mi mente no razona. Intercambiamos posiciones una vez más. Su cama es perfecta para ello.

Toma mis hombros, mis piernas se enredan en su cadera, mis brazos en su cuello. Se separa de mi boca y besa mi cuello de una forma en la que ningún chico jamás en la vida había hecho o yo lo había permitido. Siento cosquilleo en todo el cuerpo. Adrenalina, comienzo a sentir adrenalina por el cuerpo. Los labios de Matthew bajan más allá del cuello, y tengo que aferrarme a su cuello para saber si todo es real. Sus manos en mi abdomen, sé que todo esto es real y algo malo. Se separa para quitarse la playera. Me toma de la espalda y se sienta, quedo encima de sus piernas. Reanudamos los besos. Sus manos seducen mi piel, como si estuviera pensando en dar el siguiente paso o no, llevo mis manos a las suyas. Matthew interrumpe el beso, como si adivinara lo que haré. Miro sus labios, su cabello, escucho su agitada respiración... Comienzo a subir mi playera poco a poco, ¿qué pierdo con hacerlo?, no es la primera vez que esto sucede.

*¡Courtney, detente!*

Me saco la playera y la aviento por ahí. Matthew se acerca, lo suficiente para que nuestros labios se rocen y nuestras narices choquen un poco. Mueve un poco su cabeza, haciendo que nuestras narices choquen entre si y se me salga una pequeña risita, vuelve a besarme, pero esta vez más lenta y amorosamente. Nuestros torsos desnudos se frotan. Matthew me acuesta lentamente, deja caer todo su cuerpo en mí, hace un camino de besos hasta mi cuello; se detiene unos segundos. Un extraño ruido sale de mi boca al sentir cómo Matthew lame mi piel y me tenso un poco ante eso. ¿Qué demonio estaba pasando? ¿Qué era ese sonido? Él sigue con los húmedos besos hasta mi pecho, mi abdomen. Mis manos suben hasta el cabello de Matthew, tomándolo suavemente, como si con eso se controlara el extraño y desconocido sentimiento en mi estómago que hacía que mis piernas temblaran y se pusieran débiles. Los labios de Matthew vuelven a subir, cuando llega a mi boca me besa más rápido. Como si mi cuerpo tuviera vida propia, mis caderas se se acomodan con las de Matthew, lo prenso con mis piernas, él suelta un pequeño gruñido sobre mi boca, me pone nerviosa quizá porque nunca había escuchado ese ruido salir jamás de su boca o porque... simplemente me ponía nerviosa.

Después de lo eufóricos besos y las caricias, ¿qué seguía? ¿Cuál era el siguiente paso? Mis caderas vuelven a moverse y él vuelve a soltar un pequeño gemido.

—Courtney, no hagas eso —susurra con la voz entrecortada y agitada.

—Yo no controlo mi cuerpo —le reprocho con la voz de igual de agitada.

—Yo tampoco.

Besa mis labios al mismo ritmo de hace unos momentos. Sus manos se detienen en el broche del sujetador. Deja húmedos besos en mi cuello que, por primera vez, hace que comience a jadear. Su dedos intentan desabrochar el sujetador pero lo detengo sólo por la vergüenza que podría provocarme.

—Aún no —susurro en sus labios.

—*Courtney Elizabeth Grant, ¿qué haces?*

—*Nada malo, ¿o sí?*

—*Claro que sí, ¿has visto esas películas en las que empiezan con besos y terminan en otra cosa?*

—*Claro, todo el mundo las ha visto, pero no significa que eso pasará.*

—*Dime una película en la que no pase eso.*

—*En las que la chica es muy insegura.*

—*Nop, cuando lo intentan por segunda o tercera vez, siempre, siempre sucede.*

—*No va a pasar nada.*

—*¿Entonces por qué ambos están en ropa interior?*

Trato de alejarme de la discusión mental y me doy cuenta de que es verdad; esto no es, para nada, bueno... quizá para él sí.

Intento que los besos de Matthew no me desconcentren mientras me pongo a pensar si realmente quiero esto, porque ya estaba más cerca del final que del inicio. Según yo y varias chicas, esta "ocasión" tiene que ser "especial" por el simple hecho de que es la primera vez, pero siendo sincera, ¿qué tiene de especial? Porque quitarse la ropa y tener relaciones es fácil. Sí, podría hacer eso, pero después de todo lo que llegara a pasar, ¿serían iguales las cosas?

Matthew me dijo que estamos en la edad de cometer errores y empezar a vivir nuestras vidas; por desgracia, tiene razón. Quizá lo que quiero hacer sea un error, pero, por primera vez en mi vida, estoy decidida a cometerlo.

Matthew me acaricia y me besa sin parar; quiero que mi garganta pronuncie una simple palabra: sí. La intento pronunciar pero mi boca no emite sonido alguno. Cuando estoy cien por ciento segura de mi respuesta y lista para decirla, Matthew se adelanta:

—No puedo hacerlo —me dice una vez que ya está separado lo suficiente para verme a la cara—. No puedo hacerlo.

Me quedo totalmente en *shock* y no sé exactamente si eso es bueno. ¡Estaba lista para para el siguiente paso y él simplemente dice que... no puede! Me mira unos segundos con gestos nerviosos y después me da un beso en la frente, como si intentara perdonarse o decirme otra cosa. Se acuesta a mi lado y yo sólo miro al techo. Él no se preocupa por recoger su ropa y ponérsela, en vez de eso, se arropa con las cobijas y se acuesta. Hago lo mismo y quiero salir del *shock*. La habitación queda en silencio, como si ambos estuviéramos pensando en algo. Hasta que Matthew habla, la tensión desaparece un poco.

—Hasta mañana —se acerca para besar mi mejilla y después se vuelve a acostar lejos de mí.

Yo simplemente me quedo de una sola pieza.

—*¿Por qué actúas como chica enojada?*

—*No estoy molesta.*

—*Sí.*

—*No.*

¿A quién engaño? Estoy molesta, pero para empeorar las cosas, ni siquiera sé por qué. Así que en vez de quedarme callada me acerco a Matthew y lo abrazo. No se aleja ni nada. Me levanto un poco para besarlo en la mejilla y decirle lo mismo:

—Hasta mañana.

Lo abrazo más fuerte y me quedo dormida.

## cincuenta y dos

# No es mi estilo

( Courtney )

**Abro los ojos y me doy cuenta de que ya es** de día pero no tengo idea de si es muy tarde. Cierro los ojos porque quiero seguir durmiendo, pero resulta imposible. Matthew ya no está acostado, así que me acomodo boca arriba y me dedico a ver el techo. Repentinamente recuerdo lo sucedido en la noche anterior: me sale una estúpida sonrisa y mariposas en el estómago. Después de unos segundos, levanto las cobijas para asegurarme que tengo ropa. Al confirmarlo, me relajo. Me siento y me pregunto si todo fue un sueño, de esos raros en los que todo parece real o si fue real.

Busco mi pijama porque tengo que buscar a Matthew y, por supuesto, no lo haré en ropa interior. Salgo del cuarto de Matthew y observo que no haya nadie en el corredor. Camino despacio hasta las escaleras y bajo cruzada de brazos por el ligero frío que me provoca su gigante y solitaria casa. En el recibidor, es tanto el silencio que comienzo a ponerme nerviosa. ¿Dónde rayos está Smith?

Camino hacia el comedor y la gigante y bonita cocina. Cuando entro ahí, lo veo; tiene las manos en la cara, como si estuviera pensando algo o se hubiera quedado dormido ahí mismo... o quizá muerto, porque no se mueve.

—¿Matthew? —intento cerciorarme de que esté vivo.

Al escuchar mi voz, da un pequeño salto y me mira con los ojos entrecerrados. No evito soltar una pequeña risa.

—¿Por qué te levantaste tan temprano? —me pregunta y gira hacia mí.

—Bueno, creo que podría preguntar lo mismo.

Me acerco a la barra y me siento junto a él. Espero su respuesta. Parece algo serio y confuso a la vez, como si estuviera discutiendo con su *yo* interno.

—¿Qué haces aquí? —le pregunto.

—No podía dormir...

—¿Pero qué haces aquí?

—No podía dormir...

—¿Fue por lo que sucedió anoche...?

—No tiene nada que ver —me interrumpe—. Sólo que... me puse a pensar mucho y no pude dormir.

—¿Necesitas un abrazo? —estiro los brazos y le sonrío.

Sonríe y se acerca; me enrolla fuertemente con sus brazos. Rodeo su torso con mis brazos y recargo la cabeza en su pecho.

—¿Qué hora se supone que es?

—Las siete de la mañana —responde—. Si quieres podemos volver a dormir.

—A las cuatro —le grito a Matthew desde la entrada.

—A las cuatro, seguro —grita desde la ventana de su auto.

Sonrío instantáneamente. En seguida de entrar a la casa, hay algo que no cuadra, ya que todo está en silencio, como si algo malo hubiera pasado.

—¿Mamá? —me atrevo a preguntar.

—No está —escucho la voz de Nathan.

Camino a grandes sacadas hasta la cocina y lo veo sentado en la mesa comiendo un sándwich.

—¿Dónde están?

—Maddie y Justin salieron a no sé dónde. Mamá y el tipo ese salieron —responde y le da otro mordisco al sándwich—. Por cierto, ¿Dónde has estado?

—En casa de Matthew.

—¿Matthew Smith?

Afirmo con la cabeza, tomo una manzana del frutero y jalo una silla para poder sentarme.

—Pensé que ya no salías con él. ¿En su casa?

—Sí... ¿por qué? —pregunto dudosa.

—Con la mala fama que tenía de mujeriego, casi no llevaba chicas a su casa, pero cuando lo hacía no era necesariamente para hablar —me mira—. ¿Como por qué estuviste en su casa y qué estuvieron haciendo?

—Nada malo —no quiero que me note lo nerviosa—, pero me quedé con él porque su familia se fue de vacaciones y él no quiso ir.

Nathan me mira seriamente y deja su sándwich en el plato. ¿Qué demonios trae en mente?

—¿Qué? —pregunto.

—Nada, sólo hay algo que no cuadra...

Levanto las cejas en plan "Estás loco". Me levanto de la silla y sigo comiendo la manzana. En mi cuarto, le echo una mirada a las bolsas de ropa que Maddie pagó por mí... buemo, en realidad su papá. Me acuesto boca arriba en la cama. Tenía que vestirme linda (o al menos bien) en la tarde. Por segunda vez en mi vida, intentaré arreglarme bien sólo para impresionar, ya que la primera no funcionó.

Matthew me había dicho que estaba algo aburrido de pasarla en su casa y que quería salir a algún lugar, entonces salió la idea de ir a la pista de hielo. Quedamos en que pasaría por mí a las cuatro de la tarde porque, según él, a esa hora había muchísimo menos gente. Había aceptado su idea incluso antes de que me preguntara si quería ir. Según mi rara y desastrosa memoria, no había ido a una pista de hielo desde los diez años, en el cumpleaños de Cristina... Cristina. ¿Acaso aún sabrá que existo y que soy su mejor amiga? ¿Recordará que me iba a dejar plantada y no me dijo nada? ¿O que incluso después de verla en la fiesta no hizo el íntento de hablarme? ¿O que después de la fiesta no me habló? Me pongo una mano en la frente porque tengo un extraño sentimiento post-pérdida de hermana, porque Cristina había cambiado desde regresó con Connor. Está distante conmigo y con Lucas pero cada vez más cercana a Connor.

Me levanto y tomo algunas bolsas de ropa. Las vacío todas encima de la cama. Al ver tanta ropa, me sorprendo yo misma. Incluso hay ropa que no recuerdo haber escogido. Saco otras las dos bolsas sobrantes y me doy cuenta de que una de ellas pesa más que las anteriores, así que, antes de vaciarlas, reviso lo que hay dentro: zapatos.

*¿Courtney, qué demonios harás con tantos zapatos?*

Me quedo en shock al ver cantidad de calzado que escogí. La mayoría son botas y tenis; sólo dos pares de sandalias. Entre la ropa nueva descubro un suéter ligero color rosa con corazones negros. ¿En serio yo elegí esto? Porque jamás en mi vida he comprado un suéter rosa por voluntad propia.

*Y... ¿por qué no intentas ponértelo?*

Analizo detalladamente el suéter: rosa, corazones negros... rosa, rosa, demasiado rosa... ¿Con qué combina el rosa? ¿Con el negro? ¿Qué se supone que se puede combinar con un suéter? ¿Un short? No, ha estado lloviendo como para usar un short. ¿Unos mallones? Sólo hay uno y es color verde opaco. Creo que no. ¿Unos jeans? Quizá sí. ¿O una falda con medias negras? Había visto a chicas en la escuela que se ponían vestidos con medias negras y zapatos lindos, pero el problema era que realmente no soportaba las faldas por el sólo hecho de estar con las piernas demasiado juntas para que nadie viera el color de tu ropa interior. No poder brincar ni correr o ni siqueira agacharte por algo. Elijo una falda negra holgada que no es tan corta y busco las medias negras, que no me tardo mucho en encontrar. Realmente no recuerdo el momento en que escogí este tipo de ropa. Tomo las botas negras no tan largas y con agujetas y las dejo en el piso para ponérmelas. Una vez hechas las elecciones, es hora de tomar una ducha.

Realmente no soy yo. La chica en el espejo no se parece ni una pizca a mí; esa chica tiene el cabello bien acomodado, detenido por una diadema negra, brillo labial, suéter rosa con corazones negros, una falda negra hasta las rodillas, medias negras y botas bien amarradas. Muevo algo las piernas por la incomodidad de la falda.

*Ya casi es la hora y ya no puedes cambiarte de ropa. Demasiado tarde, nena.*

Justo cuando tomo el celular para ver la hora, escucho el claxon del auto de Smith. Los nervios atacan mi estómago de tan sólo pensar en lo que el tonto de Matthew podría llegar a pensar. Tomo una bocanada de aire. Mentalizo las diferentes reacciones que podrían ocurrir y regulo mi respiración. Me detengo antes de salir y me acomodo la ropa. Me quedo perpleja cuando Matthew se detiene en las escaleras para mirarme con detenimiento. Sus ojos me recorren de arriba abajo y yo me quedo parada en el umbral de la puerta con la mano aún en el picaporte.

—Hola —rompo el silencio incómodo y las miradas raras.

—Hola —responde.

Cierro la puerta detrás de mi y camino hacia Matthew. No hago contacto visual, por eso veo mis botas negras.

—Creí haberte escuchado decir que odiabas las faldas y vestidos porque te sentías desnuda —me dice una vez que estoy cerca de él—. Y traes suéter rosa... No te gusta la ropa rosa, ¿Qué tramas, Grant?

No sé si realmente sorprenderme por su comentario.

—Bu... bueno... el novio de mamá me llevo a comprar ropa y pensé que debería usarla para no ser tan mala persona —miento.

—Te ves linda —me toma la mano—. A pesar de que pierdes tu raro estilo, te ves bien.

Una sonrisa de oreja a oreja se forma en mi rostro.

—Entonces, ¿hace seis años que no vienes a una pista de hielo? —afirmo sin despegar la vista de la gigante pista de hielo, en la solamente unas quince personas se encuentran patinando—. Te dije que habría mucho menos gente a esta hora.

—¿Cuándo fue la última vez que viniste? —pregunto repentinamente.

—Creo que hace un año, en el cumpleaños de Emily —arruga la frente, pensativamente—. ¿O fue hace dos?

Suelto una risita nerviosa; miro los patines y las afiladas navajas contra el piso de esponja en las bancas de la pista.

—¿Quieres entrar ya?

—¿Seguro que no duele mucho cuando te caes? —le pregunto, insegura.

—Seguro. El trasero de Emily pasaba más tiempo sobre el hielo y no llegó a llorar, así que supongo que tú tampoco tendrías por qué llorar... Al menos que un patín te corte el cuello.

Giro rápidamente el cuello para mirarlo horrorizada y darle un fuerte golpe en el brazo.

—¡Smith, deja de espantarme! —lo vuelo a golpear—. Quizá muera.

—Es broma —me dice mientras se sobar el brazo—. Eso sólo sucede en hockey.

Entramos a la pista por la estrecha portezuela. Un guardia lo obliga a que levante el brazo para mostrarle la pulsera que indica que puede entrar. Con pasos nerviosos, me sostengo del marco de la puerta. El patín toca el hielo e instintivamente me tomo más fuerte de el marco. Ahora me arrepiento de haber venido. Cuando tengo los dos pies dentro de la pista, el guardia me pide que le enseñe el brazalete. Le enseño el brazalete color azul.

—Adelante —sonríe.

Mis pies resbalan lentamente sobre el hielo. Intento seguir a Matthew, pero mi gran rapidez me lo impide. Tomada de la barra, comienzo a impulsarme. Poco a poco dejo de sentir las piernas rígidas.

—¡Creo que ya puedo! —digo felizmente ya sin sujetarme.

Muevo los pies de una extraña manera y Matthew comienza a burlarse, pero eso deja de importarme gracias a la emoción que provoca patinar sin caerme aún.

—Ya puedo, ya pue...

Cierro la boca cuando mis pies chocan entre sí y me voy de rodillas contra el hielo. Escucho la estruendosa risa de Matthew que atrae la mirada de las pocas personas que pasan junto a nosotros. Me siento en el hielo para limpiarme las rodillas y las manos. Matthew sigue riendo; tiene las manos en el estómago, supongo que gracias al dolor de reír tanto.

Como puedo, me levanto y me tomo mi tiempo para recorrer el escaso metro que me separa de él.

—¡Tuviste que ver la expresión de tu cara! —dice en medio de la carcajada—. Primero de emoción y después de pánico.

—No es gracioso —lo digo, enojada—. No me dolió, pero sigue sin ser gracioso.

—Sí fue gracioso.

—Cuando te caigas, yo me reiré de ti —le digo y me cruzo de brazos.

—Courtney, Smith nunca se cae —me mira—. Y puedo apostar que si llega a suceder, tú me ganarías en número de caídas.

—No, no, no... esta fue mi última caída y puedo apostar lo que sea a que te vas a caer más veces que yo.

Matthew sonríe y se cruza de brazos.

—Tengo una idea —sonríe más ampliamente—. Por cada caída tuya, me tienes que dar un beso. Y por cada caída mía tú...

—Te doy un golpe.

—Pensé que dirías otra cosa... pero está bien. ¿Trato hecho? —extiende su mano, listo para cerrar el trato.

Tomo su mano y la estrecho. Nos soltamos, él comienza a patinar y yo pongo mis manos en el cristal para sostenerme y evitar caerme.

—Por cierto, no puedes sostenerte de nada —me mira burlonamente.

Me quejo, lentamente comienzo a patinar y retiro la mano del cristal. Después de unos quince minutos, patino como si tuviera una gran experiencia; sonrío al darme cuenta de que no me he caído. Minutos después, Matthew se da un sentón. Una risotada sale de mi boca y tengo que ponerme una mano en la boca para evitar que se oiga tan fuerte.

—Me debes un golpe —le digo.

Me acerco a él y mientras se pone de pie, yo sigo riéndome.

—¿Dónde quieres el golpe? —le digo burlonamente.

—Demonios... Aquí —señala su brazo.

Preparo el puño para pegarle, pero de un momento a otro tengo los labios de Matt en los míos. No me quejo ni me alejo, simplemente acepto el beso. Toma con firmeza mi cintura y yo me cuelgo de su cuello. Después de todo, no fue mala idea.

# cincuenta y tres

## Todo fue una apuesta

( Courtney )

**Los días pasaban rápidamente y se acercaba más** la fecha para entrar de nuevo a la escuela. El primer día sólo recogeríamos los papeles y registrarnos; claro, Matthew ya no haría eso; él iría a la universidad. Eso implicaba que no lo vería más, que en un largo tiempo no sabría nada de él. También se aproximaba el baile de graduación.

En casa, mamá y su novio eran cada vez más cercanos, a tal grado que me hacían pensar que mamá se había olvidado por completo de papá; ella me había dicho que él también tenía nueva novia y también dos hijastros, a los que ni Nathan ni yo conocemos. Siendo sincera, no tengo en mente querer conocerlos. Ya es suficiente con Maddie y Justin.

Maddie y Justin aún seguían en casa, por supuesto. Dormían en el cuarto de huéspedes, entraban y salían de la casa como si llevaran muchos años viviendo en ella. Era claro que ella no me agradaba en absoluto, pero la toleraba a pesar de que ella era la que normalmente me hacía enojar. Matthew había notado eso, además de la mala vibra que había entre nosotras; sin embargo, eso no impidió que Maddie coqueteara con Matthew frente a mi. Por suerte, Matthew la esquivó amablemente y la detuvo cuando se quiso abalanzar sobre él. Lejos de ella, Matt me dijo que Maddie era una chica muy aventada. Claro, yo no negué su comentario porque pensaba en lo mismo.

En estos últimos días, Matthew y yo nos hemos hecho cada vez más cercanos, y eso me espantaba un poco. Su cercanía hacía que ese sentimiento se diluyera y todo volvía a la normalidad. Aunque dentro de mí sospechaba que algo andaba mal, ya que platicaba mucho por celular con Andrew, y se alejaba para hablar en "privado". Yo lo observaba y ponía caras de desesperación. Al hacer más cosas juntos, yo olvidaba mis problemas con Cristina y que en mi casa todo era un desastre.

Llevaba varios días quedándome en casa de Matthew porque a él le daba miedo quedarse solo. Básicamente, sólo iba a mi casa a ducharme, coger más ropa limpia y en ciertas ocasiones me quedaba a comer. Me extrañaba que mamá ya no me regañara. Otro punto a favor en comparación con las cosas que parecían ir mal.

A mi espalda, Matthew se remueve en la cama; me doy cuenta de que él tampoco puede dormir.

—No puedes dormir, ¿cierto? —pregunta.

—No —respondo mientras me doy la vuelta en la cama para quedar frente a él—. ¿Tú tampoco?

Niega con la cabeza. Aunque sea de madrugada y todo está oscuro, veo su cara gracias a la luz que se filtra por las cortinas de la ventana.

—Courtney... —murmura después de un rato—. ¿puedo abrazarte?

Me tenso ante su pregunta, pero de inmediato me relajo y me acerco a él lo más que se puede, ya que no necesito responder a su pregunta, sabe que lo haré. Recargo mi cabeza en su pecho y rodeo su cintura con mis brazos. Él me abraza.

—¿Por qué no puedes dormir? —pregunta.

—No lo sé, simplemente no puedo. ¿Y tú?

—Tampoco lo sé.

Todo queda en silencio. Creo que se ha dormido, por lo que intento dormir.

—Sigo sin tener sueño —habla—. Me estoy desesperando; platícame algo.

Suspiro y pienso de qué hablar.

—¿Cómo qué?

—No lo sé, algo gracioso en tu vida, yo que sé... sólo cuéntame algo.

—Está bien, te contaré algo —le digo—, pero si tú también me cuentas algo.

Acepto mi propuesta.

—Una vez un pato me atacó frente al chico que me gustaba y él sólo comenzó a reírse... te toca.

La verdad no me causa gracia hablar de aquella vez, porque para bien o para mal, jamás lo iba a olvidar. Malditos patos.

—¿Por eso tu fobia? —se ríe y asiento con la cabeza—. Cuando iba en la primaria me caí y mi trasero cayó sobre popó de perro. Creo que eso es lo más vergonzoso que me ha pasado, claro, después de que me golpearás, frente a toda la escuela.

—Eso fue tu culpa —me defiendo—, querías que te diera un beso a cambio de mi mochila y sabías que yo te odiaba.

—Pero aun así, pensé que me ibas a besar.

—¿Lo creías después de todo lo que me habías hecho?

Escucho su suspiro y su risa. Me aprieto un poco más a él y me cuestiono si es buena idea lo que pienso hacer.

—Matthew, ¿puedo preguntarte algo?

—Dime

—Bueno... creo que esto ya te lo había preguntado hace tiempo y en realidad a veces me lo pregunto seguidamente a mi misma y aún no tengo una respuesta al cien

—cierro los ojos para alejar los nervios y tener claro lo que tengo que decir—. ¿Por qué me pediste disculpas después de tanto tiempo? ¿Y por qué... bueno... por qué ahora estás conmigo?

Listo, no hay vuelta atrás, ya lo pregunté.

Por unos segundos, pienso que no tiene algo bueno que responder o que en realidad no sabe qué contestar; sin embargo, su respuesta me hace alucinar.

—En realidad te pedí perdón para arreglar las cosas —responder—, pero con el tiempo todo se fue haciendo algo más que una simple disculpa y ambos somos conscientes de eso. Creo que simplemente sucedió sin previo aviso y bueno... ahora estamos platicando de cosas vergonzosas que nos han pasado.

*Jajajajaja... ¿En serio? ¡¡En serio?!*

—Matthew...

—No, no, no digas nada...

Me quedo callada y me dedico a escuchar el silencio, simplemente porque comienzo a quedarme dormida.

El aire frío de la tarde golpea mis mejillas. Me dan unas repentinas ganas de sentarme en algún lugar y dejar de caminar. Matthew tiene la nariz roja y pienso en lo lindo y tierno que se ve. A unos metros mis ojos se iluminan: ¡al fin una maldita banca! Jalo de la mano de Matthew y corremos hacia ella, ignorando las preguntas de Matthew y si mis pies pisan algún charco de agua, ya que las botas de lluvia sirven para eso. Nos sentamos. Él me mira raro, no sé si por la emoción de encontrar una banca o porque lo obligué a correr.

—Bueno... —comienzo a hablar— saca algún tema de conversación, que esto se está tornando aburrido.

—Tú eres la aburrida —ironiza—. No puedo creer que en cuatro días entremos a la escuela y después seamos libres.

—¿Libres? —lo miro con una ceja arriba—. Matthew, te falta toda la universidad para ser libre y a mí también.

—Ok, entonces faltarían los cinco años de universidad para ser libre.

—Después sigue el trabajo o la maestría... pero hablando de otra cosa... ¿Ya sabes cómo llegar a la universidad?

—Sí.

—¿Está muy lejos? —pregunto, expectativa.

No sabe qué responderme, se pone a la defensiva.

—A un continente de diferencia.

—¡¿A un continente?! ¿Estás bromeando? ¿Pensabas decírmelo?

—En realidad sí, pero no sabía si debía, porque aún no me han mandado la carta de aceptación —sonríe—. ¿Qué tal si te digo que iré a esa escuela y al fin del día resulta que me rechazaron?

—¿Metiste una solicitud de beca o normal?

—Sé que es más fácil que me rechacen si meto una solicitud de beca; mis calificaciones son malas. Mi solicitud fue normal.

—Tienes suerte de tener el dinero para pagar una universidad así —le digo—. Te ahorras el esfuerzo de trabajar o sacar excelentes calificaciones.

—Courtney, no quiero hablar de dinero ni escuela, ahora me siento mal por eso.

—¿Por qué?

—Courtney, yo estiro la mano y mis padres me darían lo que fuera, sin embargo, tú tendrás que trabajar duro.

—Pffff... —muevo las manos—. El novio de mi mamá es así con sus hijos... y bueno, él me compró lo que llevo puesto —levanto los pies para presumirle mis botas cafés para la lluvia—; no tienes por qué ponerte mal —me acerco a él y le planto un beso en la mejilla— ¿Quieres irte ya?

—¿Tú quieres irte?

—Necesito ir a mi casa a hacer un par de cosas... y a pasar un rato en ella, ya que alguien me ha retenido en su casa por varios días.

—Entonces vayámonos.

El camino a casa fue normal: escuchando música de la radio, hablando de la universidad de Matthew, de cuándo regresarían sus padres y su hermana de las vacaciones en Hawaii y del desentendido con Cristina. Aunque en realidad ya ni siquiera sé cuál es el problema con Cristina.

—¿Vengo al rato por ti?

—No lo sé —le digo—, si mi mamá no me dice nada creo que sí.

—¿A las siete?

—Yo te marco para avisarte —le pellizco las mejillas como niño pequeño—. En tu casa no espantan, puedes sobrevivir una noche sin mí.

—Lo dudo, me estoy acostumbrando a dormir contigo.

—Eso no es bueno—susurro—. Cuando entremos a la escuela tendré que dormir en mi cama y no en la tuya.

—Es una lástima —junta sus labios con los míos lentamente.

En realidad, sé es una lástima que tendré que dormir en mi cama, porque a mí también se me está haciendo una costumbre dormir con él; Tener su cercanía y sus brazos protectores cuando tengo miedo de los relámpagos. No es nada bueno estar acostumbrándose a eso cuando estás en la etapa de "¿Estoy enamorada o no?".

—Tengo que irme ya —le digo.

—Está bien. ¿Entonces me llamas?

—Ya te dije que sí, Smith —levanto las cejas— y te lo repito para que te quede claro: en tu casa no espantan ni hay fantasmas o niñas muertas.

Le doy un beso en la mejilla antes de que comience a contradecirme y abro la puerta del carro para bajarme. Le digo adiós con la mano y entro en la casa. Me sorprendo al escuchar voces y risas en la sala, por lo que, a pasos silenciosos, me acerco a la sala.

No sé si gritar o desaparecer cuando veo a Maddie y a mi madre charlando animadamente mientras ven un catálogo de zapatos.

*Esta chica planea algo, querida, no es normal que hable así con tu madre después de todo lo que ha pasado.*

Retrocedo con sumo cuidado de no hacer ningún ruido para evitar que mi madre salga con su frase de "Cariño, ven, únete a nosotras". Subo las escaleras lo más rápido y silenciosamente que puedo; me detengo en seco al notar la puerta abierta del cuarto de Nathan y el típico sonido de videojuegos. Me acerco a espiar y... ¡está jugando con Justin! Los únicos de la familia con los que ha compartido jugar hemos sido papá y yo (cuando necesitaba ayuda para pasar una misión y papá no estaba).

—¿A qué hora llegaste? —me sobresalta la voz de Nathan.

—Acabo de llegar...

Nathan vuelve a concentrarse en la pantalla. En mi cuarto, reflexiono: veamos, mamá y Maddie hablando y riendo, lo cual es raro porque no se llevan bien; Nathan y Justin jugando videojuegos, a pesar de que a éste no le gustan y Nathan no lo tolera por eso. ¿Qué rayos estaba pasando?

Saco el celular pero no prende; batería agotada. Busco el cargador en los cajones el escritorio, pero no hay nada. En cada rincón de la recámara... y nada.

*Lo dejaste en la mochila en casa de Matthew, cabeza hueca.*

¿Ahora como rayos se supone que voy a cargar mi celular?... ¡Nathan! Él tiene el mismo tipo de cargador que el mío. Voy deprisa a su cuarto y me pongo frente a la televisión para que me haga caso.

—¡Elizabeth!

—Nathan, necesito tu cargador.

Le pone pausa al juego.

—¿Cargador?

—De tu celular —respondo.

—Y... ¿para qué? —me dice, curioso.

—¡Para comérmelo en una ensalada! —me cruzo de brazos.

—¿Qué le pasó al tuyo?

—¿Harás preguntas todo el día o me lo vas a prestar?

—Tranquila, tranquila —deja el control y se para a buscarlo—. Toma, bestia, tu tesoro.

Le doy un manotazo en el brazo y me salgo. Conecto el cargador y el celular; segundos después de cargar, me llegan cinco mensajes y tengo ocho llamadas perdidas de Cristina. Confundida, me siento en el borde de la cama para leer los mensajes. Cuando estoy por leer un mensaje de Cristina, la pantalla se vuelve azul y muestra una imagen de Cristina y yo sonrientes en el parque del muelle Beacon. Llamada de Cristina. Sin pensarlo, aunque sienta un vacío en el estómago, presiono el botón verde.

—¿Courtney? — su voz parece nerviosa.

—¡Vaya!, aún me recuerdas.

—¿Estás molesta?

—¿Que si estoy molesta? —pregunto irónicamente—. ¿Todavía preguntas eso? No sé si te diste cuenta de que me hubieras dejado plantada por ir a la fiesta con Connor y no haberme avisado... Ah, y ni siquiera te sorprendió verme en la fiesta puesto que no te acercaste a hablar conmigo; por si fuera poco, han pasado muchos desde la fiesta y jamás me llamaste...

—Perdón... pero no te llamaba para eso, sino...

—¿Entonces para qué? —la interrumpo.

—Tengo que decirte al...

—¿Y piensas que tengo que tengo que escucharte? —la vuelvo a interrumpir.

—¡Demonios, Courtney, déjame hablar! —grita—. ¡Smith sólo sale contigo por una maldita apuesta con Andrew!

Las manos comienzan a temblarme, mis piernas se debilitan.

—¿Acaso es una broma? —murmuro—, porque si lo es, déjame decirte que no es divertido...

—¿Crees que te haría una broma como esa? —pregunta—. Courtney, sabía que algo tramaba ese maldito Sesos de Alga y te lo dije desde un principio, pero es que actuaba tan natural...

—¿Cómo te enteraste? —la interrumpo ya con la voz temblorosa.

—Connor me lo dijo...

—¿Cómo sabes que es verdad?

—Court, es uno de sus mejores amigos y, por desgracia, mi novio —explica—, estábamos... besándonos... y de la nada dijo: "al menos nuestro amor es real y no una apuesta". Le exigí que me explicara a qué se refería y terminó confesándome que Matthew había apostado con Andrew a enamorarte en cinco meses y romperte el corazón frente a toda la escuela.

Los ojos me escocen y el corazón late desenfrenadamente; las lágrimas humedecen mis mejillas.

*¿Escuchas eso? Es tu corazón rompiéndose gracias a una esperanza que resultó ser falsa. ¿Escuchas eso? Es tu corazón rompiéndose gracias a él.*

—Por favor, dime que es una broma —apenas logro decir debido al llanto—. Dime que es una maldita broma.

—Courtney... lo mismo quise pensar cuando me entere.

Cierro los ojos, intento parar las lágrimas que salen sin control.

—Court...

Cuelgo. Boto el celular, me acuesto y abrazo un cojín que está por ahí.

Lloro como jamás en la vida lo había hecho y, para mi desgracia, era por un chico que había estado conmigo y había fingido todo este tiempo sólo para ganar una apuesta. Todos esos besos, todas las miradas, aquellas noches de confesiones e incluso esos momentos de bromas... todo era una farsa. Y yo me lo había creído todo.

—*¿Vas a quedarte ahí? ¿Llorarás hasta quedarte dormida como una inútil?*

—*¿Qué más se puede hacer?*

—*Ir a buscar respuestas, tonta.*

—*Tengo el corazón lastimado.*

—*¿Sabías que la parte encargada de los sentimientos está debajo del cerebro? Básicamente te rompieron el hipotálamo y tendría que dolerte la cabeza, no el pecho ni el corazón.*

—*No estoy de humor para tu maldita sabiduría.*

—*Levanta tu maldito cuerpo, seca tus lágrimas y ve a casa de ese maldito. Oblígalo a que te explique todo. No puedes derramar lágrimas hasta que tus ojos lo hayan visto y tus oídos lo hayan escuchado.*

Me siento en la cama como puedo y me limpio las lágrimas.

—Vamos, Courtney, sólo necesitas comprobarlo —intento alentarme.

Me pongo de pie y saco dinero de la mesita de noche para el taxi. Salgo de mi recámara, intentando parecer normal, aunque claro, ¿cómo se aparenta ser normal cuando sufres por dentro? De la nada, Justin sale del cuarto de Nathan. Intento seguir caminando pero se pone frente a mí, me toma de los hombros y me mira preocupado.

—¿Estás bien?

—Sí, ¿por qué estaría mal?

—Tienes los ojos rojos, como si hubieras llorado.

—Nah, creo que es mi alergia —intento sonreír mientras me zafo de sus manos y corro escaleras abajo.

Salgo a la calle y me echo a correr; siento que me voy destrozando con cada paso. Me detengo para respirar y evitar volver a llorar. Miro a mi alrededor y me doy cuenta de que no me he alejado mucho de mi casa, sólo unos cuantos metros. Busco un taxi. A lo lejos veo uno y sin dudarlo, levanto mi mano. Se detiene y enseguida me subo en el asiento trasero.

—¿Adónde la llevo? —pregunta el chofer.

—Residencias Moras, calle Jardines, número ciento ochenta.

El señor arranca sin decir nada más. Me recargo en el asiento, pongo una mano en la cabeza e intento no volver a derramar lágrimas, ¿Por qué esto me afectaba de esa manera? ¿Por qué dolía tanto?

Conforme nos acercábamos a la mansión de Smith, provocaba que me pusiera más nerviosa.

El taxi se detiene frente aquel portón negro.

—Gracias —le digo al señor al sacar el dinero del bolsillo—; por favor, quédese con el cambio.

Antes de descender, el señor me detiene:

—Cualquiera que haya sido el problema, espero que todo vaya bien. Descuida, niña, las cosas malas siempre duran un corto periodo.

Intento sonreírle agradecida mientras cierro la puerta. Camino hacia la entrada con pasos nerviosos. Toco el botón del intercomunicador.

—Hola, bienvenida a la residencia de la familia Smith, ¿en qué puedo ayudarla?

—Hola, soy Courtney Grant.

—¿La novia del joven Smith?

Claro, no hay problema, restriégamelo en la cara.

—Creo que sí.

—No preguntaré más, adelante.

¿Tan mal sonaba como para que las personas me dieran su apoyo?

En mi mente ensayo lo que podría decirle. Quizá sea muy tonto, pero en realidad no sé qué decirle ni cómo empezar. ¿Lo abrazo y le digo que me diga lo de la apuesta? ¿Entro como si nada, tomo mis cosas y me largo de inmediato? ¿Lo golpeo, tomo mis cosas y me voy? Levanto mi temblorosa mano y la pongo en el picaporte; inhalo. Lo giro lentamente y entro. Cierro silenciosamente la puerta y miro a todos lados; lo único que escucho es un silencio sepulcral, que me da un poco de miedo. Camino hacia la escalera; siento el corazón en la boca. Respira, respira, ten valor. Llego al cuarto de Smith a paso lento, pero más rápido de lo que tenía planeado.

Y ahí está: sentado y sosteniendo una hoja. Se me rompe el corazón de nuevo tan sólo de verlo. Un trueno resuena en el cielo y me sobresalto.

—Matthew... —murmuro.

Levanta la cabeza y se sorprende de verme.

—¿Qué haces a...?

No aguanto y me echo a llorar. Él se levanta un poco espantado; retrocedo un paso cuando intenta abrazarme.

—Quiero saber todo acerca de esa maldita apuesta —lo interrumpo—; todo.

Se queda de una pieza, pálido. Entonces es verdad. Y me duele porque él me importa. Sabía que era importante por la simple razón de que todo esto dolía, incluso respirar dolía. Sentía una pequeña opresión en el pecho, un gran vacío en el estómago, las manos frías y unas terribles ganas de echarme a llorar y escuchar unas cuantas canciones acerca de lo que era tener el corazón roto. Lamentablemente, sólo tenía las fuerzas suficientes para quedarme parada mientras me escurrían las lágrimas y me atacaba un dolor insoportable; hubiera preferido un brazo roto... ya que al fin de cuentas, un brazo roto sana más rápido que un corazón herido.

—Todo... —digo con la voz ahogada.


## cincuenta y cuatro

# Enamorada de la apuesta

( Matthew )

**Camino de un lado a otro intentando encontrar las palabras** exactas para estos sentimientos: culpa y derrota.

Era más que obvio que, en realidad, sí estaba sintiendo algo por Courtney, y esta vez no lo podía negar. Ahora de verdad sentía el estómago revuelto cada que pensaba en su reacción si se enteraba de la apuesta, el río de lágrimas que provocaría y tener el recuerdo vago de cuando la abrazaba para que pudiera dormir y no tuviera miedo de aquellos relámpagos a los que tanto le temía. Estaba perdiendo la cabeza poco a poco.

Recuerdo aquella larga charla que tenía preparada para decirle de la apuesta cuando estábamos sentados en la banca, pero simplemente no hice nada al respecto.

"Creo que hay algo que tengo que decirte... ¿Recuerdas que querías saber por qué me disculpe contigo y ahora estaba contigo? Simplemente porque había hecho una maldita apuesta. Sí, no fue por gusto propio ni porque quería quedar como amigos después de ponerte el pie casi por un año. Tengo que admitir que fue una estupidez, pero al principio del juego todo parecía que iba a salir a la perfección y que no habría sentimientos involucrados. Tú no sospechabas nada, te sonrojabas y sonreías inocentemente. ¿Sabes cuántas veces me detuve a pensar cómo sería el final?"

Desesperado, me siento en la cama y tomo la hoja arrugada que está debajo del colchón. La desdoblo con cuidado y observo que sólo me falta un objetivo: acostarme con ella.

Aquella noche, estaba dispuesto a terminar todo, a cumplir todo lo que pedía la apuesta. Ella parecía tan decidida a hacerlo a pesar de que sabía que no era una decisión menor. Pero una parte de mí simplemente no pudo seguir y, a pesar de que siempre hago todo sin detenerme, me detuve... cuando nunca, ninguna chica pudo hacer eso a pesar de que comenzara a dudar de si era buena idea.

Un relámpago suena; me quedo inmóvil. Courtney todavía no llama.

—Matthew...

Levanto la cabeza al escuchar aquella voz temblorosa.

—¿Qué haces a...?

Me levanto al notar sus ojos rojos, llenos de lágrimas; ella retrocede al instante. ¿Qué rayos sucede? Se echa a llorar a moco suelto. Sus labios tiemblan, como si intentara hablar.

—Quiero saber todo acerca de esa maldita apuesta —me interrumpe—; todo.

Palidezco, intento respirar con regularidad y ella rompe en llanto. Sabía que esto iba a pasar...

—*Si lo sabías... ¿por qué insististe?*

—*No iba a arriesgar mi dignidad.*

—*No, pero arriesgaste el corazón de la chica que te hizo sentir algo más que deseo.*

—Todo —dice con la voz ahogada.

Se recarga en el marco de la puerta. Trato de pensar en qué decir o hacer.

—¿Quieres saber todo? —pregunto con miedo—, porque realmente es una larga historia.

—¡No creo que sea una larga historia escuchar cómo demonios me involucraste en tus estúpidos juegos!

Agacho la cabeza, listo para confesar todo.

—Todo empezó cuando Andrew me dijo que si hacíamos una apuesta. Se suponía que tenía que enamorar a una chica que me odiara; me dio a escoger a tres, entre las cuales tú eras mi última opción; por alguna razón, te escogí. Me dio una hoja que contenía las reglas, los objetivos que tenía que cumplir y el tiempo del que disponía —extiendo la hoja frente a mí, para que Courtney la lea. No duda y la toma con la mano temblorosa—. Rompí algunas reglas, cambié, incluso ignoré a varias chicas sólo por ti y la apuesta... Incluso mamá me dio consejos para enamorarte, creyendo que la cosa iba en serio.

—Eres un idiota —me dice, sin despegar la mirada de la hoja—. ¿Qué te costaba decir: "Te estoy usando, no te ilusiones"? Nada, Matt, no te costaba nada, incluso si me lo hubieras dicho desde un principio, hubieras ganado sin perder nada. Te hubiera ayudado... pero no, ¡te entregué mis sentimientos y lo único que hiciste fue aventarlos lejos de ti mientras me sonreías falsamente y fingías quererme! ¿Qué rayos ganarías al romperme el corazón frente a toda la escuela? —cierra los ojos, como si intentara encontrar fuerzas para seguir hablando sin derrumbarse—. ¿¡Qué ganabas al demostrarle al mundo lo poco hombre que eres!?

Algo dentro de mí se destruye lentamente; cada pedazo comienza a lastimarme poco a poco.

—¿Por eso aquella vez, en el partido, saliste huyendo cuando dije "te quiero"? —preguntan esos ojos color miel ahora llenos de lágrimas— ¿Por eso actuabas tan extraño cuando Andrew llamaba? ¿Por eso te ponías tenso cuando preguntaba la razón por la cual te acercaste a mí?

Sí, Courtney, esa era la razón...

—Sí —acepto.

Sólo se oyen los lamentos ahogados de su llanto. Todo se fue por la borda.

—Gracias por romper mi maldito corazón... Me enamoré de tu maldita apuesta, ¡Estoy enamorada de la apuesta! ¿Sabes por qué? Porque, a pesar de todo, llegué a amar la forma como me tratabas, como me decías que me veía linda cuando yo sentía que me veía patética... O cuando tenía miedo de los horribles relámpagos y tú siempre estabas ahí para abrazarme y susurrarme que siguiera durmiendo, que eran simples rayos.

Es curioso, la mayoría de personas que descubre que está enamorada o se siente verdaderamente atraídas por una chica, se da cuenta en el momento en el que un rayo de luz ilumina la hermosa sonrisa de la persona amada; o en el momento de escuchar su delicada risa cuando ven algo gracioso o lindo, quizá cuando la ven llorar o cuando ven lo fuerte que puede llegar a ser esa persona. Creo que nunca antes ningún chico se dio cuenta de que amaba una chica justo cuando la ve llorar. Es el peor sentimiento: saber que la chica con la que querías intentar algo largo por primera vez se alejará gracias a que eres un completo fracasado que jugó con sus sentimientos. Y ahora, cuando verdaderamente la ve sufrir, admite que siente algo más que atracción.

¿Pero por qué sé que ella es la correcta? Porque cuando la veo, todo se equilibra, todo se mantiene en su lugar, porque ella no solo es belleza física, es belleza sentimental; la manera como se comporta, como camina sin falso movimiento de caderas, como pasa de una expresión seria a una sonrisa de oreja a oreja cuando alguien que le agrada llega a hablarle. Quizá es la forma en la que sonríe o lo agresiva que a veces opta por ser. O tal vez solamente es la forma en la que es ella. Simplemente ella.

Lo doloroso no es aceptar que estoy enamorado y verla llorar frente a mí; lo doloroso es que extrañaré reír con ella, molestarla, dormir juntos, salir con ella y besarla. Besar aquella sonrisa que irradia felicidad por plazos pequeños.

Su mirada triste decía adiós y sus lágrimas decían que no había perdón. Lo sabía a la perfección y eso me dolía. Mi mamá me dijo que este mundo no sólo era de apostar por las chicas; quizá apuestas no... pero chicas sí, porque creo que a veces en la vida lo esencial no es tener el mejor trabajo o el peor, tener un perro o un gato, lo esencial es tener a es chica que te quiere y te apoya a pesar de tus defectos.

Sé que tengo una vida por delante con tan solo diecisiete años , una carrera que terminar y alguna chica que enamorar; pero ahora ya no sé bien lo que quiero para mi futuro... porque por instantes la veía a ella en él.

—Courtney... —murmuro y hago el intento de acercarme a ella.

—No, Matthew, ni siquiera intentes acercarte, nunca más... Jamás intentes volver a hablarme... Me siento demasiado herida como para escuchar que aún te sientes con el derecho de hablarme y seguir tu maldita apuesta.

—Courtney, no sabes lo que dices...

—Sé lo que digo —me corta mientras se limpia las lágrimas—. Ahora sólo déjame ir y no vayas detrás de mí para decir tu trágico y dramático discurso acerca de los inexistentes sentimientos respecto a mí.

Comienza a caminar de espaldas. Me echa una última mirada y después, sin previo avisa, se echa a correr y yo no hago nada, simplemente me quedo parado, pensando como un completo idiota que se arrepiente de sus acciones. Llorando internamente. Veo la hoja de las reglas tirada en el piso. Tenía que hablar con Andrew aunque ya no hubiera un remedio para lo que acaba de pasar. Sí, había perdido a Courtney.

Tengo a mis dos mejores amigos frente a mí.

—¿Ya nos piensas decir lo que ocurre? —pregunta Andrew un poco enfadado.

Connor desvía la mirada nerviosamente.

—Courtney ya se enteró de la apuesta.

El rostro de Andrew cambia radicalmente; Connor observa el piso.

—¿Por qué sospecho que tú sabes algo, Connor?

Desde que llegaron, Connor se muestra nervioso y evita hacer contacto visual.

—Es que... bueno... quizá.

—¿Qué hiciste? —le pregunta Andrew.

—Se me salió una extraña frase que implicaba la palabra *apuesta*, cuando estaba con Cristina...

—¿Entonces le dijiste todo a Cristina y ella a Courtney? —le pregunto molesto—. Cristina era la gasolina y Courtney el fuego. ¡Hiciste una explosión!

—¡De todos modos tu maldita apuesta se iba a acabar y terminaría en la misma situación! —responde Andrew.

Me quedo en silencio porque es verdad, todo iba a terminar en lo mismo. Me tapo la cara e intento olvidar el maldito castigo.

—Mierda... —murmuro—, ¿cuándo tengo que ir por el estúpido traje de hawaiana? —pregunto derrotado.

—No te vestirás con un traje hawaiano... creo que es suficiente castigo con que seas un idiota, un tonto, un mentiroso y que tengas el corazón roto —dice Andrew.

Lo miro impresionado.

—Sólo mírate, Smith; hombros caídos, ojos y voz tristes; incluso cuando hablas suenas a que tienes algo, ¿sabes por qué?...

—Porque empezaste a sentir algo por Courtney —se adelanta Connor—. Tengo que agregar que Andrew y yo ya nos habíamos dado cuenta y a veces sólo te mirábamos para comprobarlo.

—¿Qué? —pregunto, confuso.

—Sí, lo que escuchaste—habla Andrew—. ¿Sabes qué era lo más triste? Que todo el mundo se había dado cuenta de eso, menos tú.

—O bueno, al menos nosotros nos dimos cuenta el día que Peter casi abusaba de ella. Sólo hubieras visto cómo reaccionaste cuando la viste en el piso llorando y la manera en que te acercaste a ella para abrazarla...

—Aunque tú lo negaras, nos fuimos dando cuenta —habla Andrew—. Como aquel beso en el juego de botella o la vez que la defendiste de Jennifer; cuando la mirabas en los recesos y cuando no pudiste hacerlo con ella.

—¿Cómo rayos sabes de eso? —le pregunto asustado.

—Me lo contaste —responde orgulloso.

—¿En serio pasó eso? —pregunta Connor—. Rayos, Courtney te hizo cambiar verdaderamente...

( Courtney )

Llego a mi casa y la lluvia se desata. Camino tranquilamente a pesar del agua. No tengo de qué preocuparme, estoy ya en casa como para cambiarme de ropa y evitar el resfriado. Estoy al pie de la entrada con la ropa empapada. Antes de abrir, lo pienso seriamente. Apuesto a que me veo terrible: ojos rojos e hinchados de tanto llorar, cara de tristeza y hecha una sopa. Suelto lentamente el picaporte. ¿Cómo estará Matthew?

*No es hora de pensar en él, querida; te rompió el corazón.*

Me siento en las escaleras y gracias a que hay un pequeño techo, no me mojo, y lo agradezco ya que comienza a darme algo de frío. Doblo las piernas y las rodeo con los brazos. Observo detalladamente los árboles de la casa de enfrente. Tengo ganas de llorar, pero me siento tan vacía, que las lágrimas ya no salen. Hasta respirar duele.

Escucho la puerta abrirse, unos pasos y alguien sentado a lado mío.

—¿Qué sucede? —me sorprende escuchar aquella voz chillona siendo amable.

—¿Qué quieres, Maddie? —incluso mi voz se escucha mal.

—Courtney, te vi cuando llegaste y realmente no te ves nada...

—Si viniste para saber qué ocurrió, no pierdas tu tiempo —la interrumpo.

—Al parecer ausentarte unos días de verdad te hizo perderte de las noticias.

—¿Qué noticias?

—¿No se te pareció extraño que tu madre no te dijera nada cada que te ibas con Matthew? —pregunta y hago el intento de no llorar al escuchar ese nombre—. Tus padres se divorcian y tu papá le exige esta casa sólo porque la pagó él.

—¿Qué rayos...?

—Creo que el divorcio ya se dio porque ambos lo querían pero faltan los acuerdos. Él perdió la libertad de verlos a ti y a Nathan: tu madre se lo prohibió.

—¿Cómo rayos sabes eso?

—Porque estuve con ella en tu ausencia.

Los ojos se me ponen lacrimosos de nuevo al pensar en mamá enloqueciendo gracias a papá y yo feliz mientras disfrutaba de los falsos momentos con...

—Soy una tonta —comienzo a llorar.

—No lo eres...

—¡Claro que lo soy! —la interrumpo—. Soy demasiado tonta por no darme cuenta de que mamá la estaba pasando mal y por haber desperdiciado tanto tiempo con un chico que sólo intentaba ganar una apuesta.

—Con lo del chico... no eres una tonta, ¿sabes por qué? — la observo bien y no lleva toneladas de maquillaje porque en realidad se ve bastante bonita—. Porque por más que crezcas, jamás vas a intuir cuando juegan contigo.

—Pero era más que obvio, ese chico, el año pasado, siempre me ponía el pie y me molestaba; qué irónico que intentara hablar conmigo inventando que quería arreglar las cosas. Soy una tonta.

—No sé mucho de corazones rotos, pero algo que me dijo mi mamá fue que toda chica encuentra a ese único chico que, no importado cuántas veces le rompa el corazón, ella le dará otra oportunidad, y nadie sabe por qué. Siempre pensé que me lo decía para que evitara hacer eso... pero tiempo después descubrí que lo decía por papá.

—¿Por qué se separaron tus padres? —pregunto repentinamente.

—Supongo que porque ya no había lo que ellos consideraban amor.

—¿Y por qué estás siendo tan amable conmigo?

—Bueno... por si no lo sabías, arreglamos las cosas mientras no estabas... Con eso de la casa nueva, tu mamá de aquí para allá y mi padre preocupado, sabía que debía pedir perdón de algún modo. Así que te pido una disculpa por llamarte perra y por intentar coquetear con tu novi... con ese cabeza hueca —reconozco su sinceridad en esas palabras—. Cuando te conocí, vi que eras una chica valiente y fuerte... no dejes que nadie te lo arrebate —me seca las lágrimas con sus pulgares—. Y ahora como tu hermanastra, te ordeno que vayas a ducharte antes de que pesques un resfriado... Ah, no te preocupes, que no le diré nada a tu madre ni a Nathan.

Mi corazón se encoje y abrazo a Maddie fuertemente; me pongo a llorar.

—Gracias —le digo al oído.

Después de todo, no era una perra sin corazón.

## cincuenta y cinco

# Yo te qui...

( Matthew )

**Me giro de nuevo en la cama e intento encontrar** una posición cómoda para quedarme dormido. No pasan ni veinte segundos cuando otra vez me remuevo un poco incómodo en la cama. Admito que falta alguien a quien abrazar o al menos la cercanía de alguien. Para mi desgracia, acepto que extraño a Courtney; escucharla respirar lenta y tranquilamente, mientras tenía los ojos cerrados y una expresión que me mantenía tranquilo. Necesito abrazarla y susurrarle que duerma, que sólo eran simples relámpagos.

Me acuesto boca arriba y me doy un zape en la frente al reconocer lo estúpido que soy.

—*Piensa, Smith, ¿puedes hacer algo para recuperarla?*

—*No, no creo, ahora quizá me odie más de lo que me odiaba antes de todo.*

—*Entonces mereces sufrir por idiota.*

Golpeo mi cabeza contra la almohada. Este no era el plan que tenía en mente, sino agotar los cinco meses y romperle su maldito corazón frente a toda la escuela, pero al parecer ella rompió el mío. Definitivamente, no era el plan.

Cierro los ojos y comienzo a dormitar; siento a Courtney a lado mío. Es tan real, que me veo obligado a abrir los ojos para comprobarlo. En efecto, es algo real: aquí está ella, dormida, respirando tranquilamente, con su mano debajo de la mejilla.

—Courtney... — murmuro—. ¿Courtney...?

Se mueve un poco; siento un extraño sentimiento en el pecho.

—¿Estás despierta?

—Déjame dormir... —reclama.

Un poco espantado, me acerco a ella y le toco la mejilla. ¿Acaso todo lo anterior fue un mal sueño?

—Courtney...

Abre los ojos despacio y me lanza una mirada asesina.

—¿Puedo abrazarte? —le pregunto.

Parpadea y se acerca a mí. Me abraza y recarga su cabeza en mi pecho. Me cuestiono si todo esto es real.

—Hasta mañana, Smith —me besa en la mejilla.

—Hasta mañana... —le digo.

Cierro los ojos listo para dormirme, pero un raro sentimiento me atrapa; abro los ojos de nuevo para llevarme la sorpresa de ver el vacío entre mis brazos. Courtney ya no está. Todo ha sido un sueño.

Me cercioro de que en realidad no esté. Quizá haya ido por un vaso de agua, aunque en realidad sé que jamás estuvo aquí. Veo la hoja de las reglas tirada en la entrada de la habitación. Vuelvo a acostarme... ya no quiero soñar con ella.

( Courtney )

Me peino con los dedos el cabello aún húmedo y me siento lentamente en la cama mientras me masajeo las sienes. Al parecer lo único permanente en mi vida es el maldito dolor de cabeza que me da después de llorar por horas, porque básicamente eso es lo que hice toda la tarde y la noche de ayer; llorar cada que recuerdo al estúpido de Matthew y sus labios cálidos en los míos. Toda la magia desaparecía en el momento en que mi mente recordaba la única palabra que comencé a odiar: *apuesta*.

Recordar que fui una maldita apuesta me hacía llorar, incluso en la ducha, a pesar de criticar a las películas en donde hacían eso, porque realmente me parecía tonto e ilógico; más tarde lo comprendí y me pareció el mejor modo de llorar silenciosamente sin que nadie sospechara ni me recriminara.

Me pongo a mirar las decenas de fotos pegadas en mi pared, junto a algunas notas con cosas importantes y algunas fotos de paisajes. Era una lástima que teníamos que mudarnos de esta casa en la que he pasado los dieciséis años de mi vida sólo porque a mi padre se le había ocurrido la fantástica idea de reclamarla porque mamá encontró de nuevo a su hombre perfecto. Debido a ello, a mi vida había llegado una perra loca, que al final resultó ser sólo una chica lastimada que aparentaba ser fuerte porque iba de familia en familia gracias a su conquistador padre.

Tomo el celular; tengo treinta y siete mensajes sin leer, la mayoría de Cristina, preguntando si estoy bien; cuatro mensajes de Lucas avisando el por qué de su desaparición pero que ya se había enterado de todo. Los últimos cuatro mensajes me tensan por completo y siento un vuelco en el corazón.

**De: Número desconocido**
*Hola... Soy Peter y no sé cómo iniciar esto, así que lo diré como lo estoy pensando mientras escribo.*

*Lamento mucho lo que sucedió con Matthew y quiero pedirte una disculpa por eso y porque yo sabía de la apuesta y no dije nada. En serio, lo lamento mucho.*

*Espero que te encuentres bien a pesar de lo sucedido.*

**De: Número desconocido**
*Perdón por romper tu corazón, debido a nuestras estupideces... y perdón por salir con tu amiga y no decir nada, pero Matthew es mi amigo y creo que no podía decírselos, aunque ya lo había intentado... y creo que él también.*

*Connor.*

**De: Nathan**

*Sé que tienes algo, desde ayer no sales mucho de tu cuarto, incluso tienes ojeras y te ves enferma, pero no quiero ir a tu cuarto a preguntar qué pasa porque sé que me sacarás a patadas o me aventarás por la ventana, así que espero que contestes el maldito mensaje.*

*Y, aunque no lo diga mucho, te quiero, hermana.*

**De: Número desconocido**

¿Estás bien? ¡COURTNEY, CONTESTA LOS MALDITOS MENSAJES! SÍ, ESCRIBO EN MAYÚSCULAS PORQUE YA ME DESESPERÉ DE QUE NO CONTESTES... INCLUSO LAS LLAMADAS, LA TAL MADDIE DICE QUE NO TE ENCUENTRAS. A MÍ NO ME ENGAÑAS, TONTA, NO QUIERAS EVITARME A PESAR DE LO QUE SUCEDIÓ.

Seeeeh, te mando esto desde el celular de Connor :)

Court, te quiero mucho...

Sonrío y me siento realmente agradecida con Maddie por todo lo que ha hecho por mí. Realmente no es mala persona. Dejo el celular a un lado y me acomodo para dormir. En realidad no tengo sueño a pesar de que es más de medianoche y estoy sola en mi cuarto, mientras una estruendosa lluvia se desata y los relámpagos me impiden dormir. Necesito los brazos de Matthew para dormir. Me acuesto boca arriba y me cobijo hasta el cuello; miro el techo y escucho el salvaje sonido de la lluvia.

Lo peor que puede hacer una persona es acostumbrarse a algo sin pensar que algún día terminará. Tomo una almohada y la abrazo, cierro los ojos e intento dormir. De verdad extraño a Matthew. Escucho un relámpago e intento estrujarme más con las cobijas. De ahora en adelante, odio el ruido de la lluvia. Escucho otro trueno y cierro los ojos fuertemente mientras abrazo a la almohada un poco más. Será un noche complicada.

¿Quieres que te abrace hasta que te quedes dormida?

Meto las últimas cosas de mi escritorio en la caja y miro melancólicamente el cuarto. Ahora está deshabitado, sin nada en la pared, el clóset vacío, mis fotos en una caja y los recuerdos en el olvido.

Voy al baño y tomo la ropa limpia que había dejado para cambiarme la pijama: un pescador de mezclilla, una blusa blanca y mis Converse. Me veo en el espejo y entro en *shock*: unas ojeras enormes que jamás en mi vida había tenido, ni siquiera cuando tenía que levantarme temprano para ir a la escuela; ojos tristes y semblante como si hubiera estado en coma por algunos años. Me lavo los dientes e ignoro mi reflejo. Me pongo la diadema que antes solía usar, aquella que siempre usaba hasta que apareció el maldito de Matthew en mi vida. Me aplico brillo labial para no verme tan mal. Salgo del baño como si no hubiera pasado nada.

Tomo mi mochila nueva. Extraño la café, la que dejé en casa de Matthew; la doy por perdida porque ni loca regreso a su casa a pedírsela, mucho menos concibo verlo en persona... creo que sería mucho dolor. Le doy un último vistazo a mi ex cuarto. Odio un poco a papá por hacer infeliz a mamá justo cuando encuentra a otro hombre.

Antes de que yo salga, la puerta se abre y me espanto un poco... hasta que veo a papá parado frente a mi. Está un tanto nervioso y yo me quedo paralizada; no veía a mi papá desde que anunciaron la separación. Al menos tuvo el valor de venir justo cuando nos mudamos.

—Hola —saluda.

No le devuelvo el saludo; espero a que me diga a qué vino a la que ahora es su casa.

—¿No piensas saludarme? —pregunta.

Respondo a su pregunta negando con la cabeza en total silencio. Me mira unos segundos en silencio, como si estuviera pensando bien lo que me dirá.

—Estás molesta por lo del divorcio y la casa, ¿cierto? —busca mi mirada—. Elizabeth, no encuentro una razón lógica de tu enojo porque esos asuntos no tienen nada que ver contigo, son entre tu madre y yo...

—Mi mamá se volvió algo más que sólo mi mamá desde que te fuiste —lo interrumpo—. Lo que tenga que ver con ella tiene que ver conmigo; si me disculpas, tengo cosas que ordenar para mudarme a la nueva casa.

Salgo del cuarto por el estrecho espacio que hay. ¿Por qué tengo esa manía de contestarle a las personas cuando les guardo resentimiento o enojo?

—Ah, por cierto —me giro a verlo—, personalmente, no quiero saber nada de tu nueva vida ni de tus nuevos hijos.

Ahora sí, sigo caminando por el pasillo en el que me caí tantas veces, en el que Nathan y yo jugábamos a lanzarnos cosas. Veo los cuartos de Nathan, el de invitados y el de mamá. Esto es demasiado cruel. Llego a la puerta y salgo con temor. Al parecer todavía no llega el camión de mudanzas. Me siento en las escaleras. De verdad que me afecta por partida doble tener el corazón roto y mudarme de la casa en la que había pasado mi infancia.

—¿Ya tienes todo listo? —me pregunta Steve.

Afirmo con la cabeza; entonces manda a Nathan y a Justin a bajar mis cosas. Busco a Maddie pero no la veo, a lo mejor aún sigue arreglando sus cosas. Recargo mis codos en mis piernas y pongo mi mentón en mis manos. No llores, no llores, me repito. Mamá se acerca a mí y escucho pasos a lado mío. Se sigue de frente y veo la espalda de papá; mamá le lanza una dura mirada. Después del tenso momento, mamá se sienta a mi lado, pues quiere descifrar qué anda mal conmigo.

—¿Qué tienes, pequeña? Estás durmiendo más y sonriendo menos.

—Nada... —me apresuro a contestar.

—Cariño, ¿y esas ojeras? —me mira dulcemente obligándome a mirar al frente—. Sé que tienes algo hasta por la forma encorvada en que caminas y por la tristeza que se refleja en tus ojos.

—Creo que tengo el corazón lastimado... bueno, el hipotálamo lastimado...

—¿Entonces es eso? ¿Quién fue?

—Matthew... —susurro.

—¿Quién? —pregunta—. No escuché...

—Nadie, *má*.

Levanto la mirada para hablar con mamá pero me quedo congelada al ver al causante de mis desvelos. Ahí parado, tan natural, con ojeras igual que yo, mirando muy confuso las cajas y los muebles, así como a Justin y Nathan entrando y saliendo con cosas; su mirada regresa a mí... y tiene mi mochila en las manos. No reacciono. Quiero volver a respirar. Analizo qué es mejor: acercarme a él y quitarle mi mochila sin decirle nada o abrazarlo y pedirle mi mochila. ¿Por qué demonios todo es tan difícil? ¿Por qué vuelve complicadas las cosas?

Ok, me pongo de pie y pienso bien lo que haré. Mi mamá también se levanta y me toca el hombro. En ningún instante dejo de mirar a Matthew.

—*¿Qué demonios quiere?*

—*Quizá devolverte tu mochila o pedirte disculpas... mejor averígualo.*

Con el corazón en la garganta y la mochila bien sujeta en mi espalda, camino hacia él, espero que las lágrimas no comiencen a brotar salvajemente. Cuando creo estar a una distancia correcta, lo miro esperando a que me diga qué es lo que quiere y por qué vino a mi casa. Al parecer, ni él lo tiene claro porque no me dice nada, me mira en un silencio que es incómodo para ambos. Le doy una última mirada, lista para irme a un lugar donde pueda llorar una vez más. Como si leyera mis pensamientos, me toma del antebrazo y me acerca a él.

—Vine a darte tu mochila... mi mamá me pidió que te diera esto... —estira su brazo y pone frente a mí dos fotos: una en la que él me está haciendo caballito y otra en la que estamos dormidos en su cama junto con Emily.

Tristísima y ya con las lágrimas fuera de control, tomo las fotos y mi mochila, en la cual espero que esté el cargador del celular.

—... y quiero pedirte disculpas.

A causa de las lágrimas, lo veo borroso, por lo que tengo que limpiarme los ojos con las manos. ¿Por qué llega así de la nada y me dice esas cosas?

Suspiro y vuelvo a sentir mi corazón partirse cuando toma mis manos y las entrelaza con las suyas. Lo miro a la cara y me mira como suplicando. Tiene ojeras a pesar de ser Matthew Smith, el chico sin imperfecciones y un hermoso rostro.

—Matthew...

—Lo sé, lo sé... lo que hice es algo estúpido sin remedio y sé que no tiene perdón, pero últimamente he estado atormentándome cada noche al pensar en ti, he llorado porque supongo que me odias con todo tu ser. Para ser sincero, después de tantas cosas, yo sí te...

—¡Courtney!

Miro a mis espaldas a mi mamá haciendo señas para que ya nos vayamos. Me sorprende ver que ya no hay nada de cajas y que los dos camiones de mudanzas ya están repletos y cerrados, listos para seguir la lujosa camioneta de Steve. Ya todos están dentro, sólo falto yo.

—Courtney...

—Tengo que irme —le digo con voz temblorosa—. Gracias por mi mochila.

Con un dolor indescriptible, separo mis manos de las suyas y tomo distancia.

—*Hazlo.*

—*No, no lo hagas.*

—*Créeme, lo hagas o no, terminarás arrepintiéndote; es mejor hacerlo y arrepentirte que arrepentirte y quedarte con las ganas.*

Sin pensarlo más, dejo caer la mochila, tomo las fotos con una mano y con la otra agarro a Matthew del cuello de la camisa y lo acerco a mí para besarlo. Al principio se sorprende, pero corresponde el beso.

La cercanía es tan extraña, que pienso en separarme y correr al auto, pero me quedo besándolo y pasando por alto que mi mamá y los demás están atentos a la escena. Abrazo a Matthew por el cuello y él a mí por la espalda, como si no quisiera que escapara.

—*¡Pero qué rayos...! Pensé que harías otra cosa porque él te rompió el corazón...*

—*Sabías que haría esto, era obvio.*

Nos quedamos unos segundos quietos antes de separarnos y mirarnos a los ojos. De verdad... ¿Qué acabo de hacer?

—*Aún tengo el corazón lastimado...*

Con toda la fuerza de voluntad que tengo, me separo de él, tomo la mochila y troto hacia el carro, obligándome a no mirar atrás.

Me salen pequeñas lágrimas, pero rápidamente las limpio antes de subir a la camioneta y sentarme al lado de Maddie, que me da una mirada desaprovatoria pero al mismo tiempo diciéndome que tengo su apoyo. Me pasa una mano por el hombro y yo recargo mi cabeza en ella.

—Si piensas que hiciste lo correcto, no hay nada de malo.

—Eso es lo malo, no sé si hice lo correcto...

## cincuenta y seis

## ¿Aún eres mi pareja del baile?

( Courtney )

**Me alejo de la ventana y, a pesar** de ser el tercer día en la casa, no me acostumbro a la vista de los árboles gigantes detrás de la casa. Ya todos conocían el lugar excepto yo. Eran residencias normales, lujosas, pero no de manera exagerada, lo cual me agradaba. Lo único malo era que las casas estaban distanciadas entre sí y el lugar era como un bosque, claro, sin animales salvajes. La casa era de cuatro pisos: sótano, planta baja y dos pisos más; había una escalera en el techo que conducía a un pequeño cuarto que, supongo, sirve para guardar cosas. Suspiro pesadamente mientras me recargo en el marco de la ventana. Las paredes eran blancas, pero me daba pereza decirle a mamá que quería pintar el cuarto; en una de ellas puse todas las fotos que tenía antes, incluidas las que Matthew me había dado. El cuarto era dos veces más grande que el anterior y me sobraba espacio, por lo que Maddie me sugirió poner una alfombra en el piso, para que no se viera tan vacío... y bueno, Maddie puso una alfombra blanca.

Me acuesto en la cama porque no quiero estar nerviosa de tener que ir mañana a la maldita escuela por mis papeles... ¡a la hora normal de entrada! Cierro los ojos para controlar mi respiración; cuando los abro, ya es de mañana, incluso siento ese peculiar frío matutino. ¿Cuánto tiempo habré cerrado los ojos? Todavía somnolienta y cansada, veo la hora y me sobresalto porque ¡son las nueve de la mañana! ¡Se supone que tendría que haberme levantado hace dos horas para estar en la escuela a las ocho! Me levanto y camino a la ducha voy quitándome los zapatos y la ropa. Abro las llaves de agua y sin esperar a que se temple el agua, comienzo a bañarme. El agua está tan fría que tirito sin parar. Acabo de bañarme lo más pronto que puedo, tomo una toalla y la enrollo en mi cuerpo al tiempo que comienzo a lavarme los dientes.

*¿Por qué rayos no pusiste una alarma?*

Corro hacia el clóset y elijo la ropa interior sin importar el color. Nunca usaba coordinados, ¿para qué? No iba por la calle modelando el conjunto mientras decía "Sí, es color carmesí". Busco unos jeans de mezclilla azul, pero encuentro primero los negros, que no dudo en ponerme. Miro los jeans y casi grito de la sorpresa al ver que están rasgados. ¡Maldita Maddie y sus modas raras!

*No, Courtney, ya no hay tiempo para buscar otros pantalones.*

Suspiro, derrotada, y agarro un camisa de botones roja con cuadros. No la desabotono, simplemente me la pongo y corro a buscar unas calcetas y mis Converse. Voy de nuevo a el baño y comienzo a cepillarme el cabello mientras comienzo a buscar la diadema negra con la mirada. Me pongo una crema rara de Maddie para el cabello así como un poco de perfume. Voy de regreso al cuarto y busco mi mochila, saco la basura y aviento todos los cuadernos y plumas que, se supone, voy a ocupar. Tomo las llaves de la casa, me cuelgo la mochila café y salgo disparada. Quizá sea como un kilómetro de distancia, pero no tenía tiempo de pedir un taxi, así que corro.

Me detengo en la entrada de la escuela e intento dejar de jadear. Me cercioro de no haber sudado o manchado la playera; me alegro de que no haya sido así. Camino como si no hubiera corrido un maratón y voy directo a mi casillero a revisar los horarios. En la bolsa trasera de mi pantalón, busco el celular para ver qué hora es, pero no lo siento; me toco el trasero varias veces para verificar que, en efecto, no traigo el celular. ¿Ahora como demonios hago para saber adónde tengo que ir sin saber la hora? Meto la cabeza en casillero. Podría apostar lo que sea a que si alguien pasa y me ve así, pensará que estoy loca.

—No me digas que mi mejor amiga se volvió loca y ahora se cree avestruz urbana.

Ay, no: Cristina. Su voz es inconfundible después de casi doce años. Cierro los ojos antes de decidir: ¿Le hablo como si no hubiera pasado nada o la ignoro hasta que pida perdón de rodillas?

Lentamente sacoo la cabeza para verla; tiene una sonrisa tímida; está igual de arreglada que siempre. Me inunda el sentimiento de abrazarla, pero me siento lejana de ella después de lo de la fiesta y, peor aún, lo de la apuesta.

—¿Ya me he disculpado por la mal amiga que soy?— pregunta—. ¿Por la pésima mejor amiga que soy y hacerte a un lado por salir con un estúpido que calló lo que te destruiría?

—¿Salías? ¿Terminaste con él?

—Así es. Me sentía traicionada de algún modo. De hecho, cuando te mandé el mensaje fue el último día que lo vi. Ese día lo terminé al anterarme de la maldita apuesta...

—No me lo recuerdes —la interrumpo—. Creo que tengo suficiente con llegar tarde a la escuela.

—¡Eso explica tu desaliñado look! ¿Desde cuándo usas esos tipos de pantalones?

—Desde que se me hizo tarde y no tuve otro remedio más que ponérmelos.

—¿Corriste desde tu nueva casa hasta aquí?

—¿Cómo lo sabes? —pregunto.

—Tienes las mejillas rojas, como si hubieras corrido treinta kilómetros.

—En realidad fue poco menos de un kilómetro, y estoy bien...

Al parecer el tema de conversación había terminado porque ambas nos quedamos en silencio. Miro al suelo y pienso en algo que pueda romper el hielo.

—¿Entonces estamos normal? —pregunta de la nada.

Sin pensarlo, la abrazo fuertemente olvidando todo el rencor.

—¡Claro que sí, tontita!

—¿Entonces quieres sentarte conmigo a almorzar?

—¿¡Tan tarde llegué!? —azoto la puerta del casillero.

—Sólo diré que tienes que pasar a la oficina de asuntos escolares por tus papeles y los formatos de inscripción y serás libre. Llegaste tres horas tarde y la gente ya comienza a mirarte... —me advierte.

—¿Qué? ¿Por qué? —miro a mi alrededor y verifico que las miradas caen en mí, que murmuran cuando pasan a nuestro lado. Algo anda mal.

—Se enteraron de la apuesta... no sé quién corrió el chisme. Las únicas personas que sabíamos eran los tres chiflados y nosotras.

Me golpeo la frente e intento mantener la calma.

—¿Puedo volver a meter mi cabeza en el casillero hasta el fin del día?

—Obvio no. Tienes que frontar el mundo con la cabeza en alto y pateando traseros como solías hacerlo antes de tener la popularidad de la "Chica apuesta" —sonríe—. Descuida, vi una película de lucha que me dio una buena lección.

—Piensa, Courtney, piensa quién demonios pudo enterarse a parte de ustedes. O que sólo por venganza o malicia pudo hacerlo.

—*Jennifer.*

—*¿Y cómo pudo enterarse ella? No le habla a ninguno de los tres.*

—*Peter.*

—*Se disculpó porque sabía que era una apuesta y no te lo dijo;, hubiera corrido el rumor mucho antes.*

—*Connor o Andrew.*

—*A ninguno le convenía decir algo de eso.*

—*¿Entonces?*

—*Debe ser alguien cercano a todos, que sea capaz de circular un chisme sin importarle meterse en problemas con unas cuantas personas.*

—Jake —afirmo.

—¿Qué tiene ese idiota?

—Creo que fue él quien esparció el rumor...

—¿Cómo rayos es que lo...? Nada, por unos segundos se me olvidó que hablaba contigo.

—¿El idiota vino a clases?

Me responde que sí. Me acomodo bien la ropa, el cabello y la mochila. La mamá de Matthew dijo que en sus tiempos las chicas eran con M de Mujer, que no se dejaban de ningún chico. Esta vez no seré la chica que llora hasta quedarse dormida como una inútil. Pienso golpear tan fuerte a Jake, que espero que recuerde el dolor de por vida.

Me anima el poco valor que Matthew dejó intacto; camino al patio principal, donde muchos almuerzan. Me quedo parada con un poco de nerviosismo para encontrar a Jake con la mirada.

—No lo veo —le digo a Cristina, quien está a mi lado.

—Según yo, siempre está en este patio durante el almuerzo —me explica—; me lo comentó en los tiempos en los que hablábamos.

Lo sigo buscando pero ahora voy de mesa en mesa.

—¡Ya lo vi! —Cristina lo señala—. ¡Por allá!

Paso entre las mesas y mantengo el control para no gritarle desde tres metros atrás. Siento las miradas de una que otra persona, pero no me impide seguir. Jake está con sus amigos charlando animadamente; al llegar, pongo mis manos en la mesa provocando un sonido hueco.

—¿Acaso eres más chismoso que Jennifer?

Jake saca una risa burlona y una mirada arrogante; me dan ganas de golpearlo.

—¿Qué? —pregunta—. ¿Querías que nadie se enterara de que el querido Matthew jugó contigo?

Sin importarme qué dirán, agarro del cuello de la camisa a Jake y no precisamente para besarlo.

—Mira, cretino, las personas suelen golpear a la gente como tú —le advierto—, en especial por ser tan estúpidos, a tal grado de intentar robarle la novia a alguien con fotos falsas y después enviarlas a toda la escuela para que su plan salga a la perfección, según ellos, claro.

—Courtney... —escucho la voz de cristina.

—Y tú eres el segundo imbécil más grande del mundo... —le reprocho.

—Vamos, Courtney, supéralo, al menos yo no jugué con una chica para salvar mi cabello y dignidad.

Eso fue todo. Eso acabo con mi paciencia. Sin pensarlo, empuño mi mano y levanto el brazo para darle en la cara. Mi puño viaja por los aires y después Jake yace en el piso. Siento la mano caliente pero esta vez no duele.

—Sigue hablando, cabeza hueca.

—¿Qué rayos te pasa? —escucho la voz de Jake.

—Eso te pasa por idiota —dice Cristina—. Mete la cabeza sólo en tus problemas.

—¿Acaso desde que te utilizaron no aguantas las bromas pesadas? —dice uno de sus amigos—. ¿Es verdad todo eso que dicen? —dice, burlón—. ¿Que Matthew Smith la dejó en medio de la cancha tras haberle confesado sus sentimientos?

Escucho las risotadas de sus amigos, incluyendo al idiota de Jake. Me siento humillada y comienzan a arderme los ojos. No tengo que llorar.

—Pedazos de idiotas, si siguen riendo como retrasados sin vida social, juro que los colgaremos de sus boxers en la reja de la cancha.

Me veo obligada a voltear a mi espalda para averiguar de quién es la voz y juro que casi se me sale el corazón que es Peter. A su espalda están Andrew y Connor mirando asesinamente a Jake y Peter a sus amigos.

—¿Acaso desde que tu novia se acostó con tres chicos diferentes ya te crees capaz de molestarla, Alex? —Peter lo reta y todos comienzan a corear el típico "uuuh"—. Y tú, Roberto, ni siquiera tienes vida social como para tener el derecho de molestar a alguien que sólo conoces por rumores.

Me quedo rígida. ¿Por qué me están defendiendo? Los veinte minutos de receso terminan y suena la campana. La mayoría se van pero algunas se quedan para ver si la pelea sigue. Muchas personas que pasan frente a mí me sonríen; otros simplemente me miran con cara de pocos amigos, en especial las chicas enamoradas de Smith. Volteo para preguntar por qué hicieron todo lo anterior, pero siento un toque en mi hombro que me obliga a volver la vista.

Ahí, parada frente a mí, con su brillosa cabellera y sus labios rojos, que combinan con su extravagante conjunto de ropa y las zapatillas, la señorita Alice Evans.

—Hola.

Cuando sonríe, es imposible no mirar su hermosa y derecha dentadura blanca.

—¿Fuiste la apuesta de Matthew Smith?

Por su tono de voz, no sé si es curiosidad o burla.

—Querida, hay más chicos lindos en el mundo... lástima que te hayas fijado en él —me dice con desdén—. Lástima que ya no seas su pareja de baile y que haya escogido alguien como yo.

¿La invitó al baile de graduación? Pero si me había invitado a mí.

*Claro, idiota; después de la apuesta, ¿pensabas que la invitación seguía en pie?*

No digo nada porque, si no, las lágrimas comenzarían a brotar, así que mejor sonrío y salgo corriendo de ahí.

Genial, eso fue suficiente para volver a pisotear mi corazón y sentirme usada.

Corro hacia los baños y me encierro en un cubículo. Bajo la tapa del retrete y me siento; comienzo a llorar silenciosamente. ¿Por qué lloraba? Se suponía que estaba superando a Matthew, a pesar de haberlo besado por un estúpido arranque de locura; me duele saber que él seguía su vida y yo me quedaba estancada como roca.

Escucho la puerta del baño abrirse y guardo silencio mientras me limpio las lágrimas. Los pasos se acercan al cubículo donde me encuentro. Me espanto al pensar en que es Alice y que llegó para golpearme. Me tapo la boca para evitar soltar un sollozo cuando golpean la puerta del cubículo.

—¿Courtney?

Me quedo congelada al escuchar la voz de Matthew. No despego la mano de mi boca porque no quiero hablar.

—Da igual... sé que eres tú, puedo ver tus Converse.

Subo los pies y los abrazo para evitar que resbalen.

—Sé que eres tú.

—Entonces déjame en paz. Vete —le digo con voz ronca.

—¿Por qué quieres que me vaya? —pregunta—. ¿Por qué me besaste el otro día?

—¡Todavía tienes el sinismo de preguntar "por qué"! —intento que no me tiemble la voz—. Fue sólo un maldito impulso del cual estoy cien por cierto arrepentida.

—Yo creo que fue el impulso más inteligente que has tenido —lo escucho—. ¿Podrías salir del maldito baño?

—¡No! —respondo—. Y por si no te habías dado cuenta, es el baño de chicas.

—Lo sé, pero necesito hablar contigo frente a frente, no necesito hablarle a una puerta de baño.

—Sigue hablando con la maldita puerta; no pienso salir.

Y no pensaba hacerlo. Aunque estuviera muriendo por salir y verlo unos segundos, para abrazarlo o darle un buen golpe, no pensaba salir. Esta vez tenía que ser más fuerte.

—¿Recuerdas el baile de graduación? Es mañana —dice después de un rato.

—Claro que lo recuerdo, el baile al que irás con Alice —le respondo sarcásticamente mientras limpio las últimas lágrimas.

—Jamás recuerdo haberle dicho a ella si quería ser mi pareja... recuerdo habér-
telo pedido a ti.

No respondo nada, me quedo en silencio esperando que diga algo más que eso.

—¿Aún eres mi pareja del baile?

Una vez más, no respondo nada. ¿Cómo sabía que decía la verdad? ¿Cómo sabía
que no era otro de sus malditos juegos en los que alguien termina mal?

Escucho un suspiro y segundos después la puerta del baño se abre.

—Tenemos que superar esto.

# epílogo

## Sentimientos rotos en un baile triste

( Courtney )

**Corre un ligero viento frío. La mañana está** extrañamente despejada. No hay
mucho sol, pero el poco que hay ahuyenta el frío y la lluvia.

Pienso de nuevo mi pantalón de pijama verde agua con puntitos blancos y mis
Converse sin amarrar. ¿Por qué salí así a comer una manzana a las once de la mañana?
Aviento el corazón de la manzana al pie de un árbol, ya que al fin y al cabo es fertili-
zante. Mi celular vibra, lo tomo y reviso de quién es el mensaje. Si ya gozaba un poco
de la tranquilidad, la felicidad y sentía que ya había superado lo sucedido con Smith
ayer, pues todo eso estaba por desaparecer.

De: Cristina
Para: Courtney

*Oye, guapa, ¿ya tienes todo listo para el baile de la noche?*

Doy un triste suspiro y miro a otra parte que no sea la pantalla del celular.

Es más que obvio que no iré a ese baile y que por lo tanto no debo tener nada listo. Comprar ese vestido sólo fue en vano, al igual que tener que buscar quién me peinara y estúpidos tutoriales de maquillaje.

Sí, Matthew me había preguntado que si aún era su pareja de baile, pero, ¿cómo confiar en él? ¿Cómo saber que no era otra de sus apuestas? Además, Alice se había encargado de decirme que Matthew la había invitado y que ella sería su pareja. Mi corazón se rompía un poco con tan sólo pensar en ellos dos bailando una de esas tristes canciones abrazados; ella con su cabeza en el hombro de Matthew y él poniendo sus manos en la cintura de Alice, con aquella estúpida y egocéntrica sonrisa de la que me enamoré.


**De: Courtney**
**Para: Cristina**


*No voy a ir al baile y lo sabes. No tengo nada qué hacer ahí. Ni siquiera una buena razón para usar el vestido que compré.*


No pasan ni dos segundos cuando tengo una llamada entrante de Cristina, que no dudo en contestar.

—¿Cómo está eso de que no irás? — pregunta sin saludar—. Hoy se van todos los de tercer años.

—Tú tienes pareja con la cual ir.

—Técnicamente tenía pareja hasta que termine con Connor, pero iré con él por el simple hecho de que es la maldita graduación. Incluso Lucas irá a la fiesta a pesar de ser de segundo año y no tener pareja de tercero — me sermonea—. Creo que tienes que decirle que sí a Matthew para dejar las cosas en paz.

—¿Y a ti desde cuando te importa dejar las cosas en paz? —le pregunto—. Porque según lo mucho que te conozco, dirías que tenemos que ir a la fiesta a hacer caos para jamás ser olvidadas por los de tercero.

—Tengo un hermoso vestido que ni loca pienso usar para hacer caos en la fiesta —dice—. En serio, tienes que ir.

—No iré, Cristina —suspiro—, tengo cosas más importantes qué hacer.

—Estar acostada comiendo palomitas y viendo películas en Netflix no es algo muy importante.

—Para mí sí —respondo.

—Simplemente tienes que ir —me dice en un tono más aligerado—. Intenta recoger los pedazos de tu corazón y ponerte el bonito vestido blanco que compraste.

—Cristina, no-voy-a-ir, no insistas —me paro de las escaleras de la entrada—. Hay muchas películas que ver y ni loca pienso llamarle al idiota para decirle que sí quiero ir al baile. Entiende que intento superar todo lo que pasó, y verlo con un maldito traje es mucho para mí.

—Tienes que ir —insiste—; aunque sea de colada, pero tienes que ir.

—Oye, se está cortando la llamada, no escucho —finjo, porque ya no quiero oír más cosas acerca del baile—. ¿Cristina? ¿Sigues ahí? No te escucho...

—Paso a tu casa a las seis y media, estés lista o no te subiré al carro... incluso en pijama —cuelga.

Me lamento de escuchar eso. ¿Cómo la haría recapacitar? Entro en la casa. Con cuidado de no hacer ruido, llego a mi cuarto a buscar el vestido. Ahí está, con la bolsa transparente de plástico para evitar que se ensucie. Lo tomo con cuidado y lo pongo frente a mí; me imagino a mí misma con el vestido puesto. Creo que es un acto masoquista de mi parte seguir mirando el vestido y anhelando ser la chica que recargue la cabeza en el hombro de Matthew mientras bailamos una lenta canción. Dejo el vestido colgado y retrocedo lentamente.

*Vamos, Courtney, respira, tienes que superarlo. Tenemos que superarlo.*

Sí, tengo que superarlo, tengo que olvidar lo que pasó, porque el dolor que siento en el pecho cada que lo veo o lo escucho no me dejan avanzar. Tengo que olvidar aquella sensación inexplicable que tengo cada que estoy a su lado; la sensación de sentirse protegida cuando hay peligro, de ser amada cuando me mira. Pero todo resulta muy difícil a la hora de luchar contra mi mente y pedirle que intente relajarse y que aguante las lágrimas.

Me acuesto en la cama, pongo mis manos en el abdomen y cierro los ojos intentando quedarme dormida, ya que desde aquella tarde se me ha dificultado conciliar el sueño. Escucho unos toquidos en la puerta. Abro los ojos con un poco de dificultad. Miro la ventana y veo que se ha hecho tarde. ¡Me quedé dormida! Me levanto un poco alarmada pero me acuesto de nuevo porque me mareé. Trato de relajarme... ¿Por qué me altero si no tengo nada que hacer?

La puerta se abre y sospecho que mamá me observa.

—¿No se supone que tendrías que estar arreglándote para el baile? —estoy en lo correcto: es mamá.

—No voy a ir —le digo.

—¿Qué? —pregunta confundida y se acerca—. ¿Por qué no irás?

—Simplemente no quiero ir —miento—; no tengo ganas.

—No, no es eso, es otra cosa que no me quieres decir—me mira atenta—. Tienes miedo de algo.

—¿Miedo?

—Sí, actúas como si te diera miedo ver a cierta persona.

¿Cómo rayos es que las madres nunca se equivocan? Se sienta a mi lado y me mira tiernamente, como intentando darme su apoyo.

—Te daré un consejo de madre a hija —me acaricia el cabello—. Si yo fuera tú, me pondría ese vestido e intentaría comenzar a confundirlos, hacerles creer que tienes el control porque, cariño, lo tendrás.

Un vago recuerdo de la mamá de Matthew pasa por mi mente. Abrazo a mamá y me pongo a pensar en las cosas que ha resistido sola, las cosas que ha sufrido y, no sé, trato de responderme: ¿Cómo habrá sido su vida en la preparatoria? ¿Feliz o triste? ¿Alguna vez le rompieron el corazón o fue rompecorazones?

—Ahora, báñate y arréglate —me da un beso en la frente antes de salir—. Por cierto, Maddie se ofreció a peinarte y maquillarte.

No me sorprendo en lo más mínimo, ya que desde que ambas comenzamos a llevarnos bien y dejamos de decirnos "perra loca", la relación iba por buen camino. Reviso la hora: cuatro y media de la tarde, todavía tiempo para arreglarme.

No pasa más de una hora, cuando estoy mirándome al espejo ya con el vestido puesto, sintiéndome incómoda por no traer jeans y por el discreto escote que deja al desnudo mis hombros. Tocan, digo que adelante: es Maddie, quien me sonríe.

—¿Ya estás lista para que te peine y maquille? —pregunta, emocionada.

—Creo que esto es mala idea, ya no quiero ir.

—Courtney, no empieces.

—No quiero encontrarme con Matthew; creo que voy a quitarme el vestido.

—¡Ni lo intentes! —me amenaza—. No te quedarás aquí en la casa llorando mientras él disfruta de la fiesta y se siente el rey. Ya es hora de que comiences a enfrentar las cosas —me obliga a sentarme en la cama.

—Ni se te ocurra moverte, que voy por todas las cosas para peinarte.

—¿No es mejor si voy a tu cuarto?

—Creo que sí... entonces levanta tu trasero y vamos a mi cuarto.

De mala gana, la sigo a su cuarto. Veo que no tiene ninguna foto ni un póster pegado en las paredes... ¿qué clase de chica es?

Me sienta en la silla que está frente a un espejo de cuerpo completo y empieza a inspeccionar mi cabello.

—¿Cómo podría peinarte? —duda—. ¿No importa mucho la forma como te peine? —pregunta, pensativa; se cruza de brazos y tuerce los labios.

—En realidad, me da igual.

—Entonces empecemos.

Va al baño y regresa con cepillo, laca, ligas, pasadores y otras cosas en la mano. Inicia por cepillarme y aplica un aerosol que huele a fresa; junta todo mi cabello en la espalda. No sé qué empieza hacer, pero enfrente deja unos pequeños mechones; empieza a hacer una trenza que, después de algunos giros, se convierte en una corona. Le pone pasadores, para que no se desparrame, supongo. Rocía más laca en su obra maestra y me mira en el espejo.

—¡Wow! El primer peinado lindo que me sale.

Se aplaude a sí misma; le sonrío mientras sigo repitiendo en mi mente que todo esto es una mala idea.

—Ahora toca el maquillaje.

—¿En serio? Sólo te pediré una cosa, Maddie: no me pongas kilos de maquillaje porque terminaría pareciéndome a una maldita muñeca de porcelana.

—Prometo dejarte más hermosa que una muñeca de porcelana —sonríe.

La verdad, si mi yo del pasado (la que estuvo en la cena en la que conocí a Maddie) conociera a mi yo del futuro y ésta le dijera que Maddie es buena chica, creo que jamás lo creería.

Me gira en la silla, me toma de la cara y me pide que cierre los ojos. Empieza a frotar algo en mi cara que se siente frío y pesado. Después de unos minutos, mi cuello comienza a dolerme por tener la cabeza hacia atrás.. Siento la cara demasiado manoseada, pesada y extraña. Me dice que abra los ojos y después me obliga a cerrarlos. Vuelve a pasar la brocha por mis ojos y una cosa fría me delinea la parte superior de los párpados. De nuevo, me hace abrir los ojos para pintarme las pestañas; veo que saca un labial vino de una cosmetiquera.

—Abre un poco la boca —me ordena y destapa el labial.

Me pinta los labios y me pide que los frote entre sí para que el labial quede bien.

—Te ves perfecta.

Giro apresuradamente para mirarme en el espejo. Vaya, la niña comienza a convertirse en chica. Me sorprendo demasiado cuando me veo. Aunque creo que Lucas tiene razón con eso de las piernas de popote.

—¿Qué zapatos piensas ponerte? —me pregunta Maddie.

—Unos negros que tengo por ahí —le respondo mientras la miro.

—Yo tengo unos tacones negros y un saco del mismo color.

Abre su clóset y me sorprendo de ver tanta ropa junta; es difícil decir si es ropa o cobijas mal aventadas.

—Pruébatelas —me dice.

Tomo las zapatillas y meto los pies. Enseguida percibo los diez centímetros que crezco. Las zapatillas son de gamuza negra, cerrados y con un broche al rededor del tobillo. Maddie pone una sonrisa... no cualquier clase de sonrisa, más bien una maternal, como cuando tu madre te ve orgullosa.

—¿Por qué haces todo esto por mí?

—Esto es poco —me dice—. Siento que te debo mucho por todo lo que te causé y por ser la razón de que mi padre nos viera con otros ojos y comenzara a apoyarnos a Justin y a mí.

—¿De verdad...?

—No hablemos de eso, que tienes una fiesta a la cual asistir y aún no terminamos.

—¿Qué rayos falta?

—Perfume.

Me toma de la mano y me lleva a el baño. Me rocía de perfume con olor a... ¿bombón... fresa?, en realidad no sé.

—Oye, tranquila, no me quieras vaciar la botella —suelta una pequeña risa—. Hoy vas a romper corazones y patear traseros dulcemente.

Escucho que mi celular suena en mi cuarto e intento correr, pero el tobillo se me tuerce y me tengo que sostener de Maddie.

—Creo que voy por él, tu sólo... intenta caminar con los tacones.

En unos cuantos segundos regresa con mi celular en la mano. Es Cristina.

—¿Por qué rayos no abres la maldita puerta?

—¿Quizá porque no la has tocado? —respondo.

—Llevo quince minutos tocándola. ¿Acaso eres sorda?

¿Quince minutos? Ups...

—Cristina, no sé si lo sepas, pero me mudé de casa.

Connor estaciona el auto. Nerviosa, busco el coche de Matthew. Miro a Lucas y él me sonríe para alentarme. Bajamos del coche. Cristina se ve hermosa con ese vestido negro sin mangas; Lucas luce hermoso con traje. Connor no me importa por el simple hecho de que es amigo de Matthew, y porque sabía de la apuesta y aún así se enrolló con Cristina. Claro, acepté venir en su coche porque será la última vez que lo vea.

Con cada paso que doy, me mentalizo por lo que pueda ocurrir, pero traer zapatillas no ayuda a mis temblorosas piernas. Llegamos al gimnasio, en el que hay globos rojos y azules esparcidos por el suelo; la música electrónica se alcanza a percibir. Al ver a la multitud, el temblor de mis piernas aumentó un poco más. Las personas estaban bailando sin temor alguno y sin miedo al futuro, bebiendo, riéndose y besándose sin importar la atemorizante mirada de los pocos profesores que estaban ahí.

—Creo que fue mala idea venir, ¿puedo irme ya? —le pregunto a Cristina.

—Recuerda lo que dije: "Hoy se termina todo"...

Acepto el reto y nos adentramos a la fiesta. Trato de pasar desapercibida y logro llegar a las gradas sin que mis tobillos se doblen. Me siento y miro a todos lados buscando a Matthew, pero no lo veo, lo cual me relaja.

*Quizá no vino porque sabía que tú no vendrías.*

Descubro la mesa de bocadillos y, a pesar de los tacones, camino hacia ellos como si una extraña fuerza de atracción me jalara. Miro todo lo que hay y mi estómago comienza a pedir comida. Tomo una fresa cubierta de chocolate. Sinceramente, jamás me imaginé que en una graduación dieran bocadillos tan ricos. Agarro otros dos y me los como con cuidado de no arruinar el labial. Alguien se pone a mi lado y por puro instinto volteo a ver quién es; mi cuerpo se queda rígido y la fresa en mi boca a medio comer cuando veo a Peter Brooks. No digo nada, pero al parecer él sí tiene la intención de hablar conmigo.

—Te ves muy bien.

Volteo a verlo un poco nerviosa, y no por la cercanía, sino porque después de saber que hubo tantas personas involucradas en eso de la apuesta, me duele pensar que ellos tuvieron el valor de jugar con un corazón débil que, por desgracia, era el mío.

—Y luces realmente diferente... —deja la frase en el aire, como si intentara decir algo más— a pesar de todo.

—Creo que... gracias.

Retrocedo un poco, dando a entender que me tengo que ir, y al parecer lo comprende. No esperaba menos.

—Lo lamento, de verdad.

Su mirada luce realmente arrepentida.

—Ya no importa —le aseguro.

Me doy la vuelta y, cuando creo que ya estoy demasiado lejos de él, choco con alguien y mis manos se posan en el pecho de esa persona para evitar caerme. Sus manos me sostienen de la cintura y me quedo en total *shock* cuando reconozco aquel aroma. Se me forma un nudo en la garganta al ver esos ojos que tantas veces miré. Intento alejarme pero mi cuerpo se queda ahí, como si le gustara la cercanía.

—Vaya, Courtney Grant sin Converse y peinada.

Quiero responder, pero mi boca no dice nada y mi cerebro no formula nada coherente. Por otro lado, si digo algo, mi voz comenzará a temblar.

—Te ves hermosa.

Me alejo de él, me acomodo el vestido y evito hacer contacto visual, aunque me doy cuenta de que gracias a los tacones lo veo desde otra altura, que parece perfecta para besarlo.

*¡¡Pero que rayos dices!?*

—Somos los únicos en la pista de baile —extiende su mano—. ¿Quieres bailar?

Siento un vacío en el estómago. Levanto mi temblorosa mano y muy despacio tomo la suya. Siento un leve apretón, me acerca hacia el y pone su otra mano en la cintura y yo en su hombro.

Todo esto resulta realmente extraño, cuando él fue el causante de mis noches de llantos y mis días de tristeza. Resulta paradójico aceptar que quieres a una persona que te dañó.

Comenzamos a bailar la lenta canción sin importar que varias personas, las cuales quizá se enteraron de la apuesta, nos miren. Matthew espera que diga algo, y en realidad hay muchas cosas que estaría dispuesta a decir; sin embargo, simplemente lo miro, esperando que él haga lo mismo.

—Recuerdo haberte dicho que un "lo lamento" no iba a reparar nada —comienza—, y sé que soy un verdadero idiota por haber jugado contigo, por hacerte creer que las cosas iban en serio, por ocultarte las cosas y por hacerte sentir amada...

Siento picazón en los ojos y el nudo en la garganta se aprieta un poco más.

—Y tengo que admitir que disfruté de la apuesta los primeros días, pero los días se convirtieron en semanas y las semanas en meses y las cosas fueron cambiando —me dicen sin dejar de bailar—. Mis sentimientos fueron cambiando cada que me sonreías, cada que me mirabas, cada que me besabas y cada que me abrazabas cuando dormíamos juntos. Lo más estúpido fue que me di cuenta de que sentía algo por ti en el momento en el que te perdí, en el que te vi llorando.

Después de tanto, me atrevo a mirarlo a los ojos, sintiendo mi corazón latiendo con fuerza, como si fuera a salir de mi pecho.

—Courtney Elizabeth Grant, fuiste la primera chica que logró confundir y enamorar a mi corazón.

Las lágrimas empiezan a rodar por mis mejillas, mi labio inferior tiembla levemente mientras reprimo las ganas de echarme a llorar. No pasan más de dos segundos cuando la mano de Matthew limpia lentamente las lágrimas con el pulgar. Deja su mano en mi mejilla y acerca su rostro hacia el mío. No giro la cabeza ni hago el intento de echarme hacia atrás, me quedo ahí, esperando.

Siento sus labios besando los míos y sus brazos me rodean por la espalda. Lo beso sabiendo que es el último de mis besos. Comienza una canción que no favorece para nada la situación.

*Your eyes, your eyes tell me everything.*
*The first, the last and in between, that's everything.*
*Your kiss, your kiss so wet I lose my breath, your lips erase the old regrets, of anything.*

Me separo y de nuevo algo se rompe en mí con cada mirada que me lanza.

*You're not just a girl, you're more like the air and sea.*
*I want you so desperately and nothing's gonna keep us apart.*

—Matthew...

Me falta la respiración, me doy la vuelta y camino entre la gente, intentando que no me vean llorar. Busco la salida y me apresuro. Cruzo la puerta y me encuentro el vacío y oscuro corredor, que por alguna extraña razón me recuerda a mi corazón roto. Pateo un globo mientras me abrazo a mí misma y sigo caminando intentando dejar de llorar, lo cual es inútil.

—¡Courtney!

Me detengo en seco y miro hacia atrás; es Matthew, iluminado por la luz del gimnasio. Reprimo las inmensas ganas de correr hacia él; sigo caminando.

—¡Te quiero!

Ni siquiera lo miro, pero lloro aún con más fuerza mientras todo en mi interior se destroza por completo. En algún otro momento, hubiera respondido lo mismo, lo hubiera abrazado hasta dejarlo sin aire. En algún otro momento, esas hubieran sido las palabras exactas para enamorarme perdidamente de él.

*Your voice, its whispering against my neck,*
*Your lips, erase the old regrets of anything.*
*Your mind, it makes me wanna know you more,*
*So tell me what we have in store, tell me everything.*

Matthew Smith se convirtió en esas historias de amor que no se cuentan con orgullo pero tampoco se mantienen en secreto. De esas que te duelen el corazón y te dejan marcada. De las que no tienen despedida. De aquellas que son cortas, hermosas y trágicas.

Aquello hubiera sido suficiente para quedarme a su lado... pero ya era demasiado tarde. Me había perdido. Nos habíamos perdido mutuamente.

—¡Demasiado tarde! —me atrevo a gritarle, sin mirarlo.

Sigo caminando, abatida por la pérdida, con las lágrimas abundantes y un sin fin de emociones.

El maldito error de caer en una apuesta es trágico y doloroso.

Ya lo tenía en mente.

# DREAMERS

**Contaré cómo es** que empecé a leer *Enamorada de la apuesta*. A mi mamá le detectaron miomas hace dos años; en septiembre de hace un año se puso mal y la intentaron. Estuvo en el hospital una semana (por favor, sigan leyendo esto). Ese día yo estaba en clases; para mí fue *shockeante* llegar a mi casa y preguntar por ella y que no estuviera. La dieron de alta por una semana mientras recuperaba hemoglobina, aunque tenía que volver a internarse el 24 de septiembre, un día después de mi cumpleaños. Caí en depresión, porque estuve sola casi dos meses. Tengo una hermana pero ella se fue con mis abuelos. Mi papá estaba siempre en el hospital o en el trabajo. Venía a casa pero no coincidíamos porque yo estaba en la escuela. Un día cualquiera que estaba viendo booktrailers, en la lista vi uno que decía "Enamorada de la apuesta"; le di reproducir y me llamó mucho la atención. Me animé a descargar la aplicación de Wattpad y comencé a leerla. Literalmente me enamoré de casi todos los personajes; al leerla escuchaba las canciones de "Zero Gravity", de of Verona, y "A World Alone", de Lorde. La verdad, es una historia que tiene una trama muy buena. Esta historia estuvo presente en los momentos difíciles en mi vida y en algunos felices. Sé que sonara raro, pero al leer la novela no me sentía sola y me ayudó a salir de la depresión; fue el primer libro con el que terminé feliz, aunque al final derramé lágrimas; me hizo sentir varias emociones que jamás me imaginé tener por un libro. Esta historia ha sido como una amiga, ya que cuando estuve mal porque mi mamá podía morir, estuvo conmigo. Courtney y Matthew tienen un lindo lugar en mi corazón.

*María Guadalupe Valdepeña Rodríguez*

PD: Mi mamá salió bien de la operación; ya todos estamos mejor.

**No estaba segura de participar** en este concurso, pero mírame aquí, tratando de poner a la ardilla o rana que está mi mente corriendo en una rueda —diría hámster, pero se agotó hace tiempo—. No estaba segura de escribirte; soy algo torpe para ello, pero mi hermana me dijo: "Si no lo intentas, no lo sabrás". Creo que tiene razón, por lo menos sabré que lo intenté; si no, estaría dándome por vencida demasiado rápido. Sin tantos rodeos: ¿Has sentido que tu vida no tiene sentido? ¿Que mientras todos viven su vida tú sólo ves cómo la viven? Creo que eso es exactamente lo que siento, que lo único real en mi vida es algo que no existe, creo que la ficción es lo único real en mi vida; vivo creyendo que algo inesperado llegará a mi vida y la cambiará completamente; que algo aparecerá dándole sentido, pero a veces somos tan tercos que nosotros mismos nos cegamos, vivimos porque sentimos que algo cambiará el ritmo, la rutina, la forma de vivir nuestra vida. Me he dado cuenta de que ese algo inesperado somos nosotros mismos; si queremos que nuestra vida cambie, debemos cambiar nosotros, pero hacerlo para bien, para mejorar y y empezar a creer en nosotros. Eso lo aprendí de Courtney, una chica que esperaba lo inesperado, que seguía esperando algo que no aparece, pero se dio cuenta de que debía seguir con su vida, que debía cambiar pero para bien, que las cosas no cambiaban al menos que ella tomara otras decisiones en su vida. Por eso amo *Enamorada de la apuesta*; me enseñó que si quería un cambio positivo en mi vida debía ser yo quien hiciera el cambio; que los tropiezos en realidad son oportunidades para darle un giro a nuestra vida, que las lágrimas son nuevos comienzos pero también son finales. Amo *Enamorada de la apuesta* por hacer que algo que no existe se hiciera real, por hacerme reír en momentos malos, por darme una oportunidad de dar un cambio como Courtney, por esperar lo inesperado. Gracias por crear *Enamorada de la apuesta*.

Carla América Rodas de la Cruz

**Tu libro me encantó porque me** hizo sentir cosas increíbles; me hizo amar a Courtney, Matthew, Cristina, Connor y... bueno, en realidad a todos. Amé tu libro porque grité con unas partes, lloré en otras, suspiré, me enojé, me dormí hasta tarde leyendo. Es mi historia favorita hasta el momento. Tu perfecto final y tu perfecta historia hizo que me hiciera completamente adicta a ella, cosa que no han logrado muchos de los libros que he leído, ya que soy una persona que le encanta leer, pero no todas las historias me logran enganchar tanto ni me hacen encariñarme de esa forma con los personajes; tu historia logró eso en mí. Lo leería tantas veces como pudiera y no me aburriría; simplemente es perfecto. También me dejaste con la intriga en algunos capítulos, realmente me quedaba pensando la mayor parte del día en qué pasara el próximo capítulo.

Cuando leí *Enamorada de la apuesta*, tenía muchos problemas, estaba en una situación muy dolorosa para mí, así que mi salida era Wattpad, entrar a mi biblioteca; leer tu historia me hacía olvidarme de todo, no sé cómo lo lograste. Por eso te agradezco infinitamente; en esos momentos en que se me hacía muy difícil siquiera sonreír, tu historia me conmovía muchísimo. Amo tu libro también porque la historia es increíble. En un video vi que tú habías pasado por eso, yo igual pase por algo parecido; pero mira el lado positivo: si eso no hubiera pasado probablemente nada de esto existiría.

Felicidades por publicar tu libro, siempre vamos a estar aquí para ti, nosotras tus lectoras; nosotras, la familia Dreammer *-*

*Sophia Cruz*

**Quiero decir que Irán** es una de las mejores escritoras que he leído. Su libro fue el segundo que leí en Wattpad. ¿Por qué amo *Enamorada de la apuesta*? Es difícil explicarlo, pero lo intentaré. Yo antes no era una lectora; ¡más bien odiaba leer!, y más porque pensaba que todos los libros eran un típico cliché, que de lo cursi te hacían vomitar arco iris. Este libro me hizo tener una perspectiva más seria del amor. De verdad, antes de leerlo yo era prácticamente un ser sin sentimientos, nunca había entendido a mis amigas cuando se ponían tristes por un chico, y ni siquiera había sentido nada por mi primer novio; nunca había sabido lo que era sentir algo real y lindo por una persona antes de leer este libro, que me hizo entender que los sentimientos son importantes, que un "te quiero" no se le dice a todo el mundo y son más que dos simples palabras. Me enseñó a valorar a las personas por lo que realmente eran y no por lo que aparentaban. Sobre todo, con este libro aprendí a enamorarme de alguien, sin miedo a las consecuencias de mis sentimientos, al rechazo o a lo intenso y deprimente que era saber que de cualquier forma no iba a funcionar; también a reconocer y aceptar que me había empezado a gustar alguien, más que como amigos; aprendí a querer a esa persona de verdad y sentir lo horriblemente lindo del primer amor, ¡hasta me gustan sus defectos! ¡Es tu culpa, Irán!

*Tefa*

**Primero que nada, gracias** por escribir la novela. Eres una gran escritora. Recuerdo que la primera vez que vi la portada no me llamó la atención, pero después aparecía seguido en recomendaciones y decidí darle una oportunidad... ¡Y cielos! Me encantó, es algo diferente y único; me enamoré. Por momentos me olvidaba de lo que sucedía a mi alrededor, de mis problemas, de mi supuesto novio (que sólo me confundía). Me olvidaba de la realidad. Hiciste que me convirtiera en la protagonista de esta hermosa novela; por un momento viví, junto con Courtney, la dolorosa experiencia que te deja el amor. Me ilusionaba con cada apalabra que Matthew decía. Yo quería que mi vida fuera así. Que mi mamá me dejara salir al lugar que deseara, que me dejara llegar a altas horas de la noche, que no me impusiera absurdas reglas, que me tratara como a Courtney... aunque fuera una apuesta. Me gustaba imaginarme como Courtney: una chica que, sin pensarlo, enamoró al que alguna vez fue el gran amor de su vida. Que todo fuera como las caricias de Matt, que mi amiga fuese como Cristina y no como la que yo tuve alguna vez. Me encantó porque no sólo es una simple novela: transformaste mi mundo, Irán. Con cada palabra, me deprimías, me hacías enojar, me hacías sentir pena ajena, me hacías llorar y reírme como una foca retrasada, me hacías gritar de emoción, me hacías enamorarme de aquellos lindos detalles, me hiciste sentir impotente, pero sobre todo me hiciste sentir parte de esa historia. Quería ser yo la que captara toda la atención de aquel novio que tuve, quería vivir esa experiencia, sentir que a alguien le importaba, que me hiciera sentir segura, que me dijera lo hermosa que soy —aunque me sienta patéticamente horrible—, que me diera un lindo y largo beso, que me dijera que era su chica, que me rompiera el corazón... Dicen que para ser escritor hay que estar loco, pero para ser lector hay que amar y comprender esa locura. Y a lo mejor estemos locas, pero te diré un secreto: las mejores personas lo están.

*Romeis Rodríguez*

# Agradecimientos

Hay muchas personas que tengo que agradecerles por haberme soportado, escuchar mis locas ideas y pedirles que me ayudaran a terminar un capítulo:

Ariana, por escuchar, leer y opinar en todo, igual que Ezequiel (Alec). A Eduardo, *Cana*, porque siempre me dijo que siguiera con lo que me gustaba. Héctor, Felix, Óscar, Eduardo y Sebastián por hacer que el libro siempre tuviera una historia rara y mi vida no fuera tan aburrida. A Karen, mi *Cristina*, que, aunque no estuviéramos juntas, me reclamaba más capítulos.

A Danaí, por esas pláticas en la madrugada que me subían el ánimo. A Rubby, que siempre con sus cosas extrañas me hace sonreír y reflexionar.

Alan, que me hacía promoción en la prepa y siempre supo cómo sacarme de mi casa a conocer el mundo. Al igual que Diana, Karla, Arantxa y Aditi.

A mi mamá, porque, cuando se enteró, me apoyó como nunca; a mi papá, que no dejó que mis esperanzas terminaran en el suelo.

Gracias, hermano, por sacarme sonrisas, apoyarme en las locuras, por guardar secretos.

A las Dreamers, por el apoyo, por creer y por ser lo mejor que me ha pasado en el mundo.

A César Gutiérrez, porque sin él este sueño no sería posible.

Y a los que tuvieron su parte en el libro.

Ustedes saben qué dice. Ustedes saben quiénes son.

*Dreamers*, lectoras, si quieren compartir sus historias como las de Romeis, Tefa, Carla, Sophia y María Guadalupe, entren al Facebook oficial del libro:

## goo.gl/Fq9oFk

**Enamorada de la apuesta**
se imprimió en octubre de 2016,
**Corporación de Servicios Gráficos Rojo, S. A. de C. V.
Progreso No. 10 Col. Centro
Ixtapaluca Edo. de México C. P. 56530**